Die Chroniken von Mistle End

Der Greif erwacht

© Matthias Boch

Benedict Mirow wurde 1974 in München geboren. Der Ethnologe und Regisseur schreibt, dreht und produziert seit vielen Jahren Dokumentarfilme aus den Bereichen Kunst und Kultur und erstellt Filmporträts über Künstler wie Daniel Hope, Lang Lang oder Paulo Coelho. Er konnte mit seinen Filmen zahlreiche internationale Preise gewinnen, wie u.a. einen Diapason d'Or, einen International Classical Music Award und einen KLASSIK ECHO; am Erfolg des OSCAR®-Gewinners *Nirgendwo in Afrika* von Caroline Link war er als Ethnologischer Berater maßgeblich beteiligt. Nach Zeiten in Afrika und Wien lebt und arbeitet Benedict Mirow nun mit seiner Tochter und zwei Katzen in München und schreibt fantastische Romane für Kinder.

Der Beginn der großen Mistle-End-Saga:

Benedict Mirow

Die Chroniken von Mistle End

Der Greif erwacht

CARLSEN

Für Emily

Wir produzieren nachhaltig
• Klimaneutrales Produkt
• Papiere aus nachhaltigen und kontrollierten Quellen
• Hergestellt in Europa

FSC www.fsc.org
MIX
Papier | Fördert gute Waldnutzung
FSC® C021394

Veröffentlicht in der Carlsen Verlag GmbH
Völckersstraße 14–20, 22765 Hamburg
November 2023

Umschlaggestaltung: formlabor
ISBN 978-3-551-32106-0

Kapitel 1

DER ZUG ANS ENDE DER WELT

Der Zug fuhr über eine Weiche, es gab einen scharfen Ruck, und sein Kopf schlug hart gegen die Fensterscheibe. Er stöhnte und rieb sich die pochende Stirn. Er war eingeschlafen und hatte schon wieder diesen Traum von dem brennenden Wald gehabt. Oder eher Albtraum. Wie vor ein paar Tagen. Er verzog das Gesicht und sah sich um. Die Gepäckablagen ihres Abteils waren bis unters Dach mit Kisten, Koffern und Taschen vollgestellt. Sie hatten schon früh die letzten Vororte Londons hinter sich gelassen, waren ein paarmal umgestiegen und befanden sich nun in diesem alten und völlig überheizten Zug nach Schottland.

Er schaute nach draußen. Schneeflocken wirbelten vor der vorbeiziehenden Hügellandschaft durch die Abenddämmerung.

Der Dauerregen Englands war irgendwann in dichtes Schneetreiben übergegangen und je weiter sie nach Norden fuhren, desto höher lag der Schnee auf den immer steiler werdenden Hängen rechts und links von der Bahnstrecke. Dabei waren sie nicht etwa auf dem Weg in die Winterferien, sondern unterwegs in ihr neues Zuhause – ein kleiner Ort hoch oben in den schottischen Highlands.

Mistle End.

»Cedrik?«

Eher End of the World.

»Cedrik!?«

Er sah auf. Dad.

Sein Vater Aengus O'Connor, den alle eigentlich immer nur O'Connor nannten, war jetzt wahrscheinlich schon zum hundertsten Mal aufgesprungen, um unruhig durch ihre Habseligkeiten zu wühlen. Er stand auf dem Sitzplatz neben ihm und sah ihn mit weit aufgerissenen Augen von oben herab an. »Cedrik, hast du auch ganz sicher die Kiste mit dem Lexikon der Fabelwesen mitgenommen!? Ich sehe sie nirgends!« Seine Stimme klang panisch.

Cedrik grinste müde. »Weil sie hinter dem Koffer steht, Dad! Du kannst sie da nicht sehen.«

Aengus O'Connor war Ende dreißig und hatte wie Cedrik braune Haare und leuchtend grüne Augen, die allerdings in seinem Fall hinter dicken Brillengläsern seltsam klein wirkten. Er war ein typischer Bücherwurm. Eine durchaus hilfreiche Eigenschaft als Wissenschaftler, Historiker und angesehener Experte für die Mythologie Großbritanniens. Als solcher war er noch vor Kurzem im »Königlichen Museum für Fabelwesen« in London angestellt gewesen.

Niemand hatte ahnen können, dass es nur wenige Tage

nach Cedriks zwölftem Geburtstag schließen musste. Zu wenig Menschen interessierten sich noch für die alten Geschichten von Ungeheuern und magischen Kreaturen. Von einem Tag auf den anderen war Aengus arbeitslos.

Ihr Leben änderte sich schlagartig. Es gab wenig offene Stellen für Mythologen und da die beiden schon immer allein lebten, musste sein Vater letzten Endes eine Anstellung als Lehrer annehmen. In einem Ort, der so klein und unbedeutend zu sein schien, dass ihn Cedrik auf keiner Karte finden konnte, und wo ganz sicher kein Mensch leben wollte.

»Ein bescheuertes, kleines Kaff in den Bergen, voll schottischer Bergtrolle«, so hatte es Cedrik im Zorn genannt. Aber dann doch schweigend seinem Vater geholfen, ihre Habseligkeiten in die abgewetzten Koffer und Taschen zu packen. Er war erstaunt, als er merkte, dass sich ein kleiner Teil in ihm sogar auf die Berge freute. Und den Schnee. Viel war es ohnehin nicht, was er vermissen würde. Von seinem Freund Jack einmal abgesehen.

Die meisten Bücher hatte Aengus im Keller des Museums unterstellen können, für die wirklich wichtigen hatten sie einem benachbarten Weinhändler vier feste Holzkisten abgeschwatzt. Und am darauffolgenden Tag hatte Aengus O'Connor die Bahntickets nach Mistle End erhalten. 2. Klasse, für ihn und Cedrik. Ohne Rückfahrschein.

Sein Vater hatte sich wieder hingesetzt und schaute aus dem Fenster. »Ich wusste nicht, dass es hier so große Wälder gibt. Bäume, nichts als Bäume!«, sagte er. »Hier leben sicher Hirsche, vielleicht sogar Wölfe.«

Wölfe? Cedrik spürte, wie sein Herz schneller schlug. Er presste seine Stirn an die Scheibe und starrte auf die immer düsterer werdende Landschaft. Inzwischen waren die vorbeiziehenden Bäume im dichten Schneetreiben nur noch als schemenhafte Schatten zu erkennen. Was gab es noch in diesen unendlichen Wäldern? Er hatte das Gefühl, dass da draußen mehr auf ihn wartete als Bäume und Schnee. Wölfe! Er lachte heiser und leckte sich über die trockenen Lippen. Je länger sie fuhren, desto aufgeregter wurde er. Es fühlte sich an wie … Ankommen. Oder war es doch Heimweh? Er spürte ein Ziehen, eine Spannung tief in seinem Innern, die er nicht verstand. Aber die sich gut anfühlte.

Auf einmal sprach sein Vater leise weiter, so, als hätte er vergessen, dass er nicht allein im Abteil saß. Er flüsterte fast. »Vielleicht hier. Wäre ein perfekter Lebensraum.«

»Für uns?«, fragte Cedrik.

Sein Vater schreckte hoch. »Ach, nein«, sagte Aengus rasch. Er wirkte verunsichert.

Cedrik drehte sich hastig weg. Er hasste es, wenn sein Vater diesen traurigen Ausdruck in den Augen hatte. Den hatte er in den letzten Wochen viel zu oft gesehen.

Sein Vater holte Luft, wandte sich ihm zu und schenkte ihm ein vorsichtiges Lächeln, das den Kummer in seinem Blick nur unzureichend verbarg. »Du wirst sehen, das wird großartig«, sagte er mit rauer Stimme. »Wir haben ein eigenes Haus und endlich bekommst du ein Zimmer, ganz für dich allein.«

Cedrik lächelte, dann musste er schlucken und wandte sich

ab. London. Die kleine Wohnung in Hackney, inmitten der Stadt, lag längst in weiter Ferne. Sein Bett unter dem Dachfenster. Die Vögel, die sich, seit er denken konnte, bei Sonnenaufgang vor seinem Fenster gesammelt hatten. Gestern noch hatten sie ihn besucht und für einen kleinen Moment fühlte er Traurigkeit in sich aufsteigen. Ich hoffe, sie finden mich in Mistle End wieder, dachte Cedrik.

Die Abteiltür wurde plötzlich aufgerissen und ein groß gewachsener Schaffner mit gezwirbeltem Schnauzbart, tadelloser Uniform und blank polierten Messingknöpfen musterte streng den Haufen Gepäckstücke, die das ganze Abteil blockierten.

»Die Fahrkarten.« Er hob arrogant eine Augenbraue. »Bitte!«

Cedrik wollte eben nach der kleinen Ledertasche mit den Reiseunterlagen greifen, als ihn sein Vater zurückhielt. »Lass! Ich mach das, Cedrik.« Er kramte nach den Tickets und reichte sie, als er sie endlich gefunden hatte, lächelnd dem Schaffner. »Hier, bitte schön!«, sagte Aengus O'Connor. »Wir fahren nach Mistle End.«

Der Schaffner zuckte zurück, achtete kaum noch auf die Tickets, sondern starrte Cedrik und seinen Vater an. Er schien nervös, auf seiner Stirn glänzten Schweißperlen. »Sie … Hrr-hmm.« Der Schaffner verschluckte sich, musste sich räuspern und klammerte sich am Türrahmen fest. »Sie können dann … Wir sind gleich … Hrr-hmm, entschuldigen Sie!« Die Tickets in seiner Hand zitterten. »Ich muss … Mein Gott!«

Der Schaffner drückte Aengus hastig die Fahrkarten in die Hand und machte, ohne die beiden aus den Augen zu lassen, einen Schritt nach hinten, zurück in den Gang. Laut krachend schob er die Abteiltür hinter sich zu und stolperte davon.

Cedrik runzelte die Stirn. »Was war das denn?! Hast du gesehen, wie der uns angestarrt hat? Als hätten wir die Pest oder so was!«

O'Connor wickelte sich bereits in seine Wintersachen. »Was hast du gesagt?« Cedrik war sofort klar, dass sein Vater wieder einmal nichts von dem mitbekommen hatte, was sich eben in ihrem Abteil abgespielt hatte. Er hatte sich seinen Schal und die heiß geliebte Mütze mit den Ohrenklappen angezogen und sagte: »Komm schon, wir müssen unsere Sachen runterräumen.«

Cedrik nickte tapfer und checkte ein letztes Mal die Empfangsbalken auf seinem Handy. Kein Netz, schon seit ein paar Stationen. Es wunderte ihn nicht, dass er noch keine Antwort von seinem Freund Jack bekommen hatte. Enttäuscht stopfte er das Telefon zurück in seine Jackentasche und begann mit seinem Vater die Gepäckstücke aus den Ablagen zu holen.

Es schepperte und die Tür wurde erneut aufgeschoben. Eine Frau, ganz in Schwarz, mit einem kleinen Hund auf dem Arm, streckte den Kopf ins Abteil. »Darf ich?«

Aengus richtete sich auf. »Bitte, natürlich«, erwiderte er freundlich. »Wir müssen ohnehin gleich aussteigen.«

Die ungewöhnlich grünen Augen der Frau blitzten hinter ihrer goldenen Brille auf.

»Soso. Sie wollen also nach …« Sie zögerte.

»Mistle End«, ergänzte sein Vater freundlich.

Die Frau machte noch immer keine Anstalten, das Abteil zu betreten. Sie nickte, auf ihren Lippen ein schmales Lächeln. »Ein sehr besonderer Ort«, sagte sie.

Aengus warf Cedrik einen begeisterten Blick zu. Dann wandte er sich wieder an die Frau. »Ach, wie schön. Sind Sie etwa von dort?«

Die Frau lachte. Es klang künstlich. »Gottbewahre, nein. Aber ich kenne den einen oder anderen … Bewohner.« Sie musterte Cedrik aus schmalen Augen, der Hund auf ihrem Arm knurrte.

Cedrik war verblüfft. Was hatte der Hund denn? Als er spürte, wie der Zug abbremste, wandte er sich nervös an seinen Vater. »Dad, wir müssen …«

Sein Vater sah erschrocken aus dem Fenster. »Oh, du hast recht. Dann mal los!«

Aengus wollte eben eine Bücherkiste aus der Gepäckablage heben, als sich die Frau erstaunlich geschickt in ihr Abteil schlängelte und seinen Vater am Handgelenk packte. »Was wollen Sie dort?«, fuhr sie ihn an. »Was haben Sie vor, an diesem Ort?«

Der Hund auf ihrem Arm kläffte laut.

Sein Vater sah Frau und Hund verwirrt an, riss sich aber nicht los. »Ich bin … ich bin Lehrer und werde dort unterrichten.«

Die Frau löste ihren Griff, fixierte ihn aber weiter misstrauisch. Der Hund bellte noch immer.

Die Bremsen quietschten laut und Cedrik erschrak. Wir müssen aussteigen! Jetzt! »Dad, wir sind da!«

Aengus nickte ihm zu und schob die Frau sanft beiseite. »Sie verzeihen …«, sagte er höflich, aber bestimmt und begann, die Bücherkisten aus dem Abteil zu wuchten.

Als sich Cedrik mit seinen Taschen an der grimmigen Frau und ihrem zähnefletschenden Möchtegern-Monster vorbeidrückte, bemerkte er ein schweres und reich verziertes Goldkreuz unter ihrem schwarzen Mantel.

Panische Schaffner und verrückte Nonnen. Sind die im Norden alle so? Willkommen am Ende der Welt.

Ein hastiger Pfiff, und Aengus konnte seinen Schal nur mit einem beherzten Ruck aus dem Griff der sich viel zu schnell schließenden Tür retten. Als der Zug in einer Wolke aus schwarzem Dieselruß und aufwirbelnden Schneeflocken wieder anfuhr, stellte Cedrik enttäuscht fest, dass sie die Einzigen waren, die an dem kleinen Bahnhof von Mistle End ausgestiegen waren. Es war anders, als er es erwartet hatte. Schlimmer.

Da standen sie im dichten Schneetreiben und waren völlig allein. Zwei kleine Laternen beleuchteten die schmale und tief verschneite Plattform, ansonsten war kaum etwas zu erkennen. Ein paar kahle, verkümmerte Bäume, aber kein Haus, nichts.

Der Wind blies eiskalt und Cedrik warf seinem Vater einen fragenden Blick zu.

O'Connor wippte auf seinen Füßen vor und zurück, während er Cedrik durch den Wind zurief: »Es kommt sicher gleich jemand. Sie haben ja geschrieben, dass wir abgeholt werden.« Er konnte hören, wie sich sein Vater bemühte, seine Stimme zuversichtlich klingen zu lassen.

Aber niemand war da.

Cedrik kaute beunruhigt auf seiner Unterlippe und stapfte im Schnee auf und ab, um sich warm zu halten. Was für eine doofe Idee, mitten im Winter umzuziehen. Mit dem Zug! Die Kälte kroch unter seinen Parka und der immer stärker werdende Wind peitschte ihm den Schnee ins Gesicht. Ob irgendwo da draußen jetzt ein Wolf stand und sich bereits das Maul leckte? Vorstellen konnte er es sich durchaus. Und erstaunlicherweise machte es ihm keine Angst. Dafür war ihm viel zu kalt.

Nach weiteren zehn Minuten klang sein Vater nicht mehr so optimistisch. »Wenn sie nicht bald kommen, rufen wir einfach ein Taxi.«

Cedrik schaute sich um. Der ganze Bahnhof sah so alt aus, als wäre hier die Zeit einfach irgendwann stehen geblieben. Lange vor der Erfindung von Telefonzellen und Handymasten. Da blieb ihnen wohl nichts anderes übrig, als die Nacht am Bahnhof zu verbringen. Es schneite immer noch wie verrückt, und er fror inzwischen erbärmlich. Der nächste Zug fuhr wahrscheinlich erst morgen früh, aber wenigstens kamen sie dann wieder raus aus der Kälte. Wenn sie nicht vorher erfroren oder vom Wolf gefressen worden waren.

Ein freudiger Aufschrei seines Vaters schreckte ihn aus

seinen düsteren Gedanken. »Da!«, verkündete er begeistert. »Da sind sie! Hab ich's nicht gesagt?«

Tatsächlich erschienen etwas entfernt zwei Lichter auf einer Straße, ein Auto näherte sich durch die Dunkelheit dem Bahnhof.

Aber irgendetwas stimmte nicht. Die Scheinwerfer bewegten sich nicht auf einer geraden Linie, sondern schlingerten und hüpften, sprangen mal hierhin, mal dorthin: Das Auto fuhr beängstigende Schlangenlinien.

Himmel! War der Fahrer etwa betrunken?

»Ähm, na ja«, stöhnte O'Connor, »vielleicht kommen die ja doch …« Er schniefte. »Ich mein, die wollen sicher jemanden anderen …« Er zog hörbar die Luft ein und riss die Hand vor den Mund.

Das Auto schleuderte, drehte sich einmal um die eigene Achse und fürchterlich quietschend schlitterte ein ebenso verbeulter wie verrosteter Land-Rover-Geländewagen auf den Bahnhofsvorplatz.

»Ach, du meine Güte!«

Der auberginefarbene Lack war an vielen Stellen abgeblättert, und als sich das Auto plötzlich in einem Schneehaufen festfuhr, löste sich ein Seitenspiegel und knallte scheppernd gegen den Kotflügel.

Die Beifahrertür sprang auf und eine in einen moosgrünen Mantel mit Pelzkragen gehüllte Frau stieg aus dem Fahrzeug. Als sie Cedrik und seinen Vater auf dem Bahnsteig entdeckte, winkte sie den beiden begeistert. »Willkommen! Willkommen!«, rief die Frau schon von Weitem und stapfte mit ihren hochhackigen Stiefeln durch den Schnee auf sie zu.

Cedrik war von ihrem Auftreten beeindruckt. Die Frau schien von innen zu leuchten.

»Willkommen in Mistle End! Ich bin Esmeralda Golden.« Ihre blauen Augen funkelten vor Freude, als sie O'Connor heftig die Hand schüttelte. Blonde Locken tanzten um ihr schmales Gesicht.

»Guten Abend! Ich bin Aengus O'Connor – und das hier ist Cedrik, mein Sohn!«

Esmeralda ergriff Cedriks Hand und schien tatsächlich erfreut. »Wie schön, Sie beide kennenzulernen!«

Die Fahrertür des Geländewagens öffnete sich und ein beleibter, älterer Mann mit Boxernase wuchtete sich schwerfällig aus dem Auto. Er trug einen abgewetzten Mantel, eine Schirmmütze und eine Nickelbrille mit zersprungenen Brillengläsern, die er sich mit dem Handrücken wieder zurück auf die Nase schob. »Verfluchtes Teufelsding!«, fluchte der Fahrer. »Was für eine verdammte Mistkarre!« Wütend knallte er die Autotür ins Schloss, doch anstatt einzurasten, sprang sie wieder auf. Der verärgerte Fahrer warf sich daraufhin so lange und heftig gegen die laut krachende Tür, bis es schnappte und sie geschlossen blieb. »Geh doch endlich kaputt, du Biest!«

Esmeralda legte angestrengt eine Hand an ihre Schläfe. »Mr McKanaghan, also bitte! Die Gäste!« Sie verzog für einen kurzen Moment peinlich berührt ihr Gesicht und wandte sich dann wieder an Aengus und Cedrik. »Aber, hach, was sag ich denn, Gäste – Neuankömmlinge, Mitbürger, Freunde! Ja, Freunde werden wir sein! Unbedingt! Lassen Sie uns endlich Ihr Gepäck in das Auto räumen. Sie müssen ja erschöpft sein, von der langen Reise.« Ihr Ton wurde schärfer: »Mr McKanaghan, wären Sie so freundlich?«

Mr McKanaghan, der sich gerade mit einem löchrigen Taschentuch seine triefende Nase geputzt hatte, richtete sich sofort auf und antwortete: »Jawohl, Ma'am!«

Fehlte nur noch, dass er salutierte.

Er kam durch den Schnee auf sie zu und schüttelte Aengus und Cedrik die Hand. »Guten Abend, Mister. Hallo, mein Junge. Willkommen am kältesten Punkt südlich des Polarkreises! Na, dann wollen wir mal …« Er packte eine der schweren Holzkisten und zerrte sie umständlich durch den Schnee Richtung Auto. Cedrik beeilte sich, ihm zu helfen.

Esmeralda richtete ihren Blick auf Aengus O'Connor und lächelte ihm entschuldigend zu. »Sie müssen wissen, Mr McKanaghan ist nicht nur die gute Seele unseres kleinen Ortes, er ist auch der Einzige, der ein solches Automobil fahren kann.«

O'Connor nickte. »Natürlich, ich verstehe!« Dann schien er zu stutzen. »Hat denn sonst niemand in Mistle End einen Führerschein?!«

Esmeralda antwortete mit einem merkwürdigen Kichern. »Nun, nicht für dieses … Fortbewegungsmittel. Aber manchmal ist so ein Fahrzeug doch ganz hilfreich. Besonders, wenn es so viele Kisten und Koffer zu transportieren gibt.« Sie hob neugierig ihre Augenbrauen. »Was ist denn eigentlich …«

»Bücher. Alles Bücher«, warf Cedrik ein und bückte sich nach der nächsten Kiste. »Sie müssen wissen, eigentlich ist mein Vater Wissenschaftler. Mythologe.«

Esmeralda nickte freundlich. »Mythologe, soso.« Ihre Augen verengten sich zu schmalen Schlitzen, dann zwinkerte sie Cedrik zu und meinte: »Wie aufregend!«

Wie aufregend?! Das ist immer die Reaktion der Leute, wenn sie eigentlich sagen wollen: Wie langweilig!

Als sie die Koffer und Kisten endlich alle verstaut hatten, quetschten sich Cedrik und sein Vater zwischen die zahlreichen Gepäckstücke auf die Rückbank des Wagens.

Mr McKanaghan versuchte bereits seit einigen Minuten erfolglos das Auto zu starten. Esmeralda, die wieder auf dem Beifahrersitz saß, wandte sich an O'Connor. »Wir freuen uns sehr, dass wir Sie für die Stelle bei uns gewinnen konnten. Sie haben ganz ausgezeichnete Referenzen.«

Sein Vater, der neue Lehrer, lächelte gequält und Cedrik spürte einen Stich in seinem Herzen.

»Wissen Sie, dass mein Vater ein königliches Institut geleitet hat, bevor er sich dazu entschlossen hat, Grundschullehrer zu werden?«, sagte er. Seine Stimme zitterte leicht.

O'Connor fiel seinem Sohn hastig ins Wort. »Cedrik, lass doch, bitte!«

Doch Esmeralda schien sich an Cedriks Bitterkeit nicht zu stören. »Natürlich weiß ich das. Und finde es sehr bemerkenswert.« Sie machte eine kleine Pause. »Und du? Glaubst du daran?«

»Woran?«

»Na, an diese wunderbaren Dinge, die dein Vater erforscht«, erklärte Esmeralda.

Cedrik runzelte die Stirn. »Sie meinen an so etwas wie Gnome, Trolle und Elfen?«

McKanaghan hatte es immer noch nicht geschafft, den Motor zu starten, und fluchte leise vor sich hin.

»Ganz genau!«, sagte Esmeralda und warf Cedrik über die Schulter einen verschmitzten Blick zu.

»Nein. Schon lange nicht mehr«, erwiderte Cedrik. »Als ich noch kleiner war, vielleicht, ja, ein wenig. Aber jetzt ... Ich weiß nicht. Und Sie? Glauben Sie daran oder denken Sie wie die meisten, dass all diese Erscheinungen irgendwelche natürlichen Ursachen haben?«

Esmeralda lachte auf, hell und perlend. »Natürliche Ursachen? Oh, da magst du recht haben.«

O'Connor beugte sich auf seinem Sitz vor und schob sich so zwischen Cedrik und Esmeralda. »Ach, lassen wir das doch jetzt, Fabelwesen, Mythologie und all das. Meine Zeit im Museum ist vorbei«, sagte er, sichtlich um gute Laune bemüht. »Wissen Sie, worauf ich mich freue? Auf meinen neuen Job als Lehrer. Und auf die Kinder von Mistle End!«

»Und die Kinder auf Sie, mein Lieber!«, antwortete Esmeralda herzlich.

Endlich war es McKanaghan gelungen, das Auto zu starten. Der Motor heulte auf, und er wendete den Geländewagen auf dem kleinen Bahnhofsplatz. Es schien tatsächlich nur eine Straße vom Bahnhof wegzuführen, und dieser folgten sie nun, schneebedeckt und kurvig, wie sie war, hoch in die Berge. Zu beiden Seiten säumten niedrige Mauern aus unbehauenen Felssteinen den Weg. Wie lange Finger tasteten die Autoscheinwerfer durch das Dunkel und warfen ihr Licht auf Abertausende Schneeflocken, die vor ihnen über die Straße wirbelten. Die Strecke stieg steil an, und wenn sich das Fahrzeug durch den immer höher liegenden Schnee kämpfte, jaulte der Motor laut auf.

»Beeindruckend, sehr beeindruckend!«, staunte O'Connor. »In London haben wir selten so einen Schneefall.«

»Das ist noch gar nichts!«, erwiderte McKanaghan. »Vorige Woche hatten wir hier so viel Schnee, ich sag Ihnen, der ging bis über –«

»Vorsicht!«

McKanaghan hatte sich mit den letzten Worten zu seinen Gästen auf der Rückbank umgedreht und dabei das Fahrzeug mit einer unkontrollierten Bewegung des Lenkrades aus der Spur gerissen. Der Wagen geriet ins Schleudern und schoss direkt auf eine der steinernen Straßenbefestigungen zu.

Cedriks Herz machte einen Sprung und ihm stockte der Atem. Die Mauer!

Er klammerte sich mit beiden Händen an eine schwere Bücherkiste und verfluchte sich gleichzeitig, weil er nicht einmal versucht hatte, sich anzuschnallen.

Der Wagen schlingerte heftig, der Motor heulte auf, doch bevor das Auto mit voller Geschwindigkeit in das Gemäuer rasen konnte, gab es einen kräftigen Ruck, der Wagen machte einen gewaltigen Satz zur Seite – und war wieder in der richtigen Spur. Mr McKanaghan hatte keinen Finger gerührt, das Lenkrad sogar losgelassen. Da war sich Cedrik ganz sicher.

O'Connor hatte seine Hände in den Sitz vor ihm verkrallt und saß kreidebleich auf seinem Platz. »Ach du meine Güte!«

Mr McKanaghan dagegen schien von der ganzen Aktion völlig ungerührt. Die angsterfüllten Schreie seiner beiden Fahrgäste dagegen hatten ihn scheinbar verärgert. »Was habt ihr denn?«, empörte er sich und starrte Vater und Sohn im Rückspiegel böse an. »So ein Theater!«

Esmeralda, die das Schauspiel bisher mit größter Fassung ertragen hatte, fuhr McKanaghan wütend an: »Passen Sie doch auf! Müssen Sie uns so erschrecken?«

Der Getadelte brauste auf. »Was denn? Der Wagen ist doch …«

»Mr McKanaghan, ich darf ja wohl bitten!«, unterbrach ihn Esmeralda scharf und wandte sich sofort, nun wieder liebenswürdig lächelnd, an Cedrik und seinen Vater. »Bitte verzeihen Sie den wilden Fahrstil unseres, ähem, lieben Mr McKanaghan, aber die gute Nachricht ist: Wir sind gleich da!«

Cedrik seufzte, O'Connor nickte, das bleiche Grau in seinem Gesicht war inzwischen einem leichten Grün gewichen, und McKanaghan kratzte sich verlegen unter seiner Schirmmütze. »Sorry, Ma'am.«

Ihr Weg hatte die kleine Gruppe im Land Rover auf ein Hochplateau geführt, das den Blick auf ein Tal freigab, an dessen Ende – umrahmt von sanft ansteigenden, tief verschneiten Hügeln – die Lichter einer kleinen Ortschaft aufleuchteten. Hier oben hatte der Himmel aufgeklart und der Mond zeigte sich hinter vorbeiziehenden Wolkenfetzen.

»Ist es das?«, fragte Cedrik.

»Mistle End«, erwiderte Esmeralda und nickte. »Ich bin mir sicher, es wird dir gefallen!«

Die Straße schraubte sich entlang schroffer Hänge tiefer in das Tal und führte in einen düsteren, laublosen Eichenwald, der das Dorf wieder vor ihnen verbarg.

Cedrik stieß sich den Kopf, als der Wagen durch ein unter dem Schnee verborgenes Schlagloch rumpelte. Esmeralda sog scharf die Luft ein, sagte aber kein Wort. Im fahlen Licht des Mondes sahen die Bäume seltsam verkümmert aus, wie vom Alter gebeugte Greise, die ihre langen, dürren Arme nach ihnen ausstreckten. Cedrik fühlte sich auf einmal wie ein Eindringling.

Unheimlich, dachte er und bemerkte ein flackerndes Licht zwischen den Bäumen. Erstaunt verdrehte er den Kopf, um besser sehen zu können, was da hinter den Autofenstern an ihnen vorbeizog: Unter einer riesenhaften Krüppeleiche, auf einer kleinen Anhöhe mitten im Wald, standen eine Handvoll Männer und Frauen im Schnee und bildeten, Fackeln in der Hand, einen Kreis um einen Jungen. Über ihnen, im Geäst des kahlen Baumes, baumelten leere Flaschen und Knochen. Spiegelscherben schaukelten im Wind und warfen schaurige Blitze durch die Nacht. War das ein Vogel auf der Schulter des Jungen?!

Cedrik konnte nicht erkennen, was genau die Leute unter dem Baum dort taten, aber der Junge in der Mitte hob den Kopf und blickte in seine Richtung. Im Licht der Fackeln schienen seine Augen aufzuleuchten. Cedrik lief ein Schauer über den Rücken.

Sie fuhren um eine Kurve und er konnte die geisterhafte Szenerie nicht weiter beobachten.

Der Wald lichtete sich und vor ihnen öffnete sich der Talboden. Je näher sie dem Ort kamen, desto deutlicher zeichneten sich die schmalen Häuser mit ihren schneebedeckten Dächern und den verspielten Wasserspeiern im Mondlicht ab. Er war größer, als Cedrik erwartet hatte. Er sah kleine Türme und pittoreske Wetterfahnen, ein Fluss strömte aus der Stadt und schlängelte sich wie ein dunkles Band durch die sanft beschienene Ebene.

Das kleine Dorf war von einer mittelalterlichen, zinnenbewehrten Mauer umgeben, und als sie mit dem Auto durch ein düster wirkendes Tor einfuhren, hatte Cedrik das Gefühl, in eine Welt aus längst vergangenen Tagen einzutauchen. Und was aus der Ferne noch fremd, kalt und abweisend gewirkt hatte, empfing sie nun mit einer erstaunlichen Wärme, ja fast schon Festtagsstimmung. Der Schnee, der überall auf der Straße lag, glitzerte golden im Licht altmodisch wirkender Straßenlaternen. Die meisten Häuser des Dorfes waren aus dunklem Sandstein, schmal und hoch, im gotischen Stil erbaut. Sie wirkten mit ihren Treppengiebeln, Erkern und reich verzierten Fassaden auf fast magische Weise verwunschen. In fast allen Häusern brannte Licht, über so manchen Türen und Fensterrahmen konnte Cedrik Misteln oder Stechpalmenzweige erkennen. Wenn ihnen plötzlich eine

Kutsche oder ein Pferdeschlitten entgegengekommen wäre, hätte Cedrik das wenig gewundert. Mr McKanaghan kurvte erstaunlich vorsichtig durch die immer enger werdenden Gassen, bis sie durch eine steinerne Toreinfahrt fuhren und auf einem von hohen Bäumen gefassten Innenhof stehen blieben.

»Da wären wir. Aberdeen Square 13. Die Schule von Mistle End.«

Das Schulgebäude an der Stirnseite des Platzes erinnerte Cedrik mit seinen spätmittelalterlichen Giebelfenstern, seinem mit Eisen beschlagenen Tor und den verzierten Schornsteinen an eine der berühmten Universitäten, in die er seinen Vater so oft hatte begleiten müssen.

Aber das hier war anders. Besser, irgendwie. Es gefiel ihm. Vielleicht lag es am Schnee. Oder an den Bergen und Wäldern.

»Das ist es. Hier werden Sie ab heute wohnen.«

Das Gebäude, auf das Esmeralda zeigte, war eigentlich ein kleiner Seitenflügel der Schule. Wie das Hauptgebäude war auch dieses Haus über und über mit froststarrem Efeu bedeckt. Trotzdem sah es einladend aus, mit den erleuchteten Fenstern.

»Ich hoffe, Sie werden sich bei uns wohlfühlen«, sagte Esmeralda. »Wir haben für Sie in den Kaminen Feuer anzünden lassen.«

»Vielen Dank, das ist sehr liebenswürdig von Ihnen«, antwortete Aengus.

Sie stiegen aus, und Esmeralda übergab Cedriks Vater einen schweren Eisenschlüssel. »Willkommen in Ihrem neuen Zuhause!«

Als sie endlich das ganze Gepäck aus dem Land Rover geladen und vor dem Haus im Schnee gestapelt hatten, reichte Aengus Esmeralda die Hand, um sich zu verabschieden.

Doch die zögerte – und lächelte dann vorsichtig. »Wenn Sie möchten, könnte ich Sie noch heute Abend dem Rat vorstellen. Aber ich nehme an, Sie sind zu erschöpft von der Reise?«

»Ganz und gar nicht!«, fiel ihr Aengus begeistert ins Wort. »Ich komme gerne mit.« Entschlossen wandte er sich an Cedrik. »Du hörst es selbst: Mich ruft die Pflicht. Aber du kannst ja schon einmal unsere Sachen ins Haus tragen, in Ordnung? Und such dir einfach das schönste Zimmer aus.«

»Was?! Aber …«

»Bis später, Cedrik! Ich bin gleich wieder zurück«, unterbrach ihn Aengus bestimmt.

Cedrik schloss enttäuscht den Mund. Wenn sein Dad so war, konnte ihn niemand aufhalten.

Aengus stieg mit Esmeralda zurück in den Wagen, winkte ihm fröhlich zum Abschied und McKanaghan startete den Motor. Das Auto wendete und schlingerte über das schneebedeckte Kopfsteinpflaster Richtung Dorfmitte. Nicht ohne mit einem kleinen Satz einer fauchenden Katze auszuweichen, die vor dem Fahrzeug über die Straße gehuscht war.

Cedrik schüttelte verwirrt den Kopf. Autos springen nicht. Er gähnte und rieb sich die Augen. Bestimmt hatte er sich das nur eingebildet. Kein Wunder, er war hundemüde.

Kapitel 2

DAS HAUS AN DER MAUER

Erschöpft stand er vor dem Gepäck mit den ganzen Kisten und spürte, wie die Wut in ihm hochkochte. Kaum gab es wirklich mal etwas zu tun, war sein Vater auf wundersame Weise verschwunden, und er konnte sehen, wie er den ganzen Kram in ihr neues Haus brachte.

Mit einem Mal lief Cedrik ein Schauer über den Rücken. Wie im Auto, als er das Licht zwischen Bäumen gesehen hatte. Ganz schwach und doch spürte er es. Jemand beobachtete ihn. Blitzschnell drehte er sich um, aber niemand war zu sehen.

Er verharrte kurz, lauernd, aber außer der kleinen rot getigerten Katze, die mit aufgerecktem Schwanz durch den Schnee stakste, war keine Menschenseele zu entdecken. Da war nichts … außer einem nagenden Loch in seinem Bauch. Ob es im Haus irgendetwas zu essen gab?

Jetzt, wo er allein davorstand, fand er das Gebäude doch irgendwie unheimlich. Der Efeu wirkte fast schon gefräßig, wie er da über die gesamte Vorderfront des Hauses wucherte. Winzige Eiszapfen hingen an den Blättern und erinnerten Cedrik an spitze Zähne. Wie eine fleischfressende Pflanze.

Er schüttelte sich und schaute nach oben. Hinter den Fenstern im ersten Stock konnte er den flackernden Schein eines Kaminfeuers erahnen, und plötzlich merkte er wieder, wie kalt ihm war.

Entschlossen bückte er sich, um die erste schwere Kiste hochzuheben, als wie aus dem Nichts ein Junge vor ihm stand. Cedrik prallte zurück.

Der Typ fixierte ihn, ein spöttisches Grinsen auf den Lippen. »Du bist also der Neue!«

Breitbeinig, mit einem Mantel und einer Fellmütze auf den aschblonden Haaren, hatte er sich zwischen Cedrik und das Haus gestellt. Er musterte ihn aus schmalen, dunklen Augen. Cedrik lächelte den fremden Jungen freundlich an und streckte ihm die Hand entgegen. »Hi! Ich bin Cedrik.«

Der Junge ignorierte die Geste und starrte ihn weiter an.

Cedrik zuckte mit den Schultern und begann, eine der schweren Kisten mit den Büchern seines Vaters durch den Schnee Richtung Haus zu zerren.

Sein unbekannter Besucher versperrte ihm den Weg. »Du kannst dir die Mühen sparen. Ihr haut eh gleich wieder ab.«

Cedrik kannte diese Typen vom Schulhof, Jungs wie dieser hier suchten Streit. Und sie suchten ihn nur, wenn sie sich ganz sicher waren, dass ihr Opfer keine Chance gegen sie hatte. Er beschloss, den Blödmann einfach zu ignorieren, und zog die Holzkiste in einem Bogen um ihn herum.

Es schien, als hätte sein Gegenüber nur auf diese Gelegenheit gewartet. Der Junge machte einen Ausfallschritt und keilte seinen Fuß geschickt vor der Kiste in den eisigen Schnee: Der heftige Ruck kugelte Cedrik fast den Arm aus. Er strauchelte und fiel auf die Knie.

»Was soll das, du Blödmann?!«

»Ups! Bist du hingefallen?«

Stöhnend richtete sich Cedrik auf und rieb sich die schmerzende Schulter. »Was ist dein Problem!?«

Der andere war zwar fast einen Kopf kleiner als er, funkelte ihn aber trotzdem bösartig an.

»Musst du die schweren Sachen ganz allein durch den Schnee schleppen?« Er grinste fies. »Du Armer! Wie un–«

Weiter kam er nicht. Ein Schneeball zischte knapp an Cedrik vorbei und knallte dem anderen ins Gesicht. Die Wucht des Aufpralls ließ ihn rückwärts in den Schnee stolpern.

Erstaunt zog Cedrik den Kopf ein und sah sich um. Plötzlich war ein weiterer Junge zwischen den Schneebergen auf dem Schulplatz aufgetaucht und schaute belustigt auf den am Boden sitzenden Unruhestifter.

Der spuckte Schnee. »Waf pfum Pfeufel …«

»Weißt du, Duncan, du hättest ihn in einfach in Ruhe lassen können.« Der Schneeball-Schütze trug einen grünen Mantel und spielte lässig mit einem zweiten Schneeball, den er von einer Hand in die andere hüpfen ließ. Ein Mädchen trat neben ihn, ebenfalls in einen dunkelgrünen Mantel gehüllt. Wie der Junge hatte sie hellblonde Locken, ein Gesicht voller Sommersprossen und leuchtend blaue Augen.

Wo kam die denn auf einmal her?!

»Und sag nicht, wir hätten dich nicht gewarnt«, sagte sie und betrachtete den im Schnee sitzenden Duncan verächtlich. »Das hast du davon, wenn du Leute ärgerst.« Sie nickte trotzig, aber zufrieden und musterte Cedrik neugierig.

Duncan spuckte ein weiteres Mal aus, rappelte sich auf und klopfte sich wütend den Schnee vom Mantel. »Ihr natürlich, wer sonst!« Er zog eine Grimasse und es sah fast so aus, als fletschte er seine Zähne. »Das werdet ihr noch bereuen!«

Der Junge mit dem Schneeball schüttelte verächtlich den Kopf. »Warum gehst du nicht einfach und langweilst jemand anderen?«

Cedrik spürte den Hass zwischen den beiden und er hätte sich nicht gewundert, wenn sich die zwei jeden Moment an die Gurgel gesprungen wären. Doch der Blondschopf machte eine schnelle Bewegung, so als wolle er den zweiten Schneeball schleudern – und Duncan fiel erschrocken zurück in den Schnee.

Der Junge und das Mädchen lachten auf, und auch Cedrik konnte sich ein Grinsen nicht verkneifen.

Als Duncan merkte, wie lächerlich er sich gemacht hatte, sprang er auf und stapfte schimpfend durch den Schnee davon.

Der Junge kicherte zufrieden, und das Mädchen wandte sich an Cedrik. Sie streckte ihm ihre Hand entgegen. »Cedrik, stimmts? Hi, ich bin Emily!«

»Woher kennst du meinen Namen?«, fragte Cedrik verlegen und schüttelte ihr die Hand.

»Esmeralda Golden ist unsere Mutter!«

Die Mäntel, die Augen, dachte Cedrik.

Der Junge schleuderte seinen zweiten Schneeball nach einem Raben, der auf dem Dach der Schule saß und empört krächzend davonflog. »Außerdem reden wir schon seit Tagen von nichts anderem als von eurer Ankunft. Dürfen wir dir helfen?«

Cedrik lachte. »Habt ihr das nicht gerade? Aber sicher, gerne!«

»Dann lass mich mal!« Lässig bückte sich der Junge und hob die schwere Kiste mühelos mit einer Hand hoch. »Ich heiße übrigens Elliot!«

Cedrik stutzte. Ihm war es kaum gelungen, die Holzkiste hinter sich herzuzerren, geschweige denn, sie so lässig hochzuheben.

Emily hob nun ihrerseits die schwere Tasche mit den Schuhen hoch. Einfach so. Oder war die Tasche etwa gerade in ihre Hand gesprungen?! Sie drehte sich zu ihm. »Weißt du schon, wo die Sachen hinkommen?«

»Wie macht ihr das? Das Zeug ist doch irre schwer?!«

»Alles eine Frage der Übung.« Elliot lächelte breit. »Und? Welches Zimmer bekommst du denn jetzt?«

Cedrik war viel zu aufgedreht, um sich über die ungewöhnlichen Kräfte seiner beiden Beschützer weiter Gedanken zu machen. Er grinste zurück. »Ich darf mir eines aussuchen!«

»Na dann los!«, rief Emily und lief hinter Elliot die Stufen zur Eingangstür hinauf.

Noch bevor Cedrik den Schlüssel aus seiner Jackentasche kramen konnte, öffnete Elliot die Tür, die leise knarzend aufschwang. Als er Cedriks Erstaunen bemerkte, erwiderte Elliot unschuldig: »Wir schließen hier eigentlich nie ab.«

Sie betraten das Haus und Cedrik schaute sich um. Der lang gestreckte Eingangsraum hatte eine hölzerne, von geschnitzten Bögen gestützte Decke und auf beiden Seiten führten unterschiedlich steile Holztreppen nach oben. Auf einem Vorsprung gegenüber der Eingangstür tickte vielstimmig ein mechanisches Chronometer aus angelaufenem Silber. Cedrik erkannte darauf nicht nur eine prächtige Uhr, sondern auch die unterschiedlichsten Zeiger für Mondphasen, das aktuelle Sternzeichen und eine Scheibe, die mithilfe von gravierten Symbolen das zu erwartende Wetter anzeigte. Er entdeckte die Zeichen für Sonne, Wolken, Regen und Schnee. Nur das Symbol mit dem tanzenden Knochenmann konnte er sich nicht erklären.

»Ich vermute, hier wirst du nicht schlafen«, sagte Elliot und verschwand durch eine schmale Tür unterhalb des Chronometers. Seine Stimme klang dumpf aus dem dahinterliegenden Zimmer. »Obwohl, vielleicht wäre es doch nicht so schlecht. Wäre quasi direkt an der Quelle.«

Neugierig folgte ihm Cedrik drei kleine Steinstufen hinab in die Küche, einen ovalen Raum mit Spitzbogenfenstern und einem schweren Holztisch in der Mitte. Überall hingen Küchenwerkzeuge an geschmiedeten Haken, die gemauerte Feuerstelle war einfach riesig und nahm fast eine ganze Seite ein.

»Wow, haben die hier für die ganze Ortschaft gekocht?«

Elliot zuckte mit den Schultern, bückte sich und öffnete eine kleine Holzluke, die im Steinboden eingelassen war und den Zugang zu einer Art Speisekammer bildete. »Schade. Leer.«

Emily polterte mit Cedriks Tasche bereits die Treppe nach oben. »Wo bleibt ihr denn? Hier gehts lang!«

Sie stiegen ihr nach und erkundeten gemeinsam das Haus, ein Zimmer nach dem anderen. Die oberen Stockwerke waren mit dunklen Holztäfelungen versehen und dicke Dielen knarzten unter ihren Füßen. Kein Raum lag auf der gleichen Ebene. Wann immer sie von einem Zimmer in das nächste wechselten, mussten sie ein paar Stufen nach oben oder unten steigen. Überall standen Antiquitäten, die meisten aus hellem Holz und mit schwarzen Ornamenten versehen. In einem der Räume fanden sich ringsum leere Bücherregale.

Cedrik dachte an die Bücherkisten in der Eingangshalle und schmunzelte.

Eine weitere Treppe brachte sie in eine Kammer, die sich deutlich vom Rest des Hauses abhob: Während die anderen Zimmer mit Bildern oder Wandteppichen geschmückt waren, auf denen sich Landschaft und Leben der schottischen Highlands widerspiegelten, war dieses Zimmer offensichtlich dem Meer gewidmet. An den dunkelblauen Wänden hingen alte Ölgemälde von Schiffen, auf dem Kaminsims stand ein fein gearbeitetes Modell eines Dreimasters, so liebevoll und detailliert ausgearbeitet, dass sich Cedrik gut vorstellen konnte, wie winzige Seeleute in die Masten kletterten, um die Segel zu hissen.

Ein schwerer Teppich dämpfte ihre Schritte und zeigte eine Unterwasserwelt voller Nixen und Wassermänner, die … Erschrocken sprang Cedrik zurück. Der Teppich bewegte sich!

Cedrik blinzelte. Hatte es für einen kurzen Moment nicht so gewirkt, als hätte der Wassermann gewunken? Und sein Bart sah aus, als würde er in den Wellen hin und her treiben! Er schaute noch einmal genauer hin, aber jetzt schien alles ganz normal. Ein stinknormaler Teppich. Er prustete leise.

Als Emily das Geräusch hörte, wirbelte sie herum und musterte ihn erstaunt. »Gefällt dir euer neues Haus nicht?«

Er schluckte. Das hier war nicht irgendein Haus, sondern ihr neues Zuhause. Cedrik musste wieder an ihre alte, winzige Wohnung in London denken, knappe zweieinhalb Zimmer für ihn und seinen Vater – und nun dieses Haus. Es erschien ihm so riesig und so anders als alles, was er kannte. Wahrscheinlich gab es einen Haken bei der Sache.

»Nun sag schon! Nicht schlecht, oder?«, fragte Elliot ungeduldig.

Cedrik strich mit seiner Hand über die glänzende Rückenlehne eines Ledersessels und zögerte. »Das Haus ist wirklich … alt. Äh, ich mein, mit den ganzen Antiquitäten und so. Als wärs ein Museum.«

»Und das gefällt dir nicht«, stellte Emily nüchtern fest.

Elliot hob erstaunt seine Augenbrauen.

»Doch, doch, es ist wunderschön!«, beeilte sich Cedrik zu

versichern und meinte, was er sagte. Er fand es wunderbar. Und was ihm am besten gefiel, war, dass tatsächlich in fast jedem Zimmer freundlich knisternde Feuer in den offenen, reich verzierten Kaminen brannten. Die flackernden Flammen und die behagliche Wärme weckten in Cedrik sofort ein Gefühl von Geborgenheit. »Dieses Haus ist echt der Wahnsinn!«

Elliot zeigte lässig auf die letzte Treppe nach oben. »Ich möchte wetten, da oben wirds noch besser.«

Er hatte recht. Das Zimmer unterm Dach, für das sich Cedrik letzten Endes entschied, hatte nicht nur ein großzügiges Himmelbett, sondern auch eine schmale Wendeltreppe, die in eine darüber gelegene, winzige, achteckige Turmkammer führte. Dort gab es einen gemütlichen Ohrensessel und ein schweres Messingfernrohr, das auf einem hölzernen Dreibein stand. Halbrunde Fenster ringsum erlaubten eine weite Sicht über die Dächer und auf die nächtlichen Highlands. Hier verstaute er all seine Bücher, seine Zeichnungen und Comics. Emily half ihm dabei, während sich Elliot kurz entschlossen daranmachte, die restlichen Sachen nach oben zu tragen.

Neugierig sah Cedrik durch das Fernrohr und war erstaunt, wie gut er im hellen Mondlicht sogar einzelne Bäume auf dem gegenüberliegenden Berghang erkennen konnte. Er folgte mit dem Fernrohr der Straße und fand den Wald mit den verkrüppelten Steineichen. Von der seltsamen Gruppe mit den Fackeln aber war keine Spur zu entdecken. Er richtete das Messingrohr höher, auf den Mond, und bewunderte die Krater und Kometeneinschläge auf dessen leuchtender Oberfläche, bis sich ein riesenhaftes, blaues Auge über den Himmelskörper schob und er erschrocken zurückzuckte.

Emily lachte und zog das Fernrohr zu sich heran. »Schau da, am Ende eures Daches, das ist die Dorfmauer. Tagsüber hast du hier eine wunderbare Aussicht auf die umliegenden Wälder und Berge. Ich wette, mit dem Fernrohr kannst du sogar Wildtiere beobachten. Hier gibt es viele Hirsche.«

Cedrik wollte gerade etwas erwidern, als Elliot im Zimmer unter ihnen mit einem dumpfen Knall den letzten Koffer auf den Boden fallen ließ.

»Fertig!«

Emily sprang sofort die Treppe nach unten, Cedrik hinterher.

»Mensch, dein Dad liest gerne, was? Das sind eine Menge Bücher.« Lässig zog sich Elliot seine Handschuhe aus.

Cedrik nickte ernst. »Wenn ihr mir nicht geholfen hättet …«

»Nicht der Rede wert!«, sagte Elliot und wischte Cedriks Bemerkung bescheiden beiseite.

Seine beiden Besucher wickelten sich aus ihren Schals, zogen ihre Mäntel aus und warfen sich in zwei kleine Sessel vor dem Kamin. Sie lächelten ihn an. Erst jetzt fiel Cedrik auf, wie sehr sich die beiden ähnelten.

Emily schmunzelte. »Elliot ist mein kleiner Bruder!«

»Aber ich bin größer!«, warf Elliot ein.

»Woher wusstet ihr, was ich gerade denke?«, fragte Cedrik erstaunt.

»Das ist immer die erste Frage, wenn uns die Leute so wie du gerade ansehen!«, erklärte Emily.

Die Ähnlichkeit der Geschwister Golden war wirklich unverkennbar.

»Ich bin froh, dass ich euch getroffen habe. Ich dachte schon, ihr seid hier alle so wie dieser Duncan von vorhin. Oder der alte Mr McKanaghan.«

Elliot kicherte. »Ach, der … Weißt du, dass er früher sein Geld als Leichenwagenfahrer verdient hat?«

»Na ja, das passt zum Fahrstil«, erwiderte Cedrik trocken.

Emily und Elliot prusteten los.

Elliot sprang auf. »Argh, mein Magen knurrt. Ich könnte ein ganzes Blech Kekse verdrücken. Mit dem Blech!«

Cedrik schüttelte lachend den Kopf. »Ich habe auch Hunger. Aber ich glaube nicht, dass wir etwas dahaben.«

»Aber wir!« Emily zauberte aus ihrer Manteltasche ein kleines, in kariertes Tuch eingeschlagenes Päckchen hervor und verkündete: »Unsere Eltern haben die Bäckerei hier im Ort.« Sie wickelte das Stofftuch auseinander und zum Vorschein kamen duftende Kekse. »Bitte, bedien dich!«

Elliot schnappte sich sofort einen, schob ihn sich ganz in den Mund und erklärte schmatzend: »Nischt gud! Voll äääklich! Ööörch!« Er zog eine Grimasse, als müsse er sich gleich übergeben, verschluckte sich an einem Brösel und musste gleichzeitig husten wie lachen und steckte Cedrik damit an.

Emily verdrehte die Augen und hielt Cedrik das aufgeschlagene Tuch mit dem Gebäck hin. »Das ist Shortbread, schottisches Buttergebäck. Mit Karamell. Nimm dir lieber schnell, bevor Elliot dir alle wegschnappt!«

Cedrik griff dankbar zu und die nächsten Minuten herrschte zufriedenes Schweigen, nur unterbrochen von gelegentlichem Schmatzen. Die Kekse waren weich mit knusprigen Stückchen und schmeckten Cedrik sehr. Im Kamin knackte ein Holzscheit und Funken wirbelten Richtung Schornstein. Cedrik lächelte.

Da saß er nun, in seinem ersten, richtig eigenen Zimmer, aß mit den beiden Geschwistern schottisches Shortbread und hatte immer mehr das Gefühl, dass es ihm in Mistle End vielleicht doch besser gefallen könnte, als er es noch am Morgen erwartet hatte.

Cedrik biss gerade in seinen letzten Keks, als Elliot ihn mit gerunzelter Stirn anstarrte. Verwirrt hielt Cedrik inne. »Was ist los?«, fragte er unsicher.

Emily flüsterte: »Da sitzt eine riesige Spinne auf deinem Kopf.«

Cedrik machte leise »Oh!«, stopfte sich den restlichen Keks in den Mund und griff behutsam nach dem Tier. Vorsichtig setzte er die Spinne auf den Boden.

Emily kräuselte amüsiert die Nase, als sie sah, wie das Krabbeltier in einer Bodenritze unter dem Bett verschwand.

»Findest du die nicht eklig?«, fragte Elliot ungläubig.

Cedrik grinste und zuckte verlegen mit den Schultern. Er mochte Tiere. Und die Tiere ihn.

Emily nickte fröhlich, dann machte sie plötzlich ihm und ihrem Bruder ein Zeichen, still zu sein. Sie schloss die Augen und verharrte völlig regungslos. Dann lächelte sie. »Dein Vater ist zurück.«

Tatsächlich hörte auch Cedrik fast im gleichen Augenblick, wie der Wagen draußen vor dem Haus knirschend im Schnee stehen blieb. Er ging ans Fenster und konnte sehen, wie sein Vater aus dem klapprigen Land Rover stieg. Die Stimmen waren durch das dünne Glas gut zu hören.

»Herzlichen Dank, Mr McKangahanagan … äh, Mr Kana… nun ja, bis morgen. Auf Wiedersehen und gute Nacht!«

»Gute Nacht, Mr O'Connor!« McKanaghan kurbelte das Fenster nach oben, wendete das Auto und fuhr wieder vom Hof. Aengus entdeckte Cedrik und winkte freudig nach oben.

Emily und Elliot standen auf.

»Wir müssen jetzt sowieso nach Hause.«

»Schon?«, sagte Cedrik enttäuscht. Dann fiel ihm ein, wie spät es bereits war. »Äh, klar! Danke euch noch mal.« Unsicher stocherte er mit dem Schürhaken im Kamin herum. »Was macht ihr denn mor-«

»Na, dir Mistle End zeigen!«, unterbrach ihn Elliot gelassen.

Emily boxte ihm auf den Arm. »Glaubst du, wir lassen uns das entgehen?!«

Cedrik rieb sich grinsend die schmerzende Stelle.

Aengus, noch immer im Mantel und mit Schnee an den Stiefeln, betrat das Zimmer. »Oh, hallo, ihr drei! Wie ich sehe, hast du schon Freunde gefunden! Wie schön, wie schön!«

Cedrik verdrehte mit gespielter Empörung die Augen. »Dad, du machst alles nass!«

Aengus hastete zurück ins Erdgeschoss, während Emily und Elliot kichernd in ihre Mäntel schlüpften.

Nachdem sich die beiden Geschwister verabschiedet hatten, zeigte Cedrik seinem Vater ihr neues Haus. Aengus war begeistert und berichtete, wie glücklich die Ratsmitglieder darüber gewesen waren, endlich wieder einen Lehrer für ihre Kleinsten gefunden zu haben. »Stell dir vor, die Stelle war schon seit zwei Jahren unbesetzt. Es war wohl nicht ganz einfach, einen passenden Bewerber zu finden«, sagte er. »Ach, Cedrik, ich bin mir sicher, es wird herrlich hier. Aber jetzt ab ins Bett, es ist ja schon nach Mitternacht.« Er nahm Cedrik kurz in den Arm und drückte ihn fest. »Gute Nacht, mein Großer!«

Cedrik gab sich keine Mühe, seine Freude über die gelungene Ankunft zu verstecken. »Gute Nacht, Dad!«

Als er sich wenig später auf sein neues Himmelbett plumpsen ließ, schloss Cedrik mit einem tiefen Seufzer der Erleichterung die Augen. Seine Glieder schmerzten vom Kistenschleppen, und er freute sich, wie weich Matratze und Decke waren. Er gähnte. Mit ein bisschen Glück konnte das hier vielleicht wirklich ein neues Zuhause für sie werden. Mistle End und das Haus waren schräg, aber irgendwie auch … besonders.

Genau wie Elliot und Emily. Ein Lächeln breitete sich in seinem Gesicht aus. Jetzt musste er nur noch hoffen, dass ihn die Vögel fanden. Sie waren bisher immer wiedergekommen,

Spatzen, Amseln, manchmal sogar Möwen oder Krähen. Nicht täglich, aber doch von solcher Regelmäßigkeit, dass sie irgendwie zu seinem Leben dazugehörten. Und hier, in den Bergen, gab es ganz bestimmt viele, die ihn morgens an seinem Turmfenster besuchen konnten. Bisher hatte er niemandem davon erzählt, aber mit Elliot und Emily würde er vielleicht eines Tages sein Geheimnis teilen.

Im Kamin knackte das Feuer. Er schloss die Augen, sog den Duft des brennenden Holzes ein und war kurz darauf eingeschlafen.

Kapitel 3

DER BESUCHER AUF DEM DACH

Irgendetwas stimmte nicht. Cedrik hatte das Gefühl, erst vor wenigen Sekunden die Augen geschlossen zu haben, als er von einem seltsamen Geräusch aus dem Schlaf gerissen wurde.

Er war mit einem Schlag hellwach. Ganz deutlich hatte er es gehört. Ein Scharren, nein, eher ein Tapsen. Das waren keine Vögel, das waren schwere Schritte. Oben, auf dem Dach. Oder im Turmzimmer? Da! Noch einmal!

Cedrik schlug die Decke zurück und sprang aus dem Bett. Sein Herz klopfte bis zum Hals. In seinem Zimmer war es dunkel, aber hinter den Vorhängen konnte er das helle Licht des Mondes erahnen. So leise er konnte, stieg er die Wendeltreppe nach oben. Vorsichtig schielte er über den Rand der letzten Stufe, doch soweit er es erkennen konnte, war die Turmkammer außer dem Stuhl, dem Fernglas und seinen Büchern leer. Wieder hörte er das Geräusch. Das Scharren kam vom Dach!

Gebückt stieg er über den letzten Absatz, presste sich neben dem Fenster an die Wand und spähte nach draußen. Der Schnee glitzerte im Mondlicht, und was er dort, auf dem First ihres Daches, sehen konnte, verschlug ihm fast den Atem: Ein Wesen, halb Löwe, halb Adler, stand dort, wo die Dorfmauer begann, mit ausgebreiteten Schwingen und dicken Pranken im Schnee. Langsam zuckte sein Schwanz, seine Flügel mussten eine Spannweite von mehreren Metern haben – das ganze Tier war riesig und befand sich nur wenige Schritte von ihm entfernt. Es war weiß, komplett weiß. Weiße Federn, weißes Fell. Nur sein Schnabel hatte eine dunkelgoldene Farbe und war geschwungen wie ein Säbel. Rasiermesserscharf und garantiert tödlich.

Cedrik musste schlucken.

Das … das war ein Monster! Ein echtes, furchtbares Monster! Ein Fabelwesen, so alt und grausam, dass es nur in den schrecklichsten Gruselgeschichten vorkommen sollte. Oder in Horrorfilmen. Aber auf keinen Fall gehörte so ein Ungeheuer auf ihr Dach!

Cedriks Blick traf den des unheimlichen Besuchers und er zuckte zusammen. Die starren, kalten Adleraugen fixierten ihn.

Das wundersame Wesen legte seinen Kopf schief, und Cedrik musste an einen Raubvogel denken, der seine Beute beäugt. Kurz bevor er zuschlägt. Er hörte wieder ein Geräusch, diesmal war es ein Rauschen, nein, eher ein sanftes Murmeln. Und es kam näher. Nervös leckte er sich über die trockenen Lippen. Was war das?

Das Geräusch wurde lauter, fast schon bedrohlich. Es zischte, brauste und toste. Er wollte schon panisch die Hände auf die Ohren drücken, als sich das Dröhnen in eine Stimme verwandelte. In seinem Kopf!

Kalt, brausend und voller Kraft.

»Ich grüße dich!«

Cedrik zuckte zusammen. Er riss die Augen auf und rieb sich fest über die Stirn.

Es spricht.

Mit mir.

Die Kreatur betrachtete ihn noch immer, als erwartete sie eine Antwort.

»Äh, g…guten Abend«, krächzte Cedrik.

Das Adlerwesen auf dem Dach neigte sein Haupt. Es war nur eine kleine Bewegung, aber es schien Cedrik, als hätte der Löwenvogel genickt. Cedrik schnappte nach Luft.

Er nahm all seinen Mut zusammen und trat näher. Er legte eine Hand an das Glas, das Fenster sprang wie von selbst auf und klare Winterluft füllte den Raum. Das Geschöpf stand noch immer ruhig am gegenüberliegenden Ende des Dachfirsts.

Cedrik flüsterte atemlos: »Wer bist du?«

Der Löwenadler machte erneut diese eigentümliche, ruckartige Bewegung und schaute ihn direkt an. Dann hörte er wieder die Stimme in seinem Kopf.

»Ich habe keinen Namen.«

Cedrik stöhnte innerlich. Das war nicht gut. Das war auf keinen Fall eine beruhigende Antwort. Wesen ohne Namen waren bestimmt nicht nett. Andererseits, warum sollte ein Monster mit solchen Pranken auch nett sein? Panik stieg in ihm auf. Er musste ruhig bleiben, musste sich zusammenreißen!

Er entschied sich dafür, weiterzufragen, immerhin hatte das Wesen bereits einmal geantwortet.

»Was … was machst du hier auf unserem Dach?«

Wieder kam die Reaktion sofort. »Ich bin ein Wächter. Ein Beschützer. Ein Albtraum für meine Feinde. Ein Segen für meine Freunde.«

Natürlich, er träumte das alles hier bloß! Ein Albtraum. Auf jeden Fall. So musste es sein. Alles andere war schlicht und ergreifend unvorstellbar.

Der Gedanke, dass diese Begegnung mit größter Wahrscheinlichkeit gerade nicht wirklich stattfand, entspannte ihn. Irgendwie. Aber wenn er schon einmal einen so verrückten Traum hatte, warum sollte er sich nicht darauf einlassen? Er konnte ja nichts verlieren.

»Bin ich dein Freund?«, fragte Cedrik leise.

Das Monster ließ sich Zeit mit der Antwort. Das Murmeln und Rauschen in seinem Kopf klang sanfter als zuvor, aber nicht weniger bedrohlich. Eher im Gegenteil. Cedrik verstand die Worte nicht sofort, die sich in seinem Geist formten, und er bekam nicht die Antwort, die er sich erhofft hatte. Sondern eine Gegenfrage: »Bist du mein Feind?« Das Ungeheuer trat unruhig von einer Tatze auf die andere.

Cedrik überlegte, dann schwang er sich mit einem Bein über das Fensterbrett und stieg hinaus aufs Dach. Barfuß im

Schnee stand er der Kreatur nun gegenüber. Er hatte damit gerechnet, hier draußen unter freiem Himmel entsetzlich zu frieren, doch zu seinem Erstaunen spürte Cedrik weder Kälte – noch Furcht. Es war ihm, als hätte er mit der Erkenntnis, dass es sich um einen Traum handeln musste, jede Angst vor dem Geschöpf verloren. Trotzig schob er sein Kinn nach vorne und schaute dem Löwenadler mutig in die Augen. »Was willst du von mir?«

Die Antwort war kurz und knapp. »Ich bin hier, weil du hier bist.«

Cedrik stockte der Atem. »Weil ich hier bin? Aber … warum?«

»Du hast mich gerufen«, unterbrach ihn rau die Stimme in seinem Kopf.

»Aber … nein! Habe ich bestimmt nicht!« Cedrik schluckte nervös.

Das Tier schlug unruhig eine seiner Pranken in den Schnee, die Krallen seiner Vorderfüße kratzten auf dem Dach. Das war das Geräusch, das Cedrik geweckt hatte.

Dieser Traum war so verdammt echt! Aber was, wenn es gar kein Traum war?

Wieder ertönte die Stimme in seinem Kopf. Schnarrend und verdammt furchteinflößend. »Sag du es mir: Warum bin ich hier?«

Das Monster starrte ihn an, schien sich in seine Gedanken zu bohren. Cedriks Kopf pochte vor Schmerz, er zitterte und fror auf einmal entsetzlich.

Er stotterte. »Ich … ich … «

Das Wesen machte einen schnellen Schritt auf Cedrik zu, verharrte dann aber ebenso unvermittelt, wie es sich auf ihn zubewegt hatte. Cedrik war stocksteif vor Angst. Der Löwenschwanz zuckte hin und her. Das Monster stand jetzt nur noch wenige Schritte von ihm entfernt. Zu nah, viel zu nah!

Er wich vorsichtig zurück. »Ich … weiß es nicht«, stammelte er leise.

»Das ist seltsam. Und sehr beunruhigend«, krächzte das Ungeheuer in seinem Kopf. Es tänzelte nervös hin und her, dann richtete es sich auf und machte ein, zwei kräftige Schläge mit seinen gewaltigen Flügeln. Der Luftstrom wirbelte Schneeflocken in sein Gesicht.

»Bist du Freund oder Feind?«

Cedrik wusste nicht mehr weiter. »Ich … ich bin kein …«

Die Stimme war überall. Und nirgends. Mit tausend kleinen Echos. »Warum bin ich hier?!«

Cedrik schüttelte hilflos den Kopf.

Das Monster brüllte: »Warum weißt du es nicht? Warum weiß ich es nicht!?«

Cedrik presste die Hände auf die Ohren, aber es half nichts. Natürlich. Die Stimme war in ihm. Wütend presste er zwischen zusammengebissenen Zähnen hervor: »Wenn du selbst keine Ahnung hast, woher soll ich es dann wissen?!«

Das Ungeheuer ließ nicht locker. »Weil du es wissen musst! Drei Tage, dann musst du mir meine Fragen beantworten!«

Cedrik war gleichermaßen verzweifelt wie empört. Er hatte das Ungeheuer nicht gerufen. Was sollte das alles!? »Ich weiß doch nicht einmal, um was es hier geht! Was, wenn ich das Falsche sage?« Ihn packte eine ungeheure Wut. »Woher weißt du überhaupt, was die richtige Antwort ist, wenn du selbst keine Ahnung hast?«

»Wenn du versagst«, brüllte das Ungeheuer, »bist du mein Feind!«

Die Nacht schien zu explodieren, in Cedriks Kopf brach ein wahrer Sturm los. Adlerschreie mischten sich mit Löwengebrüll, grelle Blitze brannten in seiner Stirn. Zornig machte das Wesen ein paar Schritte auf Cedrik zu und duckte sich, als würde es zum Sprung ansetzen. Die Muskeln seines ganzen riesenhaften Löwenadler-Körpers waren angespannt, sein Schwanz peitschte durch die Luft.

Cedrik taumelte erschrocken zurück und ging in die Knie.

Das Fabeltier bäumte sich auf, spreizte seine gewaltigen Flügel und schrie auf. Einen furchtbaren, kreischenden Adlerschrei. Diesmal nicht in seinem Kopf, sondern direkt vor ihm, auf dem Dachfirst des Hauses.

Cedrik schlug die Hände vors Gesicht. Er schlotterte am ganzen Leib. Vor Angst. Vor schrecklicher Todesangst.

Doch mit einem Mal wurde es still. Er hörte nichts außer seinem eigenen Keuchen. Cedrik öffnete langsam die zusammengekniffenen Augen. Das Wesen hatte sich wieder auf alle viere niedergelassen. Es ging jetzt rückwärts und blickte scharf auf Cedrik herab. Es schüttelte sich, zuckte aber noch immer unruhig mit dem Schwanz. Und wieder hörte Cedrik die Stimme in seinem Kopf. Vorsichtig, zurückhaltender als zuvor.

»Du bist … anders. Du bist noch nicht so weit. Aber bald, schon bald …«

Mit diesen Worten setzte das Tierwesen erneut an, mit den Flügeln zu schlagen, diesmal mit langsamen, kraftvollen Bewegungen. Aus dem Nichts setzte Wind ein, erst schwach, dann immer stärker. Kräftige Böen wirbelten Schnee auf und zerrten an Cedriks Schlafanzug. Schwarze Wolken verdeckten den Mond und Schneekristalle peitschten Cedrik ins Gesicht. Er musste die Augen schließen.

Immer heftiger wurde der Wind, wurde zu einem Sturm, einem tosenden Schneesturm, und Cedrik hörte, wie hinter ihm das Fenster in den Angeln quietschte – und schließlich mit einem lauten Knall zufiel.

Cedrik schreckte auf. Es war früh am Morgen und er saß aufrecht in seinem Bett, schweißgebadet. Er musste die Bettdecke von sich fortgestoßen haben und fror erbärmlich. Draußen tobte tatsächlich ein heftiger Schneesturm. Die Flocken wirbelten so dicht und zahlreich vom Himmel, dass er nichts als Weiß erkennen konnte.

Im Turmzimmer über ihm klapperte ein Fenster. Cedrik sprang auf und hastete die Wendeltreppe nach oben. Schneeflocken wehten ins Zimmer und es war eiskalt. Das Fenster stand sperrangelweit offen, darunter hatte sich auf dem Fußboden ein kleiner Schneehaufen gebildet. Er sah nach draußen. Nichts. Nur das schneebedeckte Dach, die Dorfmauer und Abertausende Schneeflocken, die in einem nicht enden wollenden Strom vom Himmeln stürzten.

Er schloss das Fenster und zog sich schnell an. Als er nach unten kam, saß sein Vater bereits in der Küche am Frühstückstisch und biss genüsslich in ein Rosinenbrötchen.

»Guten Morgen, Cedrik!«, grüßte er ihn. »Prächtiges Wetter, nicht wahr? Hast du auch so gut geschlafen? Ich liebe es, wenn die Elemente ums Haus toben. Korrigiere: um UNSER schönes neues, großartiges Haus!«

Cedrik setzte sich auf die Küchenbank und goss sich hastig eine Tasse Tee ein. Er hatte Durst. »Der Sturm hat heute Nacht ein Fenster in meinem Zimmer eingedrückt.«

Sein Vater hielt mitten im Kauen inne und runzelte die Stirn. »Muss ich irgendetwas reparieren?«

»Nein, nein. Nichts kaputt«, antwortete Cedrik leise.

»Das ist doch prima!«, sagte Aengus erleichtert, nahm einen weiteren, herzhaften Bissen und schüttelte dann lachend den Kopf. »Hier, bitte bediene dich.« Er hielt Cedrik einen Korb mit frisch gebackenen Rosinenbrötchen unter die Nase. »Hat Esmeralda uns vorbeigebracht, mit selbst gemachter Brombeermarmelade. Nette Leute, diese Goldens.«

Cedrik griff zu. Das Gebäck schmeckte einmalig. Es musste wie das Shortbread vom gestrigen Abend aus der Bäckerei von Emilys und Elliots Eltern stammen. Als er an die beiden dachte, musste er lächeln. Hatte er tatsächlich so schnell Freunde gefunden?

»Gut geträumt?«

Cedrik zuckte zusammen und sofort erschien das schreckliche Löwenadler-Monster vor seinem inneren Auge. Er riss sich zusammen. »Was sagst du, Dad?«

»Nun, du hast eben so glücklich gegrinst, da dachte ich, du hattest sicher einen schönen Traum.«

Hastig wechselte Cedrik das Thema. »Dad, wo sind eigentlich deine Bücher? Ich mein das Lexikon der Fabelwesen, mit den ganzen Bildern und so?«

Sein Vater schaute ihn mit versteinerter Miene und hochgezogenen Augenbrauen an. Dann räusperte er sich. »Ähem, das weißt du wahrscheinlich besser als ich!«

Cedrik verdrehte die Augen. Natürlich! In der Eingangshalle standen ja noch die unausgepackten Kisten mit den Büchern.

Aengus lächelte. »Es gibt da etwas, das ich mit dir besprechen wollte.«

Cedrik wurde misstrauisch. »Was denn?«

»Also, die Leute hier sind wirklich wahnsinnig hilfsbereit. Weißt du, leider gibt es hier in Mistle End keine weiterführende Schule. Wenn der Unterricht wieder losgeht, wird also Mr McKang… dieser Mr McKagh… Na, dieser Fahrer, du weißt schon wer, oder?«

Cedrik musste schlucken, nickte aber, und sein Vater sprach weiter.

»Na, der Herr wird so nett sein, dich jeden Morgen in die staatliche Schule nach Brimthistle zu fahren. Du bist zwar der einzige Schüler aus dem Ort, der diesen besonderen Service in Anspruch nehmen wird, aber …«

Cedrik seufzte. Was musste sein Vater jetzt schon von der Schule reden. Es waren Ferien! Allein bei dem Gedanken an eine tägliche Autofahrt mit dem alten McKanaghan wurde ihm übel. Er stand auf und stellte sein Geschirr unsanft in die Spüle. Außerdem hatte er gerade andere Probleme.

»Äh, Cedrik?! Bist du schon fertig?«

Er wusste ganz genau, in welchem Buch er nach dem Monster von heute Nacht suchen musste. Jetzt musste er es nur noch finden.

»Wo gehst du denn hin, Cedrik?!«

Er stieg nach oben in die Eingangshalle und warf die Tür zur Küche mit viel Schwung, aber ohne groß darüber nachzudenken, hinter sich zu. Die schwere Holztür rumste gewaltig, als sie ins Schloss krachte.

Kapitel 4

VON GREIFEN UND WÖLFEN

Cedrik wühlte sich so lange durch die Bücherkisten seines Vaters, bis er die goldenen Prägebuchstaben auf dem dunklen Ledereinband aufblitzen sah. Das große Lexikon der Fabelwesen war ein Standardwerk der mythologischen Literatur. Sein Vater schrieb schon seit Jahren an einer aktualisierten Neufassung, entsprechend benutzt war es, mit eingerissenen Seiten, zahllosen Randbemerkungen, Notizen und Lesezeichen. Er schnappte sich das Buch und ging nach oben, in den Raum mit dem Segelschiff. Das Kapitänszimmer. Er legte sich auf den Teppich mit den Meerestieren und blätterte durch das Lexikon.

»Hier, da ist es! Ich wusste doch, dass ich dieses Ding schon einmal gesehen habe«, murmelte Cedrik. »Das heute Nacht war also ein …«

GREIF (persisch »Homa«, lateinisch »Gryphus«), genannt auch **WINTERGREIF**

Der Greif ist ein sprachbegabtes Mischwesen aus dem europäischen und orientalischen Bestiarium, das in zahlreichen Sagen und Märchen vorkommt. Beheimatet in Mitteleuropa findet man ihn besonders in Italien und Großbritannien. Gefürchtet als erbarmungsloser Jäger fand er schon in der Frühzeit Einzug in die Welt der Menschen als Schild- und Wappentier, wie z. B. in der mittelalterlichen Stadt Perugia in Italien. Aussehen: Körper eines Löwen mit Adlerkopf und Adlerschwingen. Meist einfarbig wechselndes Fell- und Federkleid. In nördlichen Gegenden häufig weiß, deshalb »Wintergreif« genannt (lat. »Gryphus Glacius«). Ernährt sich von allerhand Getier, gerne auch Menschen oder anderen, magischen Geschöpfen. Als legendär gilt seine Vorliebe für alles Glänzende, was besonders im Mittelalter zu zahlreichen Zusammenstößen mit Rüstung tragenden Rittern führte. Stellt gerne Rätsel und spricht in Metaphern. Als noch unerforscht gilt seine mögliche Verwandtschaft mit der ägyptischen Sphinx (siehe dazu auch die neueren Forschungen von S. L. Carter, 1822).

Sein Vater hatte mit Bleistift noch eine Notiz an den Rand geschrieben:

Letzte Sichtung durch ital. Widerstandskämpfer 1944 in Mittelitalien. Gilt als ausgestorben.

Erstaunt ließ Cedrik das Buch sinken. Was, wenn sein Vater falschlag?

Aber wenn das wirklich ein Greif war, was wollte der dann von ihm? Das ist mehr als seltsam, dachte Cedrik.

Trotzig schüttelte er den Kopf. Das war ein Traum, nichts weiter.

Hinter ihm wurde die Tür geöffnet, und hastig schlug Cedrik das Buch zu.

»Cedrik? Bist du hier?«, fragte sein Vater und streckte seinen Kopf durch den Türspalt.

»Du liest! Und auch noch in meinem Buch!« O'Connors Augen blitzten vor Begeisterung. »Kann ich dir helfen?«

»Nein, danke«, erwiderte Cedrik. »Ich hatte nur so einen albernen Traum heute Nacht.« Er biss sich augenblicklich auf die Lippen.

»Träume können manchmal wichtige Botschaften enthalten. Gerade die ersten Träume in einer neuen Heimat wollen uns oft etwas mitteilen. Um was ging es denn?«

Cedrik stöhnte auf. »Dad, lass mich bitte einfach in Ruhe. Ich brauche keine Hilfe!«

»Okay«, erwiderte O'Connor, etwas eingeschnappt.

Es klingelte an der Tür.

Dankbar für die Unterbrechung sprang Cedrik auf. »Ich gehe schon!«

Immer zwei Stufen auf einmal nehmend, sprang er die ächzende Holztreppe nach unten, hüpfte über die in der Eingangshalle stehenden Kisten und riss die Tür auf. Draußen standen die Geschwister Golden.

»Hi, Cedrik! Na, wie war die erste Nacht in Mistle End?« Elliot warf einen Schneeball nach Cedrik, den dieser gerade noch fangen konnte.

»Wenn du willst, zeigen wir dir jetzt den Ort«, sagte Emily.

»Ihr kommt genau richtig«, antwortete Cedrik erleichtert und schleuderte den Schneeball zurück zu Elliot, der sich lachend wegduckte.

Er rief über seine Schulter »Dad, ich bin weg!«, schlüpfte in die Stiefel, zog seinen Parka über und stürmte nach draußen.

Es hatte aufgehört zu schneien und die Sonne kämpfte sich durch den fahlgrauen Winterhimmel. Sie hatten den von hohen Eichen umgebenen Platz vor der Schule überquert und waren durch die Toreinfahrt auf die gewundenen Gassen getreten. Überall, auf den Dächern, auf dem Kopfsteinpflaster und den Mauern, ja selbst auf den alten Gaslaternen, lag Schnee.

»Seht mal, was ist denn mit der los?«

Eine ältere Dame, mit Gehrock und feiner Spitzenhaube, ging mit einer schwarzen Katze an der Leine spazieren. Cedrik runzelte die Stirn.

Mit knarziger, dünner Stimme redete sie ununterbrochen auf das Tier ein. »Vorsicht, Maritza, meine Kleine! Langsam … LANGSAM!«

Die Katze hatte keinerlei Mühe die alte Dame kreuz und quer über die Straße zu ziehen. So, als wäre die Katze nicht klein und süß, sondern riesengroß und stark wie ein Bär. Mit einem Mal schien sie etwas zu wittern, machte einen Buckel und raste um die nächste Ecke. Die Frau an der Leine flog fast hinterher. »MAAARIITZZAA!!«

Cedrik bog sich vor Lachen. »Habt ihr das gesehen? Irre, was tut ihr denn euren Katzen ins Futter?!«

»Ach, nichts Besonderes. Wir haben auch eine Katze. Du kannst sie dir ja mal anschauen«, sagte Emily kichernd.

Und Elliot fügte hinzu: »Und sie streicheln – wenn sie dich lässt!«

»Na ja, ich weiß nicht …«

Cedrik schielte zu Emily und Elliot. Sie alberten herum und schubsten sich gegenseitig in die hohen Schneeberge entlang der Straße, ließen ihn dabei aber ihrerseits nicht aus den Augen.

»Und? Was sagst du?« Elliot musterte ihn neugierig.

Cedrik vergrub seine Hände in den Taschen seines Parkas und grinste unsicher. »Was meinst du?«

»Mistle End, was sonst! Gefällts dir?«

Doch bevor er antworten konnte, hakte sich Emily bei ihm unter und fing an zu erzählen. »Das ganze Dorf ist uralt. Die meisten Häuser stehen hier schon seit ein paar Hundert Jahren. Du musst wissen, die Chronik von Mistle End reicht bis ins 13. Jahrhundert zurück.«

Elliot krümmte sich, bekam einen Buckel, ein steifes Bein und verzog sein Gesicht zu einer fiesen Grimasse. Er stöhnte theatralisch. »Bis ins finsterste Mittelalter, in die Zeit der Hexen, Trolle und Gnome! Uargh!« Seine Hände zu Klauen verkrampft, kam er geifernd auf Cedrik zu.

Cedrik musste lachen, hielt aber vorsichtshalber Abstand.

Emily schob sich zwischen die beiden und boxte ihrem Bruder in die Seite. »Elliot, hör auf damit!«

Elliot hüpfte aus ihrer Reichweite und feixte. »Mich erwischst du nicht, mich erwischst du –«

Pflatsch! Ein Zischen, ein Aufprall und ein Schneeball seiner Schwester hatte sein Gefeixe beendet.

Sie stapften durch die Gassen und erreichten über vereiste Treppen eine Art Plateau, das durch eine niedrige, mit Zinnen bewehrte Mauer zum Tal hin abgeschlossen wurde. Die Sicht reichte weit über die Dächer ins winterliche Hochland bis zu den Wäldern, die sich am Ende des Tals über die Hänge zogen. Als die Sonne für einen Moment durch eine Wolkenlücke brach, musste Cedrik die Augen zusammenkneifen, so gleißend war ihr Licht, das sich in den Eiskristallen spiegelte. Gleichzeitig flog ein großer, dunkler Vogel aus dem Schatten der Häuser unter ihnen und raste blitzschnell und in einem weiten Bogen über die Dorfmauer hinweg. Cedrik versuchte auszumachen, um was für ein Tier es sich handelte, konnte jedoch außer großen Flügeln nicht viel erkennen.

»Was war das denn? Ein Raubvogel? Mann, das war ja ein Riesenvieh!«

Emily schaute ihn verwundert an. »Was meinst du? Ich habe gar nichts gesehen.«

Elliot erklärte fachmännisch: »Das war sicher ein Turmfalke, von denen haben wir hier eine Menge.«

Quatsch, der war viel größer, wollte Cedrik gerade sagen, als ihn ein Schneeball unvermittelt am Hinterkopf traf. Er wirbelte herum.

»Sorry«, sagte Emily und lächelte ihn mit klimpernden Wimpern an.

»Okay, ihr habt es so gewollt!«, schrie Cedrik und warf sich johlend auf den verblüfften Elliot. Der wich gerade noch aus und stellte ihm ein Bein, worauf Cedrik kopfüber in einem kleinen Schneeberg landete.

Es entbrannte eine gewaltige Schneeballschlacht: Zuerst kämpfte jeder gegen jeden, dann »Jungs gegen Mädchen«, bis Emily zornig eine Runde »Klug gegen Doof« ausrief und die beiden prustenden Jungs durch die engen Gassen jagte, bis sie zu einem weiteren, von Bäumen umgebenen Platz kamen. Wieder waren es knorrige, verwachsene Steineichen mit unzähligen Misteln in den kahlen Ästen. Wie überall im Dorf waren die Häuser, die den quadratischen Platz säumten, alt und stattlich. In der Mitte stand ein Brunnen, über den sich eine steinerne Figur erhob.

Cedrik hielt erschrocken inne, als er erkannte, was die Statue darstellte. »Da! Dort, seht doch!«

»Was denn?«, erwiderte Emily verwundert.

»Die Statue«, sagte Cedrik, »das ist ein Greif!«

»Natürlich ist das ein Greif«, antwortete Emily.

Elliot nutzte die kurze Starre von Cedrik, um ihm einen wohlplatzierten Schneeball gegen die Brust zu pfeffern.

»Elliot, jetzt hör doch mal auf!« Zu Cedrik gewandt fuhr Emily fort: »Der Greif ist hier überall. Er ist das Wappentier von Mistle End.«

Cedrik hatte ihn sofort wiedererkannt. Die Steinfigur zeigte das Fabelwesen mit ausgebreiteten Schwingen, hoch aufgerichtet über einem sich am Boden windenden Drachen. Genau wie dieser Greif aus behauenem Stein hatte das Ungeheuer ausgesehen, das Cedrik in seinem Traum erschienen war.

»Der sieht so lebendig aus. Gut gemacht, mein ich.«

Elliot bedachte ihn mit einem zweifelnden Gesichtsausdruck.

Cedrik geriet ins Stottern. »Na ja, ihr wisst schon. Vielleicht fliegen die hier ja wirklich rum!« Oh Mann, was redete er da eigentlich?

Elliot grinste schief. »Wie kommst du denn da drauf?«

»Ach nichts, blöder Gedanke.«

»Nein, der hier ist aus Stein«, sagte Emily, auf einmal seltsam ernst. »So ein Greif ist auf fast jedem unserer Häuser zu sehen. Zum Beispiel dort drüben.« Emily zeigte auf ein Gasthaus am Rand des Platzes.

Tatsächlich, über dem Eingang baumelte ein prächtig verziertes Wirtshausschild im Wind. Und dort stand, unter der hölzernen Figur des Löwenadlers in glänzenden Buchstaben: *Zum goldenen Greif.*

Je länger Cedrik sich umschaute, desto mehr Greifen-Bilder entdeckte er. In Steinbögen geschlagene Wappen, quietschende Wetterfahnen mit dem Fabeltier und selbst auf den Seitenlehnen einer Parkbank fand er das Ungeheuer. »Der ist ja wirklich überall«, stellte er schließlich fest.

Emily nickte freundlich. »Das ist richtig. Du musst wissen, wir …« Sie zögerte und warf Elliot einen Blick zu, den Cedrik schwer deuten konnte. »Der Greif beschützt uns«, sagte sie dann.

Cedrik stutzte. »Wovor denn?«

Nach einer weiteren Pause und einer Art stummer Auseinandersetzung mit ihrem Bruder, die sie zu gewinnen schien, fuhr Emily fort: »Hör mal, Cedrik, wir müssen dir etwas sagen.«

Sie holte tief Luft, als ihr Elliot ins Wort fiel. »Langweilig! He, lasst uns ein Wettrennen machen.«

Emily blies sich empört eine blonde Locke aus dem Gesicht. »Elliot, du kannst echt nicht –«

Doch der unterbrach sie erneut: »Wer zuerst an Berthas Laden da vorne an der Ecke ist.« Ohne eine Antwort abzuwarten, sauste er los.

Nach einer Schrecksekunde flitzte Emily wie der Blitz hinterher. Ob sie dabei schimpfte oder lachte, konnte Cedrik nicht genau sagen, dafür war sie schlicht und ergreifend zu schnell.

»Halt … wartet«, rief Cedrik. Er rannte, was seine Beine hergaben. Wie, zur Hölle, konnten die beiden nur so verflixt schnell laufen? »Rennt doch nicht so! He!?«

Er hatte keine Chance. Als er mit deutlichem Abstand keuchend beim Krämerladen ankam, saßen Emily und Elliot bereits auf der Holzbank vor dem Schaufenster und schoben sich dicke Karamellbonbons in den Mund.

Emily streckte ihm auf der offenen Handfläche ein paar der in goldenes Glitzerpapier eingewickelten Bonbons entgegen. »Pfür disch!«

Cedrik konnte hören und sehen, wie ihr das Karamell an den Zähnen klebte. Das schien ihr allerdings nichts auszumachen. Ganz im Gegenteil.

Er dagegen war von dem Wettlauf immer noch völlig außer Atem. »Wie … macht … ihr … das?«

Elliot erwiderte mit hochgezogenen Augenbrauen: »Wir haben für die Karamellbonbons bezahlt.«

Emily lachte.

Cedrik betrachtete den Laden hinter den beiden. In seinem Kopf schien sich alles zu drehen, er konnte kaum entziffern, was über dem Eingang stand. Die Buchstaben tanzten vor seinen Augen. Kurz meinte er, die Worte »Zauber« und »Magisch« zu erkennen, dann hatten sich die Buchstaben auf dem Schild beruhigt und er las: »Berthas Trödelwaren«. In den Auslagen stapelten sich Haushaltswaren und Geschenkartikel aller Art. Er ließ sich neben seinen Freunden auf die Bank fallen. »Nein, ich mein, puh!« Er schnaufte. »Wie … wie könnt ihr nur so schnell sein!«

Elliot hieb ihm juchzend mit der Hand auf die Schulter. »Falsche Frage, Cedrik! Warum bist du eigentlich so verflucht langsam?«

Emily legte genervt ihre Stirn in Falten. »Oh, oh. Besuch.«

Zwei Mädchen kamen durch den Schnee auf sie zu. Cedrik fiel auf, dass sie nicht nur völlig identisch angezogen waren … (komplett in Rosa!) … sondern auch ansonsten absolut gleich aussahen. Sie hatten hübsche Gesichter und lange blonde Haare, die bei dem einen Mädchen rechts und bei dem anderen links über die Schulter fielen. Beide legten ihren Kopf schief und sahen Cedrik interessiert an.

»Hallo ihr …«

»… zwei! Hallo …«

»Neuer!«

»Hi, Alice«, erwiderte Emily kühl.

Cedrik stutzte. Die beiden Mädchen hatten gleichzeitig gesprochen. Wie aus einem Mund, aber doppelt.

»Warum so …«

»… außer Atem? Haben sie gewettet, wer …«

»… schneller ist?«

Cedrik fragte überrascht: »Ihr redet mit mir, oder?«

»Sie arbeiten …«

»… mit faulen Tricks, wie sie es …«

»… immer tun. Oder sollte ich besser sagen, …«

»… mit faulem Zauber?«

»Ach, Alice, halt doch mal die Klappe.« Elliot hatte die Mädchen bei diesen Worten nicht einmal angesehen. Seelenruhig holte er ein weiteres Karamellbonbon aus seiner goldenen Verpackung und stopfte es sich in den Mund zu den anderen.

Alice heißt die eine, dachte Cedrik. Aber wie heißt die andere? »Ihr seid Zwillinge, oder?«, fragte er verwirrt.

Die Mädchen lachten auf. Absolut synchron!

»Ich bin ein …«

»… Doppling!«

Emily mischte sich ein. »Du bist bescheuert, das bist du.«

»Sagt …«

»… wer?«

Die Blicke, oder besser: der Blick, mit dem die beiden Mädchen Emily bedachten, war an Arroganz nicht zu überbieten. Emily verdrehte die Augen.

»Ich bin nicht wegen euch hier …«

»… sondern wegen ihm.«

Beide deuteten auf Cedrik. Gleichzeitig.

Wie bitte? Was wollten die beiden denn von ihm?!

»Ich soll …«

»… schöne Grüße von Duncan ausrichten. Er …«

»… hat sich soeben in einen Wolf verwandelt und wird dich jetzt …«

»… davonjagen.«

Elliot verschluckte sich an seinem Karamellbonbon. Die beiden Alices lächelten unbeteiligt.

Aufgeregt sprang Emily von der Bank. »Alice, das ist jetzt ein schlechter Scherz, oder?!«

»Warum sollte es …«

»… ein Scherz sein?«

Die beiden Mädchen schnippten unwirsch mit den Fingern.

»Duncan ist oft so …«

»… jähzornig. Ihr kennt ihn ja.«

Elliot hustete noch immer, Emily, die Hände zu Fäusten geballt, stand vor den beiden Mädchen und presste zwischen den Zähnen hervor: »Er weiß es noch nicht.«
Wovon wusste er noch nichts?
Alice kicherte.

»Ach, nein. Ihr habt ihn …«

»… noch nicht mal eingeweiht? Dann …«

»… wird es aber Zeit.«

Emilys Stimme war jetzt von Hass erfüllt. »Du bist so ein mieses …«

»Monster?«

»Scheusal? Meinst du …«

»… das? Bin ich das …«

»… etwa wirklich?«

Alice schenkte Cedrik ein perlendes Doppel-Lachen.

»Findest du das auch?«

Die beiden Mädchen legten adrett den Kopf zur jeweils anderen Seite und streckten Cedrik die Hand hin.

»Tja, ich muss dann auch …«

»… schon wieder los. Leider. War nett, …«

»… dich kennengelernt …«

»… zu haben.«

Hastig schüttelte Cedrik erst die eine, dann die andere Hand. »Äh, ganz meinerseits«, erwiderte er stockend.

»Schade nur, dass es …«

»… so kurz war.«

»Ich drücke …«

»… die Daumen! Auf jeden …«

»… Fall!«

Sie warfen ihm eine Doppel-Kusshand zu.

Emily rief den beiden hinterher: »Sag ihm, er soll das lassen! Was, wenn es schiefgeht? Wenn er die Kontrolle verliert?! Er ist noch nicht so weit!« Ihre Stimme überschlug sich fast.

Die beiden Mädchen verzogen ihre Gesichter zu einem letzten arroganten Grinsen.

»Das sagst gerade …«

»… du!«

Damit eilten Duncans schräge Freundinnen die Gasse hinunter. Während Elliot fluchte, schien Emily starr vor Schreck.

Cedrik schüttelte den Kopf. »Was war das denn? Voll unheimlich, oder?« Dann musste er lachen. »Ihr habt hier vielleicht komische Typen. Freaks, echt. Aber jetzt sagt doch mal, was haben die beiden gemeint, als sie von Duncan …« Er zuckte erschrocken zusammen.

Elliot war aufgesprungen und hatte sich wie auf ein geheimes Kommando hin von ihm rechts positioniert, während Emily seine linke Seite deckte.

»Was wird das denn?«, fragte Cedrik.

Weder Emily noch Elliot antworteten, sondern standen aufmerksam im Schnee, musterten unruhig die Umgebung und hielten die Hände auf eine seltsame Art von sich gestreckt.

Cedrik stand nun ebenfalls auf. »Hey, hey, hey! Langsam! Jetzt sagt schon: Was ist hier eigentlich los?«

»Cedrik, wir haben dir doch von der Bäckerei unserer Eltern erzählt. Wie wärs, lass uns hingehen, okay? Komm, jetzt gleich!«

Cedrik empfand Elliots Lächeln eindeutig eher als wahnsinnig denn als einladend. »Was denn? Müssen wir irgendwie abhauen oder so? Ihr seid so komisch auf einmal.«

Emily packte ihn am Arm. »Ist doch jetzt egal, komm, lass uns gehen.«

Damit wollte sie ihn mit sich ziehen, aber er riss sich los. »Warum sagt ihr mir nicht einfach, was das eben sollte, mit diesen zwei, wie heißen die, Dopplingen?!«

Elliot fuhr sich angestrengt durch die Haare. »Ich bin mir nicht sicher, ob du das jetzt wirklich hören willst, Cedrik.«

Cedrik war fassungslos. »Da kannst du Gift drauf nehmen, Kumpel!«

»In Ordnung. Elliot, erklärs ihm«, sagte Emily grimmig.

Elliot keuchte schwer. »Das ist keine gute Idee, Emily!«

»Und was ist dein Vorschlag, Bruder?«, fuhr Emily ihn an. »Du hast doch gehört, was Duncan vorhat. Wir müssen es ihm sagen. Und zwar jetzt!«

Als Elliot stumm den Kopf schüttelte, zischte Emily: »Willst du warten, bis er um die Ecke kommt?«

Elliot stöhnte.

Emily wandte sich zu Cedrik und blickte ihm fest in die Augen. »Also, ich machs kurz: Mistle End ist nicht irgendein Dorf. Und wir sind keine normalen …«

Elliot stieß ihr den Ellenbogen in die Seite, aber sie stampfte nur wütend mit dem Fuß auf den Boden.

»Ja doch! Okay, also gut.« Sie räusperte sich. »Ich bin eine Gestaltwandlerin.«

»Und ich ein Hexenmeister. Also, na ja, fast«, ergänzte Elliot.

Cedrik sah erst Emily an, dann Elliot. Und grinste. »Das ist jetzt ein Witz, oder? Ihr wollt mich veräppeln.«

»Nein, ganz und gar nicht«, sagte Emily. »Aber es geht noch weiter: Duncan, dieser Idiot, ist so eine Art Werwolf.«

Cedrik lachte laut auf. Emily und Elliot lachten nicht. Sondern musterte ihn stumm und aufmerksam. Und sehr ernst. Cedrik wurde schwindelig. »Ein Werwolf, wirklich?«

Emily sprach schnell und konzentriert weiter. »Er hat sich, so wie es aussieht, eben verwandelt. Und jetzt will er dich jagen. Dieser Idiot! Ein Wolf, und er kann ihn nicht einmal richtig kontrollieren. Alles nur, um dich zu beeindrucken.

Als wäre seine Magie was Besonderes.« Sie wirkte zornig. »Was für ein Angeber!«

Elliot fiel ihr ins Wort. »Das Problem ist: Ist er ein Werwolf, kann er seine Instinkte kaum noch kontrollieren. Das ging schon einmal mächtig schief. Wenn er erst mal hinter dir her ist und deine Witterung aufgenommen hat, findet er dich überall! Und glaube mir, eine Begegnung mit einem Werwolf ist nichts, was man sich wünschen sollte.«

»Hexen, Werwölfe, und was, Gestaltwandler?! Wollt ihr mir Angst einjagen? Macht ihr das mit allen, die hier neu hinziehen?«

»Nein, Cedrik! Wir meinen das bitterernst!«

Cedrik hörte Emily nicht mehr zu. Er drehte sich um und ging los. »Ich auch! Mir reichts!«

Elliot hielt ihn zurück. »Emily hat recht, du bist in Gefahr! Wenn du dem Wolf begegnest, könnte das übel ausgehen. Duncan hat sich nicht im Griff. Du musst bei uns bleiben, dann können wir dich beschützen.« Hilfe suchend schaute er zu Emily, die heftig nickte.

»Wir bringen dich zu unserer Mutter, die ist im Rat und ...«

Cedrik stieß Elliot wütend von sich. »Ha! Eure Mutter ist wahrscheinlich die Oberhexe, oder?!« Tief verletzt drehte er sich weg. »Ihr spinnt doch!« Er wollte fort, weg von beiden, bevor einer von ihnen merkte, wie ihm die Tränen in die Augen schossen. Tränen der Wut und Enttäuschung.

Elliot packte ihn am Ärmel. »Cedrik, bitte!«

Mit einem Ruck riss er sich los und ließ seiner Empörung freien Lauf. »Lasst mich in Frieden! Alle beide!«

»Cedrik, bleib hier! Bitte!«, flehte Emily.

Als er sich wegdrehte, konnte er noch im Augenwinkel sehen, wie Elliot seine Schwester zurückhielt. »Lass ihn. Er will es nicht anders.«

»Das glaub ich nicht«, widersprach Emily.

»Sein Problem!«, sagte Elliot hart.

Cedrik konnte ihre Blicke auf seinem Rücken spüren, als er durch den Schnee nach Hause stapfte. Wütend trat er nach einem Schneehaufen. Aber als er sich nach ein paar Schritten vorsichtig umdrehte, war der Platz vor dem Krämerladen leer. Und niemand jagte ihn. Natürlich nicht.

Er ballte seine Hände in den Hosentaschen zu Fäusten. Er brauchte keine Freunde. Er kam gut allein zurecht.

Eine eisige Windböe fegte durch die Gasse und Cedrik schlang die Arme um seinen Oberkörper.

Ein heftiger Schlag in die Magengrube ließ ihn nach hinten taumeln und nach Luft schnappen. Ein Junge, nur halb so alt und groß wie er, krallte sich in seinen Parka, verlor dennoch das Gleichgewicht und purzelte in den Schnee. Er war ihm eben mit vollem Karacho in den Bauch gerannt. Der Junge schaute sich panisch um, rappelte sich wieder auf und sprintete los, ohne ein weiteres Wort, als wäre der Teufel selbst hinter ihm her.

»Hey!«, rief Cedrik ihm nach. »Wie wärs mit einer Entschuldigung?«

Ohne zu reagieren, verschwand der Junge Haken schlagend in der nächsten Gasse.

Cedrik schüttelte den Kopf. So wie der rannte, hatte er entweder was ausgefressen oder ...

Weiter kam er nicht, denn was er dann hinter sich hörte, ließ ihm das Blut in den Adern gefrieren.

Langsam drehte er sich um. Hinter ihm, mitten in der Gasse, stand ein Wolf. Ein riesiger, schwarzer Wolf. Er hechelte, Geifer tropfte in den Schnee und aus seiner Kehle kam ein tiefes, unheilvolles Grollen. Cedrik erstarrte. Das konnte nicht sein. Nicht hier. Nicht jetzt!

Das Tier hatte bernsteinfarbene, blutunterlaufene Augen. Der Wolf knurrte, hatte seine Ohren angelegt und bleckte seine spitzen Reißzähne. Das Tier stand so dicht vor ihm, dass er weder rechts noch links an ihm vorbeikonnte. Ihm blieb nur der Weg zurück, in die Gasse, aus der er eben gekommen war. Cedrik versuchte, sich so wenig wie möglich zu bewegen.

Was hatte sein Vater ihm immer eingetrichtert?

Vor Hunden nicht wegrennen. Hastige Bewegungen wecken den Jagdinstinkt.

Wölfe sind auf jeden Fall und ganz bestimmt perfekte Jäger!, dachte Cedrik. Seine Knie zitterten und sein Herz pochte wie verrückt.

Nicht rennen, nicht rennen, nicht rennen.

Der Wolf bellte einmal laut auf, ein dunkles, tief in der Kehle sitzendes Bellen, und schon wirbelte Cedrik herum und lief, so schnell er konnte, die Gasse nach oben. Der Wolf hinterher. Natürlich.

Cedrik rutschte aus, konnte sich aber an einer Hauswand

abstützen und schlitterte um eine Ecke. Er hastete weiter, in einen schmalen Durchgang, direkt hinter sich das Klackern der Wolfskrallen auf dem vereisten Pflaster. Vor ihm lag eine schneebedeckte Treppe, die zwischen den Häusern und Gärten abwärtsführte.

Runter, runter! Irgendwo da unten ist unser Haus!, war alles, was er denken konnte.

Er stolperte, fiel mehr, als dass er rannte, die Treppe hinunter, verpasste eine Stufe, rutschte aus, knallte aufs Knie, konnte sich aber, seinen Schwung ausnutzend, wieder aufrichten und so verhindern, dass er vollends in den Schnee krachte. Hinter sich hörte er das Hecheln des Wolfes, drehte sich aber nicht um, sondern hetzte weiter, als würde sein Leben davon abhängen. Was es wahrscheinlich auch tat. Wie durch ein Wunder landete er am Fuß einer Treppe in einer Gasse, von der er wusste, dass sie ihn direkt zur Schule am Aberdeen Square führen würde. Noch einmal versuchte er an Geschwindigkeit zuzulegen, flitzte durch die Einfahrt und befand sich nun auf dem von Bäumen umsäumten Platz. Ihr Haus lag am anderen Ende, aber er würde es schaffen.

Nur noch ein paar Meter!

Hastig wandte er sich nun doch um – und erschrak. Der Wolf hatte nicht nur aufgeholt, er war jetzt so nah, dass es nur noch eine Frage von wenigen Sekunden sein konnte, bis er ihn erreicht hatte.

Im Rennen entdeckte er einen Baum, bei dem ein Ast tiefer hing als die anderen und damit in Reichweite. Er schlug einen Haken, sprintete die letzten Meter und zog sich nach oben. Er schwang sich auf den Ast, riss seine Füße nach oben und hörte, wie unter ihm die mächtigen Kiefer des Raubtieres ins Leere schnappten.

Cedrik atmete schwer. Er war fassungslos.

Der Wolf knurrte und zog unruhig unter dem Baum seine Kreise, ließ Cedrik aber dabei keine Sekunde aus den Augen.

»Hallo!? Hört mich jemand!?«

Cedrik blickte rüber zu ihrem Haus, das, obwohl nur noch ein knappes Dutzend Meter entfernt, für ihn doch unerreichbar war. Er konnte nicht erkennen, ob sich hinter den Fenstern jemand bewegte. Licht konnte er keines sehen. Der Wolf legte seinen Kopf in den Nacken und heulte laut auf.

»Dad! Hörst du mich? Daaaad!«

Der Wolf jaulte und versuchte, am Baum hochzuspringen. Seine Krallen zerfetzten die Rinde nur wenig unterhalb von Cedriks Ast.

»Hau ab! Hau ab, du Biest!«

Vielleicht hatte er sich zu schnell bewegt. Vielleicht waren aber auch das Hochziehen, sein Gewicht, all das zusammen für den Ast, der seit vielen Jahren schon keine Blätter mehr trug, einfach zu viel gewesen. Das Holz gab mit einem Knirschen nach und Cedrik krachte dumpf auf den Boden. Der Schnee milderte seinen Aufprall kaum. Stöhnend wälzte er sich auf den Rücken.

Der Wolf war mit einem Satz über ihm und stellte ihm seine Vorderpfoten auf die Brust. Er war schwer, das Gewicht nahm ihm die Luft zum Atmen. Dabei schnürte ihm schon allein die Angst die Kehle zu. Das Tier knurrte und bleckte seine Lefzen, sein Geifer tropfte auf Cedrik … und auf einmal waren da kurze Wortfetzen. Bildete er sich das ein, oder waren da zwischen dem Jaulen und Knurren Silben, sogar ganze Wörter herauszuhören?

Der Wolf hechelte, dann knurrte er wieder. Tief und gurgelnd, bedrohlich.

Und doch … hatte er da nicht ein Wort gehört? Cedrik konzentrierte sich auf das Gejaule und tatsächlich: Das Ungeheuer schien ihm etwas sagen zu wollen.

»Je-jea-jeatz-hast-du-rrea-Angst, wea-we-wrrrhea-was?« Die Worte kamen stockend, als bereitete das Sprechen dem Tier große Mühe.

»Das ist jetzt nicht wahr, oder?!«, stöhnte Cedrik. Statt zu antworten, legte der Wolf den Kopf in den Nacken und heulte.

Cedrik wurde fast schlecht vor Furcht.

Der Wolf schob seine Schnauze ganz nah an sein Gesicht. »Woahrrr … Rrrdhua … Du … wrrroar … riiiiee … riechst … noooach … Angst!«

Cedrik schloss die Augen. Sein Herz spielte völlig verrückt und klopfte ihm so heftig gegen den Hals, dass er nicht mehr schlucken konnte.

»Da … ist … wrrrorr … ich … rieche Blut!« Der Wolf heulte abermals laut auf.

Cedrik atmete tief ein, als das Tier mit einem Ruck von seiner Brust sprang und ein paar Schritte zurückwich.

»Wrr … wrr … du … musst … weg. Schnell!« Der Wolf lief jetzt unruhig hin und her.

Mühsam und keuchend richtete sich Cedrik auf. »Bist du … bist du's, Duncan?«

Der Wolf duckte sich, seine Flanken bebten. »Whroar!! Geh! Wrroah!! Schnell!«

Panisch rappelte sich Cedrik auf und stolperte rückwärts Richtung Haustür, der Wolf, der nun einen inneren Kampf auszufechten schien, ließ ihn dabei nicht aus den Augen. Mal sprang er vor, schien nach ihm schnappen zu wollen, mal warf er sich zur Seite, als wollte er ausbrechen.

Der Wolf griff ihn zwar nicht an, aber er schien Cedrik zu folgen … und den Abstand immer auf Sprungweite zu halten.

Cedrik stieß mit seiner Ferse an die kurze Steintreppe, die zu ihrer Haustür hinaufführte, und tastete sich vorsichtig, noch immer rückwärtsgehend, nach oben. Schritt für Schritt. Stufe um Stufe. Sein Rücken berührte die Haustür, er drückte, aber sie war verschlossen.

Seine Hand bekam die verschnörkelte Eisenkette neben dem Eingang zu fassen und er zog daran. Im Innern vernahm er das scheppernde Läuten kleiner Schellen, aber ansonsten blieb es still. Keine Reaktion, kein Türschlagen, keine Schritte. Wenigstens der Wolf schien sich langsam zu beruhigen.

Cedrik beugte sich unauffällig über die Brüstung, um einen Blick durch eines der kleinen Seitenfenster zu erhaschen. Niemand war im Haus zu sehen.

Er wollte sich gerade wieder zu dem Wolf drehen, als sein Fuß auf der spiegelglatten Stufe wegrutschte. Er klammerte sich an das Fensterbrett, aber seine Finger fanden unter der vereisten Schneekruste keinen Halt. Vergeblich versuchte er mit seinen Füßen einen festen Stand zu finden, aber es half alles nichts. Er rutschte aus, stolperte über die Stufen und knallte mit einem kräftigen Schlag auf seinen Rücken. »Aah!«

Der Wolf reagierte sofort. Er sprang nach vorn, fletschte mit einem wütenden Knurren die Zähne und schnappte nach Cedriks Füßen.

»Nein! Ah, hör auf!«

Wie eine Bärenfalle schloss sich der gewaltige Kiefer um Cedriks linken Stiefel. Panisch trat er mit dem freien Fuß nach dem Tier. Der Wolf knurrte wie wild und schien den Druck seines Gebisses nur noch zu erhöhen. Er schüttelte und zerrte an Cedriks Fuß.

»Lass mich los! Lass mich sofort los!«, schrie Cedrik. Er traf das Monster mit der Stiefelspitze an der Schnauze, der Wolf jaulte auf und Cedrik konnte sich losreißen. Blitzschnell rappelte er sich auf und drückte sich rückwärts an die verschlossene Haustür.

Der Wolf heulte und stand nur noch ein, zwei Schritt von ihm entfernt, direkt am Ende der Treppe.

Erst jetzt bemerkte Cedrik den pochenden Schmerz an seiner Hand und er musste entsetzt feststellen, dass er blutete. Hatte er sich beim Sturz vom Baum am absplitternden Ast die Hand aufgerissen? Der Wolf konnte sein Blut riechen, deswegen war das Tier kurz davor, ihm an die Kehle zu springen.

»Verschwinde! Geh weg!« Seine Knie zitterten wie Espenlaub. »Hau ab, hab ich gesagt!«

Verzweifelt hielt er Ausschau nach jemandem, der ihm

vielleicht helfen konnte, aber nichts und niemand war zu sehen.

»Ich brauch eine Waffe! Irgendwas ...«

Er fand nichts, was sich auch nur im Entferntesten zur Verteidigung gebrauchen ließ. Nichts, außer ein paar vereisten Blumenstöcken, einem Stapel alter Zeitungen ... und einer verbeulten Schneeschaufel. Cedrik schluckte. Die Schaufel war aus Metall, hatte einen dicken Stiel aus Holz und musste ziemlich schwer sein.

Wenn er sie zu fassen bekam, konnte er sich damit vielleicht verteidigen! Ohne das Ungetüm aus den Augen zu lassen, tastete Cedrik vorsichtig nach der Schaufel.

»Okay, du bist ein guter Wolf, ein braver Wolf!« Endlich konnte er sie mit ausgestreckten Fingern greifen und zog sie langsam zu sich herüber. Sie war massiv, lag aber gut in der Hand. Er packte sie fest mit beiden Händen und hob sie drohend zum Schlag. »Und jetzt verschwinde endlich!«, brüllte Cedrik. »Oder ich mach dir Beine!«

Argwöhnisch beäugte der Wolf Cedrik und seine improvisierte Waffe. Er wich zurück, hechelnd, mit kurzen nervösen Schritten.

Es klappt!, dachte Cedrik.

Aber es klappte nicht. Der Wolf sprang mit einem einzigen, gewaltigen Satz nach vorn, packte das freie Ende der Schaufel mit seinen Zähnen und zerrte an ihr. Cedrik schrie auf. »Ahhh!«

Sie zogen beide an der Schaufel. Cedrik an dem einen, der Wolf am anderen Ende.

»Oh, he, nein, nicht!«

Das Tier war wesentlich stärker als er, und nach nur wenigen Sekunden riss das Monster Cedrik die Schaufel aus den Händen und kaute einfach darauf herum. Holz splitterte unter seinen Zähnen.

Der Wolf oder Werwolf hatte die nun an dem einen Ende gänzlich verbeulte und zerkaute Schaufel missmutig wieder ausgespuckt und wandte sich erneut Cedrik zu. Seine Augen flackerten.

Cedriks Knie zitterten.

Der Wolf sprach wieder zu ihm. Langsam und hechelnd, in seiner Sprache aus einfachen Wörtern und tiefem Knurren. »Ich-rrrroarh-enttäuschchrrt!« Langsam schlich er auf Cedrik zu. Schritt für Schritt kam er näher und duckte dabei seinen Oberkörper langsam zum Sprung.

Cedrik bekam Panik. »Nein, oh nein! Es tut mir leid!«

»Ich-bin-rrrrh-Zorn. Sehrrrrrrh-zorn!«, knurrte der Wolf.

Cedrik wich zurück, immer weiter, bis er mit seinem Rücken wieder an die Haustür stieß. Das Ungeheuer folgte ihm und schon trennten sie nur noch die Stufen der Treppe. Der Wolf hielt einen Moment ganz still.

»Bitte! Bitte tu mir nichts, ja!?«, flehte Cedrik leise.

Vergeblich. Er sah noch, wie sich die Muskeln zum Sprung spannten, dann warf sich der Wolf auch schon zähnefletschend auf Cedrik. Er riss die Arme schützend vor sein Gesicht, presste sich an die Tür und schrie. »Hilfe!!!«

Schon meinte er, die scharfen Zähne des Raubtieres an seiner Kehle zu spüren, als er ein seltsames Fauchen vernahm.

Es war heller, schärfer als das Knurren des Wolfes. Erstaunt entdeckte er ein wirbelndes, rotes und sehr zorniges Etwas, das dem Wolf direkt ins Gesicht sprang. Das ging alles so schnell, dass Cedrik außer einem Strudel aus rotem und schwarzem Fell, aus gefletschten Zähnen und kratzenden Krallen nichts erkennen konnte. Die Luft war erfüllt von Jaulen, Fauchen, Bellen und Knurren.

Dann Stille ... und Cedrik konnte kaum glauben, was soeben passierte: Vor ihm, zwischen ihm und dem Wolf, stand ein Kätzchen, mit hoch aufgerichtetem Schwanz, und fauchte empört.

Er war sprachlos. Die kleine, rot getigerte Katze war dem Wolf mitten in seinen Angriff gesprungen und hatte ihm mit ihren Krallen einen blutigen Riss quer über der Schnauze verpasst.

Der Wolf jaulte auf und brachte sich mit eingeklemmtem Schwanz außer Reichweite der gefährlichen Katzenpfoten.

»Bist du verletzt?« Elliot war unvermittelt neben ihm erschienen und hatte ihn am Arm gepackt.

»Die Katze ... sie hat mich gerettet«, stammelte Cedrik.

Das Kätzchen und der Wolf, der sich inzwischen wieder gefangen hatte, standen sich nun Auge in Auge gegenüber. Der Wolf war um ein Vielfaches größer. Mit blutig gekratzter Schnauze, vor Wut schäumend, hob das Tier seine Lefzen und entblößte ein fürchterliches Gebiss. Die Katze fauchte, machte einen Buckel und zuckte nervös mit dem Schwanz.

Mühsam spie der Wolf wieder ein paar Worte hervor: »Dufiese-rrrrh-miese-hoarrrrh-Mäuse-fresserrrrrin!« Er fletschte die Zähne.

Als die riesigen Reißzähne des schwarzen Ungetüms erneut aufblitzten, konnte er sich partout nicht vorstellen, dass die tapfere Katze einen direkten Angriff tatsächlich überleben würde. Dass das kleine Tier den Angriff des Wolfes hatte stoppen können, war einzig und allein der Überraschung geschuldet, als es sich quasi aus dem Nichts auf den Angreifer geworfen hatte.

»Wir müssen der Katze ...«

Der Wolf riss sein schreckliches Maul auf und Cedrik erschrak.

»Wir müssen ihr helfen«, schrie er.

Mit einem gewaltigen Satz warf sich der Wolf auf das verängstigte Tier, doch noch ehe er sein Opfer erreichen konnte, hörte Cedrik ein lautes »Síoc!«.

Es knallte ohrenbetäubend, und der Wolf, von einem grellen, blauen Blitz mitten auf die Brust getroffen, fiel steif wie ein Brett zu Boden.

Elliot stand breitbeinig neben Cedrik, hielt die Handflächen nach vorn gestreckt und atmete schwer. Seine Hände schimmerten in einem unheimlichen blauen Licht.

»Hast du ...« Cedrik keuchte. »Ist er tot?«

»Nein«, sagte Elliot. »Er kann sich nur nicht mehr bewegen. Das ist ein Frost-Zauber. Irgendwann sollte er wieder auftauen ...«

Das Kätzchen miaute, rollte sich ein, nein, drehte sich um seine eigene Achse, wurde immer schneller und verwandelte sich in einen roten Wirbel aus Fell und Kleidern, bis – mit einem leisen PLOPP – Emily vor ihnen stand.

»Das war knapp! Danke dir, Bruderherz«, sagte Emily mit vor Aufregung geröteten Wangen.

»Gern geschehen, Schwesterchen. Er ist schließlich selbst schuld, wenn er nicht aufhört.«

Cedrik wurde es mit einem Mal flau im Magen. Er lehnte sich an die Tür und merkte, wie seine Beine nachgaben.

»Ich glaub, mir ist schlecht …«

»Wollen wir vielleicht reingehen?«, fragte Emily.

»Ich habe keinen Schlüssel.«

Elliot lächelte. »Kein Problem.«

Er schnipste, blaue Funken sprangen um seine Finger, das Schloss klickte leise und die Tür schwang auf.

Kapitel 5

SCHOKOLADE & MARSHMALLOWS

Die Welt, wie Cedrik sie kannte, gab es nicht mehr. Elliot, Emily und er hatten sich in sein Zimmer zurückgezogen, vor den Kamin, in dem ein Feuer munter vor sich hin prasselte. Cedrik saß auf seinem Bett, Emily und Elliot hatten es sich in den kleinen Ledersesseln gemütlich gemacht.

Sie alle hielten Tassen mit heißer Schokolade und Marshmallows in ihren Händen. Cedrik merkte, wie seine Kräfte zurückkamen. Es hatte eine ganze Weile gedauert, bis er aufgehört hatte zu zittern, aber nun ging es schon wieder.

Die Geschwister hatten sich liebevoll um ihn gekümmert und der süße Kakao tat sein Übriges.

Elliot schaute ihn freundlich an. »Glaubst du uns jetzt?«

Cedrik musste schlucken. Und nickte. »Ihr könnt also echt zaubern.«

Emily lächelte verlegen. »Na ja, so richtig gut sind wir noch nicht. Klar, es klappt nicht immer alles, aber Elliot wird sicher mal ein großer Hexenmeister!«

Elliot warf sich in die Brust. »Ich hab schon das vierte Hexerdiplom und beim Fliegen gehöre ich zu den Besten in meiner Klasse.«

Cedrik riss die Augen auf. »Du kannst fliegen?«

Elliot grinste breit. »Und wie. Stielreiten Grundkurs I und II: Klassenbester!« Sein Blick verdüsterte sich. »Beim Nebel-Ziel-und-Lande-Test hatte ich zwar nur eine Zwei plus, aber das lag daran, dass Duncan mir den Besen angezündet hat.«

Duncan! Lag er noch immer draußen im Schnee?

Cedrik sprang auf, eilte ans Fenster und schaute hinaus. Der Platz vor ihrem Haus war leer. Von einem Wolf oder Duncan keine Spur. »Er … er ist weg!«

Emily stellte sich neben ihn. »Wahrscheinlich hat ihn der Doppling inzwischen zurück zu seinem Vater gebracht. Und der wird ihm eine gehörige Strafpredigt halten. Im Ort sind nämlich jegliche Auseinandersetzungen zwischen magischen und nichtmagischen Wesen verboten. Wegen des großen Friedens.«

»Geschieht ihm ganz recht«, ergänzte Elliot grimmig.

Cedrik ging mit klopfendem Herzen zurück zu seinem Bett und setzte sich.

Er betrachtete den kleinen Riss an seiner Hand. Er blutete nicht mehr, aber die Wunde war echt. Und er spürte noch immer, wo sein Fuß in den schraubstockartigen Griff des mächtigen Werwolfkiefers geraten war.

Er nahm noch einen großen Schluck von der heißen Schokolade und wandte sich unsicher zu Emily. »Und du … du kannst dich in eine Katze verwandeln?«

»Na ja, eigentlich wollte ich ein Bär oder etwas Größeres werden, aber da muss ich wohl noch ein bisschen üben.«

»Nur wenige von uns sind so talentiert wie Emily«, erklärte Elliot. »Gestaltwandler sind eigentlich auch Hexen, nur mit einer besonderen Begabung. Dafür können sie nicht so gut zaubern. Emily kann zum Beispiel nicht auf einem Besen reiten …«

»Dafür bin ich als Falke tausendmal schneller als du!«

»Eben! Und wenn sie erst einmal fertig ist, wird sie sich in fast jedes Tier verwandeln können, das es gibt.«

Emily winkte ab. »Das wird noch eine Weile dauern, fürchte ich.«

Cedrik hielt seinen Kakaobecher mit beiden Händen fest umschlossen und starrte ins Feuer. »Seid ihr hier im Dorf alle Hexen?«

»Nicht alle. Manche sind andere … magische Wesen«, sagte Elliot vorsichtig. »Oder sie sind normale Menschen. Mr McKanaghan zum Beispiel ist kein Hexer. Wir haben ihn angestellt, damit er all die Aufgaben erledigt, die wir nicht machen können. Oder auf die wir keine Lust haben. Wie Autofahren zum Beispiel.«

»Dabei fährt er so schlecht, dass Mama das Auto verzaubern musste, weil er sonst ständig Unfälle bauen würde«, ergänzte Emily und lachte.

Cedrik fiel wie Elliot in ihr Gelächter ein und er spürte, wie die Anspannung von ihm abfiel. »Und dieser … wie nennt ihr die zwei? Doppling? Die Freundinnen von Duncan, das sind einfach nur ganz normale Zwillinge, oder?«

Elliot wurde wieder ernst und legte den Kopf schief. »Nicht ganz. Ein Doppling ist ein Mensch, der in zwei Körpern gleichzeitig steckt. Er steuert also quasi zwei Körper. Eigentlich ganz simpel.«

»Aber mein Vater ist doch ein normaler Mensch. Warum ist er hier?«, fragte Cedrik verwirrt.

Emily zuckte entschuldigend mit den Schultern. »Wir brauchen einen Lehrer, der den Kindern, die hier geboren wurden, die Welt da draußen erklärt.«

»Weiß mein Vater, dass …«

»Ich hab keine Ahnung, ob unsere Mutter ihn schon eingeweiht hat.«

Cedrik musste grinsen. Lustige Vorstellung, dass sein verpeilter Vater den Kindern von Mistle End die Welt da draußen erklären sollte. Ob sie wussten, worauf sie sich da einließen? Dann fiel ihm wieder der Vorfall vor der Tür ein. »Und der Werwolf?«

Elliot fluchte. »Duncan, der Idiot!«

»… ist auch ein Gestaltwandler«, fiel ihm Emily ins Wort. »Sagt viel über ihn aus, dass er sich auf zähnefletschende Wölfe spezialisiert hat. Aber er ist ein Hexer, der sich – wann er will! – in einen Wolf verwandeln kann. Das ist zwar das einzige Tier, in das er sich verwandeln kann, dafür kann er als Wolf reden. Das ist ziemlich stark. Und er kann sogar auch ganz gut zaubern. Dumm nur, dass es Duncan ist, der das beherrscht.«

»Ich kann es immer noch nicht fassen, dass er mich wirklich angegriffen hat.«

Emily erklärte ernst: »Das ist das Problem mit uns Gestaltwandlern. Wir müssen lernen, die Instinkte der Tiere, in die wir uns verwandeln, zu kontrollieren. Das ist manchmal gar nicht so einfach. Gelegentlich übertragen sich aber auch die Sinne unserer Tiere auf uns. Ich zum Beispiel kann ziemlich gut hören.«

Cedrik riss die Augen auf. »Könnt ihr mir das noch mal zeigen? Ich mein, irgendwas mit Magie?«

Elliot lachte, rollte die Augen und schnippte lässig in Richtung der Flammen. »Dragain!«

Das Feuer loderte wild auf und eine Stichflamme verwandelte sich in einen kleinen, flammenden Drachen. Das leuchtende Fabelwesen flog Funken sprühend einmal um die Freunde und verschwand dann zischend im Kamin.

Und wieder war da dieser blaue Schimmer an Elliots Handfläche. »Das ist … irre! Das ist …«

Er ließ sich zurück in seinen Sessel fallen und beendete seinen Satz in Gedanken: … ein bisschen viel, alles …

»Bist du okay, Cedrik?«

Er nickte. Unten im Haus hörte er das Chronometer siebenmal schlagen. Er lehnte seinen Kopf an den hölzernen Pfosten seines Himmelbettes und schaute nach draußen. Der Mond war schon aufgegangen. Es würde wieder schneien. Das war gut, denn er liebte Schnee.

Da saß er nun, mitten in den Bergen, in diesem uralten, geheimnisvollen Dorf, in dem es Hexen gab, Gestaltwandler, Werwölfe und mit ziemlicher Sicherheit noch andere magische Wesen.

Er richtete sich ruckartig auf. »Ich muss euch auch etwas sagen. Heute Nacht hatte ich einen Traum, einen ziemlich abgefahrenen. Mit einem Greif.«

Elliot war von seinem Platz vor dem Kamin aufgestanden und stellte sich mit verschränkten Armen vor ihn. Aufmerksam musterte er Cedrik. »Bist du dir sicher?«

»Ja! Er war schneeweiß, ein Wintergreif, so nennt man ihn, glaube ich. Er stand vor meinem Fenster, hier auf dem Dach!«

Emily und Elliot wechselten einen schnellen Blick. »Ein Wintergreif, sagst du? Was ist passiert?«, fragte Emily.

»Er war ganz aufgebracht. Und wollte von mir wissen, was ich hier will. Oder nein, er wollte wissen, warum er mir erschienen ist. ›Freund oder Feind?‹, das hat er mich immer wieder gefragt.«

Emily kam näher. »Im Ernst? Er hat mit dir gesprochen?« Sie kaute auf ihrer Unterlippe. »Das ist stark!«

»Was meinst du damit? Warum ist er mir im Traum erschienen?«

Elliot hatte sich neben Emily gestellt und betrachtete Cedrik nun mit einer Mischung aus Unglaube und Besorgnis. »Der Greif ist nicht nur unser Wappentier im Dorf. Er ist auch Träger eines magischen Schutzzaubers. So eine Art Wächter.« Er runzelte die Stirn.

Cedrik war sich nicht sicher, wie er den seltsamen Ausdruck in seinen Augen deuten sollte. Er stöhnte. Es war doch bitte nicht schon wieder irgendein magisches Wesen hinter ihm her.

Emily dagegen fuhr begeistert fort, Cedrik die Hintergründe zu erklären: »Der Greif sorgt dafür, dass wir hier in Sicherheit leben können. Wir Hexen und all die anderen magischen Geschöpfe wurden über viele Jahrhunderte hinweg gejagt und von den Menschen fast ausgerottet. Wie die Einhörner zum Beispiel.«

Elliot protestierte sofort. »Das stimmt nicht! Es gibt immer noch Leute, die behaupten, es gäbe welche!«

»Sie wurden gnadenlos gejagt! Wie wir!«, erwiderte Emily, leicht genervt.

»Bis eine unserer Ururahn-Hexen die Greife davon überzeugen konnte, mit uns zusammenzuarbeiten. Seitdem beschützen die Löwenadler unser Dorf, weshalb wir und viele andere magische Wesen hier in Mistle End in Frieden leben können.«

Cedrik war verblüfft. »Das macht alles der Greif?«

Elliot schüttelte den Kopf. »Es ist nicht nur einer. Sie sind überall, im ganzen Dorf. Als Statuen, auf den Dachfirsten, in den Wappen, sogar in den Wetterfahnen.«

Emily nickte. »Und wenn dem Dorf eine Gefahr droht, werden sie alle lebendig.«

Unwillkürlich drehte sich Cedrik um und sah aus dem Fenster. Dort drüben, auf dem Dach des Hauses auf der anderen Seite des Platzes, die Zierfigur am Kamin: War das nicht auch ein Greif?

Elliot hatte sich neben ihn gestellt und flüsterte: »Dann werden aus den Steinfiguren und Blechfahnen magische Monster mit rasiermesserscharfen Krallen und Klauen!«

Cedrik zuckte zusammen. »Bin ich eine Gefahr? Ich meine, weil ich ihn lebendig gesehen habe! Meinte er das mit diesem ›Freund oder Feind‹?«, fragte er leicht panisch.

»Kann sein«, antwortete Elliot düster.

»Quatsch!«, warf Emily empört ein und stampfte mit dem Fuß auf. »Natürlich bist du das nicht. Aber es muss irgendeinen Grund geben, weshalb der Greif lebendig geworden ist.«

Schweigend standen sie ihm gegenüber.

»Vielleicht war es ja einfach nur ein Traum?«, meinte Cedrik leise.

»Vielleicht«, sagte Emily milde.

»In Mistle End?« Elliot schüttelte energisch den Kopf. »Ganz bestimmt nicht!«

Kapitel 6

ALLES NUR GETRÄUMT?

Der Wind brachte von den Bergen neuen Schnee, wieder in Form eines heftigen Schneesturmes. Die Fenster klapperten ununterbrochen. Cedrik drehte sich erschöpft in seinem weichen Himmelbett von einer Seite auf die andere. Seit Emily und Elliot nach Hause gegangen waren, fühlte er sich komisch. Aufgedreht.

Er zog die Decke über den Kopf und versuchte einzuschlafen. Vergeblich. Immer, wenn er endlich völlig übermüdet in die dunkle Welt der Träume abdriftete, riss ihn das aufblitzende Bild des angreifenden Wolfes aus dem Schlaf. Wie er ihn mit blutunterlaufenen Augen und vor Wut schäumend ansprang.

Wie oft war er jetzt schon fast-und-dann-doch-nicht eingeschlafen?

Entnervt schlug er die Bettdecke zurück und stellte sich ans Fenster. Der Sturm hatte sich gelegt, ohne dass er es bemerkt hatte. Er musste also doch ein wenig geschlafen haben.

Nachdenklich betrachtete er den schneebedeckten Platz vor ihrem Haus. Das Weiß war noch so gut wie unberührt, nur eine einzelne Spur zog sich in die Mitte des Platzes und endete dort.

Er zuckte zusammen. Oben, auf dem Dach, hörte er ein Geräusch. Schritte.

Da war jemand. Er schluckte. Wie letzte Nacht.

Er versuchte nach oben zu sehen, aber von hier unten konnte er den Dachfirst nicht erkennen. So schnell und so leise er konnte, schlich er die Wendeltreppe hoch.

Im Turmzimmer angelangt, spähte Cedrik aus dem Fenster.

Der Wintergreif war wieder da. Diesmal sah er Cedrik nicht an, sondern wandte ihm den Rücken zu. Er saß nicht, sondern thronte vielmehr am Ende des Daches. Der Greif war als heller Schatten im silbrigen Licht des Mondes gut zu erkennen.

Cedrik zitterte vor Aufregung. Er stieg aus dem Fenster, kletterte vorsichtig auf den schneebedeckten Dachfirst und balancierte einige Schritte auf den Greif zu.

Ohne sich umzudrehen, fing dieser an, erneut in seinem Kopf zu sprechen. »Du bist immer noch da.«

Cedrik presste die Lippen zusammen. Er war schließlich nicht freiwillig hier. Allerdings konnte er es auch nicht leiden, wenn man ihn fortschickte. Grundlos. Er fasste sich ein Herz und verkündete trotzig: »Ich würde gerne bleiben.«

Der Greif schien zu nicken. Er sprach langsam und kraftvoll, wandte sich ihm dabei aber immer noch nicht zu. »Du denkst, du hast Freunde gefunden.«

Wieder war da dieses Rauschen in seinem Kopf, so vielstimmig und unheimlich. Nach und nach schälten sich aus dem Klang die Worte, vor denen Cedrik sich insgeheim schon die ganze Zeit gefürchtet hatte. »Morgen muss ich die Wahrheit von dir erfahren.«

Mutig machte Cedrik einen Schritt nach vorn. »Gut. Aber zuerst musst du mir eine Antwort geben.«

Der Greif schrie auf! Einen unwirklich lauten Adlerschrei, so grauenhaft, dass Cedriks Herz einen Satz machte. Panisch wich er ein paar Schritte zurück.

Endlich drehte der Greif seinen mächtigen Löwenadler-Körper, ganz langsam, und beobachtete Cedrik streng. »Ich muss? Ich muss!? Mal sehen. Vielleicht.«

Erst jetzt begriff Cedrik, dass der Greif gelacht hatte. Dass dieses Ungeheuer einen Monster-Schnabel und mörderische Krallen hatte, war schlimm genug. Dass er es aber so schlecht einschätzen konnte, war der eigentliche Horror. Erneut nahm er all seinen Mut zusammen. »Bist du ein Traum? Oder bist du Wirklichkeit?«

Der Greif legte den Kopf schief. »Worin liegt der Unterschied? Beides ist wirklich im Augenblick, beides lebt in deiner Erinnerung weiter.«

»Im Traum kann man nicht sterben!«, widersprach Cedrik.

Der Greif ließ sich Zeit, bevor er leise antwortete. »Oh doch. Man kann. Immer und immer wieder.«

Cedrik war wie gelähmt vor Furcht.

Der Greif fixierte ihn weiter mit seinen kalten, gelben Augen. »Morgen … morgen Nacht muss ich es wissen.«

Cedrik spürte, wie ihm die Angst die Kehle zuschnürte. »Freund! Ich bin ein Freund!«, rief er mit erstickter Stimme.

»Das genügt mir nicht«, sagte der Greif. »Du verbirgst etwas. Etwas Großes. Etwas Gewaltiges. Morgen Nacht musst du dich offenbaren.«

Das war zu viel für Cedrik. Er wollte weg von hier.

Hastig drehte er sich auf dem schmalen Grat des Daches um. Doch unter dem frischen Schnee war das Dach vereist und spiegelglatt. Sein Fuß rutschte weg, er knallte auf die Knie, konnte sich nicht abfangen und schlitterte auf einem kleinen Schneebrett direkt auf die Dachkante zu.

Seine Hände griffen in den Schnee, aber er fand keinen Halt. Gleich würde er mehrere Meter tief auf die Steinplatten des Platzes fallen! Cedrik ruderte wie wild mit den Armen, schrie, versuchte sich verzweifelt festzuhalten, doch es half alles nichts. Mit hohem Tempo schoss er über die Kante hinaus – und stürzte ins Leere. Er schrie, fiel …

… und knallte mit einem Rumms auf den Boden neben seinem Bett. Cedrik hatte sich in seiner Bettdecke verheddert und brauchte eine Weile, um sich freizustrampeln. Er sprang auf, musste sich aber gleich wieder festhalten, weil ihm schwindelte. Sein Schlafanzug war nass, durchgeschwitzt, wie schon letzte Nacht. Es war früh am Morgen und obwohl im Kamin noch immer eine kräftige Glut schwelte, war ihm bitterkalt.

Kapitel 7

KLEINE MÄNNER MIT FLÜGELN

Als er nach unten in die Küche kam, saß sein Vater schon am Frühstückstisch, aß genüsslich Spiegeleier mit Bohnen und Käse und las in einem Buch. »Guten Morgen, Cedrik!«, sagte er gut gelaunt. »Auf dem Herd ist noch eine Portion für dich.«

Cedrik setzte sich auf die Bank neben dem Kaminofen und trank hastig ein Glas Milch. Er fühlte sich völlig ausgetrocknet, die Begegnung mit dem Greif hatte ihn stark mitgenommen.

Cedrik betrachtete seinen Vater nachdenklich. Da hatte er schon einen anerkannten Experten der Britischen Mythologie als Vater und der war augenscheinlich der Einzige, der von den ganzen magischen und mythischen Wesen im Dorf nichts mitbekam.

»Dad, sag mal, kommt dir hier im Dorf eigentlich nichts komisch vor?«

Aengus O'Connor drehte sich um und sagte: »Wie meinst

du das? Ich finde die Leute hier alle sehr nett. Aber in der Tat gibt es da etwas, worüber ich heute mit dir reden wollte.« Er nahm die Teekanne von der Anrichte und setzte sich zu Cedrik an den Tisch. Er lächelte, schien aber irgendwie nervös. »Meine Arbeit hier in Mistle End ...«

Es klingelte an der Tür und O'Connor erstarrte.

Cedrik stöhnte. So war er immer! Schon die kleinste Störung von außen brachte ihn aus dem Konzept.

»Ach, vergiss es. Ich mach auf.«

»Nein, warte, Cedrik, ich ...«

Cedrik angelte sich ein Rosinenbrötchen aus dem Brotkorb, sprang auf und rannte zur Tür.

Emily und Elliot standen auf der Treppe, auf der sie ihn gestern vor Duncan, oder besser: dem Wolf, gerettet hatten.

Elliot hielt triumphierend einen schweren, reich verzierten Schlüssel in die Höhe. »Guck mal, was wir hier haben! Das ist der Schlüssel zur alten Bibliothek!«

»Dort können wir alles nachlesen, was in den Büchern über die Greife in unserem Dorf steht!«, ergänzte Emily fröhlich.

Cedrik musste lachen. Die Begeisterung seiner Freunde war so ansteckend. Er verabschiedete sich schnell von seinem Vater und sprang zu seinen Freunden die Stufen hinunter in den Schnee. Was auch immer sein Vater ihm erklären wollte, musste jetzt warten.

Während sie sich auf den Weg Richtung Ortsmitte machten, wo sich laut Emily nicht nur die Bibliothek, sondern auch alle anderen wichtigen Gebäude von Mistle End befanden, erzählte Cedrik seinen Freunden von dem zweiten Besuch des Greifs in dieser Nacht. Und von der Angst, die er am Ende gespürt hatte.

»Das kann ich gut verstehen«, sagte Emily tröstend.

Elliot nickte. »Na klar, der Greif ist ein Wächter. Wenn er dir keine Angst machen würde, hätte er irgendwie den falschen Job, oder?«

»Aber warum ich?«, fragte Cedrik. »Dieser Greif war richtig aggressiv zu mir, versteht ihr!? Was soll das alles bloß?«

»Das, mein lieber Cedrik«, sagte Elliot und klopfte ihm ebenso freundschaftlich wie kraftvoll auf die Schulter, »werden wir bald herausfinden!«

Nachdem sie den engen Gassen ein gutes Stück bergauf gefolgt waren, hatten sie endlich den weitläufigen Marktplatz von Mistle End erreicht. Er hatte die Form eines sanft geschwungenen Dreiecks, die Häuser ringsum hatten allesamt eine leicht gebogene Front. Sie waren größer und stattlicher als die meisten Gebäude, hatten aber die gleichen gotischen Verzierungen, die spitzen Giebel und hohen, geschwungenen Fenster. Die Freunde hatten den Platz durch einen der prächtigen Torbögen betreten, die sich in den Ecken des Dreiecks befanden. Hier herrschte geschäftiges Treiben. Zahllose Männer und Frauen eilten zwischen den Häusern hin und her, waren in Gespräche vertieft oder vergruben ihre Gesichter in Büchern oder Dokumentenmappen, während sie den Platz querten. In der Mitte der weiten Fläche entdeckte Cedrik einen mehrere Meter großen, fünfeckigen Stern aus Bronze, kunstvoll im Kopfsteinpflaster eingelassen. Der Schnee rings um das Metall war geschmolzen.

»Das ist ein Hexenstern, oder?« Er sah sich um und musterte die Passanten. »Natürlich! Das sind alles Hexen und Hexer!«

»Was? Warum, ich mein, äh … was siehst du denn?«, fragte Emily.

Er ließ seinen Blick über den Platz schweifen, konnte aber nichts Ungewöhnliches entdecken. Bis auf die Kleider vielleicht. Die schienen etwas aus der Zeit gefallen.

»Pass auf, Cedrik!« Elliot packte ihn am Ärmel und riss ihn zur Seite, als ein sehr dicker Mann rücksichtslos an ihnen vorbeistürmte. Elliot stieß hörbar die Luft aus. »Puh, der hätte dich beinahe plattgemacht.«

Der Mann drehte sich um, riss die Augen auf und fing sofort an sich zu entschuldigen. »Oh, oh, Kindr, Kindr! Das tuat mir laid, ich hatte eusch nischt gesehen. Wischtige Dinge zu erledigen. In Aile, wischt ihr? Immer in Aile!« Damit drehte er sich um und rannte so schnell über den Platz, dass er ein regelrechtes Schneegestöber hinter sich auslöste.

»Komischer Typ!«

Elliot warf ihm einen schnellen Seitenblick zu. »Wen genau meinst du, Cedrik?«

»Na, den Dicken! Wen sonst?«

Elliot zögerte, dann pfiff er leise durch die Zähne.

»Verstehe.« Emily nickte ernst. »Siehst du da drüben die Frau vor dem Brunnen?«

Die Frau, auf die Emily zeigte, war mittleren Alters, trug

einen schlichten Mantel mit einem dicken Schal, und diskutierte heftig mit einem kleinen Jungen, der vor ihr stand und wütend mit dem Fuß in den Schnee stampfte.

»Ja, klar, die mit dem kleinen Rotzlöffel?«

Elliot lachte hell auf und warf seiner Schwester ein schnelles Grinsen zu. »Genau, die mit dem Rotzlöffel. Das ist eine richtig kleine Nervensäge.«

Cedrik betrachtete Emily und Elliot misstrauisch. »Ihr habt schon wieder ein Geheimnis. Habe ich recht?«

Emily wandte sich an Cedrik und lächelte ihm aufmunternd zu. »Wie du ja schon weißt, unterliegt Mistle End einem Schutzzauber.«

»Du meinst den Greif«, antwortete Cedrik ungeduldig. »Rasiermesserscharfe Krallen, stechender Blick.«

»Ja, auch«, erwiderte Emily. »Es ist aber mehr als das. Dieser Zauber schützt das Dorf davor, überhaupt entdeckt zu werden. Jeder Mensch, nein, jeder Nicht-Eingeweihte, empfindet Furcht, wenn er sich Mistle End nähert. Oder wenn er nur den Ortsnamen hört. Anfangs ist es nur ein bisschen Unwohlsein, wie ein Missklang im Wort, der ein ungutes Gefühl erzeugt. Eine Ahnung, dass einem irgendetwas nicht gefallen wird …«

Cedrik schluckte. Dieses Gefühl kannte er nur zu gut. Es hatte ihn überfallen, als ihm sein Vater das erste Mal von Mistle End erzählt hatte.

Elliot fiel seiner Schwester ins Wort. »Oh ja, es beginnt ganz harmlos. Aber wenn die Leute sich zu viel und zu lange mit Mistle End beschäftigen, ohne dass sie jemand eingeladen hat, dann wird es richtig fies.« Er griff sich theatralisch an sein Herz und fing an zu röcheln. »Dann ist es nicht mehr einfach nur … rrrch … ein b-bisschen Schiss.« Er stotterte und schnappte nach Luft. »D-d-d-die Leute bekommen r-r-richtige Todesangst … argh!!«

Cedrik hatte sofort das Bild von einem panisch nach Luft ringenden Uniformträger vor Augen. »Der Schaffner im Zug!«

»Wie bitte?«, fragte Emily verdutzt.

Elliot grinste frech. »Ach, sag bloß. Wollte der eure Tickets sehen?«

Cedrik nickte. Diese Panik, diese unerklärliche, schreckliche Furcht, die den Schaffner überkommen hatte, als sein Vater ihm Mistle End als Ziel der Reise genannt hatte. Cedrik war aufgewühlt und empfand Mitleid mit dem Mann. Der Mann fuhr schließlich jeden Tag am Bahnhof Mistle End vorbei. Sein Job musste für ihn inzwischen der pure Horror sein.

»Vergiss nicht«, sagte Emily, die den Ausdruck auf seinem Gesicht richtig gedeutet hatte, »wir tun das nur zu unserem eigenen Schutz!«

»Aber was hat das mit dieser Frau und dem Kind zu tun?«, wollte Cedrik wissen.

»Dabei handelt es sich um den zweiten Teil des Zaubers«, fuhr Emily fort und fühlte sich sichtlich unwohl. »Der Zauber zeigt den Nicht-Eingeweihten nicht die ganze Wahrheit. Du siehst dort drüben am Brunnen eine Frau mit ihrem Kind, richtig?«

Cedrik schaute noch einmal zum Brunnen. Der Junge

hüpfte nun im Schnee auf und ab und brüllte wie am Spieß.
»Ja, die sehe ich.«

»Nun, WIR sehen einen Zwerg. Einen uralten …«

»… unglaublich nervigen, trotzigen Zwerg!«, ergänzte Elliot prustend.

»Das ist nicht witzig, Elliot«, sagte Emily empört.

»Doch, das ist es schon! Zwerge sehen nicht nur aus wie nervige Kleinkinder, sie benehmen sich auch so! Ich finde, der Zauber zeigt durchaus auch die Wahrheit.« Er hielt sich den Bauch vor Lachen.

Während Emily ihren Bruder tadelte, ließ Cedrik das Kind, das heißt den Zwerg, nicht aus den Augen.

»Aber warum kann ich den Zwerg denn nicht sehen? Ich meine, ich wohne doch jetzt in Mistle End«, fragte Cedrik ein wenig enttäuscht.

»Das weiß ich auch nicht. Irgendwie scheint der Zauber bei dir noch zu wirken, zumindest manchmal«, erwiderte Emily achselzuckend.

Cedrik ließ den Blick neugierig über den Platz schweifen. Was verbarg sich wohl hinter dem dicken, humpelnden Alten? Und das lachende Mädchen dort drüben – war sie etwa auch eine Zwergin? Sein Herz machte einen Sprung. Er fühlte sich wie ein Entdecker, der auf einen unbekannten Kontinent gestoßen war. »Was sonst?«

»Hä? Was meinst du?«, fragte Elliot und wischte sich eine Lachträne aus den Augen.

»Was gibt es noch für … Wesen hier in Mistle End, die sich mir nicht zeigen?«

Emily seufzte. »Oh, das sind schon ein paar. Zwerge, Elfen, Trolle, Gnome, Wichte …«

»Und der Dicke, von vorhin?«

»Der? Das war ein Bergtroll. Ein Nordschottischer. Wir nennen sie immer nur die Nordischen.«

»Und wie sieht der aus?«

»Behaart! Und riesig! So um die vier bis fünf Meter groß. Der Rat setzt sie als Läufer ein. Wenn es gilt, Nachrichten zu übermitteln, aber nicht die supergeheimen Botschaften. Mehr so die Allerwelts-Hexenpost. Kommen sich dabei aber immer superwichtig vor.«

Cedrik machte große Augen. »Werden sie auch manchmal nach London geschickt?«

»Ja, schon, denke ich«, antwortete Elliot.

Wie oft hatten sich dicke, schwitzige Männer in der U-Bahn an Cedrik vorbei zur Tür durchgedrängelt … und wie oft war es wohl in Wirklichkeit ein Nordschottischer Bergtroll gewesen?

»Wenn es so weit ist, wirst du schon alles zu sehen bekommen, was es hier zu sehen gibt. Verlass dich darauf«, bestätigte Emily, packte Cedrik am Arm und zog ihn mit sich. »Aber bis dahin sollten wir erst einmal versuchen, das Geheimnis um deinen nächtlichen Besucher zu lüften, oder?«

Der Greif! Den hatte er kurz vergessen.

»In Ordnung, ist gut. Ich komme ja schon.«

Sie betraten die Bibliothek, ein lang gestrecktes Gebäude, das auch den Saal der magischen Artefakte, die Sternenhalle, die Besenwerkstatt und die Kristallkugelbläser beherbergte, und gelangten in eine runde Vorhalle, in deren Mitte eine verschlungene Wendeltreppe nach oben führte. Die drei eilten hastig die Stufen nach oben, mit Elliot an der Spitze.

»Warum haben wir es eigentlich so eilig?«, fragte Emily.

Die Treppe schraubte sich freistehend durch das Innere eines Turmes in die Höhe und Cedrik entdeckte an den Wänden zahlreiche aus Stein geschlagene Greife. Würde die Bibliothek angegriffen, wäre sie von den magischen Wächtern auf jeden Fall gut geschützt, dachte Cedrik. Wenn die Treppe der einzige Zugang war, konnten die Greife sie sicher eine halbe Ewigkeit verteidigen.

Aber wer sollte Mistle End schon angreifen?

Oben angekommen, blieben sie vor einer hohen, mit Ornamenten, fremdartigen Symbolen und Runen verzierten Tür stehen.

Emily zog den Schlüssel aus ihrer Manteltasche und steckte ihn behutsam in das Schlüsselloch. »Er passt«, flüsterte sie.

»Woher habt ihr den Schlüssel eigentlich?«, fragte Cedrik misstrauisch.

»Sagen wir mal, wir haben ihn bei unserer Mutter geliehen«, antwortete Elliot trocken.

Und Emily ergänzte: »Ist ja quasi ein Notfall!«

Vorsichtig drehte sie den Schlüssel im Schloss und mit dem Surren und Klicken verschiedener Riegel und Bolzen schwang die Tür zur Seite und erlaubte ihnen den Zutritt zur Bibliothek von Mistle End.

Vor ihnen lag ein hoher und lang gestreckter Raum, mit dunklem Balkengewölbe und schier endlosen Reihen hölzerner Regale. Gefüllt von oben bis unten mit Büchern, Pergamentrollen und losen Schriftstücken. Kaum hatten die Freunde die Bibliothek betreten, als entlang der Bücherwände kleine Wandleuchten aufflammten und den Raum in ein goldenes Licht tauchten. Kleine gravierte Kupferschilder an den Regalen ordneten die Bücher verschiedenen Kategorien zu. Cedrik entdeckte Spruchsammlungen, Nachschlagewerke, Kampfzauber, Rezepte, Heilanleitungen und vieles mehr. In der Mitte der Haupthalle stand eine Reihe hölzerner Studiertische, auf denen Messinglampen mit funkelnden, grünen Lampenschirmen aus Glas aufleuchteten. Unter die Decke waren an dicken Tauen vogelkäfigartige Gebilde hochgezogen, darin ebenfalls Bücher, fein säuberlich gestapelt. Sie hingen so hoch, dass Cedrik die Titel nicht lesen konnte, aber die meisten der eingesperrten Bücher hatten eine eigentümlich dunkelrote Farbe.

»Das sind ja Unmengen«, staunte Cedrik und Elliot nickte. »Seit vielen Hundert Jahren wird hier alles, was wir Hexen geschrieben haben, gesammelt und archiviert.«

»Mein Vater würde ausflippen, wenn er das hier sehen könnte!«

Emily machte ein bekümmertes Gesicht. »Wie sollen wir denn hier was über Greife finden! Da brauchen wir ja Monate ...«

»Wartet kurz!« Elliot war an einen kleinen Glaskasten getreten, der gleich neben der Tür auf einem hölzernen Gestell stand. Unter dem Glas wuchsen exotische Blumen in allen Farben, wie in einem kleinen Gewächshaus. Das ganze Gebilde wurde von einem seltsamen blauen Licht erhellt. Er beugte sich über das kleine Haus und spähte hinein.

»Guten Morgen, lieber Mister Elderling! Sind Sie wach?« Vorsichtig klopfte Elliot an das Glasdach. »Mister Elderling, sind Sie …«

Elliot wurde von einem spitzen Schreckensschrei aus dem Inneren des kleinen Gewächshauses unterbrochen. »Hilfe! Piraten!«

Cedrik konnte zuerst nicht erkennen, mit wem Elliot da sprach, aber als er sich neugierig neben ihm über den Glaskasten beugte, sah er einen sehr kleinen Mann mit Schmetterlingsflügeln auf einer der Blüten sitzen. Aufgeregt flatterte er mit seinen Flügeln, blinzelte in das Licht und rief mit einer seltsam hohen, fast piepsigen Stimme: »Die Messer gezückt! Alle Mann an Deck!«

Elliot versuchte, den kleinen Schmetterlingsmann zu beruhigen. »Mister Elderling! Wir sinds! Emily und Elliot!«

Doch Mr Elderling fuchtelte weiterhin wild mit seinen Armen und verteidigte sich gegen seine unsichtbaren Gegner. »Käpt'n Hook ist da!«

»Nicht! Wir sinds doch nur!«, rief Elliot.

Verdutzt richtete sich der kleine Schmetterlingsmann auf und rieb sich die Augen. »Nanu!? Wo ist mein Schiff? Was habt ihr mit den verlorenen Jungs gemacht?«

»Sie haben geträumt!«

Emily runzelte die Stirn, dann breitete sich auf ihrem Gesicht ein Grinsen aus. »*Peter Pan!* Sie haben vor dem Einschlafen *Peter Pan* gelesen! Stimmts?«

Würdevoll richtete sich Mr Elderling auf und strich seine Flügel glatt. »Nun, kann sein. Vielleicht. Warum auch nicht? Gute Bücher sollte man nie ungelesen herumstehen lassen. Aber warum seid ihr hier? Ich hoffe, ihr hattet einen guten Grund, mich zu wecken!«

Mit diesen Worten war Mr Elderling in die Luft gestiegen, hatte eine kleine Luke im Dach seiner gläsernen Behausung geöffnet und schwebte nun flatternd vor ihnen.

Cedrik traute seinen Augen kaum.

»Wir sind hier, um alles über Wintergreife zu erfahren. Die Greife, die unseren Ort bewachen«, sagte Elliot und Emily ergänzte: »Wir müssen wissen, wann sie lebendig werden – und warum!«

Mr Elderling nickte beiläufig und musterte Cedrik eindringlich. Der starrte ihn seinerseits mit offenem Mund an. »Ich vermute, es geht um euren jungen Freund hier, nicht wahr?«

»Hallo, ich bin Cedrik.«

»Schade. Auch kein Pirat. Eher ein verlorener Junge.« Er kicherte. »Na gut, dann folgt mir!«

Mit elegantem Flügelschlag machte Mr Elderling eine Pirouette und flog vor ihnen her.

Als sie ihm nachgingen, fragte Cedrik Emily flüsternd: »Und warum kann ich ihn jetzt sehen?«

Emily zuckte ratlos mit den Schultern. »Ich habe keine Ahnung, ehrlich. Vielleicht ja weil er möchte, dass man ihn sieht?«

Mr Elderling hatte sie zu einer kleinen Nische in einem

weit entfernten Ende der großen Bibliothek geführt. Die Menge der Bücher war schier grenzenlos.

»Dann wollen wir mal sehen ...« Auf und ab tanzte der kleine Schmetterlingsmann entlang der Bücherregale und fuhr mit dem Finger über die ledernen Einbände. »Hier nicht ... nein, da auch nicht.« Er summte vor sich hin und überflog dabei, im wahrsten Sinne des Wortes, die Buchtitel. »Vielleicht hier ... nein ... auch nicht ... ah, gutes Buch, eines der besten, aber nein, leider nichts über Greife ... weiter, weiter ... nein, das nicht, das auch nicht ... Ha! Ich habe es gefunden!«

Mr Elderling zeigte auf einen Buchrücken und mit einem leichten Schwung seiner Hand sprang das Buch aus dem Regal und flatterte wie ein Vogel durch den Saal. Gleichzeitig brach über ihnen ein wahres Spektakel aus und Cedrik zog panisch den Kopf ein. Die Bücher in den Käfigen unter der Decke hatten begonnen, wild mit den Buchdeckeln zu schlagen, und stießen bebend gegen die Käfiggitter. Das Rascheln der Seiten erinnerte Cedrik an einen Schwarm aufgeschreckter Krähen.

Ein gelangweilter Wink von Mr Elderling brachte Ruhe in die aufgebrachten Bücher und das Exemplar, das er im Regal entdeckt hatte, landete sanft auf einem der beiden Tische in der Mitte der Bibliothek.

»Lesestunde ist von Mitternacht bis Mitternacht. Laut lesen ist erlaubt, Zaubersprüche müssen allerdings stumm geübt werden. Weckt mich, wenn ich noch irgendetwas für euch tun kann. Gute Nacht! Oder guten Tag? Wen kümmert das schon ...«

Ohne eine Antwort abzuwarten, flog der Schmetterlingsmann wieder zurück zu seinem Glashaus. Leise summend und gelegentlich kichernd.

Elliot schüttelte den Kopf. »Verrückter Kerl …«

»… ohne den wir das Buch wahrscheinlich in zehn Jahren nicht gefunden hätten«, korrigierte ihn Emily und setzte sich an den Lesetisch. »Mal sehen, was hier steht …«

Cedrik und Elliot gesellten sich zu ihr und gemeinsam blätterten sie durch das staubige, uralte Buch. Auf dem Buchdeckel aus abgegriffenem Leder stand in dicken Lettern geprägt: *Mistle End und seine magischen Bewohner* – und darunter in deutlich kleineren Buchstaben: *Mit Ausnahme der Hexen, die so zahlreich sind, dass sie in dieser Sammlung nicht erwähnt werden sollen.*

Das Buch war nach dem Alphabet geordnet – von A wie Adlerkönig bis Z wie Zombie.

»Oh Mann, gibts die alle in Mistle End?«, wollte Cedrik wissen.

»Nein, nicht alle. Also, nicht alle gleichzeitig«, antwortete Elliot.

Aufgeregt zeigte Emily mit ihrem Zeigefinger auf das Buch vor ihnen. Sie hatte durch die Seiten geblättert und schnell gefunden, wonach sie gesucht hatten. »Das ist es! Hier, das Kapitel über Wintergreife. Hört mal, was da steht:

ERSCHEINUNG
Es gibt drei Ereignisse, aufgrund derer der Wintergreif erwacht.

1.) Zu Zeiten der Freude. Alle fünf Jahre feiert Mistle End zur Wintersonnenwende den Tag der Zusammenkunft und bekräftigt das Bündnis zwischen den Hexen und Wintergreifen. Der Greif erhält an diesen Tagen den Lohn für seine treuen Dienste. Der Löwenadler wiederholt seinen Schwur, dem Dorf und seinen Bewohnern auch in den kommenden Jahren Schutz zu gewähren.«

Ungeduldig unterbrach Cedrik. »Ist heute nicht Wintersonnwende? Oder morgen?!«

Emily wickelte sich nachdenklich ihre blonden Locken um ihren Zeigefinger. »Nein. Das letzte Fest war vor drei Jahren. Das nächste Mal wird er sich aus diesem Grund also erst am 21. Dezember übernächsten Jahres zeigen.«

»Oh! Und was steht da noch?«, fragte Cedrik enttäuscht.

Elliot zog das Buch zu sich und las weiter:

»2.) Zu Zeiten der Gefahr. Werden Mistle End und seine Bewohner von einer natürlichen, zwischennatürlichen oder übernatürlichen Gefahr angegriffen, werden alle Wesensformen des Greifs lebendig, um sich der Bedrohung entgegenzustellen. Dabei kommt dem Greif vor allem seine Wildheit, seine Stärke, aber auch seine vollständige Immunität gegenüber jeglicher Art von Magie zugute. Die Wintergreife verwandeln sich erst wieder zurück in ihren ursprünglichen Zustand, nachdem die Gefahr vollständig bezwungen und abgewehrt wurde.«

Ernst wandte sich Cedrik an die beiden Geschwister. »Wer könnte euch denn angreifen?«, fragte er besorgt.

»Die Dunkelelfen vielleicht«, vermutete Emily und Elliot

fügte hinzu: »Oder die Vampire! Mama hat gesagt, es gibt schreckliche Gerüchte aus den Städten!«

Cedrik erbleichte. »Vampire? Gibt es die hier auch?«

Emily verneinte. »Mama sagt immer, die Vampire haben sich früh mit den Menschen arrangiert. Die leben fast nur in den großen Städten, wo sie gut untertauchen können.«

Elliot beugte sich zu ihr, fixierte einen Fleck auf ihrem Hals, leckte sich gierig über die Lippen und krächzte mit kehliger Stimme: »Klar, wo sie in Ruhe Blut saugen können. Uaaaah!«

Cedrik lachte und Emily klatschte ihrem Bruder mit der flachen Hand auf die Stirn.

»Hör auf damit! Sag lieber, was da noch steht!«

Sofort wurde Elliot wieder ernst. »Da steht:

> 3.) Zur Zeit der Prüfung. Beschließt das Dorf, ein neues, magisches Geschöpf in seinen Kreis aufzunehmen, muss sich der Neuling der Greifenprüfung stellen.«

Erstaunt schauten Emily und Elliot Cedrik an.

Der schüttelte hilflos den Kopf. »Mehr steht da nicht?«

Elliot warf erneut einen kurzen Blick in das Buch. »Nein, das ist alles.«

Emily beugte sich vor. »Lass uns mal überlegen: Also, die ersten beiden Gründe kommen kaum infrage: Der Jahrestag liegt drei Jahre zurück und – bei allem Respekt – du bist niemand, vor dem sich der Ort fürchten müsste.«

Elliot legte nachdenklich den Kopf schief. »Außer er will mit irgendeiner heimlichen Superkraft das Dorf in Schutt und Asche legen. Gestehe, Cedrik! Was kannst du? Blitze schleudern? Uns in Blumenkohl verwandeln?«

Emily ignorierte ihren Bruder einfach. »Ich frage mich … Oh! Vielleicht liegst du gar nicht so verkehrt, Elliot. Nicht mit dem Angriff, aber der Rest. Denkt doch mal nach, wenn es nicht die Wintersonnwende ist – und der Ort nicht bedroht wird …«

»Ist es Nummer drei? Die Aufnahme eines neuen magischen Geschöpfes in den Kreis unseres Dorfes? Also ich weiß nicht«, sagte Elliot.

Cedrik reagierte erst nach einer ganzen Weile. »Wer … ich?«

»Warum nicht?«, fragte Emily.

Elliot zog eine Augenbraue hoch. »Er hat recht, das klingt komisch!«

Cedrik nickte heftig. »Klar klingt das komisch. Das kann nicht stimmen! Ich kann nicht zaubern. Ich kann überhaupt nichts Magisches!«

»Niemand wird als Hexe geboren«, widersprach Emily. »Wir mussten das alle lernen. Außerdem wirkt der Schutzzauber bei dir nur, mmh, höchst unregelmäßig.«

»Aber eure Eltern sind Hexen! Und mein Vater ist das ganz bestimmt nicht.«

»Und was ist mit deiner Mutter?«

»Meine Mutter ist bei meiner Geburt gestorben«, antwortete Cedrik leise.

Emily schloss kurz die Augen und sagte dann sanft: »Das tut mir leid!«

»Aber könnte nicht sein, dass sie …?«, meinte Elliot.

Emily rammte ihrem Bruder empört einen Ellenbogen in die Seite.

»Au! Ich meine, eine Hexe! Vielleicht war seine Mutter eine Hexe und er weiß es gar nicht!«, rief Elliot hastig.

»Oh! Das könnte sein«, sagte Emily verdutzt.

Cedrik zuckte mit den Schultern. »Mein Vater spricht nicht viel von ihr. Er sagt immer nur, dass sie die schönste Frau war, die er jemals gesehen hat. Und dass ich ihre Augen hätte.«

Elliot musterte ihn ungläubig. Aber bevor er etwas sagen konnte, räusperte Emily sich und meinte entschlossen: »Da gibt es nur eins. Du musst ihn fragen!«

Und Elliot ergänzte: »Und zwar noch heute!«

Cedrik stöhnte. »Steht denn da nichts darüber, wie die Prüfungen aussehen?«

Emily schob ihren Bruder zur Seite und zog das Buch zu sich heran. »Lass mich mal … hier, wusste ich's doch. Auf der nächsten Seite geht der Artikel weiter:

> Die Prüfungen sind je nach Gestalt und Natur des Neuankömmlings unterschiedlich und lassen sich nur in den seltensten Fällen vorhersagen.

Das wars.« Enttäuscht legte sie das Buch beiseite.

Cedrik stützte den Kopf in seine Hände und stöhnte. »Na toll …«

Ein leises Räuspern ließ sie aufschrecken. Mr Elderling schwebte über ihren Tisch und betrachtete sie misstrauisch. »Und den Schlüssel hat euch Esmeralda einfach so gegeben?«

Kapitel 8

DAS DOPPELTE MISSVERSTÄNDNIS

Er musste es einfach tun, jetzt, noch heute Abend. Cedrik suchte seinen Vater und fand ihn in der Küche.

Aengus O'Connor stand am Herd und briet Kartoffeln. Er stellte sich zu ihm und versuchte, ruhig zu bleiben.

»Dad, ich muss dich etwas fragen.«

Cedrik holte tief Luft, dann purzelten die Worte aus seinem Mund. »WarmeineMomeineHexe?«

O'Connor hielt mitten in der Bewegung inne und betrachtete ihn unsicher. »Wie bitte?«

Cedrik versuchte es noch mal, diesmal etwas langsamer. »War meine Mutter eine Hexe? Dad, ich muss das wissen!«

»Eine Hexe?«, fragte ihn O'Connor ernst.

Cedrik verzog sein Gesicht zu einer Grimasse und rieb sich die Stirn. Vor ein paar Tagen noch wäre er selbst bei so einer Frage in einen Lachkrampf ausgebrochen und hätte sich darüber lustig gemacht – und jetzt war sie ihm bitterernst.

Aengus O'Connor zog die Pfanne von der Flamme und

stützte sich schwer auf die Spüle. Er sah ihn nicht an. »Ich weiß nicht genau, was du mit dieser Frage beabsichtigst. Geht es um dieses …«

»Bitte, Dad. Es ist sehr wichtig für mich.«

Aengus hob den Kopf und musterte Cedrik einen stillen Moment lang. Erstaunt nahm Cedrik ein goldenes Funkeln in den Augen seines Vaters wahr, das ihm vorher noch nie aufgefallen war. Dann, mit einer seltsam belegten Stimme, sagte er: »Nein, Cedrik, sie war keine Hexe.«

»Könnte es nicht sein, dass …«

»Nein, Cedrik.«

Cedrik war enttäuscht. Er hatte nichts Magisches an sich, gar nichts. Das Ganze musste ein großer Irrtum sein. Er war wütend auf sich selbst, weil er tatsächlich gehofft hatte, seine Mutter wäre eine Hexe gewesen.

Sein Vater hatte ihn nicht aus den Augen gelassen und berührte ihn nun sacht am Unterarm. »Ist alles okay, Cedrik? Warum fragst du mich das?«

Es klingelte an der Tür und Cedrik schreckte hoch.

Aengus legte die Schürze ab. »Bleib hier und setz dich, du siehst nicht gut aus. Ich mach das schon!«

Sein Vater ging zur Tür und öffnete. Cedrik wollte sich eben setzen, als er draußen bekannte Stimmen hörte.

Vor dem Haus stand Esmeralda. Hinter ihr konnte Cedrik die beiden Geschwister erkennen, die ihm zuwinkten und heimlich aufmunternde Zeichen machten.

Esmeralda schüttelte seinem Vater freundlich die Hand. »Bitte verzeihen Sie die Störung, Mr O'Connor. Meine Kinder haben mir erzählt, dass Sie, oder besser: Cedrik, vielleicht Hilfe benötigen.«

Aengus O'Connor warf einen seltsamen Blick auf Cedrik, dann antwortete er gequält: »Das ist sehr freundlich von Ihnen, aber nein, bei uns ist alles in Ordnung.«

Esmeralda stutzte, lächelte dann milde und drehte sich halb zu ihren Kindern, halb zu Mr O'Connor. »Oh, also war das Ganze vielleicht ein Missverständnis?«

Emily und Elliot schauten Cedrik erstaunt an, doch der schüttelte nur stumm den Kopf und zuckte traurig mit den Schultern.

Sein Vater beeilte sich mit der Antwort: »Ja, so scheint es zu sein. Wir jedenfalls brauchen keine Hilfe, danke sehr!«

Dann schloss er die Tür mit den Worten: »Vielen Dank! Bis morgen dann!«

Er drehte sich zu Cedrik und fuhr ihn zornig an: »Was hast du ihnen erzählt?!«

»Das war ich nicht, Dad«, antwortete Cedrik müde und unendlich erschöpft. »Ich …«

Sein Vater unterbrach ihn mit mühsam unterdrücktem Ärger. Er schien furchtbar aufgeregt. »Ich weiß, du hast viel durchgemacht, das ist alles neu hier und wir müssen reden. Das werden wir auch, das verspreche ich dir. Aber nicht mehr heute. Jetzt wird gegessen und dann ab ins Bett.«

»Aber ich …«

»Morgen, Cedrik! Ich verspreche es dir!«

Cedrik lag im Bett und fühlte sich elend. Mal wieder. Sein Vater war den Rest des Abends sehr schweigsam gewesen. Was hatte er sich bloß dabei gedacht, seine Mutter, eine Hexe?!

Er sehnte sich zurück nach London. Was sollte das überhaupt, dieser ganze Zauber! So einen Blödsinn konnte es gar nicht geben.

Vielleicht war er krank, und er erlebte gerade einen wilden Fiebertraum. Ganz bestimmt. Er fühlte seine Stirn. Nein, Fieber hatte er keines und so richtig krank fühlte er sich eigentlich auch nicht. Er hämmerte die Fäuste in sein Kopfkissen. Was war er nur für ein Idiot!

Verzweifelt wälzte er sich in seinem Bett hin und her und stierte dumpf vor sich hin. Nichts. Gar nichts Magisches. Er fühlte sich leer.

Doch dann begann sich diese Leere in seinem Innern zu füllen. Mit Angst. Angst vor der Nacht, Angst vor dem, was nun kam. Was, wenn es den Greif wirklich gab? Er würde gehen müssen.

Panik stieg in ihm auf. Er presste die Hände auf die Augen und zwang sich, gleichmäßig zu atmen. Dann kamen die Tränen. Große, unaufhaltsame Tränen. Er schluchzte still in sich hinein.

Mit der Trauer kam die Müdigkeit und nach ein paar weiteren, tiefen Atemzügen fiel er endlich in einen traumlosen Schlaf.

Als er erschrocken die Augen aufriss, war das Feuer im Kamin schon lange kalt und erloschen. Unruhig richtete er sich auf. Ein Geräusch hatte ihn geweckt. Hatte da jemand geschrien? Da, da war es wieder!

Der Schrei des Greifs auf dem Dach.

Der Greif klang wütend, ungeduldig. Die Zeit der Antworten war gekommen, so oder so, da war er sich sicher. Mit schlotternden Knien zwang er sich aus dem Bett und stieg die Wendeltreppe nach oben. Was ihn auch immer erwarten würde, er fühlte sich ganz und gar nicht bereit.

Draußen, vor dem Fenster, warf wieder der Mond sein silbernes Licht auf die unwirklich glänzende Schneelandschaft. Der Greif stand aufgerichtet auf dem Dach, mit weit ausgebreiteten Schwingen, und sah ihn an. Er neigte kurz sein Haupt und Cedrik hörte wieder die Stimme des Fabelwesens in seinem Kopf.

»Da ist sie. Die Kraft, ich spüre sie. So alt, uralt …«

Cedrik schluckte und nahm seinen ganzen Mut zusammen. »Um was geht es hier?«

Der Greif musterte ihn mit seinen Adleraugen. »Ich muss wissen, welches Geheimnis du vor mir verbirgst. Du wirst dich meiner Prüfung unterziehen müssen.«

Cedrik stotterte. »Eine … eine Prüfung? Also … also doch. Aber ich weiß ja gar nicht, was mich erwartet!«

Der Greif lachte. Ein hartes, abgehacktes Lachen. »Das ist das Wesen einer Prüfung.«

Cedrik seufzte schwer und kletterte aus dem Fenster. Er fühlte sich hoffnungslos verloren.

»Wie ich sehe, hast du dir Gefährten mitgebracht!«

Cedrik stutzte.

Er zuckte zusammen, als ein dunkler Schatten auf einem Besen dicht an ihm vorbeiflog und in einer kleinen Schnee-Explosion hart auf dem Dach landete.

»Ihr? Ihr hier?!«

Emily und Elliot waren bei der Landung über den Besen und übereinander gepurzelt und entheddderten nun stöhnend ihre verknoteten Gliedmaßen.

»Wir dachten, du könntest vielleicht etwas Hilfe gebrauchen«, sagte Elliot grimmig und klopfte sich den Schnee vom Mantel.

Emily, offensichtlich schwer beeindruckt vom Greif, erklärte schüchtern: »Mutter hat uns erlaubt, dabei zu sein!«

Der Greif sprach nun zu allen dreien. »Gut, so werdet also Teil der Prüfung! Seid ihr bereit?«

Die Geschwister hatten sich rechts und links von Cedrik aufgestellt und ihn an den Händen genommen. Er spürte, wie Freude seinen Körper durchströmte. Und Mut.

Sie sind gekommen, um mir zu helfen. Auf einem Besen!

»Ich bin es!«, rief Cedrik.

»Wir sind es«, korrigierte Emily und drückte Cedriks Hand.

»Auf jeden Fall«, sagte Elliot.

Die Stimme des Greifs rollte wie ein sanfter Donner über sie hinweg. »Dann möge die Prüfung beginnen!«

Mit diesen Worten hatte sich der Wintergreif aufgerichtet und begann nun, mit den Flügeln zu schlagen. Cedrik wurde von einem Windstoß getroffen und sofort setzte ein Schneesturm ein, der ihnen binnen Sekunden die Sicht nahm. Schneeflocken tanzten um Cedriks Kopf, flogen ihm in die Augen, in die Nase und den Mund. Der Wind zerrte an ihnen und ließ sie auf dem schmalen Dachfirst hin und her taumeln. Cedrik brach in die Knie und versuchte sich an irgendetwas festzuhalten. Vergeblich griffen seine Hände in den kalten Schnee. Er spürte, wie neben ihm Emily und Elliot ebenfalls in die Knie gingen und sich an ihm und aneinander festklammerten, weil sie wie er keinen Halt fanden. Dann traf ihn etwas Großes, Schweres hart in die Seite und warf ihn zu Boden.

Der Schneesturm ebbte ebenso plötzlich ab, wie er eingesetzt hatte. Cedrik hustete und ihm war sofort klar, dass sie sich nicht mehr im winterlichen Mistle End befanden. Die Luft roch nach Harz, feuchter Erde und sonnenbeschienenen Gräsern. Statt Schnee spürte er Blätter und Moos unter seinen Händen. Das war warmer Waldboden! Erstaunt öffnete er die Augen und richtete sich auf.

Er stand nicht mehr auf dem schneebedeckten Dach seines Hauses, sondern inmitten eines lichten und freundlichen Sommerbuchenwaldes. Goldene Sonnenstrahlen brachen hier und da durch die Baumkronen und zeichneten schimmernde Lichtstreifen in die von Bienen und Schmetterlingen flirrende Luft. Vögel schwirrten zwitschernd zwischen den Bäumen umher, ein Fuchs trottete nur wenige Schritte entfernt an Cedrik vorbei und schien überhaupt keine Angst zu haben. Auf einem Ast saß ein Falke und beobachtete ihn ohne Furcht. An diesem Ort gab es nur Frieden.

Und doch stimmte irgendetwas nicht und als es Cedrik endlich klar wurde, traf es ihn wie ein Donnerschlag: Emily und Elliot waren fort. Auch der Greif war nirgends zu entdecken.

Cedrik schluckte. Er war nicht nur an einem ihm völlig unbekannten Ort zu einer anderen Jahreszeit gelandet, sondern er war auch noch allein. Dachte er jedenfalls.

»Wo sind wir denn hier!? Sag schon, wo hast du uns hingebracht?!« Duncan, der Ich-kann-mich-in-einen-fiesen-Wolf-verwandeln-Typ, stand hinter ihm und betrachtete ihn missmutig.

»Duncan?! Du?!«

Er war es gewesen, der ihn just in dem Moment über den Haufen geworfen hatte, als der Greif sie alle fortgezaubert hatte.

»Natürlich ich. Elliot und Emily glauben immer, sie können den ganzen Spaß für sich allein beanspruchen! Ha! Von wegen!«

Cedrik schaute sich suchend um. Wo waren Elliot und Emily?

»Hast du eine Ahnung, wo die anderen abgeblieben sind?«

Duncan spuckte auf den Boden. »Woher soll ich das wissen! Hier sind sie jedenfalls nicht.« Er brach einen Zweig von einem Busch ab und drosch damit schlecht gelaunt auf die Farne und Blumen ein.

Cedrik spürte Unmut in sich aufsteigen. Duncans Verhalten passte einfach nicht hierher. »Was machst du da? Hör auf damit!«

Duncan machte weiter. »Ich möchte bloß wissen, was das hier noch werden soll. Was ist das denn für eine Prüfung? Warum sind wir in diesem bescheuerten Wald? Wird das ein Zweikampf im Blumenpflücken?« Er zielte und köpfte mit einem Schlag eine zarte Blume, die sich im Schatten einer Buche dem Licht entgegenreckte.

Cedrik unterdrückte den Impuls, Duncan den Hals umzudrehen. »Woher weißt du das überhaupt mit der Prüfung?«

»Die zwei haben es ja überall herumposaunt«, antwortete Duncan. »Hätte es ein Geheimnis bleiben sollen? Dann war es bei den beiden schlecht aufgehoben.« Er grinste bösartig.

Cedrik wandte sich genervt ab. Der Wald war hell und freundlich, die Bäume standen in einem losen Abstand zueinander. Bis in weite Ferne entdeckte er nur immer noch mehr Eichen, Buchen und andere Laubbäume. Und Tiere. Ein junger Hirsch schritt nur wenige Meter von ihnen entfernt an der Lichtung vorbei, nahm kaum Notiz von ihm und knabberte seelenruhig an zarten Haselnusstrieben.

Duncan hatte bei der Ankunft des Tieres sein Wüten unterbrochen und sich gebückt. Mit der Hand tastete er auf dem Boden nach etwas. Dann schien er gefunden zu haben, wonach er suchte, denn er richtete sich auf und schleuderte unvermittelt und mit ganzer Kraft einen Stein nach dem Hirsch.

Cedrik schrie auf: »Nein!«

Der Stein zischte durch die Luft und traf den Hirsch mit einem furchtbaren Geräusch auf die Stirn. Der Hirsch schrie, bäumte sich auf, warf den Kopf nach oben und hielt dann ganz still. Er hatte den beiden Menschen seinen Kopf zugewandt. Seine Flanken zitterten und er blutete. Das Tier schien ernsthaft verletzt.

»Was hast du getan?«, stammelte Cedrik.

Duncans Blick irrte zwischen Cedrik und dem Unheil, das er angerichtet hatte, hin und her. »Warum läuft er nicht weg?«, fragte er nervös.

Dann weinte der Hirsch. Ihm liefen Tränen aus den großen, braunen Augen.

Cedrik stockte der Atem.

Mit einem Schlag verschwand die Sonne und Dunkelheit legte sich über den Wald. Der Hirsch schrie ein letztes Mal einen unwirklichen Klagelaut – und verschwand mit ein paar großen Sätzen hinter den Baumstämmen.

Es donnerte. Ein Grollen tief aus der Erde ließ den Boden erzittern und dann begann der Wald selbst, sich zu verwandeln. Es schien, als ob die Bäume dichter aneinanderrückten und näher kamen. Der ganze Wald knarrte und ächzte, wurde düster und bedrohlich. Tiere waren keine mehr zu sehen und die Blüten der Blumen auf der Lichtung schlossen sich. Den Sträuchern wuchsen Dornen. Ein unheimlicher, tosender Wind kam auf.

Cedrik stolperte hilflos zu Duncan. »Was passiert hier?«

Duncan verkündete grimmig: »Ich hau ab!«

»Was? Du kannst doch jetzt nicht verschwinden, nachdem du das hier angerichtet hast?!«, schrie Cedrik entsetzt.

Duncan ging nicht darauf ein. »Und ich rate dir, komm mir nicht nach!«

Mit diesen Worten hatte sich Duncan auf Hände und Knie niedergelassen und die Augen geschlossen. Sein Gesicht verzerrte sich zu einer Grimasse. Er fletschte die Zähne und machte einen Buckel, sein ganzer Körper wurde wie von einer unsichtbaren Riesenfaust gepackt und geschüttelt. Bald war nichts mehr zu erkennen, außer einem Strudel aus wirbelnden Kleidern, Armen, Beinen – und Fell! Mit einem leisen PLOPP war die Verwandlung vollendet und Duncan stand als Wolf vor Cedrik. Hechelnd, mit heraushängender Zunge, sah er ihn aus schmerzverzerrten, gelben Wolfsaugen an. Die Verwandlung schien ihn viel Kraft gekostet zu haben.

Geifer sabbernd sprach der Wolf zu Cedrik. »Komm … mir … nicht-rrrh-nach!«

Dann legte er den Kopf in den Nacken, heulte laut auf und verschwand wie der Hirsch im Wald.

Kapitel 9

EIN BAUM IN FLAMMEN

Cedrik war wie gelähmt. Die Tat von Duncan hatte augenscheinlich etwas ausgelöst, das ganz und gar nicht richtig war. Die Lichtung, die vorher so friedlich, ja fast schon unschuldig dagelegen hatte, verwandelte sich zusehends in ein dunkles und wildes Dornenfeld. Der Wind peitschte durch den Wald und traf Cedrik mit solcher Wucht, dass er Schwierigkeiten hatte, sich auf den Beinen zu halten. Er kniff die Augen zusammen, konnte aber kaum noch etwas sehen. Wenn das hier wirklich eine Prüfung war, war er bestimmt bereits durchgefallen.

Hilflos stolperte er über die Lichtung und versuchte sich im Windschatten der Bäume zu halten. Da hörte er vor sich ein leises Schnauben, im Getöse des Sturmes kaum wahrnehmbar.

Der Hirsch war zurückgekommen. Er stand nur wenige Meter von Cedrik entfernt und hielt den Kopf in seine Richtung gewandt. Noch immer tropfte das Blut in kleinen Rinnsalen aus der Wunde auf der Stirn. Er sah Cedrik an. Er sah ihn so an, als ob …

Cedrik war verwirrt. »Es tut mir so leid!«

Der Hirsch machte einen weiteren Schritt auf Cedrik zu. Unsicher, zögernd. Und zugleich irgendwie … Fordernd!

Auf einmal spürte Cedrik, wie ein neuer, fremder Gedanke seinen Geist streifte. Fremd, und doch vertraut. Sanft, wie der Flügelschlag einer Taube. Oder wie das leise Schnauben eines Hirsches.

»Was soll ich tun?«, flüsterte Cedrik.

Die dunklen Augen des Hirsches waren noch immer auf ihn gerichtet, als er in der Ferne Schreie hörte. Cedrik zuckte zusammen und das Blut gefror ihm in den Adern. Das Gefühl von Nähe und Vertrautheit war sofort verschwunden und Angst legte sich schwer auf sein Herz.

Das waren Emily und Elliot – und den Schreien nach zu urteilen, waren sie in ernsten Schwierigkeiten. Sie riefen verzweifelt um Hilfe.

Der Hirsch war mit einem Satz wieder im Wald verschwunden.

Cedrik fluchte. Der Wind und das Rauschen der Bäume machten es nahezu unmöglich, die genaue Position der Rufenden ausfindig zu machen. Wieder schrien seine Freunde. Diesmal konnte er endlich hören, woher die Schreie kamen.

»Hilfe! Hol uns hier raus!« Das war Emily!

Und dann die Stimme von Elliot: »Cedrik, wo bist du?«

»Ich komme!«, schrie Cedrik und lief, so schnell er konnte, durch den Wald. In die Richtung, in der er Emily und

Elliot vermutete. Er sprang über Wurzeln, wich peitschenden Ästen und bedrohlich wankenden Bäumen aus und dachte die ganze Zeit nur: Himmel, bitte mach, dass ich nicht zu spät komme. Und dass ich irgendetwas tun kann!

Der ganze Wald war in ein düsteres graublaues Licht getaucht, der Wind wirbelte ihm Blätter und Dreck in die Augen. Er stolperte über einen Stein, stürzte eine kleine Böschung herunter und landete in einem Brombeerstrauch. Als er sich endlich aus den Dornen freigekämpft hatte, hatte er völlig die Orientierung verloren. »Wo seid ihr?«

»Hier! Hierher!«, kam die Antwort von Elliot und sie schienen näher, als Cedrik zu hoffen gewagt hatte.

Er rannte weiter, achtete nicht auf die Zweige, die ihm ins Gesicht schlugen, und betete, dass er die richtige Richtung eingeschlagen hatte.

Doch als Cedrik endlich die Lichtung erreichte, von der die Schreie gekommen waren, bot sich ihm ein so furchterregendes Bild, dass er erschrocken wieder zurück in die Dunkelheit des Waldes stolperte und sich hinter einem Baum versteckte.

Emily und Elliot hatten sich auf eine mächtige, knorrige Eiche gerettet und standen auf einem dicken Ast hoch über dem Waldboden. Mit blankem Entsetzen auf ihren Gesichtern klammerten sie sich an den Baum, denn unter ihnen tobte ein wahres Monster, ein Ungetüm, wie Cedrik noch nie eines gesehen hatte: ein Drache, mit einem stachelbewehrten Schwanz, schwarzer ledriger Haut, die mit Dornen versehen war, und Krallen, die bei jedem Schritt tiefe Furchen im Waldboden hinterließen. Sein Maul war grauenerregend, mit einer ganzen Reihe messerscharfer Reißzähne, sein Atem schien vor Wut und Hitze zu flirren. Gierig wand sich der Drache unter dem Baum hin und her und versuchte, Emily und Elliot mit seinen langen Klauen zu erreichen. Emily kletterte gerade auf einen noch höheren Ast und blickte panisch auf die unter ihnen tobende Bestie.

»Cedrik! Wo bleibst du?« Elliot trat wild nach dem schnappenden Drachenkopf, wobei er fast das Gleichgewicht verloren und in den Rachen des Ungeheuers gefallen wäre, hätte ihn Emily nicht rechtzeitig zurück auf den rettenden Ast gerissen.

Cedrik zitterte am ganzen Leib.

Das war weiß Gott keine Prüfung, wie er sie aus der Schule kannte. Für Elliot und Emily ging es um Leben und Tod – und wenn er ihnen helfen wollte, musste er ohne Frage sein eigenes Leben aufs Spiel setzen. Aber wie? Wie sollte er mit diesem Monster, das seinen finstersten Albträumen entsprungen zu sein schien, fertigwerden?

Er hatte keine Waffe, nichts, mit dem er einem Drachen auch nur im Entferntesten etwas entgegensetzen konnte. Sollte er etwa mit bloßen Händen gegen das Ungeheuer kämpfen? Er holte tief Luft und beugte sich vorsichtig hinter dem Baum vor, um Emily und Elliot ein Zeichen zu geben.

Emily entdeckte ihn als Erste. »Elliot! Da ist Cedrik!«

»Endlich! Da bist du ja!«

»Ich hab keine Ahnung, was ich tun kann«, rief Cedrik verzweifelt.

»Cedrik, da drüben! Dort!« Emily zeigte auf einen kleinen Steintisch, der, nicht weit vom Baum, am Rand der Lichtung stand. Auf dem Tisch lagen ein Schwert, ein Bogen und ein Köcher Pfeile.

Cedrik war geschockt. Ein Schwert und Pfeil und Bogen? Damit konnte er doch gar nicht umgehen. Er lehnte sich an den Baum und versuchte nachzudenken. Das war ein Test. Es ging darum, zu beweisen, dass er dazugehörte. Ganz sicher würde dieser Drache sie nicht wirklich töten. Oder?

Sein Brüllen ging Cedrik durch Mark und Bein.

»Beeil dich mal!«, rief Elliot und Cedrik konnte die Angst in der Stimme seines Freundes hören.

Cedrik schlich entlang der äußersten Baumreihe zu dem Felsentisch. Dort angekommen, musste er zu seinem Entsetzen feststellen, dass der Drache seinen langen, nervös zuckenden Schwanz in einer kleinen Schleife um den Felsblock gelegt hatte. Hilfe suchend schaute er hoch zu Emily und Elliot. Der verstand blitzschnell und versuchte, den Drachen abzulenken. »Hey, Drache! Du mieses, kleines, stinkendes Ungeheuer! Was ist, glaubst du etwa, dass ich mich vor dir fürchte?!«

Emily klammerte sich an den Stamm und flehte: »Elliot, hör auf damit!«

Der Drache indes reagierte nicht – bis Elliot anfing, kleine Zweige vom Baum abzureißen und dem Drachen auf den Kopf zu werfen.

»Weißt du, was? Wenn du denkst, ich hätte Schiss vor dir, hast du dich geschnitten! Nicht die Bohne! Warum auch, du siehst gar nicht gefährlich aus. Du erinnerst mich eher an eines meiner alten Kuscheltiere!«

Emily wurde langsam panisch und zerrte an Elliots Ärmel. »Elliot! Lass das sein!«

»Vielleicht willst du ja nur was zum Spielen. Warte kurz, gleich hab ich was für dich!«

»Elliot, der Drache kann …« Weiter kam Emily nicht.

Elliot hatte einen der größeren Äste abgebrochen und ihn mit den Worten »Fang das Stöckchen!« auf den Drachen geworfen.

Der Drache richtete sich auf und setzte den heranfliegenden Stock noch im Flug mit einem gewaltigen Feuerstoß aus seinem Maul in Brand. Doch damit nicht genug. Die Feuersäule war so gewaltig, dass die Flammen wie in einem wahren Feuersturm um den Baum tosten, auf dem Emily und Elliot Schutz gesucht hatten.

»Nein!!!« Cedrik schrie entsetzt auf, sein Herz stolperte. Das würde es gewesen sein mit seinen Freunden. Als sich die Flammenwolken und der Rauch gelegt hatten, hörte er ein Husten … und ihn durchströmte ein Gefühl der Erleichterung. Die beiden hatten sich rechtzeitig hinter den Stamm gepresst und waren unverletzt geblieben. Allerdings hatten einige kleine Äste Feuer gefangen und auch der große Ast, auf den sich die beiden gerettet hatten, begann nun an der einen oder anderen Stelle vor sich hin zu schwelen.

Emily schlug ihrem Bruder mit der flachen Hand auf den Hinterkopf. »Du Idiot, das ist ein Feuer speiender Drache! Mach das nie, nie, wieder! Hörst du!«

»Wieso denn?«, erwidert Elliot keuchend. »Hat doch geklappt, oder?«

Cedrik erschrak. Die Waffen!

Er hatte völlig vergessen, warum Elliot sich selbst und seine Schwester überhaupt in solche Gefahr gebracht hatte. Er hechtete aus seinem Versteck, sprintete zum Steintisch und riss die Waffen an sich, bevor er sich wieder in den Schutz der Bäume zurückzog. Der Drache hatte ihn nicht bemerkt.

Er hatte Schwert, Pfeil und Bogen neben sich gelegt und holte tief Luft. Aus der Nähe wirkte das Ungeheuer noch sehr viel bedrohlicher als aus der Distanz. Groß wie ein Elefant, aber so schnell und beweglich wie eine Eidechse. Er spürte, wie die Panik seinen Rücken hochkroch. War er wirklich in der Lage, gegen dieses Monster anzutreten? Vielleicht konnte er den Drachen mit Pfeilen beschießen. Und wenn er dann Jagd auf ihn machte, konnte er in den Wald rennen und so das Ungeheuer von seinen Freunden weglocken. Er musste ihn nur auf sich aufmerksam machen.

Cedrik stöhnte. Kein guter Plan, gar kein guter Plan! Aber hatte er eine Wahl?

Cedrik packte den Bogen und nahm einen Pfeil aus dem Köcher. Der Bogen aus biegsamem Eibenholz war fast genauso groß wie er selbst und schmiegte sich perfekt in seine Hand. Er legte einen Pfeil ein und spannte den Bogen, so weit er konnte. Und war verblüfft. Der Bogen war wie für ihn gemacht. Er lächelte grimmig. Und als hätte er sein Leben lang nichts anderes getan, trat er aus dem Schatten der Bäume und legte auf den Drachen an. Als die Spitze des Pfeiles genau auf eine hellere Stelle am Hals des Drachen zielte, ließ er los.

Der Pfeil zischte von der Sehne und schwirrte sirrend durch die Luft. Er traf den geschuppten Panzer des Drachen genau dort, wo er gehofft hatte, kurz unterhalb des gewaltigen Kiefers. Doch anstatt durch die Haut zu dringen, erklang ein knirschendes Geräusch, als die Spitze abbrach. Der Pfeil knickte ab und fiel wirkungslos zu Boden. Der Drache nahm überhaupt keine Notiz, weder von dem Pfeil noch von Cedrik. Hilflos blickte dieser zu seinen beiden Freunden. Da kam ihm eine Idee.

»Warum zaubert ihr eigentlich nicht! Habt ihr keinen Zauber gegen Drachen? Warum friert ihr ihn nicht einfach ein, wie den Werwolf?«, rief Cedrik Elliot zu.

»Das haben wir schon versucht! Irgendetwas in diesem Wald blockiert unsere Magie!«

Enttäuscht warf Cedrik den Bogen zur Seite. Damit würde er nicht weiterkommen. Er merkte, dass er zitterte.

»Gib nicht auf, Cedrik! Nimm das Schwert!«, rief ihm Emily zu. »Greif ihn an, versuch ihn zu überraschen! Hauptsache, du versuchst irgendetwas!«

»Wird langsam ungemütlich hier oben!«, fügte Elliot hinzu und trat nach den Flammen, die um seinen Ast züngelten.

Cedrik bückte sich und hob das Schwert auf. Es war eine schöne Waffe. Mit einer schlanken, sanft geschwungenen Klinge, in der sich die brennenden Zweige des Baumes spiegelten. Kaum hatte er seine schweißnassen Hände um den Schwertgriff geschlossen, durchströmte ihn eine eigentümliche Wärme. Er holte tief Luft und spürte, wie er ruhiger wurde. Breitbeinig stellte er sich über eine Wurzel und machte ein paar prüfende Schwertschläge durch die Luft. Er staunte. Er hatte das Gefühl, als führte die Klinge seinen Arm und gäbe ihm zusätzliche Kraft. Sein Mut und seine Stärke wuchsen. Das Schwert wog leicht in seiner Hand, er fühlte sich schnell und geschmeidig, er war unbesiegbar. Er war auf einmal stark, so stark!

Er tänzelte mit erhobenem Schwert aus der Deckung und näherte sich dem Untier von der Seite. Das hatte ihn kommen sehen und verfolgte nun argwöhnisch jede seiner Bewegungen.

Mit einem gellenden Schrei stürzte sich Cedrik in den ersten Angriff und führte mit aller Kraft einen mächtigen Streich Richtung Drachenkopf. Das Schwert zischte durch die Luft und spaltete mit einem schrecklichen Krachen den Schädel des Ungeheuers. Zumindest hatte sich das Cedrik so vorgestellt. Doch nichts dergleichen geschah, denn der Drache hatte den Stoß mühelos mit einer raschen Parade seines Schwanzes abgewehrt und ging nun seinerseits zum Angriff über. Sein schwerer Kopf stieß vor und schnappte nach Cedrik. Der konnte in letzter Sekunde ausweichen, nutzte seinen Schwung und riss sein Schwert sofort wieder nach oben. Er traf, doch diesmal prallte das Schwert auf einen Buckel des Drachenpanzers und rutschte an der undurchdringlichen Oberfläche nutzlos ab. Der Drache brüllte und startete seine nächste Attacke. Diesmal klappten die gewaltigen Kiefer des Monsters nur wenige Zentimeter vor

Cedriks Gesicht zusammen. Sein Atem stank nach verbranntem Fleisch. Er sprang zurück und stach in Richtung des schrecklichen Rachens. Eine kleine Drehung des Kopfes reichte dem Drachen, um das Schwert an einem Dorn seiner Stirn abprallen zu lassen. Aus dem Augenwinkel konnte Cedrik den panzerverstärkten Schwanz auf sich zuschießen sehen, ließ sich nach hinten fallen und wich so dem tödlichen Schlag gerade noch rechtzeitig aus. Er sprang wieder auf die Füße und hieb nach dem Hals des Drachen, mit aller Kraft. Als das Schwert auf den Panzer traf, schoss ein dumpfer Schmerz durch seinen Arm in seine Schulter. Es fühlte sich an, als hätte er auf blanken Marmor geschlagen. Auf der Panzerung des Drachen hatte der Angriff nicht einmal einen Kratzer hinterlassen. Sein Arm war fast taub, doch ohne auf seinen Schmerz zu achten, riss er das Schwert erneut nach oben und griff, ohne zu zögern, ein weiteres Mal an.

Er hatte keine Chance. Wenn Cedrik nicht gerade eine der rasiermesserscharfen Krallen abblockte oder einem Feuerstoß auswich, hieb und stach er auf das gepanzerte Monster ein, so fest er nur konnte. Und doch wurde Cedrik bald klar, dass er diesen Kampf niemals gewinnen konnte. Dem Drachen schienen seine Hiebe überhaupt nichts auszumachen, und dass er selbst bisher unverletzt geblieben war, war das reinste Wunder.

Cedrik sprang noch einmal nach vorne, täuschte einen Angriff vor, der Drache wich aus und er hechtete schreiend zurück in den Schatten der Bäume. Er stürzte, sprang wieder auf die Beine und wirbelte herum, jederzeit bereit fortzurennen, um den Drachen in den Wald zu locken.

Doch der Drache kam ihm nicht nach. Er interessierte sich überhaupt nicht für ihn.

Schwer atmend ließ er sich neben einem Baum zu Boden sinken und lehnte sich an den Stamm. Auch dieser letzte Versuch war kläglich gescheitert. Sein Angriff mit dem Schwert hatte nichts verändert. Der Drache hatte wieder unter dem brennenden Ast der Geschwister Stellung bezogen und wartete Glut schnaubend darauf, dass er endlich die beiden Leckerbissen vom Baum pflücken konnte.

Cedrik schluchzte auf und merkte, wie erschöpft er war. Sein Arm schmerzte und seine Lunge brannte bei jedem Atemzug. Er konnte nicht mehr und schloss die Augen, als er Emilys verzweifelte Hilfeschreie hörte.

»Elliot, sieh doch! Da! Unser Ast brennt, Cedrik, wir müssen endlich hier runter! Und zwar schnell!«

Angstvoll spähte er von seinem Versteck zu dem Baum mit Emily und Elliot. Sie hatte recht. Wo sie am Anfang ihres Gefechts Feuer gefangen hatten, waren die Äste und Zweige inzwischen fast durchgeglüht und hingen unter der Last bedenklich durch. Die Flammen hatten sich an verschiedenen Stellen bis zum Stamm gefressen.

»Cedrik? Wird Zeit, dass du mal einen Zahn zulegst, Mann!« Elliots Stimme klang viel zu hoch.

Die Geschwister kletterten weiter in den Baum hinauf, auf einen Ast, der noch nicht brannte. Cedrik erkannte sofort, dass er eigentlich zu dünn war, um das Gewicht der beiden zu tragen. Selbst der Drache schien die Entwicklung bemerkt zu haben, denn er ließ den Baum nicht mehr aus den Augen. Der Wind hatte das Feuer in die Baumkronen der benachbarten Bäume getragen und ringsum loderten die Flammen immer höher in den düsteren Himmel.

Cedrik schossen die Tränen in die Augen. Vor Wut, vor Verzweiflung, aber auch vor Erschöpfung. Er presste die Zähne zusammen und versuchte, den Schmerz in seiner Lunge und seinen Armen zu ignorieren.

Noch einmal richtete er sich am Baum auf, nahm das Schwert in beide Hände und trat mit festen Schritten auf die Lichtung. Noch einmal, ein letztes Mal, wollte er sich diesem Albtraum stellen, koste es, was es wolle. Vielleicht konnte er dem Drachen sein Schwert in den Rachen stoßen.

Er musste es versuchen.

Da entdeckte er ihn.

Der verletzte Hirsch war aus dem Schatten der Bäume getreten und stand nun am anderen Ende der Lichtung. Der Sturm wirbelte Blätter und kleine Zweige um das Tier. Ganz still stand er da und sah Cedrik wieder mit diesem fordernden Blick an.

Cedrik drehte sich zu dem Tier um. »Was willst du von mir?! Du willst, dass ich dir helfe, oder?«, sprach er leise. »Ich kann doch nicht mal meine eigenen Freunde retten.« Er hustete. Und schmeckte Blut auf der Zunge.

In diesem Moment spürte Cedrik eine leichte Berührung an seiner Schulter. Erschrocken drehte er sich um. Hinter ihm stand eine Frau. Dunkelbraune Locken umspielten ihr schmales, freundliches Gesicht, ihr Körper war von einer hellgrünen Tunika verhüllt. Cedrik bemerkte ein eigentümliches Leuchten, das von ihr ausging. Obwohl sie direkt vor ihm stand, konnte er die Baumwurzeln hinter ihr sehen, wie durch einen Schleier.

Sie war durchsichtig!

Erstaunt ließ Cedrik sein Schwert sinken. »Wer bist du?«, fragte er flüsternd.

Die Gestalt trat näher, blickte ihm tief in die Augen und sagte sanft: »Du kennst mich nicht, und doch war ich schon immer bei dir.«

Cedrik spürte sofort, dass er dieser Frau vertrauen konnte.

Emily, noch immer in der Krone des brennenden Baumes gefangen, brüllte nach unten. »Was ist los, Cedrik? Warum bist du stehen geblieben?«

Elliot rüttelte wütend an dem Stamm. »Hol uns endlich hier runter!«

Verzweifelt drehte sich Cedrik wieder zu dem Drachen und wollte losstürmen, aber irgendetwas hielt ihn zurück.

»Dein Schwert wird dir nicht helfen.«

Warum kam ihm diese Stimme so vertraut vor? Er wollte nur noch zuhören, sich fallen lassen. Wollte er aufgeben? Ihn schwindelte. Noch einmal bäumte er sich auf. Er musste, er wollte kämpfen, deswegen war er doch hier?!

»Das sind meine Freunde! Ich muss es versuchen!«

Die Frau nickte. »Du hast dich tapfer geschlagen und hast viele mutige Hiebe gegen den Drachen geführt. Aber … du hast ihn nicht einmal verwundet«, sagte die Frau.

»Soll ich aufgeben? Sie sind nur meinetwegen hier«, erwiderte Cedrik verzweifelt.

Die Frau schüttelte eindringlich den Kopf. »Sein Panzer ist stärker als dein Schwert!«

Cedrik wusste, dass die Frau recht hatte. Salzige Tränen strömten über seine Wangen. »Was soll ich denn tun?«

Das Feuer fraß sich immer tiefer in das Holz. Nicht mehr lange, und die Geschwister würden verbrannt werden oder in die Tiefe stürzen – direkt vor das Furcht einflößende Maul des Drachen.

Er flüsterte: »Wenn ich ihnen nicht helfe, werden sie sterben!«

»Dann hör auf zu kämpfen und tu das Richtige. Hilf ihnen! Das kannst nur du!« Die Frau wartete kurz, dann sagte sie mit fester Stimme: »Bring den Wald wieder ins Gleichgewicht!«

»Wie bitte?« Cedrik verstand nicht.

Eindringlich sah sie ihn an. »Der Hirsch …«

Cedrik hatte den Hirsch völlig vergessen. Das Tier hatte sich in der Zwischenzeit langsam auf ihn zubewegt, war nur noch wenige Schritte entfernt, sein Blick ruhte noch immer auf Cedrik.

»Was will er von mir?«, stammelte Cedrik.

»Er möchte, dass du ihm hilfst. Dass du ihn heilst«, antwortete die Frau und lächelte ihm geheimnisvoll zu.

Cedrik fühlte sich hilflos. »Aber das kann ich nicht!«

»Du nicht.« Wieder machte sie eine Pause. »Die Erde schon! Du bist ein Kind der Erde. Du bist ein Teil von ihr.

Die Erde ist der Ursprung allen Lebens. Sie ist unendlich machtvoll. Und du kannst sie bitten, dem Hirsch zu helfen. Greife mit deinen Händen in die Erde! So!«

Mit diesen Worten kniete sich die Frau hin und trieb die Finger ihrer rechten Hand tief in den Waldboden. Cedrik fühlte mit einem Mal das Schwert in seiner Hand. Kalt und schwer. Das blanke Metall und die ganze Gewalt hatten ihn keinen Schritt weitergebracht. Er ließ es fallen, kniete sich neben die Frau auf den Boden und versenkte seine Hand in die weiche Erde.

Die Frau nickte ihm erfreut zu, wurde dann aber sofort wieder ernst. »Und nun hör genau hin! Was hörst du?«

Cedrik schloss die Augen. Sofort riss er sie wieder auf, als er seine Freunde um Hilfe schreien hörte. »Meine Freunde, sie sterben!«, rief er erschrocken.

Die Frau wurde ungeduldig. »Da ist mehr, konzentriere dich auf den Hirsch!«

Cedrik schloss die Augen und versuchte, die Schreie seiner Freunde auszublenden. Es ging nicht – er hörte sie, immer wieder. Hörte, wie sie seinen Namen riefen. Er wollte aufspringen, als er spürte, wie die Frau erneut ihre Hand auf seinen Arm legte.

Plötzlich hörte er Stimmen. Andere, fremde Stimmen. Hohe, tiefe, ganz verschiedene. Erst nur ein paar, dann Hunderte, Tausende, Abertausende. Alles sprach, wisperte, krächzte, sang, schrie, weinte und lachte.

»Hörst du das?«, flüsterte die Frau.

Er nickte, atemlos. »Ich … kann es hören!«

»Das ist das Leben, Cedrik!« Die Frau lächelte zärtlich. »Vertraust du mir?«

Er nickte wieder.

»Dann lege jetzt deine andere Hand auf die Stirn des Tieres und lass die Kraft des Lebens durch dich hindurch in den Hirsch fließen.«

Cedrik zögerte.

Der Hirsch war unmittelbar vor ihm stehen geblieben und hatte sein Haupt still zu ihm heruntergebeugt. Vorsichtig und ganz langsam legte Cedrik seine Hand auf die Stirn des Tieres. Sie war hart, das Fell struppig und feucht vom Blut. Er schloss die Augen.

Eine Kraft, uralt und machtvoll, breitete sich in seinem Inneren aus. Wärme und unvorstellbare Energie durchströmten ihn. Vor seinem inneren Auge, aus purem, flüssigem Gold, sah er den Hirsch. Er spürte, wie die Kraft aus der Erde durch seinen Körper in das Tier floss. Ein Pulsieren, ein Leuchten, ein Rauschen. Er erschrak und schrie auf. Dann war alles genauso schnell vorbei, wie es angefangen hatte.

Er riss die Augen auf, schwer atmend und mit einem Kribbeln am ganzen Körper. Der Hirsch war noch immer vor ihm, doch seine Wunde hatte nicht nur aufgehört zu bluten, sie war geschlossen.

Die Stirn des Tieres war völlig intakt, kein Blut war zu sehen, keine Narbe. Nichts.

Er hatte den Hirsch geheilt.

Das Tier schaute Cedrik noch einmal an, wandte dann ruhig den Kopf und schritt durch den tosenden Sturm zurück in den Wald. Hinter sich hörte Cedrik das Krachen brechender Äste.

Er zuckte zusammen. »Elliot! Emily!«

Die Frau fiel ihm ins Wort. »Jetzt kannst du sie retten!«

»Wie?« Ihm schwindelte.

»Sprich mit dem Baum! Er ist wie du ein Teil der Erde und wartet, dass du ihm hilfst. Er brennt! Er leidet! Erzähle ihm vom Regen und von frischem Leben! Erinnere ihn daran, wie es ist, junge Triebe entstehen zu lassen. Und bitte ihn, neue Äste wachsen zu lassen, die deine Freunde halten!«

Cedrik holte tief Luft.

Das war vollkommen verrückt!

Aber es war seine einzige Möglichkeit. Und bei dem Hirsch hatte es ja auch funktioniert.

Er nahm allen Mut zusammen, versenkte seine Hand in den Boden, schloss die Augen und suchte den Baum. Er fand ihn sofort. Golden, leuchtend, kraftvoll. Er erzählte ihm von den ersten Sonnenstrahlen des Jahres, vom Wind der lauen Nächte und erinnerte ihn an die jungen Tage des frühen Sommers. Und noch während Cedrik in seinem Geist mit dem Baum sprach, spürte er wieder diese Kraft, unerschöpflich und gewaltig. Sie kam nicht explosionsartig, wie bei dem Hirsch, sondern strömte gleichmäßig und kraftvoll wie ein steter Fluss. Ein Band aus Licht, das zwischen ihm und dem Baum pulsierte. Als wäre er schon immer mit der Erde und diesem Baum verbunden gewesen. Er konnte sehen, wie goldene Triebe aus dem Stamm brachen, wuchsen und stärker wurden. Er öffnete die Augen und tatsächlich: Am Baum bildeten sich frische, grüne Blätter und junge Zweige umschlossen fast schon zärtlich die brennenden Äste, auf denen sich seine Freunde an den Stamm klammerten. Der Baum hatte grün blühend einen sicheren Halt für Emily und Elliot geschaffen.

Sie jubelten. »Wie hast du das gemacht, Cedrik?«

»Der Baum hat aufgehört zu brennen«, schrie Elliot.

Cedrik wollte aufspringen und zu seinen Freunden rennen, die geheimnisvolle Frau hielt ihn noch einmal zurück. »Wir sind noch nicht fertig! Sieh!« Sie zeigte auf die Lichtung.

Natürlich, der Drache! Dieser hatte die Veränderung ebenfalls bemerkt und stampfte nun wütend unter dem völlig veränderten Baum hin und her, um den Verursacher der Verwandlung ausfindig zu machen.

»Was soll ich tun?«

»Zeige dem Baum, wer ihn verbrannt hat. Er spürt noch immer den brennenden Schmerz des Feuers. Bitte ihn noch einmal, dir zu helfen. Bitte ihn, den Drachen, der ihm und deinen Freunden all dieses Leid zugefügt hat, zu stoppen.«

Noch einmal und diesmal ohne zu zögern, griff Cedrik in den Boden und konzentrierte seine Gedanken auf den nicht mehr brennenden, sondern grün und lebendig wirkenden Baum. Wie zuvor erschien die goldene Welt vor seinem inneren Auge. Er sprach mit der Eiche … und sofort schossen zahllose Wurzeln aus dem Boden und wickelten sich wie die Tentakel einer riesigen, fleischfressenden Pflanze um den Leib des Drachen. Mit urwüchsiger Gewalt umschlossen sie seine Tatzen, fesselten den Schwanz und legten sich um den sich windenden Körper des Fabelwesens. Der Drache brüllte und wehrte sich. Er versuchte, die Wurzeln durchzubeißen, aber hatte er es fertiggebracht, einen Wurzelstrang zu lösen, wurde er an anderer Stelle fest umklammert. Die Erde erbebte unter dem Kampf der beiden Urgewalten. Holzfetzen und Steine flogen durch die Luft, als es dem Drachen gelang, eine Wurzel aus dem Boden zu reißen, doch letzten Endes hatte er keine Chance. Es dauerte nicht lange und der Baum hatte das wütende Ungetüm in einen Käfig aus dichten Wurzeln fest eingeschlossen. Der Baum hatte den Drachen besiegt.

»Es hat geklappt! Es hat funktioniert! Der Baum hält den Drachen fest«, jubelte Cedrik. »Ihr könnt runterkommen!« Voller Freude sprang er auf die Beine. »Sie hat mir geholfen! Habt ihr gesehen, die Frau hat mir …« Er drehte sich um, doch sie war fort.

Wo eben noch die geheimnisvolle Frau gestanden hatte, blühten nun zarte Blumen.

Der Sturm legte sich und der Wald kehrte zurück. Nur sie war verschwunden. Cedrik spürte einen Stich in seinem Herzen.

Hastig kletterten die beiden Geschwister vom Baum, umrundeten den wütend schnaubenden Drachen mit respektvollem Abstand und kamen völlig außer Atem auf ihn zu.

»Cedrik, das war unglaublich«, rief Emily.

»Hast du den Baum verzaubert? Wie hast du das gemacht?«, fragte Elliot mit rußgeschwärztem Gesicht und ziemlich perplex.

Cedrik wandte den Kopf und drehte sich suchend in alle

Richtungen. »Habt ihr sie gesehen? Habt ihr die Frau gesehen?«

Emily hielt ihn fest. »Welche Frau?«, fragte sie.

Auch Elliot hatte ihn nun am anderen Arm gepackt. »Wie hast du das gemacht, nun sag schon!«

»Ich weiß nicht …«, wich Cedrik aus.

Elliot ließ nicht locker. »Du hast ihn mit irgendeinem geheimen Zauber belegt, hab ich recht?«

Cedrik wagte kaum, seinen Freunden in die Augen zu sehen. »Ich … ich hab mit ihm geredet!«

»Du hast was?«, fragte Emily verblüfft.

Elliot hielt kurz inne, dann klopfte er ihm begeistert auf die Schulter und juchzte auf. »Wow, du kannst mit Pflanzen sprechen! Das also ist deine magische Gabe!«

Emilys Augen begannen zu leuchten. »Aber Cedrik, das ist fantastisch!«

Und Elliot schlug ihm gleich noch einmal auf die Schulter, so fest, das Cedrik husten musste. »Wirklich stark, Mann! Du bist ein … du bist ein …« Er schürzte die Lippen. »Tja, was bist du eigentlich?«

Cedrik wischte sich gleichermaßen verwirrt wie verlegen die Erde von den Händen. »Ich weiß ja nicht einmal genau, wie ich das gemacht habe.«

»Sieh an, sieh an … Wer hätte das gedacht!«

Der Greif schritt auf die Lichtung. Die Bäume öffneten ihr Blätterdach, Vögel nahmen ihr Lied wieder auf und die Luft füllte sich mit zahllosen Schmetterlingen, Insekten flirrten und summten durch das Licht. Die Sonne hatte den Kampf gegen die Dunkelheit des magischen Sturms gewonnen und war wieder auf ihren angestammten Platz am Himmel zurückgekehrt. Ihre goldenen Strahlen brachten die silbrig-weißen Federn des Greifs zum Funkeln. Ruhig schaute er ihn an. »Du hast großen Mut bewiesen, junger Mensch.«

Der mächtige Löwe wandte sein Adlerhaupt und betrachtete den gefangenen Drachen aufmerksam. Der zerrte noch immer wütend an seinen Fesseln, hatte aber gegen die Wurzeln des Baumes keine Chance. Würdevoll drehte sich der Greif wieder zu Cedrik. »Du hast ihn besiegt, ohne ihn zu verletzen.« Seine Stimme klang weicher als auf dem Dach, viel mehr wie die eines Löwen und weniger wie die eines Adlers. »Woher kommst du?«

Cedrik schürzte die Lippen. »Aus London?«

»Das wissen wir, aber welche Schule hast du besucht? Wer ist dein Meister?«

»Mein … Meister?«

»Dein Lehrer! Du musst doch einen Clan haben! Bei wem hast du diese Art von Magie gelernt?«

»Ich … ich habe keine Ahnung, wie das geht. Eine Frau hat es mir gezeigt.«

Emily und Elliot hielten beide die Luft an. Der Greif legte sein Adlerhaupt schief und starrte ihn an.

»Das ist … ungewöhnlich. Und der Hirsch? Wie hast du ihn geheilt?«

»Ich habe ihn ja gar nicht geheilt. Das war die Erde!«, rief Cedrik

Elliot trat unruhig von einem Fuß auf den anderen. »Hat er die Prüfung bestanden?«

Der Greif drehte ruckartig seinen Kopf und starrte auf Elliot. »Er hat eine sehr mächtige Gabe und wir können uns glücklich schätzen, jemanden wie ihn in unserem Dorf zu haben. Obwohl ...«

Der Greif schwieg und Cedrik wusste nicht, was er sagen sollte. War etwas nicht in Ordnung?

Emily sprang ihm zur Seite, wenn auch vorsichtig. Zaghaft frage sie: »Obwohl?«

Der Greif starrte von oben auf Cedrik herab und ließ sich Zeit mit seiner Antwort. »Obwohl ich das Gefühl habe, dass er eigentlich gar nicht weiß, welche Kräfte er besitzt.« Er schaute Cedrik wieder ins Gesicht. Mit diesem kalten, ausdruckslosen Adlerblick. Dann setzte er sich auf den Boden, aufrecht, den Schwanz in einer Schleife um seine Vorderpranken gelegt. »Du bist ein Druide, junger Freund. Ein Hüter der Erde, ein Freund der Tiere und Pflanzen. Ein grüner Mann, ein Waldhirte. Ein Heiler und Beschützer.«

Elliot riss die Augen auf. »Ein Druide! Natürlich, deshalb der Baum ...«

Der Greif nickte. »Der Baum, dieser Wald, die Prüfung ... all das habe ich mir nicht ausgedacht. Es kommt aus der Kraft in deinem Innern. Nichts von dem, was geschah, konnte ich voraussehen oder beeinflussen. Die Prüfungen unterliegen einem uralten Zauber und richten sich immer nach dem Wesen des Prüflings. Selbst der Drache kam aus den Tiefen deiner Kraft.«

Cedrik protestierte. »Aber ich würde doch nie …«

»Natürlich nicht«, fiel ihm der Greif ins Wort. »Der Drache ist Ausdruck deiner Ängste, aber auch deiner zerstörerischen Kraft, deiner dunklen Seite. Wut und Zerstörung. Wie jeder von uns trägst du das Gute und das Böse in dir. Und es ist immer die eigene Entscheidung, welche Seite man stärker werden lässt.«

Der Greif schwieg und Cedrik fragte leise, fast atemlos: »Aber was ist ein Druide?«

»Du bist ein Sohn dieser Erde. Und du wirst eines Tages mehr Kraft haben, als du es dir heute vorstellen kannst.« Dann, nach einer kleinen Pause, sagte er: »Willkommen in Mistle End, junger Cedrik!«

Kapitel 10

FLUG AUF DER SCHNEESCHAUFEL

Er stand neben seinem Bett, im Schlafanzug. Ein Fenster in seinem Zimmer stand offen, und der Wind hatte einen kleinen Haufen Schneeflocken unter dem Fensterbrett angehäuft.

Es klopfte und sein Vater streckte den Kopf durch den Türspalt. »Schläfst du noch?«

Cedrik schnappte sich seine Klamotten und schlüpfte blitzschnell hinein. »Komm rein, Dad!«

»Ich dachte mir schon, dass du heute etwas früher wach bist«, sagte O'Connor und schob sich umständlich ins Zimmer. Als er den Schneeberg unter dem offenen Fenster entdeckte, blieb er verblüfft stehen. »Du meine Güte, schläfst du immer mit offenem Fenster? Hier ist es ja kalt wie in einer Gletscherhöhle!« Hastig schloss er das Fenster und ließ sich in einen der kleinen Sessel vor dem Kamin plumpsen. Er räusperte sich. »Du hast mich gestern Abend nach deiner Mutter gefragt. Und ich habe dir nicht ganz die Wahrheit gesagt, obwohl es dein gutes Recht ist, alles zu erfahren. Und du hast recht, dieses Ort, Mistle End, … ist anders.«

Cedrik konnte sich nur einen kurzen Augenblick beherrschen, bevor er einfach grinsen musste. Hatte es sein Vater also doch schon bemerkt.

O'Connor runzelte die Stirn. »Ich versteh schon, grins du nur. Du musst mich ja für verrückt halten.«

»Nein, nein, sprich weiter! Ich muss dir auch etwas erzählen!« Aufgeregt ließ sich Cedrik auf sein Bett fallen.

»So? Na ja, also gut«, fuhr O'Connor fort. Er nahm seine Brille von der Nase und rieb sie mit einem Zipfel seines Hemdes sauber. »Ach, ich weiß gar nicht, wo ich anfangen soll.«

Cedrik fühlte, wie Wärme in ihm aufstieg. Sein Vater hatte immer versucht, es ihm an nichts fehlen zu lassen. Wenn Cedrik ihn brauchte, weil er Kummer gehabt hatte oder weil er etwas Schönes mit ihm teilen wollte, war er immer für ihn da.

Na ja, fast immer. Wenn er nicht gerade so in seinen eigenen Bücher-Welten versunken war, dass er nicht einmal bemerkte, wenn die Badewanne überlief und nicht nur ihr eigenes Badezimmer überschwemmte.

O'Connor setzte sich umständlich die Brille zurück auf die Nase. »Dieses Dorf ist … Ähem, ich bin hier gar nicht als …« Er schüttelte den Kopf. »Lass mich anders anfangen. Du erinnerst dich doch an die Fahrt mit McKanaghan im Land Rover, oder?«

Cedrik nickte. »Klar. Warum?« Er konnte sehen, wie schwer sich sein Vater mit der Wahrheit tat.

O'Connor holte tief Luft. »Also gut. Ich denke, nein, ich weiß mit Sicherheit, dass der Land Rover verzaubert ist.« Sein Vater wurde rot. »Und das ist nicht alles. In Mistle End leben .... Aaaaah!« O'Connor war aufgesprungen und zeigte nun entsetzt auf das Fenster. »Da! Ein ... Um Himmels willen, was ist denn das?!«

Cedrik wirbelte herum.

Erst dachte er, der Greif würde tatsächlich an sein Fenster klopfen, aber als er nach draußen schaute, musste er lachen: Vor seinem Fenster, nur wenige Meter entfernt, schwebte Elliot, auf einer Schneeschaufel sitzend, in der Luft. Hinter ihm Emily, die fröhlich winkte.

Cedrik öffnete das Fenster und seine Freunde begrüßten ihn stürmisch.

»Elliot – Emily! Ihr fliegt auf einer Schneeschaufel? Ich dachte, dafür braucht man einen Besen?«

Elliot schüttelte grinsend den Kopf. »Alter Irrtum! Ich kann eigentlich auf allem fliegen, auf das man sich irgendwie draufsetzen kann. Solange es einen Stiel hat.«

»Und was macht ihr hier?«

Emily kicherte. »Na, dich abholen! Feiern! Und das Dorf ansehen! Es gibt hier noch so vieles zu entdecken!«

»Du bist doch jetzt einer von uns! Das müssen wir feiern!«, fügte Elliot hinzu. Und als Cedrik heftig nickte, ergänzte er kichernd: »Also los!«

»Steig schon auf«, stimmte Emily lachend mit ein.

»Aber Cedrik, die sitzen auf einer Schneeschaufel! Mitten in der Luft!«

O'Connor stand nun hinter Cedrik und starrte mit offen stehendem Mund auf die beiden Besenreiter.

Cedrik brüllte überdreht: »Ich kann es immer noch nicht fassen, dass ich ein Druide bin!«

Sein Vater schaute ihn verwirrt an. »Was redest du da von Druiden?«

Cedrik beeilte sich, seine Schuhe anzuziehen. »Ich erklärs dir später!«

Elliot nahm einen unsichtbaren Hut von seinem Kopf und verbeugte sich vor O'Connor. »Einen schönen guten Morgen, Mr O'Connor!«

O'Connor hatte sich immer noch nicht gefangen. »Kinder?! Was macht ihr da? Das ist gefährlich!«

Cedrik hatte sich seinen Parka übergeworfen und kletterte aus dem Fenster. »Du hast doch selbst schon festgestellt, dass in diesem Ort – wie hast du es genannt? – mitunter seltsame Dinge passieren. Du hast recht. Seltsame, aber ganz wunderbare Dinge, Dad!«

»Cedrik!? Warum steigst du aus dem Fenster? Ich verbiete dir …«

Unten an der Tür schellte die Glocke.

»Das ist unsere Mutter. Die wird Ihnen alles erklären«, verkündete Emily fröhlich.

Aengus O'Connor war fassungslos. »Eure Mutter? Was erklären?«

Kaum war Cedrik zwischen die Geschwister auf die Schaufel geklettert, als Elliot auch schon beschleunigte.

Cedrik verlor das Gleichgewicht, sein Vater schrie entsetzt

auf, und Emily zog ihn lachend zurück auf den Stiel. »Du musst dich nach vorne lehnen. Wie auf einem Pferd.«

»Ich kann nicht reiten!«, schrie Cedrik nervös.

»Dann eben wie auf einem Schaukelpferd!«, erwiderte Elliot prustend.

Cedrik klammerte sich an die Schaufel, lehnte sich nach vorn, an Elliot, und spürte, wie sich Emily an seinen Rücken schmiegte. Es funktionierte. Er fühlte, wie er mit dem Fluggerät eins wurde.

Elliot, der bemerkte, dass die Schaufel wieder sicher in der Luft lag, brachte sie auf Geschwindigkeit.

Die Winterluft brauste Cedrik um die Ohren, und er atmete tief ein. Elliot flog höher und höher und Cedrik empfand pures Glück. Emily und Elliot stiegen in seinen Jubel mit ein und zu dritt flogen sie kreischend und juchzend in weiten Bögen über das Dorf.

»Das ist viel besser als Reiten!«, rief Cedrik seinen Freunden ins Ohr.

»Wem sagst du das«, erwiderte Elliot. »Festhalten!«

Er flog eine besonders enge Kurve, um einem Turm auszuweichen, und stieg noch höher.

»Schau nach unten, Cedrik! Das ist ab jetzt dein Zuhause«, brüllte Elliot über seine Schulter.

Unter ihnen breitete sich das Dorf aus. Am Rand der Hochebene gelegen, war es ringsum von mächtigen Bergen umschlossen, zwei eisblaue Gebirgsflüsse vereinten sich innerhalb der Befestigungsmauern und teilten Mistle End in drei unterschiedlich große Ortsteile. Er konnte ihr Haus am

Platz neben der Schule sehen und als er im engen Gewirr der Gassen den dreieckigen Marktplatz mit dem im Boden eingelassenen Hexenstern entdeckte, konnte er deutlich die Bibliothek erkennen. Er sah, wie sich ein Mann auf einen Besen setzte, aufstieg und durch den Himmel über Mistle End schoss. Sein schwarzer Mantel flatterte hinter ihm im Wind und erinnerte Cedrik an gewaltige Flügel. Er beugte sich zu Elliot. »Jetzt verstehe ich! Als ich neulich dachte, ich sehe einen riesigen Greifvogel, war das in Wirklichkeit ein Besenreiter!«

Elliot lachte. »Endlich hast du es kapiert!«

Sie rasten nun dicht über die Dächer, immer knapp vorbei an Wasserspeiern, Regenrohren und rauchenden Kaminen. Der Fahrtwind rauschte eiskalt um ihre Ohren, als Elliot sich nach hinten lehnte und den Besen steil nach oben zog. Cedrik riss die Arme in die Höhe und juchzte.

»Oh, he, nicht, Mann!«

Cedrik verlor den Halt auf dem Stiel und rutschte seitlich von der Schaufel. Emily konnte ihn in letzter Sekunde wieder zurück in die Mitte zerren und verhinderte damit seinen Absturz, verlor dabei aber fast selbst ihren Halt. Die Schaufel geriet ins Schlingern und Elliot musste seine ganze Kraft aufbringen, um ihr Fluggerät in einer geraden Bahn zu halten. Bis er es geschafft hatte, waren sie bereits um einige Meter abgesackt. Cedriks Herz klopfte bis zum Hals. Als ihm Elliot einen halb tadelnden, halb amüsierten Blick zuwarf, entschuldigte er sich stumm. Elliot grinste und Cedrik wusste, dass er ihm verziehen hatte.

Wie er den Ritt durch die Lüfte genoss! Er war fast ein wenig enttäuscht, als sie sich nun in einem eleganten Halbkreis wieder dem Boden näherten.

»Schon vorbei?«, schrie Cedrik gegen den Fahrtwind in Elliots Ohr.

»Ich habe für dich doch eh schon eine Extra-Schleife gedreht. Und glaub mir, zu dritt auf einem Besen ist nicht ganz ohne.«

»Auf einer Schneeschaufel«, korrigierte ihn Emily, gegen den Wind anbrüllend.

Elliot verdrehte die Augen und schnitt Cedrik eine Grimasse. »Die Schaufel ist ein bisschen träger als der Besen, aber so voll beladen komm ich mit dem Besen einfach nicht hoch genug«, erklärte Elliot lässig.

Er lehnte sich nach vorn und ließ die Schaufel in einem steilen Winkel nach unten rasen. »Schau, da wohnen wir!« Er zeigte auf einen kleinen Laden am Ende einer gewundenen Gasse, auf den sie nun direkt zuhielten.

Emily beugte sich besorgt an Cedrik vorbei zu ihrem Bruder und zupfte an seinem Ärmel. »Das mit der Landung, das hast du im Griff, oder?« Das Haus schien in atemberaubender Geschwindigkeit näher zu kommen.

»Jawohl, ich habe vorgesorgt«, antwortete Elliot unbekümmert.

Emily klammerte sich an Cedrik und der drückte sich an Elliot, der wiederum fest die Schneeschaufel umschlungen hielt.

Er brüllte: »Alles festhaaaAAAH!«

Unter lautem Gekreische und fast ungebremst, rasten die drei in einen gigantischen Schneehaufen direkt neben der Haustür. Eine gewaltige Pulverschneewolke stieg in den Himmel.

»Der Wahnsinn«, keuchte Elliot begeistert, während Cedrik ächzend versuchte, unter Emily hervorzuklettern. »Das war stark! Danke für den Flug!«

Der weiche Schnee hatte sie vor Verletzungen bewahrt.

Emily, die sich mühsam aufrappelte, zischte wütend: »Ha, und zu mir sagst du immer, ich soll üben!«

»Das war alles geplant!«, wehrte sich Elliot mit gespielter Entrüstung.

Cedrik hatte sich inzwischen den Schnee abgeklopft und betrachtete neugierig Emilys und Elliots Zuhause.

Kapitel 11

SÜßES ODER SAURES

Sie standen vor einer Bäckerei. Über der Tür goldene Holzbuchstaben: *Goldens Süßes & Saures. Mistle Ends Bäckerei seit 1787.*

Das einladende, weiß gerahmte Schaufenster war von einem schneebedeckten Rosenstrauch umschlossen und dahinter lagen die köstlichsten Leckereien: Da gab es Körbe voll Rosinenbrötchen und Zimtschnecken und auf silbernen Platten wurden mehrstöckige, reich verzierte Baumkuchen präsentiert. Cedrik stockte kurz der Atem, als er bemerkte, dass auf dem Kuchen winzige Marzipan-Hexenfiguren auf Schlittschuhen munter ihre Kreise zogen.

»Los, komm! Im Laden wird es noch viel besser«, sagte Elliot und zog Cedrik am Ärmel in den Verkaufsraum.

Er hatte recht: Die Menge der angebotenen Back- und Süßwaren war überwältigend und es roch herrlich nach den verschiedensten Zuckerglasuren, Gewürzen, Honig-Zimt-Gebäck und Lakritzschnecken. Überall in den Regalen und

Auslagen bewegten sich die Süßigkeiten. Es gab marschierende Schokozwerge und tanzende Schneemänner aus Zucker, Einhörner aus weißer Schokolade galoppierten über die hölzerne Ladentheke. Unterhalb der holzgetäfelten Decke flitzten kleine Nugat-Hexen auf Schoko-Krokant-Besen hin und her.

Esmeralda, in einer weiß bestickten Schürze, eilte um den mit Gebäck schwer beladenen Verkaufstresen und drückte Cedrik an ihre Brust. »Ach, wie schön! Wer hätte das gedacht! Cedrik, ein Druide!«

Unbeholfen ließ er die Umarmung über sich ergehen, während Elliot und Emily einträchtig die Gelegenheit nutzten, ihre Finger in einen Topf mit flüssiger Schokolade zu tauchen. Cedrik zeigte auf einen Greif aus karamellisierten Kokosflocken und fragte verlegen: »Ist der auch echt?«

»Nein, der ist nur zum Reinbeißen«, antwortete Esmeralda und lachte herzlich.

Irgendwo im hinteren Teil des Hauses ertönte ein gewaltiges Scheppern, dann schwang eine Tür hinter der Ladentheke zur Seite und ein glatzköpfiger, etwas dicklicher Mann mit glänzendem Gesicht und Schnurrbart betrat den Verkaufsraum. Er war über und über mit einer Mischung aus Erdbeer- und Aprikosenmarmelade bekleckert und schien ein wenig außer Atem. Seine Augen leuchteten auf, als er Cedrik und die Geschwister entdeckte.

»Oh, welch Ehre! Das neueste Mitglied unseres Dorfes in unserem bescheidenen Laden! Willkommen, Freund meiner Kinder! Und willkommen, Kinder!«

Emily schaute ihren Vater verwundert an. »Was ist denn mit dir passiert, Dad?«

»Oh, DAS …«, sagte er und wirkte etwas verlegen. Mit der Schürze rieb er sich die Flecken aus dem Gesicht. »Ich habe versucht, Cedriks Kampf mit dem Drachen auf einer Torte nachzustellen, sozusagen als Begrüßungsgeschenk. Aber ich wusste ja nicht, dass er heute schon vorbeikommt.« Er zwinkerte Cedrik zu. »Dabei ist mir der Drache ausgekommen und hat mich, na ja, voll erwischt. Wenigstens ist mir die Drachenfeuer-Mischung gelungen.« Er leckte sich einen letzten Rest Marmelade von der Oberlippe. Dann schüttelte er Cedrik die Hand mit einem angenehm festen, aber etwas klebrigen Händedruck. »Ich bin Gregory Golden. Du kannst Greg sagen. Schön, dich kennenzulernen.«

»Ganz meinerseits«, erwiderte Cedrik und meinte es auch so.

»Was ist mit dem Drachen?«, fragte Elliot neugierig. »Fliegt der immer noch durch die Backstube?«

Gregory schüttelte grimmig den Kopf. »Ich hab den Teigroller auf ihn gehetzt.«

»Macht der Teigroller denn auch sauber?«, fragte Esmeralda liebevoll-spöttisch und tätschelte ihrem Mann die gerötete Wange. Sie lachte hell und perlend und drehte an einem verschnörkelten, messingfarbenen Wandhaken. Die Bewegung hatte scheinbar einen verborgenen Mechanismus aktiviert und hinter der Wand begann es leise zu surren, als kleine und größere Gewichte über verschiedene Seilwinden nach unten schnurrten und hölzerne Zahnräder antrieben.

»Kommt rüber ins Haus, Kinder. Wie ich meine Teekanne kenne, hat sie schon losgelegt. Der Tee sollte also jeden Moment fertig sein.«

Es knackte, ein Regal mit Salz- und Käsegebäckstangen ruckte knarzend zur Seite und ein holzgetäfelter Gang erschien, an dessen Ende der Schein eines flackernden Feuers zu sehen war.

»Die Teekanne hat selbstständig Tee gekocht!?«, fragte Cedrik leise.

Elliot antwortete im Ton eines professionellen Werbesprechers. »Kaufen Sie jetzt die magischen Teekannen von Twinnings & Spinnings. Der Tee ist fertig, bevor Sie überhaupt wussten, dass Sie einen trinken wollten!«

Cedrik grinste ungläubig.

Sie folgten Esmeralda durch den engen Flur, der sich nach wenigen Metern in eine hohe Diele öffnete. Zwei breite Treppen aus dunklem, geschwungenem Holz schlängelten sich um den offenen Kamin und führten so zu beiden Seiten in die oberen Stockwerke.

Im Kamin selbst, gemauert und mit einem steinernen Wappen versehen, loderte ein prasselndes Feuer. Das Wappen zeigte einen Greif, der sich auf den Hinterbeinen über einen sich am Boden windenden Drachen erhob. Und anders als das letzte Mal, als er das Wappen von Mistle End gesehen hatte, erfasste Cedrik diesmal eine Welle des Glücks. Er hatte keine Angst mehr vor dem Greif, sondern empfand das wunderbare Gefühl, dazuzugehören.

»Hier entlang!«

Hinter dem offenen Kamin lag die private Küche der Goldens: ein einladender Raum, mit verblassten, ornamentgeschmückten Kacheln an den Wänden und einem hölzernen Ecktisch, über dem kleine Fenster die Aussicht auf den von Steinmauern umschlossenen und schneebedeckten Rosengarten erlaubten. Es duftete herrlich und Esmeralda stellte eine silberne Kanne mit frisch aufgebrühtem Tee auf den Tisch, auf dem schon frisch gebackene Rosinenbrötchen, Sahnecreme und Erdbeermarmelade auf sie warteten.

Elliot griff sofort zu. »Mama, was wir dich noch fragen wollten … Kannst du uns sagen, wo wir noch mehr über Druiden erfahren können? Du weißt schon, jetzt wo Cedrik doch einer von uns ist.«

Cedrik blickte überrascht auf. Die Frage war ihm seit der Prüfung nicht mehr aus dem Kopf gegangen. Was bedeutete es eigentlich, Druide zu sein? Was hieß das für ihn? War er jetzt unsterblich oder so? Oder hatte er tatsächlich irgendwelche Superkräfte?

Elliot grinste ihn mit marmeladeverschmiertem Mund an. »Ich kann es immer noch nicht fassen, dass du ein Druide bist! Irgendwie siehst du so … normal aus!«

Cedrik verzog sein Gesicht zu einer Grimasse. »Danke, Elliot!«

Emily verdrehte die Augen. »Ach, Brüderchen, als ob das Aussehen irgendwas über die magischen Fähigkeiten aussagen würde.«

Elliot setzte eine unschuldige Miene auf. »Wieso, einem Troll sieht man es sofort an.«

Esmeralda tippte ihrem Sohn tadelnd auf die Nase und sagte: »Elliot, hatten wir das nicht schon oft genug? Mach dich nicht über Trolle lustig!«

Sie lächelte Cedrik warmherzig an. »Doch nun zu dir. Ich habe mir auch schon Gedanken gemacht, wer dir wohl etwas über Druiden erzählen könnte.« Sie unterbrach sich. »Oh! Entschuldige, Cedrik. Bitte, bediene dich!«

»Danke sehr!« Er nahm sich ein Brötchen.

»Hast du inzwischen mit deinem Vater gesprochen?«

Cedrik stockte. »Wie bitte?«

»Dein Vater. Ich hatte eben eine wirklich erhellende Unterhaltung. Er hat die Nachricht, dass er in einem Hexendorf lebt, erstaunlich gut aufgenommen. Ich frage mich, ob er vielleicht etwas geahnt hat. Er ist ein kluger Mann, dein Vater. Ich bin froh, dass wir uns für ihn entschieden haben. Frag ihn. Er scheint viel über unsere Welt zu wissen.«

Cedrik starrte Esmeralda erstaunt an. Das also hatte ihm sein Vater die ganze Zeit sagen wollen. Er hatte nur immer noch nicht die richtigen Worte und den richtigen Moment gefunden.

Esmeralda, die seine Verwunderung zu bemerken schien, schmunzelte. »Ihr könnt bestimmt auch einiges in unseren Büchern nachlesen. Fragt in der Bibliothek.«

»Warum erzählst du uns nicht, was du weißt?«, fragte Emily.

»Über Druiden weiß ich nur, was uns aus den alten Tagen berichtet wurde. Und das ist wenig erhellend. Aber ich bin mir sicher, Mr Elderling kann euch helfen. Wenn einer weiß, in welchem Buch etwas über Druiden steht, dann er«, antwortete sie.

Elliot schüttelte abwägend den Kopf. »Im Prinzip schon, aber wir haben doch – Aua!«

Emily hatte Elliot blitzschnell einen gezielten Tritt gegen das Schienbein verpasst. »Gute Idee, Mama!« Sie nickte ihrer Mutter auffällig begeistert zu. »Das machen wir.«

Esmeralda schien sich nichts dabei zu denken. »Und wenn euch Mr Elderling nicht helfen kann, versucht es mal bei Dandelia. Ich kann mir vorstellen, dass sie sich freut, dich kennenzulernen, Cedrik. Und sie wird bestimmt so einiges über Druiden zu berichten wissen.«

Emily trank ihren Tee in einem Zug aus und knallte die Tasse auf die Untertasse. »Kommt, lasst uns gleich aufbrechen, vielleicht ist sie ja zu Hause. Ich meine natürlich, Mr Elderling.«

»Einen Augenblick noch!«, sagte Elliot und tunkte sein Brötchen nacheinander in die Sahnecreme und die Erdbeermarmelade.

Cedrik tat es ihm gleich.

Esmeralda zog ihre Schürze aus. »Kinder, nicht so hastig. Ich muss später auch noch mal los und will mich kurz von euch verabschieden.«

Emily richtete sich erstaunt auf. »Wo gehst du hin?«

»Nach London, zu meiner Schwester. Und ich komme erst morgen Abend wieder, wenn nicht sogar übermorgen.«

Elliot grinste überrascht und sprach mit vollem Mund. »Aber daf ift grofartig.«

Seine Mutter lachte. »Was? Dass ich weg bin?«

»Nein, ich mein London, kannst du uns nicht mal mitnehmen?«, beeilte sich Elliot zu erwidern.

Esmeralda schüttelte den Kopf. »Nein, ihr wisst doch, die Londoner City ist nichts für unseresgleichen. Und erst recht nichts für junge Hexen und Druiden wie euch! Und jetzt geht schon, wenn ihr zu Mr Elderling wollt, macht ihr euch besser auf den Weg, sonst wird es zu spät. Essen kocht euch Gregory. Du kannst sicher mitessen, Cedrik. Und grüßt mir Dandelia, wenn ihr sie seht, ja?«

»Klar, machen wir! Gute Reise, Mama«, sagte Emily und drückte ihrer Mutter einen Kuss auf die Wange.

Auch Cedrik stand auf und verabschiedete sich höflich.

Esmeralda wuschelte ihrem Sohn durch das Haar und verschwand wieder im Verkaufsraum.

Cedrik sah sich um. Die Küche, dieses Haus – all das war so einladend, so heimelig. Er fühlte sich wohl hier, bei der Familie seiner Freunde.

»Wenn du dann so weit bist, können wir ja aufbrechen.«

»Klar, nichts wie los«, antwortete Cedrik verlegen.

Kapitel 12

LÖWENZAHN UND ROSENSTRAUCH

Sie stapften durch das verschneite Dorf. Die Sonne hatte sich durch die Wolken gekämpft und ihr goldenes Licht brach sich tausendfach in den Schneekristallen.

»Wer ist diese Dandelia eigentlich? Ist sie auch eine Druidin?«

Emily lachte. »Nein, du bist wirklich der einzige Druide im Dorf. Dandelia Rose ist eine Hexe, eine Kräuterhexe, genauer gesagt.«

Elliot schob sich zwischen die beiden. »Aber nenn sie bloß nicht so! Sie will nicht Kräuterhexe genannt werden, schon vergessen? Sie ist eine Kesselhexe.«

»Eine Kesselhexe?« Cedrik sah die beiden ratlos an. »Was für Hexen gibt es eigentlich?«

Emily legte los: »Es gibt eine ganze Menge: Die Gestaltwandler kennst du ja schon. Nicht alle Hexen haben irgendwelche Zusatztalente, aber es gibt Orakelhexen, die können in die Zukunft sehen …«

»Mal mehr, mal weniger gut!«, warf Elliot ein.

»... es gibt die Geisterhexen, die können Geister und Dämonen beschwören. Wasserhexen, nicht zu verwechseln mit den Brunnenhexen. Oder die Wetterhexen, sie sind verantwortlich für die meisten Stürme im Land ...«

»Aber nur, weil ihnen das schöne Wetter nicht gelingt«, sagte Elliot und lachte.

»Oder die Puppenstecher!«

»Fiese Typen«, bestätigte Elliot.

»Ist das so was wie Voodoo?«, fragte Cedrik. »Mit Puppen, in die man Nadeln steckt, und dann schmerzt es die Person, die die Figur darstellen soll, an der entsprechenden Stelle?«

»Ja, so in etwa«, sagte Emily und schürzte nachdenklich ihre Lippen. »Es gibt wirklich viele verschiedene Arten von Hexen.«

»Ich glaube, das liegt daran, dass sich jeder bezeichnet, wie er will«, meinte Elliot. »Wie Dandelia zum Beispiel. Jeder nennt sie eine Kräuterhexe, aber sie will, dass wir sie Kesselhexe nennen. Weil sie Tränke nur im Kessel braut. Aber sie ist uralt, was will man da schon sagen.«

»Was heißt uralt?«

»Dad sagt immer, sie sei schon alt gewesen, als er selbst noch ein kleines Kind war.«

»Aha. Und wie alt ist sie jetzt also?«

»So 300 ... 400 Jahre«, antwortete Elliot lässig. »Mindestens!«

»Werdet ihr alle so alt?«, fragte Cedrik nachdenklich.

»Sagen wir es mal so: Wir haben Mittel, den Alterungsprozess zu verlangsamen«, erklärte Emily. »Also ja, wir werden schon älter als normale Menschen.«

»Wenn man uns nicht gerade auf einem Scheiterhaufen verbrennt.«

»Elliot, manchmal bist du echt ...« Emily sprach den Satz nicht zu Ende, sondern verzog nur angeekelt ihr Gesicht.

Sie waren schon eine ganze Weile zu Fuß auf dem vereisten Kopfsteinpflaster unterwegs, als es Cedrik auffiel. »Wir laufen!«

Emily und Elliot schauten ihn entgeistert an.

»Ich mein, warum fliegen wir denn nicht?«

»Geht nicht«, antwortete Elliot unbekümmert. »Wir müssen über den Fluss, rüber ins Tollkirschenviertel, da kann man nicht fliegen.«

»Warum nicht?«, wollte Cedrik wissen.

Elliot erklärte: »Der Fluss, der die Grenze zum Tollkirschenviertel bildet, ist verhext. Schau, da ist er schon!«

Mit seinen letzten Worten waren sie um eine Ecke gebogen und standen unvermittelt an einem munter vor sich hin plätschernden Fluss, auf dem Eisschollen und Schneebrocken tanzten. Gefasst von roh behauenen Steinmauern trieb das hellblaue Eiswasser ein kleines Mühlrad auf dem gegenüberliegenden Ufer zu steter Eile. Stromabwärts verschwand das Wasser unter der massiven Dorfmauer.

Elliot beugte sich über die Brüstung der Uferbefestigung und zeigte stromaufwärts. »Siehst du die Brücke dort hinten? An dieser Stelle vereinen sich zwei Bäche aus den Bergen zu diesem Fluss hier. Wir nennen die Brücke den Dreisprung. Dieser Übergang ist die einzige Stelle, die alle drei Viertel von Mistle End miteinander verbindet. Das Distelviertel, in dem wir leben, ist das größte. Hier leben die meisten Bewohner, und klar, die meisten Hexen. Weshalb wir es auch das Hexenviertel nennen. Im kleinsten Viertel, dem Steineichenviertel, leben fast alle magischen Minderheiten, also die Elben, Zwerge und so. Und eben noch das Tollkirschenviertel. Eine andere Möglichkeit, von einer Seite auf die andere zu gelangen als über diese Brücke, gibt es nicht.«

Emily quetschte sich zwischen sie und fuhr mit den Erklärungen fort: »Vor vielen Hundert Jahren war das Wasser eine richtige Grenze. Zu dieser Zeit wurde die Brücke streng bewacht und sogar ein Bann auf den Fluss gelegt, der verhinderte, dass man ihn anders als über den Dreisprung überqueren konnte. Seitdem heißt der Fluss auch Stummer Fluss, weil hier kein Zauber funktioniert, keine Magie, nichts. Und der Bann …«

»… wirkt immer noch. Verstehe! Deswegen können wir hier nicht fliegen«, sagte Cedrik. »Und die Häuser da drüben, auf der anderen Seite, gehören die schon zum Tollkirschenviertel?«

»Ja, unheimlich, oder?«, antwortete Emily und zog die beiden weiter.

»Ein bisschen. Sehen ziemlich düster aus. Aber warum gab es die Grenze und diesen Stummen Fluss überhaupt? Wer wohnt denn im Tollkirschenviertel?«

Elliot zögerte mit der Antwort. »Na ja, wir haben dir doch

erzählt, dass die Hexen damals vor den Menschen hierher nach Mistle End geflohen sind, als die Hexenverbrennungen anfingen.«

»Ja, stimmt. Wegen der Inquisition. Und?«

»Nicht alle sind einfach geflohen und haben sich hier in den Bergen versteckt.«

»Manche haben sich auch gewehrt. Und haben zurückgeschlagen«, ergänzte Elliot.

Emily rief aufgebracht: »Zurückgeschlagen, Blödsinn! Wenn man ehrlich ist, waren diese Typen und ihre widerlichen Zauber im Grunde sogar der Auslöser für die Hexenverfolgungen!«

»Wie meinst du das?«, warf Cedrik ein.

»Du kennst doch sicher diese abstoßenden Taten, derer die Hexen vor den Hexentribunalen bezichtigt wurden, oder?«

Cedrik lachte albern. »Ja, klar, du meinst die Ammenmärchen von Hexen, die Kinder fangen, mästen und fressen. Oder den Nachbarn mit üblen Zaubersprüchen verhexen und in den Wahnsinn treiben. Und die mit dem Teufel um riesige Feuer tanzen. Oder die Geschichten, in denen …« Er stockte, als er bemerkte, dass weder Emily noch Elliot in sein Gelächter eingestiegen waren, und überlegte fieberhaft, was er eigentlich eben gesagt hatte. Oder was er gerade sagen wollte. Und erschrak.

»Was hast du denn?«, sagte Elliot grimmig. »Sprich weiter!«

Cedrik räusperte sich und fuhr leiser fort: »Geschichten, in denen sich junge Frauen in Katzen verwandeln und auf Besen reiten.«

Emily schnalzte mit der Zunge. »Voilà! Volltreffer!«

Cedrik erbleichte. »Willst du damit sagen, es gab auch … du meinst, an diesen Gruselgeschichten von kinderfressenden Hexen ist was dran? Ich dachte immer, das wären alles Erfindungen dieser Gebrüder Grimm!«

Diesmal war es Elliot, der lachte, während Cedriks Miene ernst blieb. »Mensch, Cedrik, denk doch mal nach! Ich kann auf einem Besen reiten! Und Emily kann sich nicht nur in eine Katze verwandeln. Also, wenn du jetzt mal eins und eins zusammenzählst …«

»Dann ist das also alles wahr? Diese ganzen Horrorstorys von den bösen Hexen mit dem Häuschen im Wald?«

Emily lächelte versöhnlich. »Leider schon. Genauso wie es fiese, böse und gemeine Menschen gibt, leben eben auch ein paar recht finstere Gestalten unter uns Hexen.«

»Man nennt sie Dornhexen! Fies, böse und sehr gemein!«, fuhr Elliot eifrig fort.

»Aber das ist alles längst vorbei«, meinte Emily.

Cedrik schluckte. »Warum heißen die Dornhexen?«

Elliot sagte mit Grabesstimme: »Weil sie bei fast all ihren Zaubern Blut als Zutat brauchen! Und das haben sie vorzugsweise mithilfe von Dornen gezapft.«

»Menschenblut?«, fragte Cedrik zaghaft.

»Literweise!«

»So ein Quatsch, Elliot! Nein, nur ganz selten Blut von Menschen.«

»Nur bei den wirklich gemeingefährlichen Zaubern«, sagte Elliot grinsend.

»Elliot, du nervst!!«

»Was denn, stimmt doch!«

Cedrik schielte unauffällig über den Fluss. »Und die wohnen da auf der anderen Seite?«

Wie zur Antwort erhob sich in diesem Moment jenseits des Bachs ein Schwarm krächzender Raben aus einem blattlosen Baum und zog über dem abendlichen Himmel unheilvoll seine Kreise.

»Ja, im Tollkirschenviertel. Aber nicht nur sie, damals lebten drüben auch viele andere vom Dunklen Volk: die Giftmischer, die Puppenstecher, eine Menge Geisterhexen und auch die weißen Mönche. Ach, und noch viele andere. Aber heute nicht mehr. Wie gesagt, das ist lange her …«

Auf dem Dreisprung war ein stetes Kommen und Gehen, zwischen den Ortsteilen herrschte offenbar reger Austausch. Drei steinerne Brückenbögen trafen sich auf einer kleinen Insel in der Mitte des Stummen Flusses und bildeten so ein dreiarmiges Wegkreuz, an dem man sich für eines der Viertel entscheiden konnte.

»Dort drüben ist das Steineichenviertel«, sagte Elliot. »Jetzt siehst du ja, warum es so heißt.«

Tatsächlich konnte Cedrik hinter einer kurzen Reihe niedriger Holzhäuser riesige, uralte Eichen erkennen. Überhaupt schien es in diesem Viertel mehr Bäume als Häuser zu geben und er war sich sicher, dass er zwischen den gewaltigen Baumkronen Hängebrücken gesehen hatte. »Können wir mal ins Steineichenviertel …?«

»Nächstes Mal, Cedrik. Jetzt gehts da lang.« Elliot bog auf den Brückenarm ins Tollkirschenviertel.

Es schien Cedrik, als verdüstere sich der Tag, kaum hatte er den Fuß auf diese Seite des Dreisprungs gesetzt. Von hoch aufragenden Berghängen begrenzt, war es hier im Schatten kälter als drüben, im Distelviertel. Es gab kaum Spuren im Schnee und Nebelschwaden waberten durch die Straßenzüge. In diesem Viertel waren die niedrigen Häuser eng an die Gassen herangerückt, kleine Torbögen und Brücken verbanden die gegenüberliegenden Gebäude. Die Wege waren hier noch unebener, stiegen an, wurden zu steil auf oder ab fallenden Treppen und hatten unzählige Abzweigungen. Hauswände und Ecken waren teils üppig mit Steinmetzarbeiten verziert worden: Unangenehm lebendig wirkende Drachen, Schlangen, aber auch Ratten und Kröten aus Stein krochen um Säulen und Pfosten. Sie passierten einen Torbogen, von dessen Spitze ein Totenschädel aus schwarzem Marmor auf sie herabschielte. Cedrik schauderte. Die meisten Häuser schienen unbewohnt, Spinnweben hingen hinter den schmutzigen Fensterscheiben. Gruselig.

Emily bemerkte seine bedrückte Stimmung wohl und versuchte zu erklären: »Fliehen musste letzten Endes jeder, vor der Kirche und den Hexenjägern. Aber wir alle fanden hier in Mistle End unsere Zuflucht. Wir ebenso wie die Dornhexen.«

Cedrik schwieg beeindruckt und ergänzte im Stillen: … und die ganzen anderen, magischen Geschöpfe. Ob da auch Druiden dabei waren? Sie hatte Zwerge erwähnt. Und Elben. Er fror und vergrub die Hände tief in seinen Jackentaschen. »Woran erkennt man eigentlich die Elben? Haben die wirklich spitze Ohren?«

Emily lachte und Elliot grinste. »Wirst du schon sehen!«

Emily zog eine Locke unter ihrer Mütze hervor und wickelte sie sich nachdenklich um ihren Finger. »Die Lage hat sich zum Glück im Lauf der letzten Jahrhunderte wieder beruhigt. Kaum ein Mensch glaubt heute noch an unsereins. Kinder können unsere Welt manchmal wahrnehmen, Brückentrolle zum Beispiel, aber das wird ihnen von den Erwachsenen schnell ausgetrieben. Das ist uns ganz recht. Viele von uns haben Mistle End inzwischen wieder verlassen und leben unerkannt zwischen den Menschen. Aber damals ...«

Sie sprang über einen vereisten Brombeerzweig, der aus einem verlassenen Garten auf die Straße gewuchert war. »Damals war es hier ziemlich voll und es gab große Spannungen zwischen den verschiedenen Gruppen. Es gab sogar Krieg zwischen den Dornhexen und den anderen. Das war keine gute Zeit, für keinen von uns.«

Elliot führte Emilys Erläuterungen fort. »Und wie das Zoff gab! Die Inquisition hat damals viele Hexen das Leben gekostet – und die meisten Opfer waren natürlich keine Dornhexen. Die waren viel zu schlau, sich erwischen zu lassen. Das hat viel böses Blut gegeben.«

Emily nickte ernst. »Erst beim großen Frieden beschloss der Rat, dass niemand mehr aus der Gemeinschaft ausgeschlossen werden durfte, nur weil er seinen Traditionen folgt – wie grausam die auch sein mögen! Verfolgt wurden wir damals schließlich alle.«

Cedrik begann zu verstehen. »Deshalb die Grenze!«

»Deshalb die Grenze«, sagte Emily und blieb mitten in einer schmalen Gasse stehen. »So. Da wären wir.«

»Und Dandelia?«, fragte Cedrik flüsternd, als fürchtete er, die Dämonen- und Steinfratzen auf den Häusern könnten ihn hören. »Ist sie dann also eine Dornhexe? Ich meine, weil sie hier wohnt.«

Emily schürzte die Lippen. »Mmmh. Ehrlich gesagt hab ich keine Ahnung. Aber das interessiert heute eh keinen mehr. Zum Glück! Hier gehts rein!«

»Wo? Durch die Mauer?«

»Fast«, sagte Elliot und öffnete eine kleine, eisenbeschlagene Tür, die hinter einem Efeugeflecht verborgen in der schlichten Steinmauer eingelassen war.

Der Garten, den sie eben durch die versteckte Pforte betreten hatten, bestand aus einem Labyrinth schmaler Kieswege, die sich durch zahllose kleine, von immergrünen Buchsbaumhecken eingefasste Kräuterbeete schlängelten.

Stroh und Tannenzweige lagen auf den Stauden, Blumen und Kräutern, um sie vor der Kälte zu schützen. Ein Rabe stolzierte über den Pfad und pickte nach vergessenen Samen. In einem kahlen Holunderstrauch saß ein weiterer schwarzer Vogel und ließ einen heiseren Warnruf ertönen. Als die drei über den Kies auf das windschiefe, mit Schindeln bedeckte Haus am Ende des Gartens zuliefen, entdeckte Cedrik den dichten Rauch, der aus dem Schornstein stieg. Er war schwarz und fast undurchsichtig. Aus den dicken Schwaden bildeten sich immer wieder krallenbewehrte Schemen, die einen wilden unheimlichen Tanz aufzuführen schienen, bevor sie sich über den Dächern der umliegenden Häuser verflüchtigten.

»Sieht so aus, als wär sie zu Hause«, sagte Emily.

Elliot schielte auf die düsteren Rauchschwaden über dem Haus. »Oh ja, und ich möchte nicht wissen, was sie gerade wieder braut ...«

Sie näherten sich dem Eingang, einer niedrigen Holztür, gefasst von einem dunklen Türstock mit geschnitzten Rosen. Emily klopfte an.

Einmal.

Zweimal.

Nichts geschah.

Sie runzelte die Stirn und wollte gerade ein drittes Mal klopfen, als eine kleine hölzerne Luke oberhalb ihres Kopfes mit einem Ruck aufgerissen wurde. Eine unfreundliche, weibliche Stimme ertönte: »Ich habe geschlossen, meine Kräuter und Tränke sind alle. Kommt wieder, wenn der Schnee geschmolzen ist!« Ein Knall und die Klappe war wieder zu.

Emily starrte verblüfft auf die geschlossene Luke. Dann brüllte sie fröhlich: »Wir brauchen keine Kräuter, Dandelia! Wir sinds, Emily und Elliot, und wir sind mit Cedrik hier, er ist neu in Mistle End!«

»Verschwindet!«

»Aber er ist ein Druide!«

Es dauerte einen kurzen Moment, dann öffnete sich die

Tür, nur einen Spaltbreit, und verblüffend grüne Augen hinter einer roten Brille spähten nach draußen. »Ein Druide?«

Und schon wurde die Tür sperrangelweit aufgerissen.

»Nur herein, nur herein, ihr drei! Ihr seid mir überaus willkommen!«

Die Frau, die ihnen so begeistert die Tür öffnete, war ganz anders, als sich Cedrik eine uralte Kräuterhexe vorgestellt hatte: Dem Aussehen nach war sie jung, vielleicht Ende 20, trug eine knallrote, etwas aus der Mode gekommene Hornbrille und unter der geblümten Küchenschürze ein schlichtes, dunkelgrünes Kostüm. Ihre Hände steckten in riesigen, mit Brandflecken übersäten Küchenhandschuhen, mit denen sie nun energisch wedelte. »Kommt rein, kommt rein! Ein wenig Hilfe kommt mir gerade recht!«

Sie ging voran und führte sie durch einen kleinen Vorraum, der mit Gummistiefeln, Gießkannen und allerlei anderem Gartengerät so vollgestopft war, dass man aufpassen musste, nicht an irgendeiner der spitzen Hacken oder an einem Gartenschlauch hängen zu bleiben.

»Sorry«, nuschelte Dandelia und zog kurz eine Augenbraue in die Höhe, als Elliot mit lautem Scheppern über eine blecherne Gießkanne stolperte. »Ich habe keinen Besuch erwartet.«

Elliot konnte sich noch kurz wild mit den Armen rudernd im Gleichgewicht halten, bevor er krachend in einen Haufen alter Blumentöpfe fiel.

»Hast du dich verletzt?«, fragte Dandelia mit gerümpfter Nase.

»Nein, nein«, antwortete Elliot hastig, mit schmerzverzerrtem Gesicht. »Alles gut!«

Die nächste Tür führte sie in Dandelias Kräuterküche. Beißende Schwaden waberten durch den Raum und stachen Cedrik in die Nase. Die Hitze trieb allen dreien sofort den Schweiß auf die Stirn.

»Ist das ein Hexenkessel?«, flüsterte Cedrik und zeigte auf ein schwarzes, verrußtes Ungetüm, das auf einem eisernen Dreibein über der heiß-lodernden Feuerstelle thronte.

»Natürlich!«, erwiderte Emily amüsiert.

»Kommt rein, kommt rein! Ich muss noch eben die Wolfsmilch ansetzen, dann habe ich für euch Zeit. Alastair kennt ihr ja!«

Cedrik, Emily und Elliot bemerkten erst jetzt den breitschultrigen, groß gewachsenen Mann in dem eleganten dunklen Anzug, der neben der Tür lässig an der Wand lehnte. Seine schwarzen Haare nach hinten gegelt, die Stirn in Falten gelegt, musterte er die drei mit kaum verhohlener Abscheu. Auf seiner Wange prangte eine hässliche Narbe.

»Guten Abend, Mr MacAhraw«, sagten die Geschwister gleichzeitig, und Cedrik wusste sofort, dass sie sich darüber ärgerten, im Chor gesprochen zu haben.

Mr MacAhraw lächelte spöttisch. »Hallo … Kinder.«

Cedrik kannte dieses Gesicht. Dieser Blick, die im Spott verzogenen Mundwinkel. Woher bloß?

Er zuckte zusammen, als er merkte, dass Alastair MacAhraw ihn abschätzig musterte. Als er Cedriks Reaktion bemerkte, grinste er hämisch. »Du bist also der Neue!«

»Hallo, ich bin Cedrik«, sagte er bemüht freundlich. »Mein Vater ist hier der neue –«

»Lehrer, ich weiß!«

Mr MacAhraw hatte scheinbar bereits wieder das Interesse an ihm verloren. Cedrik fand, er wirkte überhaupt so, als interessierte ihn eigentlich gar nichts.

Emily schien bemüht, die unangenehme Stille zu beenden. »Wie geht es Duncan?«

Daher kannte er dieses Gesicht! MacAhraw war der Vater von Duncan, dem Werwolf-Angeber.

MacAhraw seufzte und ließ sich Zeit mit der Antwort. »Gut. Warum auch nicht«, sagte er unverbindlich und fügte, an die Kräuterhexe gewandt, hinzu: »Wenn du mich nicht mehr brauchst …«

Dandelia, die sich eben bis über die Schultern in einen der riesenhaften Körbe gebeugt hatte, tauchte aus den Tiefen auf, nicht ohne sich am Rand den Kopf zu stoßen. »Wie bitte?« Sie schob sich ihre Brille zurück auf die Nase. »Aber ja, natürlich. In zwei Tagen wird alles fertig sein.«

MacAhraw runzelte die Stirn. »Das ist sehr knapp«, sagte er leise.

Dandelia nickte beflissen. »Ich weiß, aber keine Sorge: Es wird nichts schiefgehen.«

MacAhraw deutete eine knappe Verbeugung zum Zeichen seiner Dankbarkeit an und sagte schlicht: »Dandelia.«

So vornehm. Cedrik war ein bisschen beeindruckt. Schon im Gehen sagte MacAhraw näselnd: »Ach, und ihr, richtet eurer Mutter aus –«

»Die ist nicht da«, fiel ihm Emily ins Wort.

»Wie bitte?«, sagte MacAhraw überrascht. Er war es offensichtlich nicht gewohnt, unterbrochen zu werden.

Elliot stellte sich neben seine Schwester. »Die ist in London, bei unserer Tante.«

»Soso«, sagte MacAhraw hochmütig. »Wie schön für sie.« Abrupt wandte er sich an die Hausherrin. »Wir sehen uns in zwei Tagen!« Damit drehte er sich um und verließ zügig die Küche, ohne die drei Freunde weiter zu beachten.

»Sind die in der Familie alle so?«, fragte Cedrik, worauf Elliot trocken erwiderte: »Tja, der Apfel fällt nicht weit vom Stamm.«

Emily starrte MacAhraw böse hinterher. »Und der ist auch noch im Rat. Mama sagt, wir müssen immer schön höflich zu ihm sein. Dabei ist er so ein Blödmann!«

Cedrik schaute sich um: Den größten Raum in Dandelias Küche nahm ohne Frage der Kessel ein. Vom Feuer ging eine brüllende Hitze aus, im Inneren des Topfes blubberte eine dickflüssige, lila-braune Masse und ließ ab und zu schillernde, aber stinkende Blasen in die Luft aufsteigen. Auf einer alten Anrichte, die von der jahrelangen Benutzung blank poliert war, befand sich ein Holzteller, in dem schwarz glänzende Mistkäfer unermüdlich ein blutrotes Pulver zu ebenmäßigen Pillen drehten. In einer Schale aus Kristallglas daneben hatte sich schon eine stattliche Anzahl davon angesammelt. Überall an der Decke, an Balken, Schnüren und auf unzähligen Regalbrettern standen und hingen Kräuter, getrocknete Blumen und Wurzeln. Tontöpfe, zum Teil mit

Wachs versiegelt, reihten sich in einer hölzernen Anrichte neben gläserne Phiolen. Alte Zeichnungen von Pflanzen, Tieren und Sternen-Konstellationen waren an jede freie Wand gehängt. In einer Ecke entdeckte Cedrik noch mehr Töpfe, weitere kleine und größere Kessel – und diverse elektrische Wasserkocher, Dampfkochtöpfe und einen Mikrowellenherd.

Dandelia, die ihn aufmerksam beobachtet hatte, stieß ihn mit ihrem unförmigen Kochhandschuh gegen die Brust. »Was guckst du so, Junge! Glaubst du, wir Hexen leben auf dem Mond?«

»Nein, ich …«

»Ich hab alles ausprobiert«, fuhr Dandelia stolz fort. »Bringt nur nichts, das neumodische Zeug! Nichts kocht so gut wie mein alter Kessel!« Sie stellte sich neben das zischende Ungetüm und fächelte sich mit den schmuddeligen Küchenhandschuhen den aufsteigenden Duft in die Nase. Angewidert verzog sie das Gesicht und schüttelte sich. »Brrrrr. Uaah. Widerlich! Aber genau, wie es sein muss.«

Ihre Augen funkelten. »Passt auf, Kinder: Jetzt kommt mein Lieblingsteil!« Dandelia bückte sich und griff nach einem verbeulten Ritterhelm, der achtlos auf dem Boden lag. Sie setzte ihn auf und langte nach einer schweren, fast einen Meter langen Zange, die in einer Ecke stand. Ihre Stimme klang blechern aus der eisernen Maske. »Emily, auf mein Zeichen öffnest du bitte diesen Korb da neben dir. Aber keine Sekunde früher, verstanden? Das ist, ähem, wichtig!«

Emily nickte ehrfürchtig und betrachtete sorgenvoll den morschen Korb neben ihr.

Dandelia schlug schwungvoll mit der Eisenzange an den Rand des Hexenkessels und die Küche wurde von einem tiefen Glockenton erfüllt. Sekunden später loderte das Feuer fauchend auf, und aus den Flammen bildeten sich fein gezeichnete Miniatur-Flammen-Reiter. Über ihre feurigen Rösser gebeugt, galoppierten sie kreischend und johlend um den Kessel. Die wilde Jagd drehte Runde um Runde, es zischte und brodelte und das lila Gebräu schäumte fast über.

»Jetzt!«, schrie Dandelia scheppernd und kam mit der ausgestreckten Zange auf Emily zu. Die riss den Deckel vom Korb und Dandelia stach in sein Inneres, als galt es, einen zappelnden Hai zu harpunieren. Ein fürchterliches Gekreische und Quietschen brach los, und während Dandelia damit kämpfte, ein zappelndes Etwas aus dem Korb zu zerren, wackelte dieser so bedrohlich hin und her, dass Elliot sich Schutz suchend hinter Emily versteckte. Die stand regungslos, hielt den Deckel in den verkrampften Händen und die Augen fest geschlossen. Als der Korb samt der kämpfenden Dandelia umzukippen drohte, sprang Cedrik vor und hielt ihn gerade noch fest. »Himmel, was machen Sie da!? Was ist das?!«

Dandelia keuchte schwer unter dem Eisenhelm. »Zurück, Kinder! Das ist gefährlich! Das ist eine Lupinus Periculus, Finger weg, sag ich euch! Finger weg!« Sie fluchte und zog weiter mit aller Kraft, während die feurige Jagd noch immer ihre Kreise um den brodelnden Kessel zog. Dann gab es ein knackendes Geräusch und Dandelia sprang zurück. »Jetzt!«

Mit einer Bewegung, die so schnell war, dass ihr Cedrik

kaum folgen konnte, drehte sie sich um die eigene Achse und katapultierte ein grünes, um sich schlagendes Etwas über ihre Schulter in den Kessel.

Der Jubel unter Dandelias Helm klang seltsam blechern. »Prima! Achtung, und jetzt gleich noch mal. Bist du so weit, Emily?«

Emily, die den Korb hektisch wieder geschlossen und sich mit ihrem ganzen Gewicht auf den Deckel gelegt hatte, rief panisch: »Was, noch mal?!«

»Ja, natürlich. Auf damit, los jetzt!«

Emily duckte sich, riss – das blanke Entsetzen im Gesicht – den Deckel des Korbes nach oben und hielt ihn sich wie einen Schild vor den Kopf.

Dandelia machte einen entschlossenen Schritt nach vorne und griff ein zweites Mal mit der schweren Eisenzange in den Korb.

Diesmal funktionierte es auf Anhieb, zumindest vorerst. Sie riss eine vielarmige Pflanze in die Höhe, an der zahlreiche Maul-ähnliche Blüten wild um sich schnappten. Cedrik war sprachlos. Die Pflanze wehrte sich heftig: Sie krümmte sich, schrie schrill, hielt sich mit kleinen Wurzeln am Korb fest und renkte Dandelia fast den Arm aus, als sie sich mit aller Kraft hin und her warf. Lange Blätter umschlangen die Zange, während die Blüten ihre seltsamen, kleinen Mäuler fletschten.

»Gib endlich auf, ich hab dich ja doch! Aaaargh!«

Cedrik betrachtete mit offenem Mund den ungleichen Zweikampf und fühlte sich an ein mittelalterliches Drachenstechen erinnert. Nur dass hier kein Drache, sondern eine Killer-Pflanze als Gegner für diese Dame in eiserner Rüstung herhalten musste.

Dandelia rutschte aus, knallte mit Eisenzange und Helm auf den Boden und ließ die Blume fallen. Sofort warf sich das Geschöpf mit wütendem Gekreische auf Elliot, der seine Deckung hinter Emily verlassen und neugierig zugesehen hatte.

»Nein, nicht! Aua!«

Das aggressive Grünzeug hatte sich in Elliots Hosenbein verbissen, zerrte und nagte an ihm, während er panisch versuchte, die Pflanze abzuschütteln. Unaufhaltsam kletterte das kleine Ungeheuer an ihm hoch.

»Macht das weg, macht das weg!«

Dandelia hatte sich wieder aufgerappelt und näherte sich nun zangenklappernd dem zappelnden Monster. »Du unverschämtes, freches … Ha! Habe ich dich!«

Sie packte die Blume mit festem Griff, wirbelte sie in einem großen Bogen durch die Luft – und versenkte sie schließlich unter lautem Zischen in dem schäumenden Sud. Die Flüssigkeit spritzte in alle Richtungen, ein weiterer Schlag mit der Eisenzange auf den Kessel und sie beruhigte sich sofort. Was eben noch ein brodelnder Hexenkessel gewesen war, lag nun unbewegt wie polierter Marmor und färbte sich langsam von lila zu schwarz. Die feurigen Reiter hatten sich in Rauch aufgelöst.

»So, das wäre geschafft!« Begeistert pfefferte Dandelia die Eisenzange in eine Ecke und riss sich den Helm vom Kopf. »Fantastische, kleine Biester!«

Cedrik sah abwechselnd auf den Topf, auf Elliots zerrissenes Hosenbein und auf die gut gelaunte Dandelia. »Was war denn DAS?«

»Eine Lupinus Periculus, auch genannt Grimmige Wolfsbohne, sagte ich das nicht?«, erklärte Dandelia mit geröteten Wangen.

»Das war keine Pflanze, oder?«, fragte Cedrik.

»Kaum vorstellbar, nicht wahr? Aber doch, ja. Eine Pflanze, gehört eigentlich, hm, zur Gattung der Schmetterlingsblütler, aber jetzt ist sie, hm, na ja, eine Karnivore. Also eine fleischfressende Pflanze. Ich musste sie ein wenig, na ja, modifizieren, damit der Trank besser wirkt. Und jetzt ist sie eigentlich immer hungrig. Das war aber zum Glück nur ein Sprössling. Sonst wäre es nicht so einfach gewesen.«

Der Topf blubberte auf und schwarze Rauchschwaden waberten zuckend durch den Kamin.

Elliot beobachtete den Rauch misstrauisch.

»Und was wird das?«, fragte Cedrik, noch immer leicht schockiert.

»Wie bitte?« Dandelia wischte sich mit ihrer Schürze den Schweiß vom Gesicht.

»Ich meine, wofür brauen Sie diesen Trank? Was ist Wolfsmilch?«

»Eigentlich solltest du eher fragen, wogegen. Aber egal, das geht euch nämlich gar nichts an. Nun seid ihr an der Reihe: Was wollt ihr hier im Tollkirschenviertel? Wolltet ihr mich besuchen? Wie schön!«

»Ja, also, nicht direkt«, antwortete Emily etwas verlegen.

»Wir wollten Sie fragen … Cedrik hier, unser Freund, weiß erst seit Kurzem, dass er ein Druide ist.« Dandelia nickte ernst.

»Und da niemand uns so richtig sagen kann, was ein Druide eigentlich ist …« Sie schüttelte bedauernd den Kopf …

»… dachten wir, Sie könnten uns vielleicht …«

… und begann zu lächeln. »Oh ja, verstehe!«

Dann folgte ein Moment, in dem das Blubbern des Kessels das einzige Geräusch war, das man vernehmen konnte.

Elliot brach die Stille. »Und?«

»Und was?«, entgegnete Dandelia freundlich.

»Können Sie uns helfen?«

Sie wirkte erstaunt. »Ich? Nein, leider nicht. Oder vielleicht doch. Ja, mmh. Ich denke schon. Aber heute nicht mehr. Ich habe noch viel zu tun. Kommt morgen Abend, oder nein, nicht morgen, du – du, äh, Druide, du kommst allein. Oder mit den anderen, wie du willst.«

»Ich … ich heiße Cedrik.«

»Gut, Cedrik. Geht jetzt, ich habe zu arbeiten.« Sie drehte sich zum Kessel, wirbelte dann aber wieder herum. »Halt, warte kurz! Du, Druide: Hast du verstanden, was die Wolfsbohne geschrien hat, als ich sie in den Topf geworfen habe?«

Cedrik schauderte. Hätte er von dem Gekreische etwa irgendetwas verstehen sollen? »Nein, tut mir leid.«

»Mmmh, na ja, macht nichts. Denn das wirst du eines Tages.« Sie zeigte Richtung Ausgang und hatte die drei im nächsten Moment schon wieder vergessen.

»Erwarten Sie noch Besuch?«, fragte Emily neugierig.

Dandelia schien sofort hellwach. »Wie bitte?«

»Draußen steht jemand. Ich kann ihn hören.«

Dandelia packte Cedrik und schob ihn und die anderen energisch durch eine Tür, die ihm bisher gar nicht aufgefallen war. »Ihr macht jetzt, dass ihr verschwindet. Ihr geht hier raus. Los!«

Der Raum hinter der Tür war ganz anders als das Zimmer mit dem Kessel. Das Dach war komplett verglast, die Luft war warm und roch nach feuchter Erde. Rings um sie herum wucherten und rankten unzählige Kräuter, Blumen und Klettergewächse. Sie waren in Dandelias Gewächshaus gelandet.

»Warst du schon mal …?«, fragte Emily.

»Noch nie«, erwiderte Elliot.

Sie spürten es, bevor sie es sehen konnten. Die Pflanzen in ihren Töpfen wandten sich ihnen zu. Ganz langsam schoben sich hier und dort Wurzeln auf dem Boden in ihre Richtung. Es raschelte und eine Schlingpflanze, die mit dicken Lianen und hellgrünen Ästen den ganzen Raum umschlungen hatte, richtete einen Zweig wie einen Finger auf die drei.

Elliot schrie auf. »Sie hat mich angefasst!«

Entsetzt sahen sie sich an und machten, dass sie hier rauskamen.

Als sie durch die dunklen Gassen des Tollkirschenviertels nach Hause liefen, schwärmte Emily aufgekratzt: »Das war irre!«

Elliot stöhnte unglücklich auf. »Oh Mann, Mom wird ausflippen, wenn sie die zerfetzte Hose sieht.«

Cedrik lachte kurz, wurde dann aber auf einmal von einem völlig unerwarteten Gefühl übermannt.

Emily, die den verwirrten Ausdruck auf seinem Gesicht wohl bemerkt hatte, fragte: »Was ist mit dir, Cedrik?«

Er hatte einen trockenen Hals und musste sich räuspern. »Diese Pflanze, ich musste nur gerade …« Er seufzte. »Irgendwie tat mir die Wolfsbohne leid. Als Dandelia sie in den Topf geworfen hat.«

»Leid? Die Bohne tat dir leid?!«, empörte sich Elliot. »Und was ist mit mir? Warum tut dir mein Bein nicht leid?!«

Cedrik kannte Elliot inzwischen so gut, dass er dessen gespielte Empörung nicht ernst nahm. Er zuckte mit den Schultern und murmelte: »Keine Ahnung, was das soll.« Dann blieb er mit einem Ruck stehen. »Leute, könnt ihr mir einen Gefallen tun?«

»Klar, um was geht es denn?«, fragte Emily.

»Bringt mich zu einem Baum.«

Kapitel 13

DIE EINSAME EICHE

Dieses Mal klappte die Landung hervorragend, was sicher auch daran lag, dass sie nur zu zweit auf dem Besen unterwegs waren, den Elliot von der Bäckerei geholt hatte. Denn kaum hatte er sich mit Cedrik vom Boden abgestoßen, hatte sich Emily mit einem PLOPP in einen schwarzen Zwergfalken verwandelt und war mal neben, mal über oder unter ihnen geflogen. Der eiskalte Wind rauschte durch Cedriks Haare und als er den Dreh mit dem Gleichgewicht raushatte, jagten sie Emily hinterher, über die Dächer der kleinen Ortschaft, über die Mauer und hinaus in die Berge der Highlands.

Die Geschwister hatten ihn auf eine kleine Anhöhe gebracht, außerhalb der Sichtweite von Mistle End. Emily verwandelte sich in ihre menschliche Gestalt zurück und so standen sie nun zu dritt im Schnee vor einer großen, einsamen Eiche.

»Was hast du jetzt vor?«, fragte Emily neugierig.

Cedrik drehte sich zu seinen Freunden. »Ihr müsst mir versprechen, dass ihr mich nicht auslacht oder so.«

Elliot grinste.

Emily nickte Cedrik aufmunternd zu. »Mach einfach. Keine Sorge, wir sind ziemlich verrücktes Zeug gewohnt.«

Cedrik leckte sich nervös über die Lippen. »Haltet lieber ein wenig Abstand. Ich weiß nicht so genau, was …« Er stotterte. »Und wie …«

»Kein Problem, Cedrik«, sagte Emily freundlich. »Wir passen auf uns auf.«

»Und auch auf dich«, fügte Elliot zwinkernd hinzu.

Cedrik kniete sich an einer Stelle, wo der Wind den steinernen Untergrund fast vollständig vom Schnee befreit hatte, nieder und legte eine Hand auf den Boden. Dann schloss er seine Augen und lauschte.

Er hörte das leise Säuseln in den kahlen Zweigen der Eiche, das Knistern der Eiskristalle, die über die harsche Schneedecke geblasen wurden, und den Atem seiner Freunde. Ruhig und gleichmäßig. Das war gut. Das hatte er erwartet.

Aber da war noch mehr. Er hörte genauer hin. Und auf einmal waren sie wieder da: die Stimmen. Abertausende von ihnen. Jung und alt, flüsternd, singend, lachend und weinend. Vor seinem inneren Auge entstand das goldene Ebenbild der Welt um ihn herum. Er spürte die Kraft, fühlte, wie ihn Wärme durchströmte. Und inmitten des Lichts erschien der Baum, funkelnd und pulsierend. Er streckte seinen Geist und berührte das Abbild der Eiche. Ganz vorsichtig. Er wusste jetzt genau, was er tun musste.

Vielleicht kam sie ja. Vielleicht konnte er sie so rufen.

»Krrack!!! Ich rede mit dir!!!«

Cedrik schreckte auf. Kurz wusste er nicht, wo er war, denn vor ihm und viel zu nah waren weder der Baum noch seine Freunde, sondern ein dunkles, zerfurchtes, zorniges Etwas, das ihn böse ansah. Cedrik schnappte nach Luft.

»Wer bist du?!«, fragte das Ding ungeduldig.

Vor ihm stand ein Stein. Ein lebendiger Stein. Alles an diesem Wesen war aus altem, moosbewachsenem Fels.

»Warum tust du das?« Die Worte klangen nach knirschenden Kieselsteinen und das linke Auge des Geschöpfs zuckte nervös.

Cedrik wandte sich Hilfe suchend um. Emily und Elliot hinter ihm starrten halb amüsiert, halb verwirrt auf den unerwarteten Besucher und den Baum, der nicht mehr kahl und blätterlos, sondern voller junger, grüner Triebe war.

»Krrack, Krrack!!!«

Der Steinmann trat einen Schritt näher an Cedrik, der noch immer auf dem Boden kniete. »Du hast dem Baum Blätter wachsen lassen. Mitten im Winter. Auf meinem Hügel. Niemand kann das.« Ein kurzer Steinarm schoss nach vorne und das Wesen drückte mit erstaunlicher Kraft einen Zeigefinger auf Cedriks Stirn. »Niemand!«

Cedrik verlor das Gleichgewicht und fiel rückwärts in den Schnee. Emily und Elliot beeilten sich, ihn wieder hochzuziehen.

»Oh, ich glaube, da ist jemand ziemlich wütend«, sagte Elliot.

»Leute, da kommen immer mehr von den Dingern!«

Emily hatte recht. Rings um sie herum brach der Schnee auf und zahlreiche kleine Steinmänner und Steinfrauen wühlten sich ans Tageslicht. Sie grummelten bedrohlich, wackelten aufeinander zu und begannen knirschend einen Steinhaufen zu bilden. Auch der Steinmann vor Cedrik warf sich nun krachend auf die anderen Steine.

»Lasst uns abhauen. Das gefällt mir nicht«, rief Emily und verwandelte sich mit einem PLOPP zurück in ihre Falkengestalt.

»Was ist das?!«, fragte Cedrik panisch.

Die Steinwesen wurden immer zahlreicher, kletterten aufeinander und begannen sich in eine riesenhafte Gestalt zu verwandeln. Schon bildeten sich kräftige Beine und aus einem Teil des Steinhaufens, der sich zu einem Oberkörper zu entwickeln schien, wuchs ein mächtiger Arm.

Elliot schnappte sich den Besen. »Schnell, Cedrik! Spring auf!«

Cedrik wirbelte herum und war mit einem Satz hinter Elliot. Sie stießen sich ab und der junge Hexenmeister riss den Besen in die Höhe. Keine Sekunde zu früh, denn schon griffen armdicke Steinfinger nach ihnen. Der Steinriese war bereits halb so hoch wie die Eiche und wuchs stetig weiter.

»Was zur Hölle ist das?!«, keuchte Cedrik.

»Mann, wieso hast du ihn geweckt?!«, erwiderte Elliot aufgeregt.

»Ich? Ich wusste doch gar nichts von diesem –«

»Ich auch nicht! Das sind Felslinge, die sich gerade in einen Felsriesen verwandeln. Wenn wir geahnt hätten, dass die unter dem Baum ihr Lager aufgeschlagen haben, wären wir niemals hier gelandet. Das sind wilde Typen!« Er zog den Besen hoch über die Eiche und flog eine weite Schleife um den Hügel. Der Felsriese hatte die Verwandlung abgeschlossen und stand nun, groß wie der Baum, auf dem Hügel und starrte ihnen nach.

»Felslinge können als kleine Steinzwerge auftreten oder sich in einen Felsriesen verwandeln. Dann sind sie wie eine Lawine auf zwei Beinen. Und so gut wie immun gegen Magie. Nichts als Stein!«

Cedrik klammerte sich stumm an den Besen. Er war aufgewühlt, sein Herz klopfte wie wild. Als sie von dem Steinriesen angegriffen worden waren, hatte er für einen kurzen Augenblick eine rohe, gewaltige Kraft gespürt.

Der kleine Falke flatterte aufgeregt um ihre Köpfe.

»Was will sie?«, fragte Cedrik.

»Wahrscheinlich will sie, dass wir nach Hause zurückfliegen. Da habe ich ehrlich gesagt nichts dagegen.«

Elliot zog den Besen in eine weite Rechtskurve, lehnte sich nach vorn und schon schossen sie zurück Richtung Mistle End, der untergehenden Sonne entgegen. Fort von der grünen Eiche, fort von dem Riesen aus Stein.

»Und was ist das?«, fragte Cedrik und zeigte auf ein funkelndes Etwas, das weit vor ihnen in den Himmel stieg und seltsam torkelnd auf sie zuflog.

Kapitel 14

NACHRICHT VOM RAT

Was da im abendlichen Licht auf sie zuhielt, war etwa so groß wie ein Eichhörnchen, schlug unruhig mit gefächerten Fledermausflügeln und war gänzlich aus rotgoldenem Metall, das an vielen Stellen grünlich angelaufen war. Es wirkte wie eine lebendig gewordene Statue, mit einem Schwanz voller Dornen, spitzen Ohren und einer rattenähnlichen Fratze. Beim Anblick der zwei Freunde auf dem Besen torkelte es vor Erregung auf und ab und zeigte mit einer krallenbewehrten Klaue auf Cedrik. »Möchte der Rat dich sehen, Fremder?« Die Stimme des Wesens ähnelte dem Quietschen eines rostigen Eisenscharniers.

Elliot blieb mit dem Besen vor dem Flatterding in der Luft stehen.

»Meint das Ding mich?«, fragte Cedrik und versteckte sich unwillkürlich hinter Elliots Rücken.

Emily flog aufgeregt um sie herum.

Das Biest bleckte die Zähne und offenbarte eine ebenmäßige Reihe kleiner, nadelartiger Reißzähne aus Metall. »Verlangt der Rat nach dir? Sofort?«

Elliot raunte: »Das ist eine Gargouille. Doofe Wasserspeier, aber ziemlich unangenehme Zeitgenossen. Lass ihn bloß nicht denken, du willst dich drücken. Der Rat schickt sie immer in seinen Angelegenheiten.«

»Warum soll ich vor den Rat?«, flüsterte Cedrik angstvoll zurück.

Der Wasserspeier spreizte seine Flügel und hieb mit einer Klaue durch die Luft. »Will der Rat dich sehen? Genügt das nicht? Kommt er nicht gern? Wartet der Rat nicht gern?«

»Puh, der nervt vielleicht.« Elliot richtete sich auf und brüllte zurück: »Immer ruhig, Blechbüchse, wir kommen schon!« Und zu Cedrik, mit gedämpfter Stimme: »Weißt du, was seltsam ist? Dass der Rat dich ausgerechnet jetzt sehen möchte, wo unsere Mutter in London ist.«

Die Gargouille drehte den Kopf auf seltsam mechanische Weise.

Cedrik spürte Angst in sich aufsteigen. »Und was, wenn ich da einfach nicht hingehe?«

Der Wasserspeier richtete sich in der Luft auf und spreizte fauchend seine Flügel. »Er kommt nicht mit, er kommt nicht mit?« Wässrige Schleimtropfen flogen in alle Richtungen.

»Aber warum soll ich vor den Rat, habe ich irgendetwas falsch gemacht?«

»Das ist leider ziemlich egal. Es geht um dieses Ding da. Die Biester können gefährlich werden. Fiese, kleine Rats-Kobolde. Wenn wir jetzt abhauen, greift er uns an«, antwortete Elliot düster. »Ich kann gut verstehen, warum Mom sie nie schickt. Aber wenn der Rat dich sehen will, musst du hin. Keine Angst, wir begleiten dich!«

»Wird er alleine kommen? Nur er alleine?« Die Gargouille schlug aufgeregt mit den Flügeln, in denen sich das Licht der untergehenden Sonne brach.

»Das kannst du vergessen, Blechhirn. Wir sind dabei! Und jetzt schwirr ab und sag dem Rat, dass wir auf dem Weg sind.«

Das rotgoldene Metallwesen gackerte scheppernd und zischte: »Wird das dem Rat gefallen? Wird das dem Rat gefallen?« Das Ungeheuer kicherte, und zu dem heiseren Krächzen mischte sich ein schriller Unterton.

»Verzieh dich, Rotzfahne!«

»Wird das dem Rat gefallen?« Heiser lachend machte die Gargouille kehrt und torkelte durch den Himmel Richtung Dorf.

Elliot, der den Besen beschleunigte, um der Gargouille hinterherzufliegen, rief über seine Schulter: »Ich kann es echt nicht fassen, dass sie tatsächlich eine Gargouille geschickt haben. Als wärst du ein Mitternachtsschreck oder so was.«

Cedrik wollte gar nicht erst wissen, was genau Elliot damit meinte.

»Ach, wenn Mom jetzt bloß hier wäre«, jammerte Emily.

»Heul nicht, komm!«, unterbrach sie Elliot und klopfte sich den Schnee vom Mantel. Nachdem die Sonne hinter den Bergen verschwunden war, hatte es wieder angefangen zu schneien. Erst leicht, dann immer heftiger.

»Was ist der Rat eigentlich?«, fragte Cedrik bedrückt. Er hatte einen riesigen Kloß im Hals.

Emily antwortete nachdenklich: »Die Ratsversammlung von Mistle End, so was wie unsere Regierung. Die Ratsmitglieder entscheiden über alle wichtigen Angelegenheiten unseres Ortes.«

Sie waren nur wenige Schritt von der Ratshalle entfernt gelandet. Sie lag gegenüber der Bibliothek am zentralen Platz von Mistle End und war das größte Gebäude ihrer Art. Aus grauem Sandstein erbaut, wirkte es wie eine gotische Kathedrale, nur waren die Türme kleiner und zahlreicher. Die Mauern und Erker waren mit unzähligen steinernen Figuren besetzt, die Fenster aus grünlichem Glas waren hoch und hatten spitze Bögen. Die Wasserspeier aus angelaufenem Messing an den seitlichen Erkern glichen dem Wesen, das sie über den Hügeln abgefangen hatte.

Cedrik zuckte zusammen, als er bemerkte, wie einer der Wasserspeier den Kopf drehte und ihn ansah.

»Kommt ihr mit rein?«, fragte er seine beiden Freunde beunruhigt.

»Aber klar«, sagte Elliot.

Emily musterte das Portal, als versuchte sie herauszubekommen, was sie dahinter erwartete.

»Wir lassen dich nicht allein, auf keinen Fall. Ich möchte wissen, was Alastair wieder im Schilde führt. Ich bin mir sicher, er steckt dahinter.«

Cedrik seufzte dankbar. Die Geschwister waren in diesen wenigen Tagen zu echten Freunden geworden. »Danke euch«, sagte er und fügte wenig später hinzu: »Ein bisschen Angst habe ich schon.«

Emily lächelte ihn aufmunternd an. »Was soll schon passieren?«

Das Tor hatte sich geöffnet und ein Mann mit langen, goldschimmernden Haaren, die er zu einem Pferdeschwanz gebunden hatte, und einem scharf geschnittenen Gesicht trat auf den Platz. Er trug einen hochgeschlossenen, dunkelblauen Mantel, der an den Rändern mit goldenem Faden durchwirkt war. In seinen hellbraunen Augen glitzerte Unmut und auf seinen schmalen Lippen lag ein frostiges Lächeln.

Als hätte er das vorangegangene Gespräch belauscht, verkündete er mit größter Selbstverständlichkeit: »Elliot, Emily – ihr bleibt draußen!« Er klang hochnäsig.

Emily brauste auf. »Ao'Taeras! Warum? Und warum tagt der Rat ohne unsere Mutter? Um was geht es hier?«

»Der Rat muss keineswegs bei allen Belangen vollständig sein. Und außerdem wüsste ich nicht, was dich das angeht. Bist du so weit, Junge? Dann lass uns reingehen.«

Cedrik konnte sich nicht beherrschen und korrigierte ihn. »Ich heiße Cedrik!«

Der Mann seufzte theatralisch. »Man hat es versäumt, dich offiziell vorzustellen. Das ist der Grund, warum wir dich heute sehen wollen.«

»Ich … ich soll mich vorstellen? Das ist alles?«

Emily war noch immer beunruhigt. »Warum wartet ihr nicht, bis unsere Mutter wieder da ist?«

»Das musst du Alastair fragen. Er hat die Sitzung erst heute Abend einberufen und Cedrik herbestellt«, antwortete der Mann gereizt. »Und jetzt komm. Nein, ihr bleibt hier!«, warnte er die Geschwister, als er bemerkte, dass sich Elliot hinter seinem Rücken zur Eingangstür schleichen wollte.

»Cedrik, warte!« Emily winkte Cedrik an ihre Seite. »Ao'Taeras ist eigentlich in Ordnung, obwohl ich ihn so noch nie erlebt habe. Er ist mit Alastair und Mama der Dritte im Rat der Drei, dem Innersten Rat. Mom schätzt ihn sehr. Er passt sicher auf dich auf und außerdem ist er ein Elb. Die wolltest du doch schon die ganze Zeit kennenlernen«, schloss sie mit einem Augenzwinkern und knuffte ihn auf den Arm.

Ao'Taeras wurde ungeduldig und runzelte die Stirn. »Wie lange willst du den Rat denn noch warten lassen?«

Elliot hatte sich zu den beiden gestellt und packte Cedrik am Arm. »Er sollte reingehen. Wäre ein blöder Start, wenn er jetzt nicht mitgeht. Und wenn es nur ums Vorstellen geht …«

Cedrik nickte verkrampft und schritt dann an der Seite von Ao'Taeras durch das große Eichentor.

Kapitel 15

»MEINE STIMME, MEIN LICHT!«

Sie betraten eine große Eingangshalle und Cedrik stellte beeindruckt fest, dass sie – obwohl es draußen inzwischen fast dunkel geworden war – von den grünblauen Glasfenstern in leuchtendes Türkis getaucht wurde. Ganz so, als würde draußen die Sonne scheinen. Kleine, goldschimmernde Falter tanzten um sie herum und gaben ein vielstimmiges Klingeln von sich.

Ao'Taeras eilte mit weiten Schritten über den Marmorboden, neigte den Kopf in seine Richtung und sprach leise mit ihm, ohne ihn dabei anzusehen. »Der Rat ist selten vollständig, aber heute sind fast alle gekommen.«

»Außer Esmeralda«, sagte Cedrik mit belegter Stimme.

Ao'Taeras ging nicht sofort darauf ein. »Wir kommen immer zusammen, wenn es um Entscheidungen geht, die ganz Mistle End und seine Gemeinschaft betreffen. Wir versammeln uns also nicht nur, weil du hier bist. Mein Instinkt sagt mir dennoch, dass wir auf der Hut sein müssen, und das hat sicher nichts mit dir zu tun.« Nach einer kurzen Pause fügte er hinzu: »Ich verstehe allerdings auch nicht, warum Alastair die Sitzung ohne Esmeralda einberufen hat. Sie müsste dabei sein.«

Sie stiegen eine breite Steintreppe nach oben. Jeder Absatz wurde von steinernen Säulen getragen, die ebenso wie das verschnörkelte Geländer mit allerhand Abbildungen magischer Tiere und Fabelwesen verziert waren. Aber Cedrik hatte keinen Sinn dafür. Nach dem Auftritt der Gargouille hatte er nicht das Gefühl, dass es nur darum ging, sich vorzustellen. Sie war aggressiv gewesen. Sein Mund war wie ausgetrocknet. Ohne seine Freunde fühlte er sich schutzlos.

Die Treppe führte sie weiter nach oben, vorbei an zahlreichen Wappen und Bannern.

Ao'Taeras' Körper neben ihm straffte sich. »Wenn wir in den Ratssaal kommen, setzt du dich auf die kleine Bank gleich neben der Tür und wartest, bis wir dich nach vorne rufen.«

»Und was soll ich dann sagen?«

Ao'Taeras musterte ihn von der Seite. »Die Wahrheit. Das sollte genügen.«

Sie erreichten das richtige Stockwerk. Vor ihnen ragte eine dunkle, mit funkelndem Gold beschlagene Tür in die Höhe. Die Verzierungen zeigten zwei Wesen, die ihn aufmerksam zu betrachten schienen. Menschenähnlich und mit Flügeln, die so ganz anders waren als bei Engeln. Eher wie bei Fledermäusen.

In einer Nische entdeckte er zwei Männer und ihn durchströmte ein Gefühl der Erleichterung. Sein Vater, in ein Gespräch mit einem älteren Herrn vertieft, stand dort.

Als er Cedrik entdeckte, beendete Aengus O'Connor hastig das Gespräch und eilte ihnen entgegen. Er lächelte, aber in seinen Augen glomm Besorgnis. »Cedrik, auf ein Wort!«

Ao'Taeras grüßte seinen Vater höflich. »Mr O'Connor.« Aengus erwiderte den Gruß freundlich, aber flüchtig, packte Cedrik am Arm und zog ihn beiseite. »Sag mir bitte, was du angestellt hast! Warum will der Rat dich sehen?«

»Du kennst Ao'Taeras? Was machst du beim Rat!? Bist du ...«

Aengus unterbrach ihn hastig. »Cedrik, ich weiß Bescheid. Und nicht erst, seitdem Esmeralda mir alles erzählt hat.«

»Warum hast du mir nichts davon gesagt?!«

»Ich wollte es dir schon lange sagen. Aber das spielt jetzt keine Rolle. Der Rat hat dich geladen, und wie ich erfahren habe, geht es wohl um deine Prüfung.«

»Meine Prüfung? Aber ich ...«

»Mehr weiß ich nicht. Auch von deiner Begegnung mit dem Greif musste ich erst von Esmeralda erfahren. Nun gut. Ich darf nicht mit rein, aber ich warte hier. Und nachher erzählst du mir alles, ja?«

Cedrik nickte betreten.

Aengus O'Connors Lippen verzogen sich zu einem Lächeln. »Ich bin stolz auf dich, mein Sohn! Ein richtiger Druide!« Ao'Taeras wippte ungeduldig auf den Zehen und Cedriks Vater fügte hastig hinzu: »Und jetzt beeil dich. Bis gleich!« Er schob Cedrik in Richtung des großen Tores.

Auf einen Wink Ao'Taeras' glitten die geflügelten Torwächter zur Seite und die Tür öffnete sich mit einem leisen Klicken. Der Elb legte Cedrik die Hand auf die Schulter und schob ihn vor sich her in die Ratshalle. Der Raum, in den sie traten, war größer, als Cedrik erwartet hatte. Er wurde fast vollständig von kreisförmig angeordneten, prachtvoll geschnitzten Bänken ausgefüllt. Fast jeder Platz war besetzt, es mussten über hundert Personen im Saal sein. Die meisten von ihnen Hexen, aber auch Wesen mit Hörnern, Flügeln, riesenhafte und zwergenähnliche Gestalten. Cedrik schnappte nach Luft. Allein der Kreis der äußersten Tische fasste mehrere Dutzend Mitglieder und alle wandten sich ihm zu, als sie den Raum betraten. Im Innersten, dem engsten der ineinander gestaffelten Kreise, standen drei Stehpulte, einander zugewandt, doch nur einer der Plätze war besetzt – Alastair MacAhraw schien mitten in einer Ansprache gewesen zu sein. Über allen schwebte ein vielflammiger Kronleuchter, und obwohl keine der Kerzen brannte, ging ein eigentümliches Leuchten von dem goldenen Gebilde aus.

Alastair deutete hinter seinem Pult eine leichte Verbeugung an. »Ao'Taeras«, sagte er schlicht.

»Alastair, verzeih, wir haben dich unterbrochen. Ich wusste nicht, dass ihr schon angefangen habt.«

Er klingt genervt, dachte Cedrik nervös.

»Verzeih mir, Ao'Taeras«, antwortete Alastair mit leisem Spott. »Wir waren der Meinung, es wäre besser, ohne ihn anzufangen.«

Ao'Taeras' Stimme hallte laut und klar durch den Raum. »Er soll hören, was ihr zu sagen habt. Also, bitte, fahr fort.«

Er machte Cedrik ein Zeichen, stehen zu bleiben, und stellte sich schräg hinter ihn. Cedrik war sofort klar, dass Ao'Taeras und Alastair nicht die besten Freunde waren.

»So soll es sein«, sagte Alastair grimmig. »Wir wissen nicht viel über ihn. Er kam mit seinem Vater nach Mistle End, der bei uns als Lehrer arbeitet. Sein Vater besitzt keinerlei magische Fähigkeiten und wusste wie Cedrik selbst wohl auch nichts von der Gabe seines Sohnes. Allerdings …« Er machte eine bedeutungsvolle Pause. »Allerdings hat der Greif diese Macht gespürt und den Jungen folgerichtig der Greifenprüfung unterzogen. Die Cedrik, wie ihr alle wisst, mit Bravour bestanden hat. So weit, so gut!«

Kurzer Applaus brandete auf, manche der Anwesenden klopften auf ihre Tische und Cedrik wurde rot.

Alastair hob die Hand, und die Anwesenden verstummten sofort. »Was mich viel mehr beunruhigt, ist die Tatsache, dass die Magie, die Cedrik dafür benutzt hat, keine Zauberkunst ist, die wir kennen.«

Es entstand wieder Unruhe, aufgeregtes Gemurmel erklang aus den Sitzreihen.

»Er hat nicht gezaubert, nicht im ursprünglichen Sinne. Und doch war eine Magie im Spiel, die uralt und machtvoll scheint. Machtvoll genug, einen ziemlich beeindruckenden Drachen mithilfe von Wurzeln zu fesseln.«

Ein älterer Herr mit kleinen Widderhörnern an den Schläfen erhob sich und zeigte mit dem Finger auf Cedrik. »Warum fragen wir ihn nicht, da steht er ja. Was für Zaubersprüche hat er verwendet? Er soll sprechen!«

Alastair schüttelte den Kopf. Er sprach mit großer Besorgnis, aber Cedrik nahm ihm die Gefühlsregung nicht ab. »Soweit wir wissen, hat er keinen Zauber ausgesprochen. Das ist es ja.«

Ao'Taeras trat neben Cedrik und gebot mit beiden Händen Einhalt. »Alastair, warum machst du dir solche Sorgen? Der Greif hat ihn in unserem Dorf willkommen geheißen, er hat keinerlei böse Absichten feststellen können. Du weißt, wie die Prüfung funktioniert: Der Drache symbolisiert das Böse, das jeder in seinem Innern trägt. Wenn das Gute in seiner Seele nicht die Oberhand gewonnen hätte, hätte er den Drachen niemals besiegen können.«

Alastair lächelte. »Du hast wie immer recht, Ao'Taeras. Und dennoch: Der Greif kann nur prüfen, wie es im Moment der Prüfung im Innern des Jungen aussieht. Was aber, wenn Cedrik älter ist? Wenn seine Kraft stärker wird und er den Versuchungen nicht widerstehen kann? Wenn ihn die Macht verändert? Wir wissen nicht, mit wem wir es zu tun haben.«

Ao'Taeras senkte kurz den Kopf, wandte sich dann um und wies mit einer einladenden Geste auf Cedrik. »Lassen wir ihn selbst sprechen. Lasst uns hören, was er zu sagen hat!« Er drehte sich zu Cedrik und zwinkerte ihm aufmunternd zu. »Tritt vor, mein Junge. Was hast du getan, um den Drachen zu bändigen? Was für eine Art von Magie benutzt du?«

Cedrik zögerte. Alle starrten ihn an. Die meisten freundlich, aber in so manchen Gesichtern entdeckte er Misstrauen. Andere waren offen feindselig. Er bekam kein Wort heraus.

»Wie unhöflich von mir«, spielte Ao'Taeras auf Zeit. »Ich frage dich nach den Geheimnissen deiner Kunst und du kennst nicht einmal meinen Namen. Erlaube, dass ich mich vorstelle: Ich bin Ao'Taeras und gehöre dem Geschlecht der Waldelben an. Mir ist die Ehre zuteilgeworden, die magischen Minderheiten von Mistle End hier im Rat zu vertreten. Und wie es scheint, bist du unser neuestes Mitglied.« Er lächelte.

Cedrik nickte zögernd und trat dann einen Schritt nach vorne. Sein Mund fühlte sich noch immer trocken an. Er schluckte.

»Bitte, sprich.«

»Ich … ich weiß es nicht.«

Wieder Gemurmel, lauter als vorher. Cedrik bemerkte, wie viele der Anwesenden besorgt untereinander flüsterten. Auf Alastairs Gesicht zeigte sich kaum verhohlener Triumph.

Ao'Taeras trat einen Schritt näher. »Was meinst du damit?«, fragte er ruhig.

Cedrik holte tief Luft. »Ich habe so etwas noch nie vorher getan. Ich wusste gar nicht, dass ich so etwas kann.«

Ao'Taeras runzelte die Stirn. »Der Greif hat uns berichtet, dass du mit deiner Hand in den Boden gegriffen hast. Warum hast du das getan?«

»Das hat mir …« Cedrik zögerte, als er den lauernden Ausdruck auf Alastair MacAhraws Gesicht entdeckte.

»Was?«, fragte ihn dieser rasch. »Sprich!« Er klang eiskalt.

»Das hat mir eine Frau gezeigt.«

Alastair sog zischend die Luft ein, richtete sich auf und zeigte mit ausgestrecktem Arm auf Cedrik. »Hört, hört! Er hatte Unterstützung bei der Prüfung! Das ist nicht erlaubt!«

Ao'Taeras richtete sich sofort auf, Zorn in der Stimme. »Alastair – ich bitte dich! Der Greif hat niemanden gesehen, außer den drei Kindern! Und Duncan, wenn ich mich nicht irre.«

Alastair kniff die Lippen zusammen und wollte etwas erwidern. Seiner hasserfüllten Miene nach zu urteilen, war es wenig freundlich. Kurz darauf hatte er sich wieder unter Kontrolle und forderte Ao'Taeras mit falscher Freundlichkeit auf fortzufahren.

Der Elb sprach nun erneut zu Cedrik. »Was hat sie dir gezeigt? Diese Frau. Was hat sie gesagt? Erzähl uns alles.«

Cedrik fühlte sich auf einmal unendlich erschöpft. »Sie hat mich ein Kind der Erde genannt. Dass … dass ich die Erde um einen Gefallen bitten könnte.«

»Und der Greif? Was hat er zu dir gesagt?«, bohrte Alastair weiter.

»Er meinte, dass ich eines Tages …« Cedrik stockte.

Keiner sagte ein Wort, es schien, als hielte jeder im Saal vor Anspannung die Luft an.

Nur Ao'Taeras lächelte noch immer. »Sprich weiter.«

»… dass ich eines Tages viel Macht besitzen werde. Mehr, als ich mir jetzt überhaupt vorstellen kann.«

Aufgeregtes Gemurmel setzte ein. Ao'Taeras legte Cedrik

eine Hand auf die Schulter. »Und hat der Greif auch gesagt, wer du bist?«

Cedrik flüsterte. »Er hat gesagt, ich sei ein Druide.«

Nach diesen Worten kehrte schlagartig Stille im Saal ein und Cedrik konnte die Betroffenheit, die in der Luft lag, förmlich greifen. Diesmal war es MacAhraw, der die Spannung löste. Ruhig sprach er: »Wir haben genug gehört. Lasst uns abstimmen!«

»Worüber?«, fragte Ao'Taeras scharf.

Alastair ließ sich nicht beirren. »Es ist genauso, wie es behauptet wurde. Er ist ein Druide und damit eine Gefahr für unser Dorf. Er kann seine Gabe weder kontrollieren noch weiß er, was er tut. Das kann für ganz Mistle End in einer Katastrophe enden.«

»Aber ich bin völlig harmlos«, brach es aus Cedrik heraus. »Ich würde euch niemals angreifen! Und selbst wenn, ich wüsste ja gar nicht wie!«

Ao'Taeras kam Alastair mit der Antwort zuvor. Er sprach ernst, war ihm aber noch immer wohlgesinnt, das konnte Cedrik spüren. »Nun, das ist wohl ein Teil des Problems. Wenn du nicht weißt, was du tust, woher bist du dann so sicher, dass dein Handeln uns nicht schadet? Der Greif hat dich einen Druiden genannt – weißt du überhaupt, was das bedeutet?«

Cedrik schüttelte hilflos den Kopf.

MacAhraw schnaufte abschätzig, richtete sich auf und rief schneidend: »Wer ist dafür, den jungen Druiden des Dorfes zu verweisen, weil er eine Gefahr für unsere Gemeinschaft darstellt? Der gebe mir nun seine Stimme und sein …«

Ao'Taeras fiel ihm aufgebracht ins Wort. »Einspruch! Der Greif hat ihn akzeptiert und seine Ankunft ausdrücklich begrüßt! Es gibt keinen Grund, seinem Urteil zu misstrauen!«

»Jetzt und heute mag das richtig sein, aber auch du, mein lieber Ao'Taeras, vermagst ebenso wenig wie der Greif in die Zukunft zu sehen! Seit Jahrhunderten leben wir hier in Sicherheit, sollen wir das alles für einen Jungen, den wir nicht kennen, aufs Spiel setzen? Für einen Druiden? Dieser Junge hier muss unser Dorf so bald wie möglich wieder verlassen! Ihr alle wisst, was die Druiden im Krieg der Hexen …«

Ao'Taeras' Stimme war scharf, als er Alastair erneut ins Wort fiel. »Willst du ihn dafür verantwortlich machen, was vor Hunderten von Jahren geschehen ist? Damit hat er nichts zu tun!«

Alastair blieb völlig ruhig. »Das will ich nicht! Aber was, wenn er sich aus den gleichen Gründen wie seine Vorfahren gegen uns wenden wird? Wie willst du ihn aufhalten?«, fragte Alastair gelassen.

Cedrik war unfähig, zu reagieren. Etwas in ihm wollte schreien, wollte protestieren, sich wehren – aber es kam kein Wort über seine Lippen.

Wieder war es Ao'Taeras, der für ihn Partei ergriff. Mit wenigen Schritten durchquerte er die Halle und stand nun Alastair direkt gegenüber. »Wenn er so ein großes Problem darstellt, wie du behauptest, müssten wir dann nicht vollzählig sein, um uns zu beraten? Esmeralda ist nicht in Mistle End, wie können wir da so etwas entscheiden?«

Alastair lächelte falsch. »Du missverstehst mich, Ao'Taeras. Ich sage nicht, dass er diese Gefahr jetzt darstellt, in diesem Moment. Aber er kann – und ich betone: kann! – für uns zu einer Bedrohung werden. Und wenn es so weit ist, will ich ihn nicht bei uns wissen. Sonst ist es vielleicht zu spät. Doch genug. Lasst uns abstimmen. Danach werde ich dir, und auch allen anderen, von Dingen berichten, die dieses Thema klein und unbedeutend erscheinen lassen.«

Ao'Taeras schwieg kurz, dann senkte er seine Stimme zu einem bedrohlichen Raunen und sprach so leise, dass es Cedrik kaum hören konnte: »So klein und unbedeutend, dass du gegen alle Regeln und jede Vernunft über das Leben und die Zukunft eines einzelnen Jungen entscheiden möchtest?«

Ao'Taeras fixierte sein Gegenüber stumm. Der Hexenmeister sagte kein Wort, aber Cedrik konnte sehen, wie angespannt er war. Der Elb beendete das stumme Duell, richtete sich auf und wandte sich wieder an alle im Saal. »Gut! Dann lasst uns also abstimmen. Doch fordere ich den großen Rat auf, das Thema der Abstimmung zu ändern.«

Er machte eine kurze Pause und sah nun Cedrik an. »Wenn es der Druide nicht schafft, uns binnen eines Jahres einen klaren Beweis seines Könnens, seiner Machtfülle und seiner Gesinnung zu zeigen …« Gemurmel erhob sich. »Wenn er es nicht schafft, uns innerhalb der nächsten zwölf Monate von der positiven Art seiner Magie und seines Wesens zu überzeugen, dann, und erst dann, wird er gehen müssen. Dann werden wir ihn der Gemeinschaft verweisen.«

Sein Blick ruhte streng auf Cedrik und dieser hatte das Gefühl, dass ihm seine Beine jeden Moment den Dienst versagen würden. Schließlich wurden die Züge des Elben weich und versöhnlich. »Bis dahin aber genießt er wie alle magischen Wesen, den Schutz und die Heimstatt in Mistle End, die ihm ebenso zusteht wie uns.« Er nickte Cedrik nachdenklich zu und zeigte mit seiner linken Hand auf den gewaltigen Kronleuchter über dem Zentrum der Ratstische. »Wer – wie ich! – dies für den richtigen Weg hält, der gebe ihm nun seine Stimme und sein Licht!«

Von einem unscheinbaren goldenen Ring mit einem weißen Stein, den Cedrik erst jetzt an Ao'Taeras' Hand bemerkte, löste sich ein feiner, heller Faden aus Licht, der flirrend durch den Saal schoss und eine der zahllosen Kerzen am Kronleuchter entzündete.

Sofort erhob sich eine Frau aus einer der vorderen Reihen und richtete ihrerseits ihren Ring auf den Kronleuchter. »Mein Licht – und meine Stimme!« Der Lichtfaden schlängelte sich von ihrer Hand durch den Raum und entzündete eine weitere Kerze.

Nun stand auch der Mann neben ihr auf und ließ ebenfalls mit den Worten »Meine Stimme, mein Licht!« seine Kerze am Kronleuchter aufflammen.

Ao'Taeras neigte sein Haupt zum Zeichen der Dankbarkeit.

Immer mehr Ratsmitglieder standen auf und richteten ihre goldenen Ratsringe auf den Kronleuchter, um ihre Kerze zum Zeichen ihrer Zustimmung zu entzünden. Alle sprachen die bindenden Worte. Der ganze Raum wurde von den feinen Lichtblitzen erhellt.

Das Flirren verebbte und Cedrik konnte sehen, dass, obwohl Alastair und einige andere Ratsmitglieder sitzen geblieben waren, doch schließlich weit mehr als die Hälfte der Kerzen ihr strahlendes Licht in den Saal warfen.

»So sei es entschieden«, sagte Ao'Taeras lächelnd und reichte Cedrik die Hand. »Und es ist gut, dass …«

Weiter kam er nicht. Ein heftiger Schlag erschütterte die Ratshalle. Die Tür bebte, von draußen waren Kampfgeräusche sowie ein eigentümliches Scharren und Kratzen zu hören. Schreie ertönten und wurden zu einem Stöhnen.

Alastair rief empört: »Was im Namen der Götter …«

Die Tür flog mit einem lauten Krachen auf und Dunkelheit quoll in den Raum. Raben, ein ganzer Schwarm, kamen in den Saal geschossen und stürzten sich laut krächzend auf die Anwesenden. Ao'Taeras riss Cedrik zu Boden. Der vergrub seinen Kopf zwischen den Armen. Glänzende, harte Schnäbel hackten auf die von Panik erfassten Zauberwesen ein. Die Vögel waren überall, das Flattern und Krächzen mischte sich mit den Schreien der Verletzten. Schatten tanzten einen schrecklichen Reigen auf den Wänden, alles um Cedrik herum war Federn, Schnäbel und Blut. Er kroch panisch unter einen der Tische und versuchte, sich zu verstecken.

Es dauerte eine Weile, bis sich die magische Gesellschaft gefangen hatte, dann leuchteten Lichtblitze auf und die Ratsmitglieder fingen endlich an, sich zu verteidigen. Ihnen stand eine ganze Armee von schwarzen Vögeln gegenüber. Und nicht alle Hexen, Elben und Trolle schienen überhaupt in der Lage zu sein, sich zu wehren. Mehr als die Hälfte der Anwesenden war scheinbar unfähig, den hackenden Schnäbeln irgendetwas entgegenzusetzen. Als Cedrik merkte, dass ihn die Raben nicht weiter zu beachten schienen, spähte er vorsichtig über die Tischkante. Alastair, mit wutverzerrtem Gesicht, aber hoch konzentriert, jagte einen Zauber nach dem anderen durch den Raum. Wurde ein Angreifer getroffen, ging der Vogel in Flammen auf. Aber Alastair blutete. Ein Schnabel hatte ihn an der Schläfe verletzt, das Blut floss ihm über sein Gesicht. Etwas weiter hinten sah er Ao'Taeras, der einen goldenen Dolch gezogen hatte und durch den Raum wirbelte. Wo immer eine Hexe oder ein Hexer gegenüber einer Übermacht von Raben zu verlieren drohte, sprang er bei und tötete, Stich für Stich, die Angreifer, die sich mit einem unheimlichen Zischen in Flammen und Rauch auflösten.

Doch war eine der Kreaturen getötet, schienen drei weitere ihren Platz einzunehmen. Es war ein ungleicher Kampf, in dem die angreifenden Vogelwesen die Oberhand zu behalten schienen.

Ein kleiner Mann, nicht viel größer als ein zehnjähriges Kind, mit hochrotem Kopf und grauem Backenbart, schwenkte einen Stuhl wild hin und her und kämpfte sich seinen Weg zu Alastair. Grimmig schlug er die Raben aus der Luft und fluchte dabei wie ein mittelalterlicher Kesselflicker. Die Luft um ihn herum war erfüllt vom beißenden Rauch aufgelöster Raben. »Ruf die verfluchten Gargouillen«, brüllte er, als er endlich nahe genug an Alastair herangekommen war. »Los, MacAhraw! Mach endlich!«

Alastair schüttelte heftig den Kopf. »Ich kann nicht! Ich müsste dazu …«, brüllte er, aber der Mann mit dem Backenbart unterbrach ihn. »Worauf wartest du? Ich halte dir den Rücken frei!« Er stellte sich breitbeinig vor Alastair und schleuderte den Stuhl in weiten Kreisen über seinen Kopf. Es zischte und eine weitere Handvoll Raben löste sich auf.

Alastair kniete sich nieder, formte mit seinen Händen eine sich öffnende Blüte und murmelte dabei Worte, die Cedrik im Kampfeslärm nicht verstehen konnte. Der Zwerg, denn nichts anderes konnte der kleinwüchsige Mann sein, erledigte seinen Job gut: Er schlug mit seiner improvisierten Waffe ein weiteres halbes Dutzend Vögel aus der Luft und lachte grimmig. »Schall und Rauch, mehr bleibt nicht von euch!«

Alastair beendete seine Beschwörung, indem er mit beiden Händen nach vorne griff und sie in einer kraftvollen Geste wieder zu sich heranzog, so als wollte er etwas an sich reißen.

Gespannt sah Alastair nach oben, Cedrik folgte seinem Blick, und nur Sekunden später zersprangen die Fenster der Halle. Tausende bunte Glasscherben regneten auf die Anwesenden. Drei, vier, nein, zehn, fünfzehn geflügelte Blechmonster flatterten kreischend in den Raum und stürzte sich auf die Vögel. Das waren die Wasserspeier, die Cedrik außen am Haus gesehen hatte. Kleine, wie der, der ihn heute Abend hierhergerufen hatte, aber auch größere, fast mannshoch, mit Flügeln und scheußlichen Fratzen. Alastair hatte die Gargouillen zu Hilfe gerufen. Und sie taten, was er von ihnen erwartete.

Die Raben versuchten den Gargouillen auszuweichen, hatten aber gegen die rasch fliegenden Verteidiger keine Chance. Die Wasserspeier zerfetzten die Vögel mit ihren Krallen, rissen sie in Stücke und trieben ihre scharfen Zähne in Flügel und Körper der Tiere. Es war ein Gemetzel. Es dauerte nicht lange und das Blatt wendete sich. Die Raben versuchten schließlich, durch die zersprungenen Fenster zu entkommen, aber die Gargouillen bildeten eine Verteidigungslinie, an der kein Vorbeikommen war. Der letzte Rabe wurde von einer Gargouille durch einen Hieb ihrer metallenen Kralle vernichtet. Der leblose Rabenkörper war in Flammen aufgegangen, noch ehe er den Boden berührt hatte. Der dunkle Qualm um sie herum verdichtete sich und strömte durch die geborstenen Fenster in die Nacht.

Es war vorbei. Die Wasserspeier sammelten sich, drehten noch eine Runde durch den Saal und flogen dann heiser kreischend durch die zersprungenen Fenster nach draußen.

Cedrik schaute ihnen schockiert nach.

Nachdem der Angriff der Raben zurückgeschlagen und auch die letzte Gargouille verschwunden war, wurde Cedrik erst das gesamte Ausmaß der Zerstörung bewusst. Mehrere Hexen und Hexer bluteten, ein Mann hatte durch Schnabelhiebe ein Auge verloren. Er hörte die Hexen nach Dandelia rufen, als der Verletzte, von mehreren Frauen gestützt, aus dem Saal humpelte. Cedrik selbst schlotterte am ganzen Leib, war aber unverletzt. Aengus O'Connor stürzte durch die aufgesprengte Tür, stoppte aber abrupt, als ihm die ersten Verwundeten entgegenkamen. Panisch sah er sich um.

Cedrik winkte ihm zu und rief: »Ich bin hier drüben!«

Kurz darauf platzten Emily und Elliot in die Halle. Sie erreichten ihn fast zur gleichen Zeit wie sein Vater.

Aengus kniete sich neben ihn und packte ihn am Arm. »Bist du verletzt?«

»Nein«, sagte Cedrik. »Mir geht es gut.«

»Wir haben draußen auf dich gewartet, als auf einmal die Wasserspeier lebendig wurden«, rief Elliot aufgebracht.

Emilys Gesicht war knallrot, sie keuchte. »Wir sind so erschrocken, als die auf einmal durch die Fenster gekracht sind. Haben die Gargouillen das hier angerichtet? Haben sie euch angegriffen?!«

Cedrik schüttelte den Kopf. »Das … das … nicht die Wasserspeier, das waren …«

Elliot feixte grimmig. »Natürlich, diese verdammten Blechmonster! Die müssen komplett durchgedreht sein.«

Cedrik schüttelte heftig den Kopf. »Nein, Mann, das waren die nicht. Das waren Raben! Riesige, unheimliche Raben! Die Gargouillen haben uns beschützt.«

»Raben, sagst du? Hier?!«, fragte Emily.

Sie halfen ihm aufzustehen und schauten sich um. Im ganzen Raum lagen Blätter und Pergamente zerfetzt am Boden. Bänke, Stühle und Tische waren kreuz und quer im Saal verteilt. Überall saßen und standen die Ratsmitglieder in kleinen Gruppen, schockiert von den Ereignissen, und schienen sich Mut oder Trost zuzusprechen.

Es schauderte Cedrik, ihm war kalt.

»Lass uns gehen, Cedrik«, sagte sein Vater.

Der Kronleuchter in der Mitte der Halle hatte beim Kampf ebenfalls Schaden genommen, die meisten der Kerzen waren abgebrochen oder heruntergefallen. Er schwebte zwar immer noch in der Luft, hatte aber bedenkliche Schieflage bekommen. Der goldene Glanz, der noch vor einer halben Stunde die Halle erhellt hatte, war nun stumpf und matt.

»Cedrik, komm jetzt!« Sein Vater wurde ungeduldig.

Cedrik hatte Alastair entdeckt. Er stand unter einem der zerbrochenen Fenster, erschöpft und mit hängenden Schultern. Die Haare waren ihm ins Gesicht gefallen und Blut lief noch immer aus der Wunde an seiner Stirn. Der Mond schien durch das geborstene Fenster und ließ sein silbernes Licht über Alastair fließen. Mit dem Blut und der Narbe auf der Wange sah er aus wie ein Krieger. Oder ein Rachegott.

Alastair bückte sich und hob etwas auf. Nachdenklich drehte er eine schwarze Feder in seinen Fingern. Er richtete sich auf, als suchte er etwas. Oder jemanden.

»Ao'Taeras, auf ein Wort.« Der Elb, der sich eben noch um eine verletzte Hexe gekümmert hatte, überließ sie der Obhut ihrer Freunde und eilte an seine Seite.

Cedrik und die Geschwister blickten sich an.

»Warte kurz, Dad.« Er schob sich näher an Alastair und Ao'Taeras, um sie besser verstehen zu können.

Ao'Taeras flüsterte fast. »Alastair, was hat das alles zu bedeuten?«

Dieser schüttelte traurig den Kopf. »Erkennst du sie nicht?«

Ao'Taeras versteifte sich. »Was meinst du?«, fragte er unsicher.

»Die Zeichen! Die Raben … Oh Freund, ist es so lange her?«, erwiderte Alastair heiser.

Ao'Taeras schwieg betroffen.

»Es hat wieder angefangen«, sagte Alastair leise. Dann richtete er sich auf.

Die übrigen Ratsmitglieder unterbrachen ihre Gespräche und reckten ihre Köpfe.

Er war nun laut und deutlich im ganzen Saal zu verstehen. »Das ist genau das, was ich befürchtet hatte. Aber nun …« Er zeigte auf die wenigen noch immer brennenden Kerzen des Kronleuchters. »… ist die Entscheidung gefallen und bindend.«

Alastair wandte sein Haupt, in seinem Gesicht spiegelte sich Entsetzen … und Wut. »Junge, geh nach Hause. Du bist bei uns in Sicherheit.« Seine Stimme zitterte.

Ao'Taeras packte Alastair am Handgelenk. »Alastair, du redest wirr! Was hat die Abstimmung über Cedrik mit dem Angriff der Raben zu tun? Du bist uns eine Erklärung schuldig!«

Alastair riss sich nicht los, sondern erwiderte Ao'Taeras' Blick nun aus kalten, hasserfüllten Augen.

»So, bin ich das? Nun gut, wenn du es unbedingt willst, Elb, dann hör gut zu. Und ihr auch, ehrenwerte Ratsmitglieder!«

Bebend vor Zorn hatte sich Alastair aufgerichtet und fixierte die schockierten Anwesenden. »Das waren keine Raben, das waren überhaupt keine Vögel! Das wisst ihr so gut wie ich.« Er hielt Ao'Taeras auffordernd die ausgestreckte Hand entgegen. »Deine Waffe.«

Als Ao'Taeras zögerte, fuhr ihn Alastair erneut an. »Gib mir deine Waffe!«

Widerstrebend zog der Elb seinen goldenen Dolch aus dem Gürtel und legte ihn in Alastairs Handfläche. Der nahm ihn, richtete die Spitze nach oben und ließ die schwarze Feder vorsichtig auf die Klinge fallen. Kaum hatte die Feder das schimmernde Metall berührt, gab es eine Stichflamme und die Feder löste sich in Rauch auf.

»Ihr alle erkennt Dämonen, wenn ihr sie seht. Oder spätestens, wenn ihr sie mit goldenen Waffen tötet.« Seine Stimme brach, er schwankte kurz und fing sich wieder. »Das eben war ein Angriff, wie ihn vor Hunderten von Jahren die Dornhexen gegen uns führten. Damals, zu Beginn des großen Krieges.«

Es war totenstill im Saal. Niemand sprach ein Wort.

»Das war eine Kriegserklärung«, sagte Alastair und stützte sich dabei schwer auf einen umgestürzten Tisch. »Glaubt ihr, es war Zufall, dass wir ausgerechnet heute einem Angriff der Dornhexen ausgesetzt waren? Dass ausgerechnet heute der uralte Konflikt wieder ausbricht?«

Er wandte sich wieder an Cedrik. »Heute, an dem Tag, an dem wir über das Schicksal eines Druiden entschieden haben? Des ersten Druiden seit vielen Jahren?!«

»Wir Dornhexen haben damit nichts zu tun!«, rief eine Frau aus einer der hinteren Reihen aufgebracht.

Geschrei brandete auf, doch Alastair sorgte mit einer herrischen Geste für Stille.

»Das werden wir herausfinden. Aber versteht ihr jetzt, warum ich wollte, dass er uns verlässt?« Er sprach nun ruhiger, seine Stimme klang weniger wütend, dafür schmerzvoller. »Es gibt einen guten Grund, warum sich die Druiden vor Hunderten von Jahren in die Einsamkeit zurückgezogen hatten, damals nach dem Krieg der Hexen. Sie sollten und durften sich auf keinen Fall mehr in die Belange der Menschen und Hexen einmischen. Ihre Macht brachte das empfindliche Nebeneinander von Licht und Dunkel aus dem Gleichgewicht und sie tut es wieder. Abseits der Menschen sollten sie sich in Ruhe um das Wohl der Tiere und der Pflanzen kümmern.« Alastair wirbelte herum und zeigte auf Cedrik. »Er sollte nicht hier sein!« Den letzten Satz hatte er fast gebrüllt. Der Hexenmeister machte eine Pause, die niemand zu unterbrechen wagte. Es schien, als hielten alle im Saal die Luft an.

»Er wird sich gegen uns wenden. Wie damals werden wir einen Krieg führen, wie damals werden wir kämpfen müssen gegen die Dornhexen und diesen Druiden, der an ihrer Seite stehen wird!«

Tumult brach aus und Cedrik schossen die Tränen in die Augen.

Eine Frau in einem purpurroten Kleid war aufgesprungen und schrie wütend: »Das sind üble Unterstellungen, Alastair! Wir Dornhexen haben diese Raben nicht geschickt!«

Alastair sah Cedrik noch ein letztes Mal hasserfüllt an, dann wandte er sich wieder an die, die nach dem Angriff der dämonischen Raben noch nicht die Ratshalle verlassen hatten. Die Spannung war fast unerträglich.

»Genug. Die Abstimmung ist bindend, wir müssen nun schauen, wie wir damit zurechtkommen. Lasst uns die Paladine zusammenrufen. Und den Dreisprung schließen! Wir müssen herausbekommen, was die Dornhexen vorhaben. Und zwar schnell!«

Die Stimmung kochte über, Beschuldigungen flogen hin und her, die Atmosphäre war feindselig. Die Hexen und Hexer überhäuften sich mit gegenseitigen Vorwürfen.

Cedrik steckte ein Kloß im Hals. Seine Augen brannten.

Ao'Taeras trat an seine Seite und legte ihm eine Hand auf den Arm. »Geh nach Hause, Cedrik. Ihr alle! Geht heim! Alastair hat recht, der Rat hat abgestimmt und wir nehmen unser Urteil nicht zurück. Das tun wir niemals.«

Dann packte er Cedrik an den Schultern und sagte eindringlich: »Junge, du hast ein Jahr Zeit, deine Bestimmung zu finden. Und die Götter werden dafür sorgen, dass es eine friedliche ist. Ganz bestimmt!«

Als er sich umdrehte, brachen die Tränen aus Cedrik heraus. Er wollte nur noch weg. Raus aus der Halle, durch die noch immer weit offen stehende Tür, weit weg, nur fort von den Männern und Frauen von Mistle End, die so Schreckliches von ihm zu erwarten schienen.

Er rannte los.

»Cedrik, nicht! Warte, ich muss mit dir reden!« Sein Vater versuchte ihn festzuhalten, aber Cedrik duckte sich unter seinem ausgestreckten Arm durch, rannte die Treppe nach unten und stolperte weiter durch die Vorhalle, die sich mit aufgebrachten Dorfbewohnern zu füllen begann.

Er zuckte zusammen, als ein heiserer Ruf vom oberen Treppenabsatz durch den Raum schallte. »Ein Druide ist in unserem Dorf! Unheil droht!«

Erschrocken drehte er sich um. Oben, an der Brüstung vor dem Eingang zur Ratshalle, stand ein zerzauster, alter Mann mit einem zerschlissenen Brokatmantel und schüttelte wütend einen goldbeschlagenen Stock in seine Richtung. In seinem Gesicht konnte Cedrik deutlich eine blutende Kratzwunde erkennen. Tief in Cedriks Brust verstärkte sich der stechende Schmerz.

Er stöhnte auf, als er mit viel Schwung gegen einen großen und weichen Männerbauch knallte. Kräftige, schwielige Hände fingen ihn auf, bevor er das Gleichgewicht verlieren konnte.

»Langsam, mein Junge. Langsam.« Gregory Golden, der Vater von Emily und Elliot, hatte ihn an den Oberarmen gepackt und sagte freundlich: »Esmeralda schickt mich. Ihr kommt mit zu uns. Alle!«

Cedrik riss sich los. »Ich kann nicht!«

Sein Vater holte ihn erst ein, als er vor der verschlossenen Tür am Aberdeen Square auf den Stufen kauerte.

Kapitel 16

DIE GESCHICHTE DER NYMPHE

»Sie haben vor dem Angriff über dich abgestimmt?«

Aengus O'Connor betrachtete Cedrik mit gerunzelter Stirn. Sein Vater hatte in der Küche den Ofen angezündet und Tee gekocht. Langsam spürte Cedrik, wie sich Wärme in ihm ausbreitete. Und doch war er noch immer wie gelähmt. Der Schock über die Geschehnisse des Abends saß tief.

»Cedrik, ich denke, ich muss dir etwas erzählen. Du hast mich vor der Prüfung, vor alldem hier, gefragt, ob deine Mutter eine Hexe war. Verständlicherweise«, fügte er hastig hinzu. »Glaub mir, ich hatte bis vor Kurzem selbst keine Ahnung von Hexen. Dass es so etwas wie Mistle End gibt, habe ich mir nie träumen lassen. Trotzdem ist es nicht das erste Mal, dass ich mit der magischen Welt zu tun habe.«

Cedrik horchte auf.

Sein Vater holte tief Luft. »Deine Mutter war keine Hexe, aber es gab einen anderen Grund, warum ich dir nie viel von ihr erzählt habe. Deine Mutter war eine Nymphe.«

Cedrik war ganz still. Dann fragte er vorsichtig: »Eine was?«

»Eine Baumnymphe, um genau zu sein. Und ich denke, es ist höchste Zeit, dass du davon erfährst.«

Er sah seinen Vater mit offenem Mund an.

»Als ich deine Mutter kennenlernte, war ich Mitte zwanzig. Und sie war die schönste Frau, die ich bis dahin – und nebenbei gesagt, auch seitdem! – je gesehen hatte.«

Er sprach jetzt schnell, so als schien er erleichtert, endlich davon erzählen zu können. »Ich begegnete ihr das erste Mal an einem einsam im Wald gelegenen Moorsee – und verliebte mich in sie. Wir trafen uns einen Sommer lang, dort, im Wald unter den Bäumen. Wann immer ich konnte, fuhr ich raus und wartete oft stundenlang, bis sie sich irgendwann kurz vor Sonnenuntergang zeigte. Na ja, wir kamen uns näher, ähem, und es war wunderschön. Doch eines Tages verschwand sie. Und kam nie wieder!«

»Und dann?«

»Ich habe sie gesucht, habe auf sie gewartet, aber sie kam nicht mehr. Nach ein paar Monaten habe ich die Hoffnung aufgegeben. Dann lagst eines Tages du vor der Tür. In einem Körbchen. Aber mit einer ordentlichen Geburtsurkunde, und ich war als Vater eingetragen. Bei Mutter stand: *Bei der Geburt verstorben.*«

»Du hast sie nie wiedergesehen?«

»Nein, nie. Dabei habe ich weiß Gott alles versucht, um sie zu finden. Die Geburtsurkunde war gefälscht. Den Arzt, der sie unterschrieben hatte, gab es gar nicht. Aber du, du warst bei mir, und seitdem ist kein Tag vergangen, an dem ich nicht froh und glücklich darüber bin, dass du vor meine Tür gelegt worden bist.«

Cedriks Herz klopfte ihm bis zum Hals. »Hast du deswegen Mythologie studiert?«

Aengus nickte. »Per Zufall stieß ich in einem Buch in einem alten Antiquariat auf Zeichnungen und Beschreibungen von Baumnymphen, wie sie es hier in Britannien früher gegeben haben soll. Da wurde mir nicht nur klar, dass es sie heute noch gab, sondern auch, dass deine Mutter eine von ihnen gewesen sein musste.«

Cedrik sprang auf. »Das muss es sein!«

Sein Vater sprach weiter. »Ich machte mich also erneut auf die Suche nach ihr, beziehungsweise nach ihrem Baum. Nymphen sind immer an einen Baum gebunden, aus dem sie ihre Kraft ziehen und in dem sie wohnen. Wenn sie zu lange fort sind, leidet der Baum. Sie sind unsterblich, aber wenn der Baum gefällt wird, sterben auch sie. Ich suchte den ganzen Wald um den See ab, aber ich fand keinen Baum, der ihr entsprach. Ich fürchte, sie ist gestorben. Vielleicht wurde ihr Baum gefällt.«

Cedrik schüttelte heftig den Kopf und ging auf und ab. »Ich denke, dass sie noch lebt!«

Sein Vater war verwirrt. »Wie bitte?«

»Sie war die Frau bei der Greifenprüfung!«, rief Cedrik begeistert.

Aengus zog die Augenbrauen zusammen und sein Ton wurde strenger. »Was redest du da?!«

»Ganz sicher! Dad, sie lebt! Sie war es, die mir geholfen hat! Sie hat mir gezeigt, was ich tun muss, um den Drachen zu besiegen!«

O'Connor wurde bleich und schluckte. »Das wäre … Mein Gott!« Er rieb sich mit beiden Händen die Schläfen. »Aber das kann nicht sein!«

Cedrik umklammerte den Arm seines Vaters. »Doch, Dad! Ich habe sie gesehen! Und ich bin mir ganz sicher!« Er dachte an die Frau. Jetzt wusste er, warum sie ihm so bekannt vorgekommen war. Sie hatte seine Augen gehabt. Oder besser: er ihre. Die Augen einer Nymphe.

»Aber was heißt das? Ich meine, für mich?« Schlagartig fiel ihm die düstere Prophezeiung Alastairs wieder ein. »Heißt das, dass Alastair recht hat?«

Zitternd schüttelte O'Connor den Kopf. »Ich denke, Alastair irrt sich: In meinen Büchern … nun, ich habe meine Bücher gewälzt und versucht, etwas über Druiden zu finden. Viel war es leider nicht. Doch von vorne.« Er holte tief Luft, nahm einen Schluck Tee und fuhr fort: »Ich habe mich natürlich oft gefragt, was aus dir wohl werden könnte. Mit einer Mutter, die eine Baumnymphe – oder wie man sie auch nennt: eine Dryade, ist. Es gibt kaum Literatur zu dem Thema, die meisten Wissenschaftler waren sogar davon ausgegangen, dass es die göttlichen Gesetze den Baumnymphen eigentlich verbieten, mit Sterblichen Kinder zu zeugen.«

»Dann bin ich also ein halb unsterblicher Welten-Zerstörer«, sagte Cedrik grimmig.

O'Connor hob mahnend die Hand. »Sag das nicht. Wir wissen nicht viel über dich. Denn ich habe in den wenigen Büchern leider nichts darüber finden können, was so ein Kind, also, was du, Cedrik, alles für Fähigkeiten besitzen könntest.«

Cedrik überlegte fieberhaft. »Was können denn die Dryaden selbst?«

»In verschiedenen Büchern steht, dass sie Pflanzen kontrollieren können, weil sie … Meine Güte, das klingt alles so verrückt, oder? Manchmal kann ich es selbst kaum glauben.« Er betrachtete Cedrik nachdenklich und sprach wieder wie mit sich selbst: »Da lerne und lehre ich mein Leben lang über Mythologie und dann ist mein Sohn ein Druide. Und seine Freunde sind …«

Cedrik ließ sich auf die Bank fallen und Aengus unterbrach sich sofort. »Verzeihung, wo war ich stehen geblieben? Ach ja, es heißt, den Dryaden steht als Naturwesen die ganze Kraft der Erde zur Verfügung. Das scheint auch für Druiden zu gelten.«

»Aber Dad, das ist doch nichts Neues!«, sagte Cedrik verzweifelt.

»Warte, das ist noch nicht alles. Du bist tatsächlich nicht das erste Kind, das von einer Dryade und einem Sterblichen gezeugt wurde. Im Laufe der letzten Jahrhunderte war dies wiederholt der Fall. Aus diesen Kindern wurden fast immer große Druiden!«, sagte er stolz.

Cedrik konnte nicht mehr stillsitzen. Er sprang wieder auf und lief in der Küche auf und ab. »Aber was heißt das denn: ein großer Druide! Ist ein Druide ein besonders fieser Rachedämon?«

O'Connor sprach ruhig weiter. »Tja, genau da liegt das Problem! Es gibt weder ein Gesetz noch feste Regeln, die definieren, welche Gaben das Kind einer Dryade von seiner Mutter erbt. Und schon gar nicht, welche Richtung sie einschlagen. Sie unterscheiden sich in nahezu allen Erzählungen aus der alten Zeit. Mal sind sie Priester, dann wieder Kräuterkundler oder Naturzauberer. Oder alles zusammen. Die meisten konnten Omen deuten oder aus den Zeichen der Natur die Zukunft vorhersagen. In manchen Geschichten konnten sie Berge versetzen oder ließen ganze Seen auf Armeen herabströmen. Aber das sind Sagen, wer weiß schon, was davon stimmt.« O'Connor verzog sein Gesicht zu einer Grimasse, als hätte er Zahnschmerzen, und erklärte weiter: »Manche von ihnen waren wohl, na ja, recht üble Zeitgenossen. So wie Alastair die Druiden beschrieben hat. Doch ich glaube, er hat dir nicht die ganze Wahrheit gesagt. Denn das waren sie beileibe nicht alle, oh nein! Einige wurden weise Männer, die Könige berieten und den Menschen geheimes Wissen über die Natur vermittelten. Heilige Männer, Schamanen, Erdheiler. Was bedeutet, dass es keineswegs festgeschrieben ist, ob ein Druide böse oder gut wird. Also für welche Seite er sich entscheidet.«

Cedrik war stehen geblieben und hatte aufmerksam zugehört. »Aber das heißt ...«

»Dass sich Alastair irrt!«, rief O'Connor aufgeregt. »Dass es deine eigene Entscheidung sein wird, auf welche Seite du dich schlägst. Und verdammt noch mal, du bist mein Sohn. Ich bin mir sicher, es wird die richtige sein!«

Kapitel 17

EIN GOTT IM TEPPICH

Er konnte nicht einschlafen. Aufgewühlt wälzte er sich stundenlang in seinem Bett. Unter sich hörte er die Schritte seines Vaters, der in seinem Zimmer auf und ab marschierte. Sie beide hatten heute Nacht einiges zu verdauen.

Was, wenn seine Mutter wirklich lebte? Und sie tatsächlich eine Nymphe war?!

Die Vorstellung, eine Mutter zu haben, war ihm fremd, aber tief in seinem Inneren spürte er ein Ziehen, als hätte diese eine Begegnung eine Sehnsucht geweckt, die seit seiner Geburt in ihm geschlummert hatte. Sie war ihm so vertraut gewesen. So …

Auf einmal durchzuckte ihn ein beunruhigender Gedanke. Wenn seine Mutter nicht bei seiner Geburt gestorben war, sondern noch lebte, warum hatte sie ihn und seinen Vater verlassen? So viele Jahre hatte er seine Freunde beneidet, wenn sie von ihren Müttern nach der Schule abgeholt wurden und er sich allein auf den Weg nach Hause machen musste. Wenn sie ihre Kinder in den Arm nahmen und er niemanden hatte, der ihn tröstete oder sich um ihn kümmerte. Außer seinem Vater. Warum war sie fortgegangen? Warum hatte sie sich nicht schon früher gezeigt?

Er warf sich auf die andere Seite. Er war ein Druide, mit einer Nymphe als Mutter. Aber er war nicht die Gefahr, für die ihn alle hielten, er würde sich um seine Freunde kümmern. Er war besser, als sie dachten.

In seinem Kopf drehte sich alles. Wenn ihm für einen Moment die Augen zufielen, schreckte er jedes Mal wieder auf und starrte in die Dunkelheit. Er wollte noch nicht schlafen, es gab so viel, das er bedenken musste. Das sich für ihn geändert hatte. Er selbst, die ganze Welt um ihn herum, das alles war so neu für ihn. Und verdammt aufregend.

Er sprang auf und lauschte. Von seinem Vater war nichts mehr zu hören.

Sein Vater schlief tatsächlich schon, als Cedrik leise die Stufen der Treppe nach unten stieg. Das erkannte er an dem regelmäßigen Schnarchen, das aus seinem Zimmer drang. Er holte sich in der Küche eine Tasse Kakao, den er sich auf dem noch immer heißen Ofen warm machte. Er fror und freute sich, als er auf halbem Weg zurück in sein Zimmer bemerkte, dass das Feuer im Kapitänszimmer noch nicht erloschen war. Der Raum war erfüllt vom Geruch brennenden Holzes. Er liebte diesen Duft. »Was für ein blöder Tag!« Cedrik legte sich auf den gemütlichen Teppich mit den Meerestieren.

»Sicher immer noch besser, als die ganze Zeit hier herumzuhängen«, ertönte eine Stimme dumpf unter ihm. Erschrocken rollte er sich zur Seite und sprang auf. »Wer ist da?«

»Wird wohl Zeit, dass ich mich vorstelle: Willoughby Finneghan, Meeresgott. Und du bist Cedrik, wenn ich mich nicht irre.«

Hektisch sah sich Cedrik um, aber außer ihm war niemand im Zimmer.

»Kein Wunder, dass er mich nicht sieht«, ließ sich die Stimme mit einem Seufzer vernehmen. Dann lauter. »Ich bin hier unten. Im Teppich!«

Fassungslos schaute Cedrik auf den Teppich vor sich. Das Webmuster zeigte schon wieder etwas anderes als beim letzten Mal: Neben den Delfinen und Muscheln, vor dem Palast aus Perlmutt saß ein Mann mit Fischleib und einem Dreizack auf einem Unterwasserfelsen.

Breit grinsend winkte er Cedrik zu. »Da staunst du, was? Der Mann im Teppich, ehemals Kapitän, Fischer, heute Freizeit-Poseidon oder so etwas in der Art. Bitte verzeih meinen dämlichen Aufzug, den habe ich mir nicht ausgesucht.«

Also doch! Er hatte es sich auch die letzten Male nicht eingebildet: Der Teppich war wirklich lebendig! Nach allem, was er in den letzten Tagen erlebt hatte, überraschte ihn das wenig. Er kniete sich auf den Boden und untersuchte das Stück aufmerksam. Er war geknüpft, nur schienen hier die Fäden lebendig zu sein. Ihre Muster waren nicht starr, sondern wogten hin und her und schienen sich ständig zu bewegen. Der Mann im Teppich fuhr sich mit der Hand durch die knallroten, lockigen Haare. »Sitzt meine Frisur irgendwie komisch, oder warum guckst du so? Habe ich mir eine Schuppe geknickt?«

»Sie können sprechen«, stellte Cedrik verblüfft fest.

»Tja, das ist in der Tat ein Vorteil«, murmelte der Mann mit dem Dreizack.

»Ein lebendiger Teppich, das ist … beeindruckend!«

»DAS ist beeindruckend«, sagte Mr Finneghan stolz und verwandelte mit seinem Dreizack ein Seepferdchen in einen stattlichen weißen Hai. »Nicht schlecht, oder? Wird nur mit der Zeit etwas langweilig. Viel mehr kann ich nämlich nicht.« Er ließ die Schultern hängen. »Du musst wissen, dass man mich nicht gefragt hat, ob ich so etwas überhaupt will. Fischschwanz, Seejungfrauen und all das. Ich wär viel lieber ein Bild an der Wand. Da wird man nicht dauernd mit Füßen getreten.«

Cedrik nickte düster. »Das Gefühl kenne ich.«

Der Meeresgott legte seinen Dreizack zur Seite und rutschte auf dem Stein hin und her. »Es ist mir in der Tat schon aufgefallen, dass dich etwas bedrückt. Mit den Jahren als Teppich habe ich ein gutes Gefühl für die Menschen bekommen. Ich kann schon an ihrem Gang spüren, wie es ihnen geht.« Andächtig griff er sich ans Herz. »Schwerer Schritt, weiche Knie … Ich möchte wetten, du hast Kummer. Habe ich recht?«

Cedrik setzte sich auf den Boden neben den Teppich und lehnte sich mit dem Rücken an den Sessel. Er spürte einen Kloß im Hals. Heulte er sich jetzt tatsächlich bei einem Teppich aus?

»Ich weiß seit Kurzem, dass ich ein Druide bin. Und seitdem türmen sich die Probleme nur so.«

Der Mann im Teppich neigte seinen Kopf auf eine Seite. »Ich habe schon einiges davon mitbekommen, als du vorhin mit deinem Dad gesprochen hast. Aber berichte mir noch einmal davon. Mir scheint, du hast eine Menge loszuwerden.«

Und Cedrik erzählte. Von den Erlebnissen der letzten Tage, von seinen magischen Freunden, dem Gefühl der Freiheit und der Begeisterung, dazuzugehören – aber auch von seiner Angst. Den Anfeindungen Alastairs, dem Angriff und dem Gefühl, sich selbst gar nicht zu kennen. Er war ein Druide – aber er hatte immer noch keine klare Vorstellung davon, was das überhaupt bedeutete. Auch wenn sein Vater ihm schon einiges hatte erklären können.

»Da hilft nur eines: Wenn dich bekümmert, dass du gar nicht weißt, was du eigentlich kannst, dann musst du dich eben besser kennenlernen.«

»Wie meinst du das?«

»Du musst üben! Hat diese Frau bei der Prüfung nicht gesagt, dass du das Wissen bereits in dir trägst? Probiere es aus!«

Cedrik runzelte die Stirn.

»Geh raus, sprich mit den Pflanzen. Hör auf die Tiere. Sieh zu, dass du lernst, was du kannst.«

»Du meinst, ich soll einen Baum umarmen und ihn fragen, wie es ihm geht?«, fragte Cedrik spöttisch.

Der Meeresgott warf seine langen Locken über die Schulter. »Wenn du glaubst, dass du damit weiterkommst, nur zu.« Er zeigte mit einem ausgestreckten Zeigefinger auf ihn. »Aber wenn es dir wirklich ernst ist, reicht es vielleicht für den Anfang, zu üben, die Empfindungen der Tiere und Pflanzen zu spüren.« Mr Finneghan hob skeptisch eine Augenbraue. »Hörst du mir überhaupt zu?«

Das tat er nicht. Cedriks Kopf rauchte. Er hatte dröhnende Kopfschmerzen. Mit einem Mal war ihm fast schlecht vor Müdigkeit. Er legte den Kopf auf den Sessel und schloss die Augen. Sein Gehirn hatte soeben beschlossen, jede weitere Zusammenarbeit zu verweigern.

Der Mann im Teppich sagte etwas, aber Cedrik verstand kein Wort.

»Was hast du gesagt?«

»Ich habe gesagt, dass du dich auf den Teppich legen sollst. Du musst dich ausruhen.«

Mühsam richtete sich Cedrik wieder auf. »Aber ich kann mich doch nicht auf dich drauf–«

»Keine Sorge«, erwiderte Mr Finneghan. »Ich mache dir Platz.«

Mit diesen Worten erhob sich der Meeresgott von seinem Felsen, schnappte sich seinen Dreizack, hob die Hand zu einem Gruß und schwamm davon. Als Cedrik immer noch zögerte, hörte er Mr Finneghan ein weiteres Mal, diesmal wie aus weiter Ferne.

»Nun komm schon. Vertrau mir, es wird dir guttun.«

Mühsam krabbelte Cedrik auf den Teppich, ließ sich fallen und streckte sich vor dem Kamin der Länge nach aus. Der

Teppich war weich, so weich, und er war müde, unendlich müde. Er lächelte, als er das Meer rauschen hörte.

Konnte es sein, dass ihn der Teppich in den Schlaf wiegte?

Er spürte es ganz deutlich.

Es war wie der Rhythmus von Wellen.

Es dauerte keine drei Sekunden und er war eingeschlafen.

Kapitel 18

DIE ANGST VOR DEM KRIEG

»Wieso liegst du auf dem Teppich?«

Cedrik schreckte auf. Elliot stand in seinem grünen Wintermantel vor ihm und blickte verwundert auf ihn herab. Die Sonne stand hoch am Himmel, es war sicher schon kurz vor Mittag. Er hatte hervorragend geschlafen und fühlte sich wundersam erholt. Er sprang auf, als ihm das Gespräch mit dem Meeresgott einfiel, aber der Teppich, auf dem er die ganze Nacht geschlafen hatte, zeigte nichts weiter als ein paar Unterwasserfelsen und Muscheln. Es bewegte sich nichts.

»Es ist seine Sache, wenn er lieber auf dem Boden als im Bett schläft.« Emily wedelte ungeduldig mit der Hand. »Unsere Mutter ist wieder da«, sagte sie aufgeregt. »Sie hat irgendwelche geheimen Kanäle benutzt, um so schnell wie möglich wieder in Mistle End zu sein. Seit heute Morgen verhandelt sie mit den Anführern des Tollkirschenviertels.«

Cedrik war sofort hellwach. »Und?«

»Die sagen, sie hätten mit der Attacke nichts zu tun, aber der Rat glaubt ihnen nicht und nun haben die Paladine mit den Gargouillen den Dreisprung gesperrt. Es kommt niemand mehr aus dem Tollkirschenviertel rein oder raus. Die einzige Verbindung zwischen den Vierteln ist geschlossen. Das gab es schon seit Ewigkeiten nicht mehr.«

Cedrik schluckte. »Wartet kurz, bevor ihr weitererzählt. Erst müsst ihr mir zuhören! Ich weiß jetzt, warum ich ein Druide bin!« Während er vor ihnen hin und her lief, erzählte er seinen Freunden, was er am Abend zuvor von seinem Vater erfahren hatte.

Die beiden waren tief beeindruckt.

»Das ist fantastisch«, rief Emily.

»Du bist einer von uns! Ist mir schon immer klar gewesen«, ergänzte Elliot lässig.

»Alastair ist sich da nicht so sicher«, erwiderte Cedrik unglücklich. »Diese Wachen am Dreisprung, hat er die geschickt? Wer sind die Paladine eigentlich?«, fragte Cedrik.

»Elitekämpfer. Sie gehorchen nur dem Rat. Die besten Hexen und Hexer in ganz England. Die beherrschen Kampfzauber wie kein anderer«, sagte Elliot begeistert.

Emily verdrehte die Augen. »Jeder kann ein Paladin werden, die müssen gar nichts Besonderes können. Paladine waren Hexen, die anderen magiebegabten Wesen beigesprungen sind, als die Inquisition immer brutaler wurde.«

»Weil sie wissen, wie man kämpft«, beharrte Elliot.

»Könnt ihr auch Kampfzauber?«, fragte Cedrik neugierig.

Beide schüttelten den Kopf.

»Vielleicht sollten wir welche lernen«, sagte Elliot nachdenklich.

»Warum sollten wir?«, wollte Emily wissen.

»Weil …« Er zögerte. Dann, ohne irgendjemanden anzusehen, sagte er: »Weil wir vielleicht bald Krieg haben könnten.«

Da war sie wieder. Die Angst. Cedrik schluckte. »Glaubt ihr wirklich?«

Elliot nickte bekümmert. »Ich hab gehört, wie unsere Eltern sich heute Morgen darüber unterhalten haben. Über den alten Streit zwischen uns und den Dornhexen. Und über den Krieg der Dornen. Mom fürchtet, dass jetzt alles wieder aufbricht.« Er kaute auf seiner Unterlippe. »Sie haben aufgehört zu sprechen, als sie gemerkt haben, dass ich zuhöre.«

Sie schwiegen alle drei.

Krieg. Und das alles nur, weil er hier war?

»Glaubt ihr auch, dass ich –«

Emily fiel Cedrik sofort ins Wort. »Auf gar keinen Fall! Vergiss einfach, was Alastair gesagt hat.«

Elliot warf sich in einen der Ledersessel. »Darüber haben unsere Eltern auch gesprochen.«

Cedrik hielt angespannt die Luft an.

Elliot fuhr fort: »Mom hat gesagt, Alastair sei ein feiger Mäusezahn. Ein stinkfüßiger Dummwabbler, der mit seinem Zauberstab zu oft in der Nase gebohrt hat.«

Emily starrte ihn ungläubig an.

Elliot meinte anerkennend: »Beeindruckend, nicht wahr?«

Cedrik war noch immer beunruhigt. »Aber was war denn

dieser Krieg der Dornen? Was hatten denn die Druiden damit zu tun?«

»Ich kenne nur einen, der uns darauf garantiert die richtige Antwort geben kann«, sagte Elliot bestimmt.

»Schlechte Idee.« Emily stöhnte.

Kapitel 19

DIE BIBLIOTHEK IST GESCHLOSSEN

Endlich hatten sie den obersten Treppenabsatz der schier endlosen Wendeltreppe erreicht. Vor ihnen lag die Bibliothek von Mistle End. Dic Türflügel des mächtigen, mit Ornamenten verzierten Portals standen sperrangelweit offen. Über einem der Tische in der Mitte der großen Halle schwebte der nur etwa Handteller große Mann mit Nickelbrille und Schmetterlingsflügeln und studierte die unter ihm liegenden Bücher. Als Mr Elderling die drei Neuankömmlinge in der Türe stehen sah, schoss er sofort empört in die Höhe.

»Aaaah! Iiiiihr!!!«

Elliot duckte sich hinter Emily. »Äh, freut er sich so, uns zu sehen?«

Der Bücherelf ließ mit einem raschen Schwung seiner Hand das Buch zuklappen. Seine Flügel machten ein seltsam sirrendes Geräusch.

Emily machte einen ungeschickten Knicks. »Guten Tag, Mr Elderling!«

Er schoss jetzt auf sie zu wie eine bösartige Hornisse und fuhr sie an: »Wie könnt ihr es wagen!!«

Elliot hob beschwichtigend die Hände. »Mr Elderling, wir –«

»Ihr werdet meine Bibliothek nicht mehr betreten!«

»Aber Mr Elderling –«, wollte Emily einwenden, wurde jedoch vom geflügelten Bibliothekar sofort unterbrochen.

»Belogen habt ihr mich, betrogen! Den Schlüssel gestohlen, um mich hereinzulegen. Ihr habt mich ausgenutzt!«

Mit erhobenem Zeigefinger raste er auf sie zu, senkte den Finger und pikste in ihre Richtung, als wollte er sie aufspießen. »Nein, nein, so nicht!«

»Wir wollten doch nur –«

»Raus!« Wütend flatterte Mr Elderling vor ihren Gesichtern auf und ab und drängte sie immer weiter zurück in das Treppenhaus. »Raus!«

Cedrik nahm sich ein Herz. »Es war meine –«

»Diese Tür bleibt für euch geschlossen!« Mr Elderling klatschte wutentbrannt in die Hände und ließ die schweren Bibliothekstüren mit einem gewaltigen Krachen ins Schloss fallen. Direkt vor den Nasen von Cedrik, Elliot und Emily, die sich betreten ansahen.

Elliot holte gerade Luft, um etwas zu sagen, da ertönte aus dem Inneren der Bibliothek noch einmal die empörte Stimme von Mr Elderling: »Geschlossen auf unbestimmte Zeit! Ha!«

Elliot murmelte betreten: »Er nimmt es uns wirklich übel, dass wir uns den Schlüssel einfach geborgt haben?«

»Ich hoffe, er sagt Mama nichts davon.« Emily seufzte unglücklich.

»Das wars jetzt, oder?«, fragte Cedrik.

Als Emily bemerkte, wie geknickt er war, lächelte sie ihm aufmunternd zu. »Lasst uns noch einmal zu Dandelia gehen. Vielleicht hat sie heute Zeit und –«

Cedrik winkte ab. »Lasst gut sein. Ich glaube, mir reicht es sowieso langsam, dass alle schlecht auf mich zu sprechen sind. Lasst uns lieber heimgehen.«

Elliot nickte verständnisvoll. »Klar. Dann lasst uns die Abkürzung nehmen.«

»Was?«

»So gehts schneller«, erwiderte Elliot, setzte sich rittlings auf das Geländer der Wendeltreppe und rutschte in einem Schwung von oben nach ganz unten. Nach zehn Umdrehungen hatte er das Erdgeschoss erreicht und knallte ungebremst auf den Boden. Als Cedrik seinem Freund besorgt hinterhergeeilt kam (über die Stufen, nicht das Geländer), war Elliot bereits wieder aufgestanden, torkelte wild hin und her und rief: »Mann, ist mir schwindlig.«

Kapitel 20

BERTHAS MAGISCHES MYSTERIUM

»Das ist irre!«

Sie hatten auf dem Nachhauseweg Berthas Trödelladen passiert und Cedrik starrte nun auf die goldenen Holzbuchstaben über dessen Eingang: *Lady Berthas Magisches Mysterium.* Und darunter: *Zauber- und Trödelartefakte aller Art.*

Cedrik kniff die Augen zusammen – und riss sie wieder auf. »Das stand doch das letzte Mal noch nicht da, oder?«

Elliot feixte. »Natürlich stand das da.«

»Magst du mal reinschauen?«, fragte Emily freundlich.

»Unbedingt«, erwiderte Cedrik begeistert. »Aber warum konnte ich das vorher nicht lesen?«

Emily schmunzelte. »Der Zauber von Mistle End. Schon vergessen? Aber jetzt, wo du offiziell die Greifenprüfung abgelegt hast …«

Sie betraten den Laden und Cedrik sah sich neugierig um. Er entdeckte Regale mit Werkzeugen, Körbe mit Obst und Gemüse, einen Tisch mit Süßkram, gusseiserne Bügeleisen,

Gartengeräte, Geschirr und allerlei anderen Krempel und – war enttäuscht. Er wusste zwar selbst nicht genau, was er erwartet hatte, aber Berthas Laden war genau wie jeder andere Krämerladen. Nur mit älterem Kram.

Emily, die seine Enttäuschung wohl bemerkt hatte, zwinkerte ihm aufmunternd zu.

Elliot räusperte sich und nickte Richtung Verkaufstresen.

Lady Bertha, eine kleine, etwas dickliche Dame mit einfacher Schürze, einem Monokel und einer lila schimmernden Warze auf der Nase, betrachtete die drei missmutig. »Kann ich euch helfen?«, fragte sie in einem Ton, der klarmachte, dass die eigentliche Botschaft lautete: *Gebt mir bitte nur einen Grund, euch aus meinem Laden zu werfen.*

Elliot stellte sich an den Tresen und legte ein paar Münzen auf die Holzplatte. »Drei Tickets, bitte.«

Bertha musterte sie misstrauisch. »Drei Tickets. Soso. Und wer ist ER?« Sie zeigte auf Cedrik.

»ER hat gerade die Greifenprüfung bestanden, ER gehört zu uns und ER heißt Cedrik«, sagte Emily.

Lady Bertha lächelte schmallippig. »Ihr seid die Ersten. Aber ich wette, ihr werdet nicht die Letzten sein. In diesen Zeiten sehnen sich die Menschen nach Unterhaltung …«

Sie beugte sich zur Seite, riss drei Blatt von einem Wandkalender und wirbelte sie mit einer theatralischen Geste in die Luft. Ehe Cedrik verstehen konnte, was hier eigentlich geschah, schlug sie einen Gong, rutschte von ihrem Stuhl und verschwand hinter ihrem Tresen.

»Und jetzt?!«

»Geduld, geht gleich los«, sagte Emily.

Es rumpelte, der Boden bebte und der gesamte Verkaufsraum kam in Bewegung. Tische klappten krachend zur Seite, Regale drehten sich um ihre eigenen Achsen und rutschten quietschend nach hinten. Cedrik verlor fast das Gleichgewicht, als die Holzdielen schrittweise nach unten sackten und so einen Raum mit absteigenden Stufen bildeten, wie in einem Theater. Rote Samtteppiche rollten die Stufen herab, von der Decke fielen weiche Kissen und verwandelten die Treppe in Sitzgelegenheiten. Cedrik hörte ein Surren und das Rattern hölzerner Zahnräder, dann faltete sich die Rückwand zur Seite, ein roter Bühnenvorhang schnurrte von oben herab und in goldenen Muscheln flammten Kerzen auf, um den neu entstandenen Bühnenraum zu beleuchten. Darüber erhob sich knarzend eine hölzerne Tafel, auf der in verschnörkelten Buchstaben geschrieben stand: *Lady Berthas Magisches Mysterium*.

Musik ertönte. Zuerst war es nur der Klang einer einzelnen Geige, dann gesellten sich ein Dudelsack und eine Harfe zum unsichtbaren Orchester.

»Jetzt glotz nicht, sondern setz dich«, sagte Elliot und zog Cedrik neben sich auf die Stufen.

Der Saal begann sich tatsächlich bald mit Publikum zu füllen. Die Stimmung war merkwürdig und Cedrik ertappte die eine oder andere Hexe, die ihn verstohlen musterte. Ein Junge, vielleicht in seinem Alter, hielt sich abseits und versteckte behutsam irgendetwas Lebendiges unter seinem Mantel. Als er Cedrik entdeckte, lächelte er schüchtern, sah aber gleich zu Boden. Cedrik hatte gerade noch hellgraue Augen unter den schwarzen Haaren blitzen sehen.

Elliot boxte ihm in die Seite. »Es ist so weit!«

Der Vorhang lüftete sich und zeigte das prachtvoll gemalte Bühnenbild einer sturmumtosten See. Hölzerne Wellen hoben und senkten sich, eine große Möwe, ebenfalls aus Holz geschnitzt, zog an feinen Fäden hängend ihre Bahn. Ein Fels, an dem ein Fischerboot festgemacht hatte, schob sich donnernd von rechts auf die Bühne. Zwei lebensgroße Marionetten pendelten von der Decke und ließen sich auf dem Stein nieder. Es waren ein Mann und eine Frau. Er hatte feuerrote Haare und war, dem schweren Seemannsmantel nach zu urteilen, ein Fischer. Sie hatte ein ebenmäßiges Gesicht und leuchtend blaue Augen.

»Ach, schon wieder!« Emily seufzte.

Noch bevor Cedrik fragen konnte, was Emily meinte, riss die Frauen-Puppe ihre Arme nach oben und sprach mit der fistelnden Kopfstimme des Puppenspielers über der Bühne: »Verlass mich nicht, mein Liebster! Dieser Sturm bringt Unheil!«

Der Fischer, vom selben Spieler gesprochen, antwortete: »Der Sohn des Meeres hat mich gerufen. Er hat die Wale an unsere Küste getrieben. Ich muss gehen …«

Als sich die beiden Figuren zu ebenso wehmütiger wie leidenschaftlicher Musik wieder und wieder in die Arme fielen und dabei ihre Marionettenfäden verhedderten, stöhnte Cedrik leise auf. »Was wird das denn hier? Schauen wir uns jetzt eine Liebesschnulze an?!«

Elliot säuselte: »Warte doch, mein Liebster.« Er klimperte mit den Wimpern, grinste und sprach dann mit normaler Stimme weiter. »Keine Sorge, das wird noch richtig heftig. Ich liebe dieses Stück.«

Die Frau und der Felsen wurden rumpelnd von der Bühne gezogen, während der Fischer in das Boot sprang und ein weißes Segel setzte. Die Musik wechselte die Tonart, der Wind heulte und die hölzernen Wellen wogten immer heftiger auf und ab.

»Wenn ihr nichts dagegen habt, können wir ja jetzt nach Hau...«, sagte Cedrik und stockte, denn wenn ihn seine Sinne nicht täuschten, stieg ihm der Geruch von Algen, Fisch und nassem Sand in die Nase. Er konnte das Meer riechen. Erst so schwach, dass er glaubte, er bildete es sich nur ein. Aber dann wurde der Geruch stärker und als schließlich die Gischt in den Zuschauerraum spritzte, juchzte das Publikum auf.

Auf dem Meer zog ein heftiger Sturm auf, zwei Reihen vor ihnen riss eine Böe einem älteren Herrn den Zylinder vom Kopf.

Obwohl die Wellen sich über seinem Boot brachen, schien der Fischer auf der Bühne unbeirrt an seinem Kurs festzuhalten. Ruhig saß er da, über sich das vom Sturm geblähte Segel. Ununterbrochen schlugen die Wellen über die Reling, schwappten weiter und spülten ganze Badewannen voll Salzwasser in den Zuschauerraum. Das Wetter veränderte sich weiter. Die Lichtstimmung verdüsterte sich, als schwarze Wolken am Theaterhimmel aufzogen. Regen setzte ein und Windstöße peitschten Cedrik Gischt ins Gesicht. Er leckte sich das Salz von den Lippen und nickte beeindruckt, aber Elliot schüttelte den Kopf.

»Das ist noch gar nichts.«

Emily lachte und klatschte vor Begeisterung in die Hände. Wie aufs Stichwort durchbrach eine Fontäne die Wellen und ein Schwall Wasser prasselte auf das Boot. Sofort richtete sich der Fischer auf und suchte die unruhige See ab. Tatsächlich hob sich, grau, vernarbt und mit Muscheln übersät, der Rücken eines riesigen Wals aus dem Meer. Der Mann angelte sich die Harpune vom Boden seines Bootes und richtete den schweren Wurfspeer auf das vor ihm schwimmende Tier. Die Spitze der Harpune war mit Widerhaken versehen und Cedrik konnte erkennen, dass am Ende des Schaftes ein stabiles Tau befestigt war, das in lockeren Schleifen auf den Bootsplanken lag. Der Fischer witterte seine Chance, breitbeinig stand er auf dem schwankenden Boot. Der Wal tauchte auf und der Mann schleuderte die Waffe. Tief bohrte sie sich in die Flanke des Tieres. Ein dumpfer Schlag erschütterte Bühne und Zuschauerraum. Die Menschen im Saal schrien auf und der Wal tauchte unter, ruckartig, als hätte ihn eine unaufhaltsame Kraft in die Tiefe gezogen.

Das Boot schaukelte unruhig auf dem Wasser, nur das Tosen der Wellen und das Brausen des Windes war zu hören. Hastig knotete der Fischer das Seil der Harpune um einen Holzpflock an seinem Boot, während das Publikum den Atem anhielt – lange, unheimliche Sekunden.

Dann explodierte die Bühne regelrecht. Ein Dutzend lilafarbene Fangarme mit Saugnäpfen groß wie Untertassen schnellten aus der Tiefe des Meeres und schlugen auf das Boot. Holz splitterte und der Fischer fiel zu Boden. Eingewickelt in mehrere Fangarme tauchte der Wal wieder auf und versuchte, der tödlichen Umklammerung zu entkommen, indem er sich um seine eigene Achse drehte. Einer der Tentakel schoss aus dem Wasser und streckte sich tastend in den Zuschauerraum. Eine junge Hexe in der ersten Reihe konnte sich gerade noch unter dem Greifarm hinwegducken, bevor der Sitz neben ihr zertrümmert wurde.

Cedrik sprang auf. »Wir … wir werden angegriffen!«

»Na endlich«, brüllte Elliot, ließ sich von der Bank rutschen. »Sióc!«

Seine Hände blitzten blau auf und er jagte einen Frostzauber in den Monsterarm: Es zischte, silberne Flammen züngelten über den zuckenden Tentakel und aus den Tiefen des Meer-Bühnenbildes ertönte ein schreckliches Gebrüll.

Emily schrie auf. »Elliot, hör auf, es zu reizen! Du weißt, wozu das letztes Mal geführt hat!«

Cedrik wich einem peitschenden Tentakel aus und warf sich zu Elliot auf den Boden. »Wozu hat es denn das letzte Mal geführt?«, fragte er atemlos.

»Och, wir hatten hier eine ganze Weile Hausverbot«, antwortete Elliot.

Inzwischen war auf der Bühne ein heftiger Kampf zwischen Monster, Wal und Marionette im Gange. Obwohl Cedrik kaum noch das Gefühl hatte, einem Schauspiel mit Puppen beizuwohnen; für ihn fühlte es sich so an, als kämpfte dort auf der Bühne ein Mensch um sein Leben.

Der Fischer stand wieder aufrecht in seinem beschädigten Boot und drosch mit einem Ruder auf die Fangarme ein, die sich unaufhaltsam um Mast und Reling schlängelten. Er schrie schmerzerfüllt auf, als ihn ein Tentakel hart an der Schulter traf. Cedrik hörte ein schnalzendes Geräusch und der Faden, der den Arm des Fischers hielt, war gerissen. Nutzlos baumelte er an seiner Seite und Cedrik begann, sich beunruhigt nach Hilfe umzusehen.

Ringsum waren die Zuschauer dabei, sich der Tentakel zu erwehren, die von der Bühne nach ihnen griffen. Die meisten hatten sich an die Rückwand des Zuschauerraumes zurückgezogen und versuchten sich, teils belustigt, teils mit Grauen erfüllt, aus dem Ganzen herauszuhalten. Nur in der ersten Reihe saß eine ältere Dame und strickte seelenruhig vor sich hin, während in ihrer unmittelbaren Nähe ein heftiger Kampf zwischen dem Herrn mit dem Zylinder und einem Tentakel entbrannt war. Der Schnurrbart des Gentlemans zitterte, als er sich, einen Kampfschrei ausstoßend, über die erste Stuhlreihe, mit bloßen Händen, auf den Tentakel warf.

Der Versuch schien lächerlich, die Kraft des Tiefseemonsters war der des Mannes weit überlegen. Rittlings und mit knallrotem Kopf auf dem Tentakel sitzend, wurde er – nun selbst gleich einer Puppe – hin und her geschleudert. Gerade als Cedrik erschrocken aufschreien wollte, weil er um das Leben des Herrn fürchtete, zog die alte Dame mit spitzen Fingern eine Stricknadel aus der Masche und stach den Tentakel einmal kurz in die lila Haut. Unter der Bühne ertönte ein seltsames Quieken, gefolgt von einem unheimlichen Grunzen. Die Dame strickte weiter, als sei nichts geschehen, der Tentakel aber versteifte sich für einen kurzen Moment, wurde dann schlaff wie eine alte Socke und zog sich schleifend über den Bühnenrand zurück in die Tiefe des Meeres.

Der Bühne, korrigierte sich Cedrik.

Der Herr richtete sich auf, klopfte den Zylinder aus und strich sich den Anzug glatt. Als er der Dame grimmig, aber dankbar zunickte, lächelte diese nur leise in sich hinein.

Die Verschnaufpause für den Wal währte nur kurz, denn wenig später schossen die Tentakel erneut durch die Wasseroberfläche und umschlangen den riesigen Meeressäuger. Und sosehr sich dieser auch drehte oder sich mit Schlägen seiner gewaltigen Schwanzflosse zu befreien versuchte, konnten doch alle sehen, wie er langsam erlahmte. Seine Bewegungen wurden träge, verloren an Kraft. Der Kampf näherte sich dem Ende und es war klar, wer der Sieger sein würde.

Emily schlug sich ungehalten auf die Oberschenkel. »Ich mag diese Geschichte nicht! Wir haben dieses furchtbare Ende schon viel zu oft gesehen. Und das alles nur wegen der da.« Sie zeigte in Richtung der strickwütigen Dame.

»Wer ist sie?«, fragte Cedrik.

»Ach, das ist Mrs Finneghan. Verrückte alte Hexe. Unsere Lehrerin für Hexengeschichte«, sagte Elliot.

Das Monster zog sich zurück in die Tiefe, in seinen Fangarmen den erschöpften Wal. Ein letztes Glucksen, und das Meer schloss sich über den Kreaturen wie ein nasses Grab. Wind und Wasser beruhigten sich und die Wellen folgten wieder ihrem ewigen Rhythmus. Unbeirrbar und unaufhaltsam. Auf und ab, auf und ab.

Der Fischer, am Ende seiner Kräfte, machte sich daran, zu wenden. Erschöpft warf er das Ruder ins Boot und bemühte sich, das völlig zerstörte Segel zu richten. Da ertönte ein Geräusch, das sich unnatürlich deutlich vom Rauschen der Wellen abhob. Besorgt drehte sich der Fischer um.

Cedrik hörte es auch, ein knarzendes Schnurren, ganz ähnlich dem Geräusch, das ein raues Tau verursacht, wenn es über eine Holzkante gezogen wird. Er erschrak. Die Harpune steckte noch immer in dem Wal! »Der Wal zieht das Boot mit in die Tiefe!«

Als hätte der Mann im Boot Cedriks Schrei gehört, versuchte er hektisch, den Knoten des Seils, das die Harpune mit dem Schiff verband, zu lösen. Er hatte keine Chance: Ein Arm hing noch immer völlig unbrauchbar an seiner Seite, abgetrennt von den magischen Fäden, die ihm die Lebenskraft einhauchten.

»Er schafft das, er muss das schaffen«, murmelte Cedrik.

»Entspann dich, Mann! Das ist nur Theater«, versuchte ihn Elliot zu beruhigen.

Das Seil war zum Zerreißen gespannt, der Fischer zog ein Messer aus seinem Gürtel und wollte das Tau kappen, doch er war zu langsam. Ein Ruck, dann kippte das Boot und wurde gurgelnd in die Tiefe gezogen. Der Fischer schrie auf, fiel ins Wasser und versuchte, sich schwimmend über Wasser zu halten.

Aber wie, mit nur einem Arm? Das konnte nicht klappen!

Er kämpfte tapfer und die Musik spielte ein dramatisches Finale, aber er schaffte es nicht. Die Wellen schlugen über ihm zusammen und der Fischer war fort. Schlussakkord, Trommelwirbel und der Vorhang senkte sich. Das Publikum klatschte begeistert.

Die Menschen um sie herum standen auf und machten sich daran, das Theater zu verlassen.

Cedrik sah sich unangenehm überrascht um. »Das war jetzt das Ende?«

»Ja, leider«, sagte Elliot enttäuscht.

Emily verzog angeekelt ihr Gesicht. »Das ist so unfair, der arme Wal. Immer muss er sterben.«

»Ach, und was ist mit Mrs Finneghan und ihrem Mann? Die tun dir nicht leid?«, entgegnete Elliot.

Cedrik hatte noch nicht ganz verstanden. »Wer ist denn ihr Mann? Der mit dem Zylinder?«

Elliot lachte. »Nein, das war unser Fluglehrer. Er behauptet immer, Reiten auf Tentakeln ist wie Besenfliegen im Sturm. Wenn es nach ihm ginge, wäre das, was er da heute abgeliefert hat, schon längst Bestandteil unseres Unterrichtes. Aber unsere Mutter ist dagegen.«

»Aber wer ist es denn dann?«

»Na, der Fischer«, antwortete Elliot trocken.

Cedrik überlegte kurz, ob sich Elliot einen Scherz erlaubt hatte, beschloss dann, auch das Unmögliche zu akzeptieren. Er lebte jetzt in Mistle End und hier war alles vorstellbar. Irgendwie gefiel ihm das. »Okay, das ist jetzt aber gar nicht schräg.«

Emily lachte. »Wie man's nimmt. Das ist Berthas Mysterium, so ist es hier einfach. Man weiß nie, welches Stück gespielt wird, weil das Theater auf sein Publikum reagiert. Die Zuschauer schreiben eigentlich selbst die Stücke, die sie sehen. Denn hier wird die Vergangenheit der Zuschauer auf der Bühne lebendig. Oder die Zukunft. Allerdings zeigt Bertha die Geschehnisse nie ganz so, wie sie wirklich passiert sind. Oder wie sie sein werden.«

»Mir ist es am liebsten, wenn es blutiger ist. Und fieser!«

»Elliot, du bist so eklig!«, stellte Emily verächtlich fest.

Wenn es stimmte, was seine Freunde ihm da erzählten, dann war die alte Frau, die sich eben in der ersten Reihe in ihren Wollschal einwickelte, die Frau des Fischers. Jetzt war sie Witwe, weil sie ihren Mann im Kampf mit einem Seeungeheuer verloren hatte. Und das hatten sie sich eben zusammen angesehen.

Als Unterhaltung! Ein Stück aus ihrer Vergangenheit als Bühnenstück. Das war … heftig. Und ziemlich unheimlich.

Emily legte den Kopf schief, während sie sich den Mantel anzog. »Aber warum Bertha einen Narren an Mrs Finneghans Geschichte gefressen hat, ist mir schleierhaft. Wenn sie im Publikum sitzt, kommt immer ihr Stück. Als gäbe es keine anderen Menschen, deren Vergangenheit spannend ist.«

»Oder Zukunft«, warf Elliot ein.

»Kommt ihr öfter her?«

»Nein, nicht so oft«, sagte Emily. »Aber es hätte ja auch sein können, dass Bertha was über dich zeigt.« Cedrik war verblüfft, sagte aber nichts. Wenn sie etwas über seine Vergangenheit wissen wollten, konnten sie ihn doch fragen. Und seine Zukunft war sowieso seine Sache, oder? Ihm gefiel die Vorstellung gar nicht, dass er Gegenstand eines magischen Theater-Spektakels hätte werden können.

Emily schien seine Verunsicherung nicht zu bemerken. »Manchmal macht mir das auch etwas Angst. Nicht zu wissen, was auf der Bühne gezeigt wird und so.«

»Wieso? Was macht dir da Angst?«, amüsierte sich Elliot. »Hast du etwas zu verbergen?« Er lachte. »Oder ist es dir zu brutal? Manchmal gibt es ja auch ein Happy End. Ist eben alles so wie im echten Leben.«

»Wenn du dich da mal nicht irrst!« Mrs Finneghan war hinter sie getreten und stopfte gerade ihre Wolle in eine große Umhängetasche. Dafür, dass sie gerade beim schrecklichen Tod ihres Geliebten zugesehen hatte, wirkte sie erstaunlich gut gelaunt. »Das Leben kennt keine Happy Ends. Außer wir schaffen sie uns selbst«, sagte sie freundlich.

Ihre Augen sind wirklich blau wie das Meer, dachte Cedrik.

»Glaubt mir, ich weiß, wovon ich rede. Wen das Unglück straft, der muss sich sein Glück selbst erschaffen. Nehmt euch ein Beispiel an Corvus. Ein tapferer Bursche!« Sie wies in Richtung des schüchternen Jungen, der Cedrik schon beim Einlass aufgefallen war. Wie auch zu Beginn des Spektakels war der Junge krampfhaft bemüht, das Lebewesen, das er offensichtlich unter seiner Jacke versteckte, vor den neugierigen Blicken der Umstehenden zu verbergen.

»Ach, der komische Vogel«, sagte Elliot leichthin.

»Was hat er da?«, fragte Emily.

»Was weiß ich, der Freak schleppt doch immer irgendein Federvieh mit sich rum.«

Der Junge schien zu spüren, dass sie über ihn sprachen, und bemühte sich, vorbei an den anderen Zuschauern nach draußen zu gelangen. Dabei wirkte er unsicher, fast schon unglücklich.

»Wie heißt er?«, fragte Cedrik.

»Corvus«, antwortete Elliot. »Corvus Crutcher. Ein komischer Typ. Totaler Einzelgänger, lebt irgendwo drüben in einem verfallenen Haus im Tollkirschenviertel.« Er beugte sich zu Cedrik und flüsterte: »Man erzählt sich, er sei von Raben aufgezogen worden. Voll gruselig. Seine Eltern wurden angeblich gehängt und dann haben ihn die Henker einfach liegen lassen. Stell dir vor, ein Baby, unter dem Galgen! Da haben ihn dann die Raben gefunden und aufgezogen.«

Emily versetzte ihrem Bruder einen kräftigen Schlag auf den Oberarm. »Elliot, du redest echt so einen Müll!«

Kapitel 21

ZUGABE: DIE BRENNENDE EICHE

Sie hatten den Ausgang fast erreicht, als sie ein schreckliches Geräusch zusammenfahren ließ: Der rote Bühnenvorhang riss von oben bis unten in zwei Teile. Wie von riesigen Klauen zerfetzt, flatterten die Reste des Vorhangs lose vor der dunklen Bühne. Musik setzte ein, ein Missklang aus verstimmten Geigen, Pfeifen und Dudelsäcken. Cedrik und seine Freunde, aber auch all die anderen, die gerade das Mysterium verlassen wollten, erfasste Unruhe. Die einen wollten möglichst schnell nach draußen, andere wollten zurück, magisch angezogen von dem unheimlichen Geschehen, das sich nun auf der Bühne zu entfalten schien. Ein Drängen und Schieben, es ging weder vor noch zurück. Ein Kind weinte und Mrs Finneghan spielte nervös mit ihren Stricknadeln. Ein Windstoß fegte durch das Theater und löschte alle Kerzen. Dunkelheit breitete sich aus.

»Was soll das?«, fragte Emily. »Das gefällt mir gar nicht.«

»Vielleicht gibt es endlich mal eine Fortsetzung«, hörte

Cedrik Elliot irgendwo neben sich in der Dunkelheit antworten. Er konnte spüren, dass auch Elliot bei Weitem nicht so ruhig war, wie er vorgab zu sein.

»Ruhig, Kinder«, sagte Mrs Finneghan. »Bertha wird sicher gleich wieder …«

Sie zog scharf die Luft ein, als sich in der Mitte der Bühne mit einer Stichflamme ein Baum entzündete. Eine große, stattliche Eiche brannte lichterloh und warf ihr flackerndes Licht auf die entsetzten Gesichter des Publikums. Eine Marionette fiel zappelnd von der Decke und stand nun als Schattenriss vor dem lodernden Baum. Die Figur stellte einen Jungen dar, vielleicht in ihrem Alter, mit dunklen Haaren. Zwei weitere Figuren fielen von der Decke, landeten jedoch nicht auf dem Bühnengrund, sondern auf den äußersten Ästen des Baumes. Gerade außerhalb der bedrohlichen Flammen. Ein Junge und ein Mädchen, beide blond.

Cedrik erschrak. Die Szene, die sich ihnen bot, erinnerte ihn mit solcher Heftigkeit an seine Prüfung, dass er zitterte. Die drei Freunde sahen sich an. Das Theater hatte sich entschieden, eine Zugabe zu geben.

»Fehlt nur noch der Drache«, meinte Elliot heiser.

Cedrik konnte die gewaltige Hitze des brennenden Baums spüren. Der Drache gehörte zweifellos zur Prüfung. Er hatte einen bitteren Geschmack auf der Zunge, als ihm klar wurde, dass er diesem Ungeheuer nun noch einmal begegnen würde. Das letzte Mal hatte er das Monster nur mithilfe seiner Mutter besiegen können. In ihm keimte ein Hoffnungsschimmer. Vielleicht würde er sie nun auch wiedersehen?

Ein Schatten schälte sich mit fließenden Bewegungen aus der Dunkelheit der Bühne.

Die Marionette, die ohne Zweifel Cedrik darstellen sollte, wich unsicher zurück. Ein Schwert wuchs ruckend aus dem Boden, die Puppe griff danach und richtete die Waffe auf den unheimlichen Schatten.

Aber das … das war kein Drache!

Der Schatten hatte die Figur eines Menschen, von der gleichen Größe wie die anderen Puppen, nur schwarz und auf eine verstörende Weise körperlos. Die Dunkelheit um ihn herum wirkte dichter und Cedrik spürte, dass dieses Etwas auf der Bühne böse war. Sehr böse.

Sein Bühnen-Ich und der Schatten, der nun auch ein Schwert in den Händen hielt, umkreisten einander. Cedrik brach der Schweiß aus.

Das war Theater, okay. Aber was, wenn der Schattenmann sein Bühnen-Ich verletzte? Würde er etwas spüren? Was, wenn er ihn tötete?

Die Marionetten von Emily und Elliot im Baum schrien auf. Nicht sie selbst, sondern der Mann mit der seltsamen Fistelstimme, der alle Charaktere auf der Bühne zu sprechen schien.

Erst die Schwester: »Bitte beeil dich«, dann der Bruder: »Cedrik, schnell! Wir verbrennen hier oben!«

Der echte Elliot neben ihm schnaubte. »So rede ich gar nicht. Ich habe nie im Leben so gewinselt. Oder!? Hab ich doch nicht?«

Cedrik achtete nicht weiter auf Elliot, sondern konzentrierte sich auf die Bühne.

Der Schatten sprang vor und hieb mit dem Schwert knapp über der Puppe durch die Luft.

Dann noch einmal, wieder knapp über den Kopf.

Cedrik stutzte. War das Absicht? Warum zielte er nicht auf die Puppe, sondern daneben? Ein weiterer Schlag.

Cedriks Marionette stolperte zurück und konnte rechtzeitig ausweichen. Als Cedrik beobachtete, wie sich sein Bühnen-Ich bemühte, den Abstand zum Angreifer zu vergrößern, verstand er endlich.

»Verdammt, er hat es auf die Fäden abgesehen«, schrie er.

Ein weiterer Hieb des Schattens und wieder konnte Cedrik-auf-der-Bühne die lebenserhaltenden Schnüre gerade noch in Sicherheit bringen. Cedriks Herz klopfte bis zum Hals. Er hatte gesehen, wie der Arm des Fischers, einmal von den Schnüren getrennt, leblos herabgehangen hatte. Er wollte auf keinen Fall erleben, wie die Fäden seiner eigenen Marionette durchtrennt wurden.

»Warum wehre ich mich denn nicht? Greif an, Mann!«

Durch die Puppe ging ein Ruck. Sie sprang nach vorn und schlug nach dem Angreifer, aber der Hieb war unsicher geführt und viel zu langsam für den geschickt ausweichenden Schatten. Wieder hob sein Bühnen-Selbst das Schwert und wieder hatte der Schatten keine Mühe, aus der Reichweite der Klinge zu tänzeln. Er blieb kurz stehen, und obwohl er in dem Gesicht des Wesens nichts als wirbelnde Schwärze erkennen konnte, spürte Cedrik, dass der Schatten lächelte. Spöttisch und siegessicher.

Der Schatten machte einen Ausfallschritt und Dunkelheit

verdrängte das Licht. Er hatte seine schwarze Klinge zum Schlag erhoben und Cedrik wusste instinktiv, dass der nächste Hieb tödlich sein würde. Dazu gedacht, dem Spektakel ein Ende zu bereiten. Er schrie auf und riss in einem Reflex den Arm nach oben. Die Puppe auf der Bühne tat es ihm gleich. Hart traf Metall auf Metall. Im gleichen Moment gab es einen furchtbaren Knall und ein greller Lichtblitz durchflutete das Theater. Die Marionetten wurden ebenso wie Teile des Bühnenbildes in den Hintergrund der Bühne geschleudert. Es rauschte, und die Flammen des brennenden Baumes wurden weggesaugt, als hätte ein Dämon sie eingeatmet. Zurück blieb nur die Eiche, schwarz und verbrannt im Wald.

Keine Spur mehr vom Schatten und von Cedrik.

Eine einsame Flöte spielte eine traurige Melodie und ein perfekter Vollmond wurde quietschend in den Theaterhimmel gezogen, von wo er sein silbriges Licht auf die Waldlichtung warf.

Elliot neben Cedrik schnaufte. »Und was ist mit uns? Sind wir jetzt gegrillt worden, oder was?«

Emily flüsterte heiser: »Es geht nicht um uns, Elliot.«

Cedrik spürte es auch. Das hier war seine Geschichte, das Theater hatte ihn ausgesucht.

Schneeflocken rieselten leise vom Theaterhimmel und am Waldrand erschien die Silhouette eines Jungen. Zuerst war nicht viel zu erkennen, da er sich sorgsam im Schatten der Bäume hielt. Er bewegte sich nicht und doch schien sein ganzer Körper auf beunruhigende Weise zu beben und zu … atmen.

»Wer ist das?«, fragte Emily, aber weder Elliot noch Cedrik wussten eine Antwort. Als der Junge in das Mondlicht trat, konnten die Freunde erkennen, weshalb er so fremdartig ausgesehen hatte: Er bestand zu einem großen Teil aus Pflanzen. Aus lebendigen Pflanzen. Sein Oberkörper war mit Farnen und Gräsern bedeckt, aus einer Schulter wuchs ein Baumsprössling und um seine Beine hatten sich blühende Ranken gewickelt. In seiner Hand trug er einen knorrigen Stab, mit einem Wurzelknoten am oberen Ende.

»Der Grüne Mann«, flüsterte Emily ehrfürchtig.

»Äh … eher ein Grüner Junge«, korrigierte sie Elliot mit belegter Stimme.

Die Gestalt hatte ihnen den Rücken zugewandt, sodass sie das Gesicht nicht erkennen konnten, aber tief in seinem Innern wusste Cedrik, dass diese Figur mit ihm zu tun hatte. Vielleicht sogar er sein sollte.

»Was ist ein Grüner Mann?«, fragte Cedrik aufgeregt. »Sind das auch Druiden oder so?«

Emily kaute aufgeregt auf einer Haarlocke. »Ich denke schon.«

Es herrschte angespannte Stille, dann zuckten alle zusammen, als ein hölzerner Rabe krächzend über die Lichtung flog. Es schien Cedrik, als kündete sein Ruf von drohendem Unheil.

Ein Hirsch sprang mit bebenden Flanken auf die Lichtung und erinnerte Cedrik sofort an das junge Tier aus seiner Prüfung. Der Hirsch hatte Angst, trippelte unruhig auf der Stelle und wandte sich immer wieder um, als erwartete er, angegriffen zu werden. Und tatsächlich: Wenig später konnten sie alle hinter den Bäumen gelb leuchtende Raubtieraugen aufblitzen sehen. Mehr war noch nicht zu erkennen: Mal war es ein Rascheln oder ein Zweig, der sich bewegte, mal ein Schatten, der vorüberhuschte. Doch aus der Reaktion des Jungen und des Hirschs konnte Cedrik schließen, dass dort im Dunkel des Waldes etwas lauerte, das gefährlich war. Der Hirsch ging rückwärts, drehte sich im Kreis. Er schnaubte.

War der Hirsch wirklich eine Marionette? Er wirkte so lebendig. Cedrik versuchte, die Schnüre zu erkennen, die das Tier bewegten, aber es war zu dunkel.

Der grüne Junge hob beruhigend die Hände und näherte sich behutsam dem verzweifelten Tier.

»Das … das bin ich, Leute! Ich glaube, das soll ich sein«, stammelte Cedrik atemlos.

Zwei weitere Marionetten traten aus dem Schatten der Bäume. Es waren Emily und Elliot, ganz klar. Doch sie waren nicht allein. An ihrer Seite trat ein Wolf ins Licht. Mit Fell, schwarz wie die Nacht.

Nicht nur einer. Es waren mindestens ein halbes Dutzend.

»Versteht ihr das?!«, fragte Elliot stirnrunzelnd. Der grüne Junge auf der Bühne begrüßte die Geschwister herzlich, blieb aber wie angewurzelt stehen, als ihn die Wölfe böse anknurrten. Die Figuren von Emily und Elliot rührten sich nicht von der Stelle.

Die echte Emily schnaufte empört. »Was soll das?! Ich würde niemals so unfreundlich …« Sie brach ab, weil ihr Bühnen-Ich sich soeben in einen weiteren Wolf verwandelte. So groß wie die anderen, nur weiß. Auch er fletschte wütend die Zähne.

Der Hirsch wimmerte hohl und warf sich erst in die eine, dann die andere Richtung. Er rannte im Kreis, unsicher, wohin er sich wenden sollte, weil ihm die Wölfe immer wieder den Weg versperrten.

Der grüne Junge auf der Bühne packte seinen Stab fest mit beiden Händen.

Das Publikum raunte.

Elliot beugte sich zu Cedrik und flüsterte ihm besorgt ins Ohr: »Nicht vergessen, das ist hier nur Theater, ja? Ein Spiel. Was auch immer passiert, es hat nichts mit der Wirklichkeit zu tun!«

Cedrik versuchte, Elliots Worten zu glauben, aber was dort auf der Bühne geschah, verunsicherte ihn total.

Wie auf ein stummes Signal hin griffen die Raubtiere den Hirsch an. Nicht alle, aber das war auch gar nicht nötig. Zwei verbissen sich in die Seite des Tieres, ein dritter sprang dem Hirsch an die Kehle. Der Junge auf der Bühne schrie auf, Cedrik ebenso. Während Cedrik im Publikum Elliot am Arm packte und ihn anschrie, er solle etwas unternehmen, rammte der grüne Junge wütend brüllend seinen Stab in den Schnee.

Es donnerte, dann ertönte ein dumpfes Grollen in der Ferne, das rasch lauter wurde. Das ganze Theater schien zu beben. Die Wölfe jaulten auf, ließen von dem blutenden Hirsch ab und warfen sich nun alle auf den grünen Jungen. Bissen in seine Arme, seine Beine und versuchten ihn umzuwerfen.

Mit dabei der weiße Wolf, Emily. Wie durch ein Wunder hielt sich der Junge aufrecht und schien sich weiterhin mit aller Kraft auf etwas zu konzentrieren. Doch was es auch immer war, was da aus der Ferne herandonnerte, es würde zu spät kommen! Die Wölfe rissen ganze Holzfetzen aus seinen Beinen und er begann unter den Angriffen gefährlich zu wanken. Cedrik stöhnte verzweifelt

Dann ein Blitz – blau und grell! – und die Wölfe flogen in alle Richtungen. Ein Junge aus dem Zuschauerraum war an die Bühnenkante gerannt, beide Hände zum magischen Schlag erhoben. Mit verzerrtem Gesicht presste er Worte in einer unbekannten Sprache über seine Lippen und erneut sprengte ein Blitz in die Wölfe. Er verteidigte den grünen Jungen!

Elliots Bühnen-Ich, das sich bisher nicht in den Kampf eingemischt hatte, riss wütend seine Hände empor und griff nun seinerseits den Jungen vor der Bühne an. Doch dieser schien seinen Plan zu ändern, deutete mit ausgestreckten Armen nach oben, schrie zwei, drei Wörter in der fremden Sprache und noch im gleichen Atemzug fiel der Vorhang und verdeckte die schauerliche Szene. Ein Wolf versuchte sich darunter durchzuwinden und auf den schmächtigen Jungen zu werfen, doch das Einzige, was von ihm blieb, war eine kurze Ausbeulung im roten Samt des Vorhangs, der sanft auspendelte. Stille trat ein.

Der fallende Vorhang hatte die magische Zugabe nicht nur beendet, sondern auch den Zuschauerraum jeglichen Zaubers beraubt. Das Licht ging wieder an, das Publikum klatschte, zufrieden mit der Show, und setzte, sich angeregt unterhaltend, seinen Auszug aus dem Theater fort. Das Spektakel auf der Bühne schien seinen Zweck erfüllt zu haben. Eine willkommene Ablenkung in Zeiten drohenden Unheils.

Cedrik schüttelte es, als die Anspannung von ihm abfiel und er wieder normal Luft holen konnte. »Leute, was war das?! Warum habt ihr mich angegriffen?«

»Haben wir nicht, Cedrik! Das ist nur Theater, das ist ein Bild für irgendetwas«, rief Emily.

Cedriks Puls raste. Unwillkürlich tastete er sich ab, ob er vom Angriff der Wölfe nicht doch irgendwelche Bisswunden davongetragen hatte.

»Was sollte das, Corvus!«, fuhr Elliot Cedriks schmächtigen Retter an, der sich nun unsicher Richtung Ausgang bewegte.

Der Junge war blass und außer Atem. »Ich w-wollte nur h-h-helfen.« Er stotterte und sah auf den Boden. Unter seiner Jacke regte sich wieder etwas.

Als Cedrik wahrnahm, wie sich Kummer und Enttäuschung im Gesicht des Jungen breitmachte, spürte er Mitleid. Und Dankbarkeit. Viel länger hätte er diese Zugabe keinesfalls ausgehalten. Und warum musste ihn Elliot jetzt so anmachen? Er war es doch, der ihn gerettet hatte vor … Er schluckte. Vor Elliot und Emily.

»Wen hast du da?«, fragte Cedrik sanft und deutete auf seine Jacke.

»N-n-nichts«, sagte Corvus hastig und schlang die Arme vorsichtig um seinen Oberkörper.

»Wie auch immer«, schimpfte Elliot. »Du hast die Weissagung unterbrochen. Das war dämlich. Vielleicht wäre es noch weitergegangen und wir hätten noch mehr erfahren können.«

Mrs Finneghan mischte sich ein. »Lass gut sein, Elliot. Corvus hat das Richtige getan. Wir wissen alle nicht, was passiert wäre, aber ich denke nicht, dass es zu einem guten Ende gekommen wäre. Vielleicht hätten die Wölfe uns überrannt oder vielleicht hätte dieser grüne Junge das ganze Theater zerstört, wenn Corvus nicht den Zauber durchbrochen hätte. Er war der Einzige, der gehandelt hat. Wir sollten ihm dankbar sein. Corvus, ich finde, du hast …« Sie stutzte. »Wo ist er hin?«

Kapitel 22

KEINE SPUREN IM SCHNEE

Als sie das Theater verließen, war der Himmel grau und dicke Schneeflocken tanzten in der Luft.

Cedrik lief zwischen seinen Freunden. »Leute, ich glaube, ihr solltet mir das erklären. Was … was war das?«, fragte er verunsichert. »Und was hast du damit gemeint, als du von Weissagung gesprochen hast, Elliot? Und warum habt ihr die Wölfe auf mich gehetzt?!«

Elliot schnalzte mit der Zunge. »So was habe ich noch nie gesehen. Ich hab schon gewusst, dass das Theater manchmal auch einen Blick in die Zukunft erlaubt, aber so was …«

»Elliot, das hilft uns jetzt wirklich nicht weiter!« Emily drängte sich zwischen ihren Bruder und Cedrik und hakte sich bei ihm unter. »So viel steht fest: Das war keine Vision, wie es sie hier schon einmal gab. Zumindest soweit ich weiß. Vielleicht war es überhaupt keine Prophezeiung, vielleicht ging etwas schief. Gut, es hatte irgendwie mit dir zu tun. Die erste Szene war deine Prüfung. Oder zumindest ganz ähnlich. Aber die Wölfe? Und der Hirsch? Die zweite Szene war total unrealistisch. Als würde ich dich jemals angreifen. Niemals! Und Elliot sicher auch nicht!«

Cedrik sagte aufgebracht: »Aber ihr habt selbst gesagt, dass Berthas Theater die Zukunft zeigt! Also heißt das vielleicht doch, dass wir uns irgendwann bekämpfen werden, oder?«

Elliot schürzte die Lippen, als wollte er etwas sagen, aber Emily kam ihm zuvor. »Nein, auf keinen Fall. Das kann es nicht sein. Vielleicht sollten wir Bertha fragen, was es bedeuten könnte?«

»So funktioniert das nicht«, sagte Elliot und schüttelte den Kopf. »Mama hat uns doch erklärt, dass Lady Bertha mit den Aufführungen selbst gar nichts zu tun hat. Das Theater spielt von allein. Und lässt sich, wenn überhaupt, dann nur von den Schicksalen der Zuschauer beeinflussen.«

»Na toll. Dann bin also mal wieder ich an allem schuld, ja? Wie in der Prüfung, mit dem Drachen?«

»Das hat mit Schuld nichts zu tun«, sagte Emily, sie klang leicht gereizt. »Magie reagiert auf die Menschen und Wesen, die sie anwenden. Magie ist nicht logisch, Magie ist pure Energie, das reinste Chaos! Zaubern heißt, das Chaos zu beherrschen und sich seine Kräfte zunutze zu machen.«

Elliot stöhnte laut auf. »Hör auf, Emily! Das ist ja schrecklich!« Er verzog sein Gesicht zu einer schmerzerfüllten Grimasse.

»Was ist?«, fragte Emily erschrocken.

»Das erinnert mich an etwas. Etwas sehr Schlimmes.«

Cedrik starrte seinen Freund beunruhigt an.

Der nickte düster. »Grundkurs Metaphysik der Magie. Erste Stufe.«

»Und?«, fragte Cedrik.

»Ich bin durchgefallen!«

Elliot lachte und Emily stöhnte. Nur Cedrik schwieg. Ihm war nicht nach Lachen zumute.

»Und was war im Rat? Beim Angriff der Raben? Bin ich das Chaos, das es zu beherrschen gilt?«

»Hey …« Emily drückte seinen Arm. »Jetzt schau mal nicht so finster. Mit dem Angriff der Raben hattest du nichts zu tun. Und das hier war letzten Endes nur ein Theaterstück. Wir sollten uns davon nicht verunsichern lassen. Du wirst sehen, das wird sich sicher alles klären lassen. Es ist ja nichts passiert.«

»Weil Corvus da war und den Zauber unterbrochen hat«, erinnerte Cedrik.

Elliot zog die Nase hoch. »Corvus Crutcher, Corvus Blödmann. Lasst uns lieber einen Zahn zulegen, wir sind spät dran, wenn wir rechtzeitig zum Nachmittagstee zu Hause sein wollen.«

»Geht ruhig.«

»Was?« Emily starrte ihn erschrocken an.

»Nein, ich mein, ich finde den Weg allein. Geht ruhig, alles gut.«

»Bist du sicher?«, fragte Emily besorgt.

Cedrik grinste selbstbewusst.

»Lass dich nicht verunsichern, okay? Gleich morgen früh versuchen wir es noch einmal bei Dandelia! Sie muss doch mehr über Druiden zu erzählen haben. Mama hat ihr eine Nachricht geschickt und sie gebeten, dir zu helfen.«

Sie verabschiedeten ihn herzlich, ehe er sich allein durch das Dorf auf den Weg nach Hause machte. Die Freundlichkeit seiner Freunde war echt, das spürte er.

Trotzdem gingen ihm die Bilder aus dem Theater nicht mehr aus dem Kopf. Die beiden hatten ihn angegriffen. Ihn und den Hirsch.

Das beunruhigte ihn, darüber wollte er nachdenken. Und er kannte ja den Weg.

Die Dämmerung hatte bereits eingesetzt, die Laternen in den Gassen warfen ihr goldenes Licht auf den glitzernden Schnee. Gemütlich. Und doch wirkte das Dorf wie ausgestorben. Dichter Schneefall hatte die Spuren auf dem Weg vor ihm schon vollständig bedeckt.

Hörte es hier eigentlich nie auf zu schneien?!

Andererseits gab es in einem Dorf, in dem die meisten Bewohner mit dem Besen unterwegs waren, wohl sowieso nicht viele Fußspuren. Was er in den letzten Tagen erlebt hatte, war verrückter als alles, an das er sich in seinem ganzen Leben erinnern konnte.

Was war da eben auf der Bühne passiert? Was hatte er getan, dass ihn seine Freunde angegriffen hatten? War das wirklich seine Zukunft?

Er dachte an den Moment, in dem er auf der Bühne den Stock in den Boden gerammt und damit irgendetwas Machtvolles zu seiner Verteidigung herbeigerufen hatte. Die Geste hatte so kraftvoll gewirkt.

Als hätte ich gewusst, wie ich mich zu wehren habe, dachte Cedrik und lächelte grimmig. Legt euch nicht mit Cedrik an! Der ist ein Druide, der hat es drauf!

Er lenkte seine Schritte einige Querstraßen unterhalb von Berthas Laden in die schmale Gasse mit dem verschnörkelten Torbogen, stand plötzlich vor einer gemauerten Wand und stutzte. Das war eine Sackgasse, hier ging es nicht weiter.

Hier sollte doch eigentlich eine schmale Treppe sein? Er drehte sich in alle Richtungen. Wo bin ich denn jetzt gelandet? Dort drüben ist der Turm mit dieser auffälligen Sternen-Uhr, von dort muss ich links … oder hätte ich rechts abbiegen sollen?

Er seufzte. Na toll. Auch das noch.

Er ging zurück und versuchte die Stelle zu finden, an der er falsch abgebogen war, aber auf einmal kam ihm alles fremd vor. Dieses Haus, mit dem steinernen Pegasus vor der Tür, hatte er noch nie gesehen. Er bog rechts ab, erkannte nichts wieder, machte kehrt und nahm eine andere Abzweigung.

Ja, hier war er richtig! Jetzt rechts und dann musste er gleich …

Erschrocken prallte er zurück. Vor ihm stand ein riesiger Eisbär, mit erhobener Pranke und gefletschten Zähnen! Sein Fell glitzerte im schwachen Schein der Winternacht. Cedrik wagte nicht zu atmen. Weder der Bär noch Cedrik bewegten sich. Das Tier überragte Cedrik sicher um einen Meter. Nahezu unbewegt stand es vor ihm und fixierte ihn mit seinen kleinen, weißen Pupillen. Cedrik blinzelte verwirrt. Hatten Eisbären nicht schwarze Augen?

Hinter sich hörte er ein leises Kichern. »D-du musst k-k-keine Angst vor ihm haben. Der ist aus Eis.«

Cedrik holte tief Luft. »Der Bär … was sagst du?«

»I-i-ich habe ihn selbst g-g-gemacht.«

Cedrik drehte sich vorsichtig um.

Hinter ihm stand Corvus und grinste ihn verlegen an. Er blinzelte, bückte sich, nahm eine Handvoll Schnee und warf sie dem Eisbären ins Gesicht. Der Eisbär reagierte nicht.

Cedrik spürte, wie ihm das Blut ins Gesicht schoss. »Oh Mann, und ich dachte …«

»Er i-i-ist so gemacht, dass er g-g-ganz echt aussieht«, unterbrach ihn Crutch eifrig.

»Corvus Crutcher – richtig? Hi, ich bin Cedrik.«

»Die Leute n-n-nennen mich Crutch.«

Cedriks Irrweg hatte ihn in einen verborgenen Garten geführt. Tief verschneit, umgeben von hohen Büschen und Mauern. Auf dem kleinen Platz standen noch mehr Eisfiguren und hier, direkt am Eingang des kleinen Parks, stand der Bär aus Eis.

Crutch musterte Cedrik neugierig. »W-w-was machst du hier? Wolltest du mich b-b-besuchen?«

»Ich habe mich verlaufen«, antwortete Cedrik, noch immer peinlich berührt, und schüttelte den Kopf. Als er Crutchs kaum merkliche Reaktion wahrnahm, überkam ihn das Gefühl, dass er ihn mit dieser Antwort irgendwie enttäuscht hatte.

»I-i-ich kann dich h-heimbringen. Ich w-w-weiß, wo du wohnst.«

»Lass nur, das hat Zeit«, antwortete Cedrik hastig. »Und danke, dass du das Spektakel vorhin im Theater beendet hast.«

Crutch antwortete ernst: »D-das war nicht schön.«

Sie gingen langsam durch den Figurengarten. Immer wieder blieb Cedrik stehen, um sich die Kunstwerke aus Eis anzusehen. Die Figuren waren überaus realistisch und zeigten Menschen und Tiere, aber auch andere Wesen, die Cedrik noch nie gesehen hatte. Da gab es einen Menschen mit Ziegenbeinen und Hörnern auf der Stirn, eine Frau mit Fischschwanz und einen hochgewachsenen Mann, eingehüllt in einen langen Mantel, mit spitzen Ohren.

Warum hatte der Elb ein so schmerzverzerrtes Gesicht?

Tatsächlich entdeckte er einen Dolch, verborgen in den Falten des Mantels. Er steckte in der Brust des Mannes, kurz unterhalb des Herzens. Jetzt schaute er sich auch die anderen Figuren noch einmal genauer an und bei allen entdeckte er schaurige Details, die ihm vorher entgangen waren: Der Mann mit den Ziegenbeinen hatte den Mund zu einem stummen Schrei geöffnet. In seiner Seite klaffte ein furchtbarer Riss, wie von schrecklichen Klauen, und die Meerjungfrau sah aus, als galt ihr trauriger Blick einem Menschen, den sie selbst unter Wasser drückte. »Die sehen alle … toll aus«, sagte Cedrik.

Crutch war ihm mit etwas Abstand gefolgt und stand hinter ihm. »Findest du? I-i-ich finde sie ein wenig d-düster.«

Cedrik schüttelte den Kopf. »Vielleicht ein wenig, aber dafür unglaublich realistisch. Die sehen sehr echt aus.«

Er betrachtete Crutch aufmerksam. Dieser schien sorgsam darauf bedacht, das, was er noch immer unter seiner Jacke verbarg, warm und geborgen zu halten.

»Und die hast du alle selbst gemacht?«

Crutch neigte bescheiden sein Haupt, ohne ihn anzusehen.

»Allein? Hier draußen?«

Crutch lächelte gequält. »Natürlich allein. Außer uns b-b-beiden ist hier ja keiner. In M-M-M-Mistle End ist man immer allein.«

Cedrik hob erstaunt seine Augenbrauen. »Aber die Leute im Dorf sind doch alle … nett. Dachte ich jedenfalls.«

Crutch schaute Cedrik nun direkt an. »Ja, das sind sie. B-b-b-bis sie merken, dass du anders bist.«

Auf einmal fiel Cedrik ein, wie ihn die Dorfbewohner nach dem Angriff auf den Rat angesehen hatten. Er richtete seine Aufmerksamkeit wieder auf die Sammlung schmerzerfüllter Eisstatuen. Je länger er die gequälten und unglücklichen Figuren betrachtete, desto unwohler fühlte er sich. Jede dieser Figuren strahlte eine Trauer aus, die er schwer zu ertragen fand. »Warum zeigst du denn die Figuren alle in so furchtbaren Szenen?«

Crutch fuhr nachdenklich mit seinen Fingern über das tränenüberströmte Gesicht des Ziegenmannes. »Ich weiß, das ist unheimlich. Sie werden immer so. Sie lachen am Anfang, aber wenn ich fertig bin, w-w-weinen sie. Oder schreien. Das ist schrecklich!«

Plötzlich hatte Cedrik eine Idee. »Ich möchte gerne sehen, wie du sie machst. Zeigst du es mir?«

Crutch musterte ihn misstrauisch.

»Es interessiert mich wirklich«, sagte er freundlich.

Crutch nickte zögernd. Dann kniete er sich auf den Boden, legte seine Hände auf den Schnee und murmelte leise vor sich hin. Ihn umspielte ein blaues Leuchten, schwach und pulsierend. Dampf stieg auf, und die glatte Schneefläche begann sich knirschend zu verändern. Die weißen Kristalle schienen unter seiner Hand lebendig zu werden, wölbten sich, wuchsen ihm entgegen. Langsam formte er aus dem sanft pulsierenden Schnee das Abbild eines Lebewesens.

Zuerst konnte Cedrik nicht erkennen, was Crutch da entstehen ließ, doch als dem Tier Federn wuchsen, es den langen Hals streckte und einen Schnabel bekam, wusste er es: Crutch hatte einen lebensgroßen, stolzen Schwan aus dem Eis gezaubert.

Cedrik war beeindruckt. »Toll! Wie hast du das gemacht?«

Crutch lächelte schüchtern. »Er ist noch nicht ganz fertig.« Er stand auf und legte eine Hand auf die Stirn des Tieres. Wieder murmelte er ein paar Worte. Der Schwan öffnete den Schnabel zu einem heiseren Schrei, richtete sich auf und breitete seine gewaltigen Schwingen aus.

Cedrik trat erstaunt einen Schritt zurück.

»Siehst du«, sagte Crutch stolz. »Jetzt ist er fertig!«

Doch der Schwan veränderte sich weiter. Er krümmte sich, sein linker Flügel sank herab und aus seiner eisigen Brust wuchs ein Dorn, der sich langsam in den Schaft eines Pfeiles verformte. Die Verwandlung war abgeschlossen und der Schwan erstarrte im Augenblick seines Todes.

Betroffen sah Cedrik auf Crutch.

Der keuchte. »Nein. So nicht! S-s-so soll er n-n-nicht sein!« Seine Stimme wurde seltsam rau. »Ich w-w-wollte ihn schön machen. Das ist nicht r-r-richtig!«

Er fing an, mit Händen und Füßen gegen die Schneefigur zu schlagen und sie einzureißen.

Cedrik hielt ihn zurück. »He, nicht! Hör auf damit!«

Crutch schüttelte seine Hand ab und trat unwirsch einen Schritt von ihm zurück. »Fass mich nicht an!« An seiner Brust regte sich etwas und er strich hastig über seine Jacke.

Cedrik betrachtete ihn nachdenklich. Der Junge tat ihm leid. Er spürte seine Einsamkeit und seine Unsicherheit. Er wirkte so verletzlich. »Was hast du da unter deiner Jacke?«, fragte er sanft.

Crutch zuckte erschrocken zurück. »Nichts«, sagte er.

Cedrik lächelte. »Natürlich hast du da etwas. Ein Tier, nehme ich an.« Er trat einen Schritt näher.

»Da ist nichts. Lass das!«, rief Crutch. Er drehte sich um und stürmte Richtung Ausgang. Dort blieb er stehen und wandte sich noch einmal an Cedrik: »D-d-d-du musst zurück, die Zweite links und dann gleich wieder links. Dann bist du wieder auf dem richtigen W-W-W-W … W-W-W …«

Weg, dachte Cedrik.

»W-W-W-W…«, stotterte Crutch. Doch er brachte das Wort einfach nicht heraus.

Unvermittelt schlug er sich mit der flachen Hand ins Gesicht. Wütend und verzweifelt.

Er sah Cedrik noch einen Moment finster an, dann verschwand er in der Dunkelheit.

Cedrik blieb geschockt stehen und blickte ihm nach. Der Schlag ins Gesicht hatte ihn so geschmerzt, als hätte Crutchs Hand seine eigene Wange getroffen.

Kapitel 23

EIN FETZEN BUCH

In dieser Nacht wachte er vom Geräusch des Meeres auf. Laut und deutlich konnte er hören, wie Wellen einen steinigen Strand hochrollten, sich brachen und wieder leise murmelnd zurück ins Meer flossen.

Die alte Frau im Theater – die hatte doch den gleichen Namen wie der Mann im Teppich? Mrs Finneghan, Lehrerin für Hexengeschichte. Mr Finneghan, ehemaliger Fischer.

Viel zu müde, um sich weiter Gedanken darüber zu machen, zog er sich die Decke über den Kopf.

Als ihn das Scheppern der Türglocke aus seinem traumlosen Schlaf riss, hatte er das Gefühl, nur wenige Minuten geschlafen zu haben. Tatsächlich aber schien draußen die Sonne. Er fühlte sich wie gerädert. Emily und Elliot stürmten in sein Zimmer, warfen ihre Mäntel auf den Boden und setzten sich mit glühenden Wangen an sein Bett. Sie mussten gerannt sein, so außer Atem, wie sie waren. Oder geflogen.

Emily strahlte ihn an. »Wir haben dir frische Rosinenbrötchen mitgebracht. Und Honig.«

»Morgen, Kumpel!« Elliot grinste breit. »Na, wieder besser?«

»Aufstehen, Cedrik!«, rief Emily. »Wir müssen zu Dandelia, um rauszukriegen, was es mit diesen Dornenkriegen auf sich hat. Warum hat Alastair damit angefangen? Was hatten die Druiden damit zu tun?«

»Jetzt stress doch nicht. Das weiß ich alles schon längst«, sagte ein schmatzender Elliot. Er hatte sich eines der Brötchen geschnappt, die eigentlich für Cedrik bestimmt gewesen waren.

Emily sah ihren Bruder verständnislos an. »Was weißt du!?«

Elliot kostete seinen Triumph sichtlich aus. »Ich weiß alles über die Dornenkriege und die Druiden«, sagte er gedehnt. Er runzelte die Stirn und fügte hinzu: »Zumindest über ihre Rolle im Krieg.«

Emily schwieg verblüfft. Misstrauisch kaute sie auf ihrer Unterlippe. »Und woher weißt du das?«

»Ich habe nachgeschaut.«

»Wo?«

»In der Bibliothek.«

Cedrik konnte sehen, wie fassungslos Emily war. »Mr Elderling hat sich geweigert, mit UNS zu sprechen, aber DICH hat er reingelassen? Und dir gezeigt, wo du alles findest?«

Elliot schüttelte selbstgefällig den Kopf. »Natürlich nicht! Ich habe mir Mamas Schlüssel geschnappt, bin – als sie uns so früh geweckt hat – zur Bibliothek geflitzt und habe mich reingeschlichen. Er hat überhaupt nichts bemerkt, sondern im Traum wieder irgendetwas gefaselt, von 12.000 Meilen unter dem Meer oder so.«

»20.000 Meilen unter dem Meer«, korrigierte ihn Emily zerstreut. Dennoch betrachtete sie ihren Bruder respektvoll.

Cedrik wurde ungeduldig. »Und? Was hast du denn nun herausgefunden?«

Elliot kramte in seiner Tasche. »Na ja, ich hatte ja nicht ewig Zeit, um es auswendig zu lernen. Und damit ihr es selbst lesen könnt, habe ich es einfach mitgenommen.« Stolz grinsend hielt er ihnen eine zerknitterte Buchseite vor die Nase.

Emily schnappte nach Luft. »Du hast eine Seite aus Elderlings Lexikon herausgerissen?!«

Elliot schaute zwischen Cedrik und seiner Schwester hin und her. »Klar! Ich hätte ja kaum das ganze Lexikon …«

»Du bist genial, Elliot! Gib her«, rief Cedrik, schnappte sich die Seite, ließ sich zurück in sein Bett plumpsen und strich das Papier auf seinem Knie glatt.

Emily raufte sich die Haare. »Du hast dieses Buch geschändet, Elliot! Ausgerechnet Mr Elderlings Lexikon! Er wird uns für den Rest unseres Lebens aus der Bibliothek verbannen. Wir werden nie wieder Bücher ausleihen, ach was, nicht einmal ansehen dürfen.« Sie stöhnte. »Er wird uns die Kobolde auf den Hals hetzen …«

»Wollt ihr hören, was da steht?«, unterbrach sie Cedrik ungerührt.

Elliot nickte heftig. »Ich bitte darum!«

Emily verschränkte beleidigt ihre Arme vor der Brust.

Cedrik begann vorzulesen:

»XIII. HEXENKRIEG, AUCH GENANNT KRIEG DER DORNEN (*)

Magisch-kriegerische Auseinandersetzung mit zahlreichen Opfern zwischen den Dornhexen und den Schildhexen (auch weiße Hexen genannt) sowie deren jeweiligen Verbündeten.

Dauer: 7 Jahre. Winter 1727, dem Jahr der letzten Hexenverbrennung in Schottland, bis ins Jahr 1734.

Ausbreitung: Ganz Großbritannien, vor allem Schottland.

Hintergrund: Während die Dornhexen die Menschheit für die während der Inquisition erlittenen Verfolgungen bestrafen wollten, beschuldigten die Schildhexen die Dornhexen, mit ihren blutigen Ritualen für die Hexenverbrennungen indirekt verantwortlich zu sein.

Die Verbündeten aufseiten der Schildhexen waren Zwerge, Elben und einige wenige Druiden. Aufseiten der Dornhexen kämpften Dunkelelben, Werwölfe und die Mehrheit der Druiden.

Hierbei gilt es zu erwähnen, dass die Beteiligung der Druiden als entscheidend für den Verlauf des magischen Konfliktes gilt. Während die Mehrheit der Druiden die Menschen als Zerstörer des natürlichen Gleichgewichts bezeichnete, galten für eine Minderheit die Menschen als Geschöpfe der Erde, die wie alle anderen bewahrt und beschützt werden sollten. Mit der Abkehr der Menschen von den alten, keltischen Göttern hin zum Christentum verloren die Druiden zwar an Bedeutung, jedoch nicht an Macht. Der Konflikt wurde von beiden Seiten mit unerbittlicher Härte geführt.

Erst die Abkehr der Druiden von den Menschen und ihr Rückzug in den Norden ermöglichte dem Rat aller Hexen 1734 den Beschluss des großen Friedens, in dem festgehalten wurde, dass einerseits keine Hexe mehr aufgrund ihrer Gewohnheiten ausgeschlossen werden darf, andererseits aber auch auf den Gebrauch von Menschenblut verzichtet werden soll.«

Nach einer kurzen Pause sagte Cedrik: »Der Text hat noch eine Fußnote.«

(*) Den Namen KRIEG DER DORNEN verdankt der Krieg seiner ersten Kampfhandlung: Als zu Beginn des Krieges eine kleine Gruppe Dornhexen mit der Unterstützung eines einzelnen Druiden ein Dorf der Menschen angreifen und zerstören wollte, stellte sich ihnen ein zufällig in der Gegend weilender Paladin in den Weg. An magischen Fertigkeiten seinen Widersachern weit überlegen, gelang es dem Paladin, den Angriff der Dornhexen auf das Dorf zu verhindern, bis er selbst zum Opfer des Druiden wurde: Überwältigt von mehreren Rosenbüschen, starb der Paladin, durchbohrt von gewaltigen Dornen.

Cedrik drehte sich aufgebracht zu seinen Freunden. »Dieser Druide hat einen Hexer getötet?! Mit der Hilfe von Rosen?! Heißt das, dass ich das auch …?!«

Elliot nickte. »Du hast einen Drachen fertiggemacht. Na klar könntest du. So langsam wirst du mir unheimlich.«

Auch wenn die Bemerkung sicher im Scherz gemeint gewesen war, spürte Cedrik einen Stich in seinem Herzen. Er wollte nicht unheimlich sein. Für niemanden, und erst recht nicht für seine Freunde. Plötzlich kam ihm eine Idee. »Meint ihr, es gibt sie noch, die Druiden? Im Norden? Da steht, dass sie sich dorthin zurückgezogen haben. Vielleicht bin ich nicht der einzige.«

Emily lehnte sich etwas zurück. »Du darfst nicht vergessen, dass das schon eine ganze Weile her ist. Fast 300 Jahre. Und soweit ich weiß, hat niemand die Druiden seitdem gesehen. Der Norden ist groß. Wir haben keine Ahnung, wo sie sein sollten.«

Enttäuscht ließ Cedrik das Blatt Papier in seiner Hand sinken. Dann verzog sich sein Mund zu einem leicht wahnsinnig wirkenden Grinsen. »Aber wir kennen doch jemanden, der so alt ist! Wollten wir nicht zu Dandelia?«

»Lasst uns aufbrechen!«, stimmte Emily zu.

Kapitel 24

IN DER BESENKAMMER

Der Mann, der ihnen den Zugang zum Dreisprung verwehrte, sah eigentlich ganz normal aus. Er war elegant gekleidet, mit einem taillierten, dunkelblauen Mantel und einer Schirmmütze. Mit seinen Reiterstiefeln glich er einem schottischen Earl oder so jemandem. Was Cedrik jedoch wirklich Respekt einflößte, waren die zwei riesenhaften Gargouillen, die von einer ähnlich gekleideten Frau an einer Art Zügel gehalten wurden. Die blechernen Wasserspeier trugen Zaumzeug und Sattel und kauten schlecht gelaunt auf ihren Kandaren.

Die Frau musterte sie mit hochgezogenen Augenbrauen. »Wir sollen WAS für euch machen?«, fragte sie fassungslos.

Die beiden Wachen hatten sich mit ihren geflügelten Reitmonstern am Zugang zum Dreisprung aufgebaut und ließen niemanden passieren.

»Es reicht, wenn sie es irgendjemandem aus dem Viertel ausrichten lassen. Bitte!«, flehte Emily. »Lassen Sie Dandelia

Rose einfach wissen, dass wir sie dringend sprechen müssen, ja? Sie erwartet uns. Wir sind Emily und Elliot, die Kinder von Esmeralda Golden.«

Die Frau nickte steif, der Mann neben ihr lächelte spöttisch, bevor sich seine Miene verfinsterte, als sich eine Gruppe hochgewachsener Elben vom Steineichenviertel näherte. »Macht endlich, dass ihr weiterkommt. Wir haben zu arbeiten.«

Sie verließen den Vorplatz und Cedrik erkannte, dass auch auf der Brücke und am gegenüberliegenden Ufer Wachposten mit Gargouillen patrouillierten.

»Irgendwie krass, diese Paladine. Die reiten auf diesen Monstern. Unheimlich.«

Elliot schlang schlotternd seine Arme um seinen Oberkörper. »Ich habe heute Morgen gehört, wie Mom geschimpft hat, dass die Paladine seit Jahren nicht mehr trainiert haben.« Er nieste. »Mensch, ist das kalt geworden! Lasst uns heimgehen. Aber bitte schnell!«

Zu dritt eilten sie durch die Straßen des Dorfes Richtung Bäckerei. Ein Rabe flog tief über sie hinweg und krächzte laut. Cedrik zuckte zusammen und es erschien ihm, als wären die Gassen und Winkel von Mistle End mit einem Mal etwas unheimlicher und abweisender geworden. Mehrfach hatte er das Gefühl, dass ihn die Raben, die sich überall auf den Wasserspeiern und Mauervorsprüngen niedergelassen hatten, mit starren Augen beobachteten. Nicht so wie die Vögel in London. Diese Raben hatten etwas Böses an sich.

»Scheußliche Viecher!« Emily biss sich nachdenklich auf ihre Unterlippe. »Eigentlich mochte ich Raben bisher. Aber jetzt bin ich mir nicht mehr so sicher.«

Die Aufregung über die neue Welt, die Cedrik für sich entdeckt hatte, war seit dem Vorfall im Rat einem unbestimmten Gefühl der Angst gewichen. Immer wieder spürte er eine Bedrohung, die ihn, wie jetzt, über die Schulter blicken ließ. Er schluckte. Diese blöde Prophezeiung im Theater hatte ihn noch zusätzlich verunsichert.

Er seufzte tief. Die Geschwister waren nicht seine Feinde, sie waren seine Freunde. Sie ließen ihn nicht allein, auch wenn ihm Berthas Magisches Mysterium etwas anderes weismachen wollte.

Sie saßen in Elliots Zimmer, wärmten sich an dem kleinen, gusseisernen Kaminofen und aßen Zimtschnecken. Cedrik bestaunte mit großen Augen die Besensammlung seines Freundes: Es gab kurze und lange Besen, dicke und dünne. Kunststoffbesen und welche aus Holz. In einer Ecke lehnte ein Spaten, drei Besen hingen über dem Bett an der Wand und der Rest lag kreuz und quer verteilt im Raum, auf Kommoden und Schränken.

Elliot erklärte verlegen: »Die meisten sind kaputt oder haben einen Schaden. Deswegen habe ich sie auch fast immer umsonst bekommen. Aber guck mal, das ist mein bestes Stück.« Er stieg auf sein Bett und angelte sich einen schweren Reisigbesen von der Wand. Ein Modell, wie es Cedrik aus der Londoner City kannte, wo die Straßenkehrer genau diese Art

Besen in den Underground-Bahnhöfen benutzten. An der Spitze hatte er einen kleinen Messingschaber, mit dem man Kaugummireste vom Fußboden entfernen konnte. Cedrik verkniff sich ein Grinsen, als er entdeckte, dass sein Freund in die Messingfläche etwas ungeschickt einen Greif geritzt hatte.

»Die Reisigzweige sind alle völlig hinüber, aber wenn ich mir neue besorgen kann, werde ich ihn so umbauen, dass wir nicht mehr mit der blöden Schaufel, sondern mit diesem Prachtstück hier fliegen können. Nimm mal«, sagte Elliot stolz und drückte Cedrik den Besen in die Hand. Er war schwer, lag gut in der Hand und wirkte stabil.

»Das ist Eiche! Verrückt, oder? Alte walisische Eiche! Ich wette, die Straßenfeger haben keine Ahnung, mit was die da eigentlich die Bordsteine sauber machen.«

Er putzte sich lautstark die Nase und geriet ins Schwärmen. »Walisische Eiche ist extrem schwer zu bekommen. Hervorragende Flugeigenschaften, bei jedem Wetter. Etwas langsame Beschleunigung, aber konstant hohe Geschwindigkeit, hat man sie erst mal in Schwung gebracht. Und sehr belastbar, da können wir locker zu dritt darauf sitzen.« Er nahm Cedrik den Besen aus der Hand und hängte ihn wieder über sein Bett.

Cedrik zeigte auf den Spaten in der Zimmerecke. »Und der hier? Kannst du damit auch fliegen?«

»Theoretisch schon«, antwortete Elliot, etwas kleinlaut. »Aber ich habe ihn aus McKanaghans Schuppen geklaut und krieg ihn nicht richtig unter Kontrolle.«

Emily betrachtete ihren Bruder verächtlich. »Nicht nur, dass du Seiten aus Büchern reißt, du klaust auch noch Schaufeln?«

Elliot wiegelte sofort ab. »Sagen wir, geborgt, okay? Ich bring ihn wieder zurück, irgendwann. Aber ich dachte mir, dass der Spaten eines Totengräbers sicher ganz besondere Flugeigenschaften hat. Das hat bestimmt noch niemand wissenschaftlich erforscht!«

Noch bevor Emily eine böse Bemerkung machen konnte, klopfte es.

Esmeralda betrat das Zimmer, ohne auf Elliots »Herein« zu warten, und setzte sich erschöpft neben sie aufs Bett. Wie bei ihrer ersten Begegnung trug sie den moosgrünen Mantel und feine Lederhandschuhe. Obwohl sie müde und abwesend wirkte, hatte sie die Situation sofort erfasst. »Streitet ihr schon wieder.« Das war eine Feststellung, keine Frage. »Macht ruhig weiter, Kinder, das ist mir heute ausnahmsweise egal.«

Emily und Elliot waren sofort still.

Esmeralda lächelte Cedrik bedrückt an. »Es tut mir leid, Cedrik, dass ich dir vor dem Rat nicht beistehen konnte.«

Cedrik neigte verlegen seinen Kopf. »Das macht nichts. Ao'Taeras hat mir geholfen.«

»Ja. Und ich bin sehr froh, dass er da war«, bestätigte Esmeralda. »Was da passiert ist, hatte ich niemals erwartet. Erst Alastair, dann dieser Angriff. Es scheinen unruhige Zeiten auf uns zuzukommen.«

»Droht wirklich Krieg?«, fragte Emily vorsichtig.

Esmeralda schüttelte den Kopf. »Nein, ich glaube das nicht. Die Dornhexen behaupten nach wie vor, dass sie den Rabendämon nicht geschickt haben. Wir werden wohl in den nächsten Tagen die Sperre des Dreisprungs wieder aufheben können. Vielleicht schon heute Abend.«

Cedrik warf seinen Freunden einen erleichterten Blick zu.

Elliot posaunte es als Erster heraus: »Cedriks Mom war eine Nymphe.«

Erstaunt wandte sich Esmeralda an Cedrik. »Ist das so? Wie schön. Nymphen sind wunderbare Wesen.« Sie nickte freundlich. Dann legte sich erneut ein Schatten auf ihr Gesicht und sie erhob sich: »Ich muss wieder los. Der Rat tagt ununterbrochen, wir müssen herausfinden, wer sonst hinter dem Angriff stecken könnte.« Sie fasste sich an die Stirn. »Wo habe ich nur meinen Kopf! Fast hätte ich es vergessen.« Sie zog aus ihrer Manteltasche einen kleinen, gefalteten Zettel und reichte ihn Cedrik mit den Worten: »Ein Brief für den Druiden.«

»Für mich?«

»Ein Junge aus dem Tollkirschenviertel hat ihn mir in die Hand gedrückt. Er sagte, er sei für dich.« Sie machte einen Schritt Richtung Tür, drehte sich aber dann noch einmal zu Cedrik. »Es ist ein Wandelbrief. Ein Brief, dessen Buchstaben sich ständig ändern. Jeder, der ihn liest, wird einen anderen Text vor sich sehen. Allein dem wahren Empfänger zeigt der Brief seine tatsächliche Nachricht. Wenn ich ihn mir ansehe, enthält er nur ein Rezept für Brombeermarmelade.« Sie lächelte, aber ihr Tonfall blieb ernst. »Natürlich könnte ich den Brief zwingen, mir seine Botschaft preiszugeben, aber warum sollte ich. Sogar wir Hexen akzeptieren das Briefgeheimnis.« Sie zwinkerte ihnen zu und stieg die Treppe nach unten.

Kaum hatten sie gehört, wie unten die Tür zum Laden geschlossen wurde, stieß Elliot einen leisen Pfiff aus. »Sie hat versucht, ihn zu lesen! Woher hätte sie sonst das mit der Brombeermarmelade wissen sollen. Clever von Dandelia, einen Wandelbrief zu schicken. Ich bin gespannt, warum sie sich so viel Mühe gemacht hat.«

Emily nahm Cedrik den Brief aus der Hand, faltete ihn auf und begann stumm zu lesen. Dann verdrehte sie die Augen. »Das ist ein Prüfungsbogen. Für Kesselkunde.« Sie gab Cedrik den Brief zurück. »Jetzt du. Wenn der Brief für dich ist, sollte der Inhalt mehr Sinn machen.«

Cedrik öffnete ihn und las vor, was dort in wenigen Worten geschrieben stand:

Lieber Freund,
triff mich heute gegen 17 Uhr im Devils Elbow.
Ich werde Dir helfen. Die Zeit drängt!

Ratlos ließ er das Papier sinken. »Devils Elbow? Was meint sie damit? Kennt ihr das?«

Elliot sprang auf. »Und wie ich das kenne! Das Devils Elbow ist eine üble Kneipe, einige Meilen Richtung Loch Braemar. Ein düsterer Schuppen an einer Landstraße, direkt bei einer extrem engen Kurve gelegen. Beide heißen Devils

Elbow, weil dort schon so mancher vom rechten Weg abgekommen ist.«

Emily betrachtete ihren Bruder misstrauisch. »Woher weißt du das?«

»McKanaghan hat mal davon erzählt«, antwortete Elliot unschuldig.

»Es ist schon spät und die Sonne geht bald unter. Wie lange brauchen wir denn dorthin?«

»Nicht lange. Wir sollten es gut schaffen, wenn wir bald losgehen.«

Cedrik grinste und fragte unschuldig: »Äh, gehen?«

»Quatsch, fliegen natürlich!« Elliot schnappte sich nach kurzem Zögern einen Besen über dem Bett. »Das ist eine weite Strecke, da will ich nichts riskieren. Wir fliegen heute mit meinem zuverlässigsten Besen, Standardmodell Hof und Diele, Haselnussstiel, Birkenreisig, 3,5 Kilogramm. Ein echtes Allwetter-Modell und fast neu«, erklärte Elliot stolz und riss das runde Dachgiebel-Fenster auf.

Cedrik, voller Vorfreude, kletterte sofort auf das Fensterbrett.

Elliot drehte sich zu seiner Schwester. »Kommst du nicht mit?«

»Und ob! Fliegen? Großartige Idee! Was meint ihr? Ob ich mal eine Schneeeule versuchen soll?«, fragte Emily begeistert.

Elliot zögerte. »Emily, nicht, ich meine …«

Doch Emily kniff bereits die Augen zusammen und drehte sich erst langsam, dann immer schneller wie ein Kreisel um die eigene Achse. Bald war da nur noch ein Wirbel aus Kleidern, Armen, blonden Haaren und – PLOPP!

Ein Schneehuhn saß vor den beiden auf den Holzdielen und pickte emsig nach ihren Füßen.

Elliot stöhnte und kratzte sich am Haaransatz. »Oh, jetzt geht das wieder los.«

»Das ist keine Schneeeule, das ist ein Schneehuhn. Können die überhaupt flie–« Bevor Cedrik seinen Satz beenden konnte, wirbelte das Schneehuhn erneut im Kreis und verwandelte sich mit einem weiteren PLOPP in einen Schneeleoparden, der sie bedrohlich anfauchte.

Cedrik schrie auf. »Uah, geh weg!«

Elliot, sichtlich genervt, versuchte zu vermitteln. »Emily, bloß weil du eine Gestaltwandlerin bist, heißt das noch lange nicht, dass du dauernd versuchen musst …«

Es PLOPP-te erneut und Emily hatte ein weiteres Mal ihre Gestalt getauscht.

»Schneehase! Sieh doch, Elliot, jetzt ist sie ein Schneehase!« Cedrik lachte und Elliot beendete völlig entnervt seinen Satz mit »… dich in irgendein Tier zu verwandeln.«

Er rollte mit den Augen. »Ach komm schon, hör doch auf damit! Warum machst du nicht einfach …«

Der Schneehase sprang in die Höhe, drehte sich um seine eigene Achse – und PLOPP!

Emily stand mitten im Raum und schnappte nach Luft. »Du hast doch selbst gesagt, dass ich das mit dem Verwandeln noch üben muss!«, stieß sie kläglich hervor.

»Aber muss das jetzt sein?« Elliot machte Anstalten, auf

das Fensterbrett zu klettern. »Warum verwandelst du dich nicht einfach in etwas, das du kannst. Mir reichts jetzt nämlich, ich flitz los. Cedrik, bist du dabei?« Lässig klemmte er sich den Besen zwischen die Oberschenkel.

»Unbedingt!« Cedrik stieg hinter Elliot auf den Stiel.

Emily ließ enttäuscht die Schultern hängen. »Ist ja schon gut, ich komm ja. He, wartet!« Gerade noch rechtzeitig sprang Emily hinten auf das Fluggerät, bevor sich Elliot mit einem kräftigen Tritt vom Fenster abstieß und den Besen steil nach oben zog. Doch anstatt zu steigen, sackte der Besen schlagartig ein paar Meter in die Tiefe.

Elliot fluchte unflätig. »Emily, runter! Drei sind zu viel!«

»Was sagst du?«, rief Emily nach vorne.

Cedrik klammerte sich panisch an den schlingernden Besen.

»Spring ab!«, brüllte Elliot und riss den Besen wieder nach oben, was aber nicht verhindern konnte, dass er weiter rapide an Höhe verlor.

Emily schimpfte: »Elliot, flieg ordentlich, ich fall ja sonst runter!«

Ihr Bruder biss die Zähne aufeinander, zog den Besen in einer steilen Rechtskurve nach unten, bevor er mit einem Ruck die Flugrichtung änderte. Cedrik konnte sich gerade noch festhalten, aber Emily hatte weniger Glück. Entsetzt spürte Cedrik, wie sich ihr Griff lockerte, und fasste nach hinten, um sie zu halten, doch seine Finger griffen ins Leere.

Emily rutschte vom Besen und fiel in die Tiefe. Der Besen gewann sofort an Höhe.

»Emily!«, schrie Cedrik und versuchte vergeblich, sie nicht aus den Augen zu verlieren. Ihm wurde übel. Elliot hatte soeben seine Schwester abgeworfen! Sie waren zwar schon tief über dem Boden gewesen, aber sie musste sich mindestens ein paar Knochen gebrochen haben.

Doch da vernahm er ein leises PLOPP und ein kleiner, brauner Falke schoss senkrecht an ihnen vorbei durch die Luft.

»Na also, geht doch«, rief Elliot gut gelaunt.

»Ist das ...« Cedrik amtete erleichtert aus. »Das ist Emily, oder?«

»Natürlich! Manchmal braucht sie eben einen kleinen Schubs.« Er lachte fröhlich.

Der Raubvogel zog mit schnellem Flügelschlag einen engen Kreis nach oben und bevor Eliot auch nur bemerkte, was ihm drohte, hatte der Falke seine Krallen in sein Haar geschlagen und zog heftig daran.

»Auauauaua! Ja, ist ja gut! Hör schon auf! Es tut mir leid!«

Der Falke ließ von seinem zerzausten Opfer ab, zischte noch einmal nahe an ihnen vorbei, wobei ein Flügel sanft Cedriks Wange streifte, und hielt sich dann über ihnen.

»Schwester, echt! Hätten wir vielleicht abstürzen sollen?«, maulte Elliot.

Cedrik wischte sich erleichtert die schweißnassen Hände an seinem Parka ab. Seiner Meinung nach war Elliot glimpflich davongekommen und so klopfte er ihm beruhigend auf die Schulter.

Sie hatten Mistle End bereits hinter sich gelassen und flogen nun Richtung Hügel. Sie stiegen höher und Cedrik konnte weit über die Hochebene blicken. Mit dem Untergang der Sonne rückte die Dunkelheit immer näher. Die Luft wurde klamm und über den schneebedeckten Hängen bildeten sich Wolken. Dort, wo die Berge die Nacht in den Tälern früher beginnen ließen, konnte Cedrik in vereinzelten Häusern Lichter aufleuchten sehen. Die Schneelandschaft wurde erst grau, dann bekam die Welt einen Blauton und die Lichter der Autos streiften wie Suchscheinwerfer über die Hänge. Er begann zu frieren. Sie rasten durch Wolkenfetzen, deren kalte Feuchtigkeit in Ärmel und Hosenbeine kroch.

»Ist es noch weit?«, fragte er Elliot durch das Rauschen des Flugwindes. Statt einer Antwort deutete Elliot nach vorn. Vor ihnen, etwas seitlich in der zunehmenden Dunkelheit, blinkte ein rotes Licht. Nicht gleichmäßig, wie bei einem Leuchtturm, sondern unregelmäßig, wie das Flackern einer kaputten Neonröhre.

Ein Auto auf der Straße unter ihnen hielt direkt auf die unheimliche Lichtquelle zu. Auch Elliot hatte seinen Kurs korrigiert und flog nun in die gleiche Richtung. Das Blinklicht schien weit über dem Boden zu schweben und wurde immer wieder von Wolkenfetzen verdeckt. Emily, als Falke, blieb dicht über ihnen. Je näher sie kamen, desto deutlicher konnte Cedrik erkennen, um was es sich bei dem seltsamen Leuchten handelte: Auf einem hohen Mast, am Straßenrand einer verrückt engen Kurve, flackerte ein schief hängendes Werbeschild. Eine Leuchtreklame. *DEVILS ELBOW* stand da in geschwungenen Neon-Buchstaben. Ein Pfeil aus unregelmäßig blinkenden Glühbirnen zeigte auf ein düster wirkendes Haus direkt unterhalb. Elliot flog eine Schleife. Das Gebäude glich eher einer alten Scheune, schien baufällig und schon ewig hier zu stehen. In den Fenstern machten Neon-Schriftzüge Werbung für Bier und Whisky. Über der hölzernen Eingangstür brannte eine einfache Lampe, rechts und links davon standen mehrere Autos. Darunter ebenso teure Limousinen wie breit bereifte Geländewagen und schwere Motorräder. Auch das Fahrzeug, das Cedrik von oben auf der Straße gesehen hatte, ein dunkler Land Rover, fuhr gerade auf den schneebedeckten Parkplatz und blieb dicht vor der Hauswand stehen. Der Fahrer stieg aus, eilte durch den Schnee zur Tür und verschwand im Innern des Hauses.

»Dann lasst uns das mal ansehen. Festhalten!«, rief Elliot und leitete mit einer weiten Kurve den Sinkflug ein.

Cedrik erinnerte sich an die Landung, die in einem Schneehaufen geendet hatte, und klammerte sich panisch an Elliot, doch wie sich zeigte, war seine Angst unbegründet: Elliot zog den Besen wenige Fuß über dem Boden elegant nach oben und sie setzten sanft unweit der Eingangstür auf. Der Falke folgte ihnen im Sturzflug und mit einem PLOPP erschien eine grinsende Emily neben ihnen.

Das Haus, vor dem sie standen, wirkte wenig einladend auf Cedrik. Aus dem Inneren drang laute Musik und vielstimmiges Gegröle und Gelächter. Die wenigen Fenster waren so beschlagen, dass sie nicht sehen konnten, was im Schankraum vor sich ging, aber der Laden schien gut besucht.

»Sollen wir?«, fragte Cedrik.

Emily hakte sich bei Cedrik unter, Elliot hob amüsiert die Augenbrauen und öffnete die Tür, auf der in roten Buchstaben geschrieben stand: *Devils Elbow, geöffnet 24 Stunden, 7 Tage die Woche.* Ein Scherzbold hatte mit Kreide die Uhrzeit durchgestrichen und dazugeschrieben: *From Dusk till Dawn.* Wie Cedrik wusste, war dies der Titel eines alten Horrorfilmes, in dem sich die Gäste eines solches Schuppens unerwartet in einer Vampirhölle wiederfanden.

Selten so gelacht, dachte Cedrik.

Kapitel 25

DES TEUFELS SPIEL

Der Schankraum, der sich über die ganze Breite erstreckte, war voller Menschen. Die Gesichter, von denen sich ihnen nur wenige bei ihrem Eintreten träge zuwandten, waren gerötet von Hitze und dem Alkohol, der hier augenscheinlich in Strömen floss. Ausgeschenkt wurde er an einer Bar aus schwarzem Holz, gegenüber dem Eingang. Es herrschte fürchterlicher Lärm. Die Musik dröhnte aus Boxen, kam aber – wie Cedrik überrascht feststellte – von einer Liveband. Links von ihnen, auf einer niedrigen Bühne, standen vier bleiche Typen, alle mit schwarzen, langen, fettigen Haaren, und rockten auf ihren Instrumenten. Zu seiner eigenen Überraschung fand er den poppigen Folk-Sound der Band durchaus mitreißend. Er nickte mit dem Kopf im Rhythmus der Musik.

»Oje.« Emily seufzte. »Wie s… denn hier … ndeli …nden!«

Cedrik hob fragend die Schultern.

Also stellte sie sich dicht neben ihn und schrie ihm so laut ins Ohr, dass es wehtat. »WIE SOLLEN WIR DENN HIER DANDELIA FINDEN?!«

Cedrik verzog das Gesicht zu einer Grimasse und hob den Daumen, um ihr zu zeigen, dass er endlich verstanden hatte.

Elliot drehte sich zu ihnen um und brüllte: »WIRD SCHWIERIG WERDEN, HIER DANDELIA ZU FINDEN!«

Emily verdrehte die Augen, Cedrik lachte und Elliot musterte sie verwundert.

Dann machte er ihnen ein Zeichen, ihm zu folgen. »KEINE SORGE, ICH HAB EINE IDEE!«, rief er über die Schulter. Er führte sie Richtung Bar.

Sie passierten eine kleine Gruppe Frauen, in dunkelroter Lederkluft, die Arm in Arm mit ein paar Männern einen Kreis bildeten und mit ihren Stiefeln zum Takt der Musik auf den Boden stampften.

Emily wirkte erstaunt, dann erklärte sie grimmig: »Dornhexen. Und irgendwelche Menschen.«

Cedrik runzelte die Stirn.

»Was denkst du? Dass die Hexen immer in Mistle End bleiben?«, schrie ihm Emily ins Ohr.

»So wie es aussieht, wird dieser Ort hier allerdings von Dornhexen bevorzugt. Spricht nicht für den Laden. Und passt irgendwie gar nicht zu Dandelia.«

Cedrik war wie angewurzelt stehen geblieben und starrte fasziniert auf die Bar. Dort war gerade einer der zahlreichen, kleinwüchsigen Männer, die Bier und Hochprozentiges ausschenkten, auf den Tresen geklettert und rief mit rotem Kopf und erstaunlich tiefer Stimme: »Greift zu, Leute, greift zu!

Extra-Runde! Die nächste halbe Stunde gibts jeden Whisky zum halben Preis!«

Die Menge johlte und drängte sich an die Bar. Wer noch kein Glas hatte, bekam eines in die Hand gedrückt und es schien, als wollte heute keiner der Anwesenden nüchtern nach Hause gehen.

Cedrik beobachtete das Treiben der Mannschaft hinter dem Tresen. Sie waren nur etwa halb so groß wie ihr Publikum und schienen auf kleinen Podesten hinter dem Tresen hin und her zu eilen, um ihre Gäste zu bedienen. Gekleidet waren sie alle gleich: braune Westen, schwarze Krawatten und weiße Hemden mit hochgekrempelten Ärmeln. Und je älter die Schankkellner schienen, desto länger waren die stattlichen, nach oben gezwirbelten Schnurrbärte.

Elliot war begeistert. »Das sind Cluricannes, Fasskobolde. Finden sich in jeder Wirtschaft, in ganz Schottland. Zumindest, wenn da irgendwo ein Whiskyfass im Keller steht. Aber ich wette, das hier ist die einzige Kneipe, die sie selbst betreiben.«

Emily verzog angewidert das Gesicht. Sie beugte sich zu Cedrik und sagte: »Sie machen Trinkspiele mit den Gästen und bleiben im Gegensatz zu allen anderen völlig nüchtern. Mieses Geschäftsmodell.«

Elliot kämpfte ihnen einen Weg zur Theke frei und beugte sich über den Tresen, um einen der Cluricannes anzusprechen. »Wir suchen eine Frau aus Mistle End, sie heißt Dandelia Rose. Sie wollte uns hier treffen.«

Der Barkeeper lachte kurz auf und ließ seinen Schnurrbart

wackeln. »Jetzt sieh dich hier mal um. Das sind alles unsere Gäste, mein Junge. Und uns ist es egal, woher sie kommen. Ob Mensch, Hexe, Kobold oder Elb. Hauptsache, sie verwandeln unseren Whisky in Gold. Kapiert?« Seine Augen blitzten amüsiert. »Die Namen unserer Gäste interessieren uns genauso wenig wie ihr Alter.« Er zwinkerte verschwörerisch. »Aber wenn ihr eure Dalia oder Dandelia hier nicht findet, seht hinten nach, bei den Spielern. Und wenn ihr sie dort auch nicht auftreiben könnt, kommt zurück und trinkt einen Schluck. Nach ein, zwei Gläsern hat man entweder gefunden, was man sucht – oder man hat es vergessen.« Er lachte ein tiefes, gurgelndes Lachen und wandte sich beflissen einem älteren Mann zu, der mit schwerer Zunge ein weiteres Glas Whisky orderte.

Der Mann zuckte zusammen, als er Elliot vor sich entdeckte.

Dem klappte die Kinnlade herunter. »Sie?! Was machen Sie denn … äh, ich, ähem, ich wollte sagen: Guten Abend, Mr McKanaghan«, stammelte Elliot.

Der ehemalige Leichenwagenfahrer schnappte sich sein Glas, drehte sich hastig um und wollte in der Menge verschwinden, stolperte jedoch in Cedrik und Emily. »Oh! Hoppla!«

Er stürzte den Whisky in einem Zug hinunter und legte den Kopf schief. »Was macht ihr denn hier, wenn ich fragen ...« Er rülpste laut und wenig wohlriechend. »... fragen darf?!«

»Dasselbe wollten wir gerade von Ihnen wissen, Mr McKanaghan«, antwortete Emily und erinnerte Cedrik in diesem Moment sehr an ihre Mutter Esmeralda.

Mr McKanaghan grinste. »Das ist ganz einfach. Erstens gibt es hier hervorragende Rippchen und zweitens spielt heute meine Lieblingsband, die Happy Darkness.« Er beugte sich nach vorn, verlor dabei fast das Gleichgewicht und stützte sich schwer auf Cedriks Schulter. Er flüsterte ihm ins Ohr: »Die Band besteht aus lauter Dunkelelben, aber pssst: Kein Wort davon zu Ao'Taeras.« Damit richtete er sich auf, hob die Hand zum Gruß an die Stirn und schwankte durch die Menge davon.

»Dunkelelben?«, fragte Cedrik seine Freunde.

Emily nickte. »Das erklärt, warum die Band so gut ist. Während Waldelfen wie Ao'Taeras denken, die schönste Musik der Welt zu machen, sind es in Wirklichkeit die Dunkelelben, die Musik so spielen, dass sie auch in unseren Ohren gut klingt.«

Fasziniert drehte sich Cedrik zu den Musikern auf der Bühne. »Aber habt ihr nicht gesagt, sie haben was gegen die Bewohner von Mistle End? Die sehen doch ganz in Ordnung aus.«

Emily nickte. »Finde ich auch. Keine Ahnung, warum, aber meine Mutter sagt immer, dass wir uns vor ihnen in Acht nehmen müssen. Sicher auch wegen dieser blöden alten Kriege.«

An der Bar schien Dandelia jedenfalls nicht zu sein. Es fiel Cedrik ohnehin schwer, sich die Kräuterhexe in dieser Kneipe vorzustellen. Warum hatte sie ihn und seine Freunde ausgerechnet hierher bestellt? Ihn durchzuckte ein beunruhigender Gedanke: Wie waren all die Dornhexen überhaupt aus Mistle End herausgekommen? Und Dandelia? Hatte sie vielleicht eine Sondererlaubnis? Elliot hatte in einer Ecke des Gastraumes einen schmalen Durchgang entdeckt, aus dem fast ununterbrochen Gäste herein- oder herausströmten. Er winkte ihnen, ihm zu folgen.

Als sie sich diesem Bereich der Kneipe näherten, konnten sie die unheimlichen Rufe und Schreie von Tieren vernehmen, und nachdem sie sich durch das Gedränge gewühlt hatten, standen sie in einer Art Manege. Ein riesiger Zirkuskäfig, der nur schwach von Scheinwerfern ringsum beleuchtet wurde, beherrschte die Szenerie. Zahllose Männer und Frauen drängten sich um das Gitter, dessen Rund vom Boden bis zur Decke reichte. Johlen brandete auf und Cedrik konnte sehen, wie ein grobschlächtiger Mann einen Alligator an seinem Schwanz aus dem Käfig nach hinten ins Dunkel zerrte. Das riesenhafte Krokodil schnappte wild um sich, als es rücksichtslos über den Steinboden geschleift wurde. Emily schrie erschrocken auf, als sie das geschundene Tier sah, und presste sich die Hand auf den Mund.

»Was für Spiele sind das denn?«, fragte Elliot düster.

Cedrik spürte Zorn in sich aufsteigen.

Das Krächzen, Brüllen und Kreischen der Tiere war hier hinten, trotz all des Getöses, gut zu hören. Es kam aus den dunklen Ecken, in denen noch weitere Käfige stehen mussten.

Eine Frau, überschminkt, mit einem blutroten Rock, war

auf die untersten Gitterstreben des Käfigs geklettert und breitete mit theatralischer Geste ihre Arme aus. »Der eine hats gewonnen, der andere hats verloren!« Sie warf ihre dunklen Locken über die Schulter und ließ sich mit ausgestrecktem Arm am Käfig hin und her pendeln. »Wohl dem, der heute sein Gold auf den Alligator gesetzt hat, und wehe demjenigen, der an den Menschenaffen glaubte.« Sie kreischte mehr, als dass sie lachte, und sprang katzenhaft auf eine kleine Umrandung.

Cedrik betrachtete finster den Käfig und ihn schauderte, als ein weiterer muskelbepackter Mann mit einem Lumpen den steinernen Boden sauber wischte. Ein Geruch von Angst und Tod lag in der Luft. Cedrik wandte sich ab.

Die Frau begann nun, die Menge anzuheizen. »Zückt eure Börsen, kratzt eure Münzen zusammen und gebt mir euer Geld! Der nächste Kampf beginnt in wenigen Minuten! Zwei Himmelskrieger, der Champion unter der Sonne gegen den Herausforderer, den König der Nacht!«

Sie zeigte auf zwei Männer, die sich aus dem Schatten schälten. Sie waren wie ihre Kollegen mit Lederschurzen bekleidet und traten nun ins Licht der Scheinwerfer, jeder mit einem großen Greifvogel auf dem Arm. Der eine trug einen prachtvollen Goldadler, der andere einen stattlichen Uhu. Beide Tiere waren etwa gleich groß und hatten einen wilden, ungezähmten Ausdruck in den Augen.

»Seht sie euch an, sind sie nicht kraftvoll? Unbesiegt der eine am Tag, der andere in der Nacht. Wer wird gewinnen? Es wird Zeit für ein neues Spiel, los, her mit euren Einsätzen! Wer jetzt nicht setzt, verliert auf jeden Fall!«

Sofort drängten sich Männer und Frauen nach vorne, um johlend ihre Wetteinsätze abzugeben. Die Vögel flatterten nervös auf den Armen der Wärter, die sie emotionslos festhielten und dem Publikum zur Schau stellten.

»Seit Tagen haben wir sie hungern lassen, ihre Gier auf Fleisch wird unermesslich sein. Doch nur der Stärkere wird gewinnen und euch das Glück nach Hause bringen, also los, schließt eure Wetten ab! Gebt mir euren Einsatz!«

Cedrik fuhr herum, als er ein Stöhnen hörte.

Emily stand zitternd neben ihm und konnte sich doch nicht abwenden. »Einer wird den anderen töten! Zum Spaß für diese Idioten!«

Elliots Kiefer mahlten, zornig stieß er zwischen den Zähnen hervor: »Wenn das der Rat wüsste ...«

Die Frau reckte die Arme nach oben, in beiden Händen Bündel zerknitterter Scheine. Die Wetten schienen alle geschlossen zu sein, denn die Frau rief mit sich überschlagender Stimme: »Möge der Kampf beginnen!«

Elliot rückte ein wenig näher an seine Schwester.

Rasch trat Cedrik zu ihm und fragte: »Können wir irgendwas tun? Kannst du nicht alle schockfrosten oder so?«

Elliot ließ seine Schwester nicht aus den Augen. »Nichts können wir machen, gar nichts. Sie flippt immer voll aus, wenn sie ein Tier leiden sieht. Das ist so ein Gestaltwandler-Ding.«

Cedrik verstand Emily nur zu gut. Er spürte selbst eine ungewohnte Wut, die ihn fast überwältigte. Und die ihm durchaus unheimlich war.

Die Männer hatten die beiden Vögel nun von ihren Lederfesseln befreit und in den Käfig geworfen. Der war groß genug, um sie in engen Kreisen fliegen zu lassen. Der Adler und der Uhu begannen sofort, ihre kräftigen Krallen in die Gitterstäbe zu schlagen. Aber es gab für die Tiere keine Chance zu entkommen. Als Cedrik sah, wie Emily wieder die Hände vors Gesicht schlug und ihre Schultern vor Entsetzen bebten, packte er sie am Oberarm und sagte: »Kommt, lasst uns gehen, das müssen wir uns nicht ansehen. Dandelia ist bestimmt nicht hier.«

Doch Emily riss sich los und betrachtete weiter das schreckliche Schauspiel. Mit einem wütend-verzweifelten Ausdruck auf dem Gesicht. Die Frau hielt nun ein kleines, braunes Kaninchen auf ihrem Arm und tanzte um den Käfig. Die Greifvögel hatten sich mit aufgeplusterten Federn auf dem nackten Steinboden niedergelassen und folgten den Bewegungen der Frau mit wachen Augen. Immer wieder hielt sie das zappelnde Kaninchen in den Käfig, nur um es dann ruckartig wieder herauszureißen, wenn einer der Raubvögel auf sie zugeschossen kam.

Auf einmal begriff Cedrik. Das Kaninchen diente als Auslöser für den furchtbaren Kampf, der folgen sollte. Wenn die Frau das Tier erst einmal in den Käfig gesetzt hatte, würden sich die beiden ausgehungerten Vögel zeitgleich darauf stürzen. Damit würde es unweigerlich zum Kampf kommen. Ein Kampf, an dessen Ende einer der beiden zumindest schwer verletzt, wenn nicht tot sein würde. Das kleine Schlappohr hatte sowieso schon verloren. Cedrik wurde übel. Er wandte sich zu Emily und Elliot, um sie zu fragen, ob sie nicht lieber doch abhauen wollten, als ihm klar wurde, dass der Platz neben Elliot leer war.

»Wo ist sie hin?«, brüllte er seinen Freund durch das aufbrandende Geschrei der Leute an.

»Was?«, rief Elliot zurück.

»Emily! WO IST EMILY?«

Elliot drehte sich erschrocken um.

Die Menschen, Hexen und Hexer drängten sich nun nach vorne, um den Kampf besser verfolgen zu können. Cedrik reckte den Hals, aber Emily war nirgends zu sehen. Die Menge schrie auf, als die Frau das Kaninchen zwischen Adler und Uhu in den Käfig warf. Hektisch schauten Cedrik und Elliot in alle Richtungen, konnten Emily aber immer noch nicht entdecken. »Vielleicht ist sie rausgegangen?«, schrie Cedrik seinem Freund ins Ohr. Der schüttelte verbissen den Kopf. »Niemals. Sie ist keine, die bei so etwas einfach wegrennt!«

Am Käfig brach Tumult aus. Der Goldadler hatte sich auf das Kaninchen gestürzt und es mit einem Griff seiner messerscharfen Krallen getötet. Er wollte sich gerade mit Heißhunger über seine Beute hermachen, als der Uhu angriff. Er ließ sich von oben auf den Adler fallen, dreht sich im Sturz auf die Seite und schlug seine Krallen in die Schulter seines Konkurrenten. Der Adler schrie auf und hackte mit seinem Schnabel nach dem Uhu. Sofort entbrannte ein heftiger Kampf. Sie stiegen beide in die Luft und versuchten, den Gegner auf den Boden zu drücken. Die Menge johlte. Elliot kämpfte sich zurück Richtung Käfig, Cedrik ihm dicht auf den Fersen. Die Menschen um sie herum schrien und feuerten ihren Favoriten an, doch mit einem Mal mischten sich zornige und empörte Rufe unter das Gebrüll.

Die beiden Freunde hatten den Rand des Käfigs erreicht und Elliot stieß einen dicken, schwitzenden Mann zur Seite, der wütend ausspie, und endlich konnten Elliot und Cedrik sehen, was die Empörung der Umstehenden ausgelöst hatte:

In der Mitte, zwischen Adler und Uhu, stand ein Schneeleopard und verschlang hastig das Kaninchen. Die beiden Greifvögel waren reichlich zerrupft, schienen aber unverletzt. Der Adler flog einen halbherzigen Angriff auf den Futterräuber, aber der Leopard schlug mit eingezogenen Krallen nach dem Raubvogel und der gab sofort auf. Verschreckt drängten sich die beiden ehemaligen Kontrahenten möglichst weit weg von der Raubkatze an die Gitter und beobachteten den Leoparden scheinbar teilnahmslos. Der hatte sein Mahl nun beendet und hob knurrend sein Haupt. Sein Schwanz zuckte nervös.

»Emily!« Elliot rüttelte am Gitter. »Emily, was machst du?! Komm da raus!«

Sie hatte es irgendwie geschafft, durch die Gitterstäbe zu kommen und als Schneeleopard den einzigen Grund zu verschlingen, für den die beiden Vögel bereit gewesen waren zu kämpfen. Cedriks Herz schlug ihm bis zum Hals. Was Emily da eben getan hatte, war gleichermaßen verrückt wie beeindruckend!

Die Frau, die die Wetten angenommen hatte, schwang sich

wütend auf die Gitterstäbe. »Wer hat diese verfluchte Katze da reingelassen?!«

Zwei erstaunt wirkende Wärter näherten sich dem Käfig, der eine mit einem schweren Strick, der andere mit einem Wurfnetz. Der Schneeleopard duckte sich mit angelegten Ohren und fauchte bedrohlich.

Elliot rüttelte wieder an dem Käfig. »Emily, du musst da rauskommen!«

Der fette Mann hinter ihnen packte Elliot am Kragen. »Was soll das? Gehört dieses Mistviech etwa zu euch?« Er riss Elliot herum und schüttelte ihn. »Du kleiner Mistkerl, nun sag schon: Gehört das Viech zu euch? Ich habe über hundert Pfund auf den Uhu gesetzt, die will ich von euch wiederhaben.«

Cedrik ballte die Fäuste.

Elliot keuchte, er war inzwischen knallrot im Gesicht. »Lassen … Sie … mich los!«

Cedrik zögerte nicht länger und warf sich von hinten auf den Fettsack. Mit beiden Armen umklammerte er seinen Oberkörper. Der Mann drehte sich wie ein wütender Bär im Kreis, konnte aber nicht gleichzeitig Elliot festhalten und Cedrik loswerden.

»Hier«, brüllte er, »das Biest gehört diesen beiden!«

Nach einem kurzen Moment des Erstaunens fingen die Umstehenden an zu lachen und mit den Fingern auf den ungleichen Ringkampf zwischen den beiden Jungs und dem Fleischberg zu zeigen. Der Mann ruderte wie wild mit seinem freien Arm und versuchte vergeblich, Cedrik auf seinem

Rücken zu packen. Elliot biss ihm in die Hand. Der Dicke schrie auf, ließ aber nicht los. »Ihr Würmer! Wie könnt ihr es wagen! Ich mach euch fertig, ich werde euch …«

Ein greller Blitz, ein scharfer Knall – und Cedrik, der Mann und Elliot wurden von gewaltigen Kräften explosionsartig auseinandergerissen. Ein Aufschrei ging durch den Raum, dann kehrte schlagartig Stille ein. Cedrik war mit voller Wucht in die Umstehenden geschleudert worden. Unsanft stießen ihn die Männer und Frauen wieder von sich fort. Er rappelte sich auf. Die Menge hatte sich geteilt und erschrocken einen kleinen Korridor geöffnet.

An dessen Ende stand Crutch, die bläulich schimmernden Hände von sich gestreckt. Sein Atem ging stoßweise. Die Umstehenden begannen aufgeregt zu tuscheln und als Cedrik in die Gesichter blickte und nicht nur Erstaunen, sondern auch Angst und Unglauben entdeckte, wurde ihm bewusst, dass bei Weitem nicht alle in dieser Kneipe Erfahrung mit Magie zu haben schienen. Der dicke Mann rappelte sich fluchend auf und kam mit ausgestreckten Händen auf Cedrik zu.

»B-bleib stehen, Mann«, rief Crutch.

Der Mann hörte nicht auf die Warnung und wollte Cedrik gerade am Kragen packen, als ein unheimliches Zischen erklang. Dann ein erneuter Knall, und der Mann wurde, von einem blauen Blitz getroffen, gegen die Käfigwand geschleudert. Er fiel zu Boden und blieb regungslos liegen. Die Menge schrie auf. Während die eine Hälfte panisch zum Ausgang drängte, drückte die andere vorwärts, um zu sehen, was passiert war. Eine Gruppe muskulöser Männer mit schwarzen Lederwesten drängte sich rücksichtslos durch die Fliehenden in ihre Richtung, alle mit dem gleichen, runden Sticker auf der Brust: »Hell Riders«. Erschrocken stellte Cedrik fest, dass das identische Motorrad-Club-Emblem auch auf der Weste des k. o. geschlagenen Fieslings prangte.

Crutch hatte sich durch die Menschenmenge zu ihnen durchgekämpft. »B-beeilt euch! Das sind zu viele, d-d-die machen uns fertig!«

Cedrik wirbelte herum, um zu sehen, ob Emily den Käfig schon wieder verlassen hatte, doch bevor er auch nur eine Spur von ihr oder dem Schneeleoparden entdecken konnte, warfen sich die Lederwesten-Typen bereits auf sie. Elliot schaffte es noch irgendwie, einen »Síoc!«-Zauber abzusetzen, was einen der Angreifer steif wie ein Brett auf den Boden knallen ließ, wurde aber schon im nächsten Moment von einem anderen in einen brutalen Würgegriff genommen.

Cedrik duckte sich unter einem Faustschlag hindurch und sprintete Richtung Käfig. Aus dem Augenwinkel konnte er sehen, wie sich Crutch mit einer Rolle nach hinten fallen ließ und gleichzeitig zwei der Angreifer mit einem weiteren blauen Blitz außer Gefecht setzte. Ihm selbst folgten zwei der Typen. Der Schneeleopard war noch immer im Käfig, von den Tierwärtern war glücklicherweise keine Spur zu sehen. Er nestelte am Schloss herum, während das Raubtier knurrte und unruhig hin und her sprang. Cedrik fluchte. »Emily, die Tür klemmt!«

Er riss mit aller Kraft an der Gittertür, doch sie bewegte

sich keinen Millimeter. Der erste der beiden Verfolger hatte ihn erreicht und sprang nun mit den Füßen voran auf ihn zu. Cedrik konnte gerade noch ausweichen und der Mann landete krachend mit seinen Stiefeln auf den Käfigstangen. Es knirschte und die Tür schwang auf.

Ha! Danke, Blödmann!

Der zweite Muskelprotz erreichte Cedrik und holte mit der Faust bereits zum Schlag aus, als der Schneeleopard mit einem zornigen Brüllen aus dem Käfig sprang und den Angreifer zu Fall brachte.

Elliot wurde noch immer von dem blonden Hünen in den Schwitzkasten genommen, während Crutch inzwischen schon mit drei Mitgliedern der Motorrad-Gang kämpfte. Er wirkte überfordert und Cedrik konnte sehen, wie einer der Zauber schiefging und statt eines befreienden Blitzschlages nur blassblaue Funken aus seinen Händen stoben.

Cedrik sah sich nach Hilfe um.

Bis auf seine Freunde und die Truppe Vollidioten hatten alle das Weite gesucht und es war ihm klar, dass sie nicht mehr lang ungeschoren davonkommen würden. Es knallte und der Raum wurde in grelles Licht getaucht. Die beiden Typen vor ihm wurden kurz abgelenkt, als es Crutch gelang, Elliot mit einem Blitz-Zauber aus der Umklammerung zu befreien. Er packte Elliot unter den Armen und riss ihn mit sich zu Cedrik und Emily, die sich immer noch nicht zurückverwandelt hatte.

Zu viert standen sie schwer atmend mit dem Rücken zum Käfig: Elliot war beängstigend blass und hatte rote Flecken im Gesicht. Der Schneeleopard fauchte zornig und stand sprungbereit vor ihnen. Auch Crutch hatte einige Schrammen, wirkte aber wieder erstaunlich fit.

In einem Halbkreis ihnen gegenüber hatten sich die Schläger aufgebaut. Sie kochten vor Wut und man konnte ihnen ansehen, wie wenig vergnüglich sie es fanden, dass diese Angelegenheit nicht schon längst zu ihren Gunsten beendet war.

Einer der Typen, mit Glatze, Motorradstiefeln und einem Wanst, über dem die Lederweste unappetitlich spannte, trat vor und musterte sie aus kleinen Schweinsäuglein. »Glaubt ihr, wir wissen nicht, was ihr hier für einen magischen Zirkus veranstaltet? Jetzt ist Schluss mit diesem Hokuspokus.« Er trat drohend einen Schritt auf sie zu. »Gebt auf und nehmt euer Miezekätzchen an die Leine. Sperrt sie am besten zurück in den Käfig. Wir wollen doch keinen Ärger mit dem Tierschutzverein.« Er lachte dreckig. Dann wurde sein Blick hart und hasserfüllt. Er fixierte Crutch. »Aber mit dir haben wir noch ein Hühnchen zu rupfen. Smokey Sam schlafen zu schicken, ist leider nichts, was wir einfach so hinnehmen können.«

Crutchs Miene war wie versteinert, Elliot krächzte irgendetwas, was wenig freundlich klang, und Emily knurrte gefährlich.

Der Mann spuckte verächtlich aus. »Was macht ihr überhaupt hier? Rotzlöffel wie ihr gehören um diese Uhrzeit ins Bett!«

»Sagt wer?«, ließ sich ein dröhnender Bass vernehmen. Der Fleischberg zuckte kurz zusammen, aber als er bemerkte, dass die beeindruckende Stimme einem der Barkeeper gehörte, lachte er schallend. Der Cluricanne reichte ihm gerade einmal bis zum Bauchnabel.

»Nichts für ungut, Kumpel, aber das hier ist eine Angelegenheit –«

»... die eigentlich schon vorbei ist. Ist es nicht so?«, fiel ihm ein Dunkelelb freundlich ins Wort. Die vier Musiker hatten sich hinter dem Cluricanne ins Zimmer geschoben und musterten die Biker amüsiert. Sie hatten ihre Instrumente abgelegt und lächelten in die Runde, nur der Schlagzeuger trommelte rhythmisch mit den Drumsticks auf seine Oberschenkel und schien mit den Gedanken woanders zu sein. Mit ihren schwarzen Ledermänteln sahen sie trotz ihrer betont lässigen Haltung unheimlich aus.

»Was mischt ihr euch da ein?«, erregte sich der Wortführer der Gang. »Das ist nicht euer ...«

Wieder ließ ihn der Elb nicht ausreden. »Wirklich schade, dass ihr schon gehen müsst, aber vergesst nicht, beim Ausgang ein wenig Kleingeld in den Korb zu tun – für uns arme Musiker.«

Der Mann wurde rot, leckte sich den Schweiß von den Lippen und holte tief Luft. »Wenn du Knalltüte ...«

»Jaja, wie die Zeit vergeht! Na dann, kommt bald mal wieder vorbei!«

Mit diesen Worten war der Sänger auf den Glatzentyp zugegangen und hatte ihm die Hand hingestreckt. Der schaute verwundert darauf und blinzelte nervös.

Immer mehr Cluricannes schlenderten wie zufällig ins

Hinterzimmer und reihten sich grinsend an der Wand auf, als erwarteten sie, Zeugen eines amüsanten Schauspiels zu werden.

Der Glatzkopf lachte irre. »Er will uns rausschmeißen. Der Penner will uns loswerden!«

Er funkelte den Dunkelelben mit einer fiesen Mischung aus Wut, Spott und Wahnsinn an. »Was bist du überhaupt für einer? Warum sollten wir uns von dir hier rausschmeißen lassen, du Freak?«

Cedrik konnte nicht beurteilen, ob die Motorradfahrer überhaupt ahnten, wem sie da gegenüberstanden. So genau wusste er selbst es zwar auch nicht, aber die unerschütterliche Freundlichkeit des Dunkelelben ließ ihn schaudern.

Der Elb lächelte immer noch. »Weißt du, mein dicklicher Freund, die Party ist für euch hier zu Ende. Zeit, die Spielsachen einzupacken und nach Hause zu gehen.«

Der Typ mit der Lederweste platzte fast vor Wut. Die Adern an seinem Hals waren angeschwollen und als er den Elben anbrüllte, spritzte die Spucke in alle Richtungen. »Ich bin nicht dein Freund! Und ich bin nicht dicklich!«

Der Elb drehte angewidert das Gesicht zur Seite. »Du hast aber eine sehr feuchte …«

Dann ging alles blitzschnell. Der Glatzkopf holte aus und wollte dem Elben einen Kinnhaken verpassen, doch dieser wich aus, packte den ausgestreckten Arm des Schlägers, wirbelte ihn wie einen Tanzpartner um seine eigene Achse und ließ ihn elegant über sein ausgestrecktes Bein fliegen. Der Typ grunzte und krachte auf den Boden. Als hätten alle darauf gewartet, stürzten sich nun Motorrad-Gang und Elben gleichermaßen in den Kampf. Was bei einer normalen Auseinandersetzung wahrscheinlich in eine wüste Schlägerei ausgeartet wäre, ähnelte in diesem Fall eher einem grotesken Ballett. Die Elben umtanzten die Angreifer regelrecht, ihre Bewegungen waren fließend und rund. Die Hiebe und Griffe der Rocker gingen ins Leere, während sie einer nach dem anderen durch fast schon zärtliche Handkantenschläge oder verblüffend kraftvolle Schulterwürfe kampfunfähig gemacht wurden. Es dauerte nicht lange, und die Mitglieder der Gang lagen, einer über dem anderen, benommen oder ohnmächtig auf einem Haufen.

Die Cluricannes klatschten anerkennend, Elliot verzog sein verquollenes Gesicht zu einem Grinsen und Cedrik seufzte erleichtert.

Kapitel 26

EIN FREUND BRAUCHT HILFE

Der Sänger der Band kam zu ihnen herübergeschlendert. »Geht jetzt. Es wird nicht mehr lange dauern, bis die Polizei hier ist. Es ist besser, wenn von euch dann nichts mehr zu sehen ist.«

Eine leises PLOPP verkündete Emilys Rückverwandlung in ihre menschliche Gestalt. »Danke für eure Hilfe«, keuchte sie.

Der Elb zuckte mit den Achseln und antwortete gelangweilt: »Das haben wir nicht für euch getan.«

Crutch packte Cedrik am Arm. »Los, l-l-lasst uns abhauen!« Sie nahmen Elliot in ihre Mitte und stützten ihn auf ihrem Weg Richtung Ausgang.

Sie waren erst wenige Schritte gegangen, als Cedrik ein Ziehen spürte. Er hatte auf einmal das Bedürfnis, stehen zu bleiben, und es war, als ob eine Stimme in seinem Kopf rief: SIEH MICH AN!

Etwas zerrte an seinem Geist und wollte ihn nicht gehen

lassen. Er blieb so abrupt stehen, dass Elliot beinahe gestolpert wäre, hätte Crutch ihn nicht aufgefangen.

»W-was ist? Was hast du?«

Er drehte sich um.

Hinter ihnen waren die Cluricannes gerade dabei, die benommenen Gangmitglieder aufzuscheuchen, sonst konnte er nichts entdecken. Er zögerte.

Wie eine Kompassnadel von einem Magnet wurde er magisch von einer Ecke des Raumes angezogen, die in fast völliger Dunkelheit lag. Er wusste, dass er dort hingehen musste, wenn er herausfinden wollte, was ihn zurückhielt.

»Wartet mal kurz.«

Crutch runzelte die Stirn, aber Emily trat neben ihn und stützte Elliot an seiner Stelle. Sie schien zu spüren, dass er handeln musste. »Was auch immer du vorhast, beeil dich.«

Misstrauisch beäugt von den Cluricannes, ging er zurück und betrat den Bereich, der vom Licht der Arena kaum erfasst wurde. Er stieß mit dem Knie gegen etwas Hartes und als sich seine Augen an das Dämmerlicht gewöhnt hatten, erkannte er umgestoßene Stühle und ein paar niedrige Kneipentische. Auf einer Stuhllehne saß ein riesenhafter Vogel – der Goldadler. Er ließ die Flügel hängen und wirkte völlig kraftlos. Die Lichter der Arena spiegelten sich gespenstisch in den glänzenden Augen des Tieres.

Es war der Adler! Von ihm ging dieses Ziehen aus, dieses Auffordernde. Freiheit! Das war es, was Cedrik spürte: den unbedingten Wunsch nach Freiheit! Der Adler wollte, dass er ihm half!

Wie der Hirsch, durchfuhr es Cedrik.

»Die Tiere – was machen wir mit den Tieren?«, rief Cedrik aufgebracht.

Emily unterdrückte einen erschrockenen Aufschrei. »Du hast recht, wir können sie nicht hierlassen!«

Ein Fasskobold hatte ihre Worte aufgeschnappt und kam wütend auf sie zu. »Das könnt ihr vergessen! Seid froh, dass wir euch nicht für den Schaden aufkommen lassen.«

Ein anderer Cluricanne, mit einem längeren Schnurrbart, schaltete sich ein. »Ruhig Blut, lass sie in Ruhe. Die Kids haben schon genug durchgemacht.« Er stellte sich neben seinen Kollegen und verschränkte lässig die Arme vor der Brust. »Macht euch keine Sorgen um die Tiere. Wir werden sie verschwinden lassen.« Als Emily protestieren wollte, fügte er hinzu: »Freilassen, okay?! Und zwar so schnell wie möglich. Zumindest die, die da draußen überleben können. Wenn die Polizei hier auftaucht – und das wird sie ziemlich bald –, wird es hier keine Spur mehr von der Tierkampfarena geben.« Während er sprach, hatten seine Kollegen bereits angefangen, den Käfig abzubauen. Er spuckte verächtlich auf den Boden. »Die ganzen Wettkämpfe waren uns sowieso schon länger zuwider. Die Leute haben ihr Geld nicht mehr an der Bar, sondern hier hinten ausgegeben. Aber jetzt raus mit euch!«

Emily nickte Cedrik zustimmend zu, doch der zögerte noch immer. »Kann ich ihn mitnehmen?« Er zeigte auf den Adler. »Er muss fliegen. Wenn er nicht bald hier rauskommt, stirbt er.«

Woher er das wusste, konnte er selbst nicht sagen. Er wusste es einfach.

Der ältere Cluricanne rollte mit den Augen. »Herrgott noch einmal, dann nimm das dumme Vieh und schmeiß ihn raus. Hauptsache, ihr verschwindet jetzt endlich. Ich will nicht, dass Minderjährige hier sind, wenn die Polizei kommt.«

Vorsichtig ging Cedrik auf den Adler zu. Das Tier schlug unruhig mit den Flügeln und ruckte mit dem Kopf, wich aber nicht zurück. Er streckte seinen Arm nach dem Tier aus und hielt für einen Moment ganz still. Der Adler machte ein, zwei vorsichtige Flügelschläge, dann hopste er ungeschickt auf Cedriks Arm und umklammerte ihn mit seinen festen Krallen. Kaum hatte ihn das Tier berührt, spürte Cedrik stärker als zuvor eine Verbindung zu dem Adler.

Vorsichtig trug er das stolze, aber geschwächte Tier durch den Schankraum, während Emily und Crutch Elliot stützten. Der Adler war viel leichter, als er vermutet hatte.

Draußen war es inzwischen dunkel und die meisten Autos waren vom Parkplatz verschwunden. Allein der aufgewühlte Schnee und ein in der Eile verlorener Schuh zeugten von der Panik, die beim Aufbruch geherrscht haben musste. Außer den Motorrädern der Rockerbande stand nur noch ein Auto auf dem Parkplatz. Es war ein dunkler Land Rover – und der Fahrer versuchte vergeblich, den Motor zum Laufen zu bringen.

Cedrik trat ein paar Schritte auf den Parkplatz hinaus und kaum schien der Goldadler die Kühle der Nacht und den Wind in seinen Federn zu spüren, richtete er sich auf und schrie einen wilden, stolzen Adlerschrei. Er breitete seine Flügel aus und schwang sich mit einem gewaltigen Schlag seiner Schwingen in die Dunkelheit. Der Adler gewann rasch an Höhe und es schien Cedrik, als würde er mit jedem Schlag an Kraft gewinnen. Sein Flug war so elegant, so kraftvoll, so … frei!

Der Adler flog eine Schleife, kehrte zurück und flog so knapp an Cedrik vorbei, dass er die Luft in seinen Federn rauschen hörte. Und so sanft wie Wind durch Birkenblätter weht, so durchströmte ihn ein Gefühl der Dankbarkeit. Er war dem Adler ganz nah. Dann beschleunigte das Tier seinen Flug und Cedrik sah ihm nach, bis er ihn nicht mehr sehen konnte.

»Und wie kommen wir jetzt nach Hause?«, fragte Elliot erschöpft. Der Besen stand noch an seinem Platz, aber Cedrik konnte sich kaum vorstellen, wie Elliot fliegen sollte.

»Seht mal!«, rief Emily. »Dachte ich mir doch, dass ich den kenne!« Sie schritt durch den Schnee zur Fahrerseite des noch immer nicht starten wollenden Autos und klopfte gegen die Scheibe. Cedrik konnte sehen, wie der Fahrer erschrak und zusammenzuckte.

Emily lächelte ihn treuherzig an. »Können Sie uns bitte mit nach Hause nehmen, Mr McKanaghan?«

Der Mann am Steuer nickte verkrampft.

Cedrik hob die Augenbrauen. »Der Typ ist doch völlig betrunken. Wir sollten auf keinen Fall bei dem einsteigen.«

Elliot grinste schwach. »Keine Angst. Er fährt gar nicht selbst. Schon vergessen? Das Auto ist verzaubert.«

»Ich hol die Besen«, sagte Crutch und flitzte los, während Cedrik und Emily Elliot halfen, ins Auto zu steigen.

Cedrik nahm aus dem Augenwinkel eine Bewegung wahr: Die Tür des Devils Elbow öffnete sich und einer der Dunkelelben trat in den Lichtkreis der Lampe. Er zündete sich eine Zigarette an und hatte den Kopf in ihre Richtung gedreht. Hinter ihm jaulte der Motor des Land Rover laut auf. Endlich war es McKanaghan gelungen, das Fahrzeug zu starten.

Die Fahrt mit dem Land Rover dauerte deutlich länger als der Flug mit dem Besen. McKanaghan steuerte das Fahrzeug (oder das Fahrzeug sich selbst?) durch tief verschneite Täler und über einen Pass, auf dem die Straße von Schneewehen fast vollständig bedeckt war. Ein Polizeifahrzeug mit eingeschaltetem Blaulicht, das ihnen entgegenkam, stoppte sie. Aber als die Polizisten mit einer Taschenlampe ins Wageninnere leuchteten, sie nach dem »Woher?« und »Wohin?« fragten, von McKanaghan aber nur ein mürrisches »Mistle End« als Antwort erhielten, winkten sie den Land Rover hastig weiter. Der Zauber des Greifs hatte schon wieder funktioniert.

Cedrik und Crutch hatten Elliot zwischen sich auf die Rückbank genommen. So konnten sie ihn halten, falls McKanaghan wieder einmal die Kontrolle über den Wagen verlor, was jedoch bisher glücklicherweise nicht der Fall gewesen war. Der Schock der sich überschlagenden Ereignisse im Devils Elbow hatte ihn scheinbar ausreichend nüchtern werden lassen.

Emily saß vorne auf dem Beifahrersitz und klammerte sich an ihrem Gurt fest.

Elliots Gesicht war etwas verquollen und sein ganzer Körper schien zu schmerzen, doch seinem Humor hatte die Schlägerei glücklicherweise keinen Abbruch getan. »Wenn Corvus nicht gewesen wäre, hätte ich die Typen wahrscheinlich zu Hundefutter verarbeitet. Die Typen sollten dir dankbar sein, Corvus!« Das Sprechen fiel ihm schwer, trotzdem kicherte er leise.

Cedrik nickte zustimmend. »Wo hast du so kämpfen gelernt?«

»Ich t-t-treibe mich viel auf der Straße rum, da musst du lernen, w-w-wie man sich verteidigt.«

»In Mistle End?«, fragte Cedrik ungläubig.

»Auch«, antwortete Crutch ausweichend, fügte dann aber hastig hinzu: »Mehr anderswo, natürlich.«

Emily wandte sich um. »Warum warst du überhaupt im Devils Elbow?«

Crutch wurde rot und blickte verlegen aus dem Fenster. Sofort verspürte Cedrik wieder große Sympathie für den Jungen, der sie so tapfer aus dem Schlamassel geboxt hatte. Er fuhr Emily an. »Warum fragst du ihn das? Sei doch einfach froh, dass er da war!«

Emily musterte ihn, verwundert und nachdenklich, aber das war ihm egal.

Elliot zog die Nase hoch. »Hab ich mich eigentlich schon bei dir bedankt, Crutch?«

Crutch nickte, schaute aber weiter aus dem Fenster.

Elliot stöhnte. »Autsch. Wenn mich unsere Mutter so sieht, bekomme ich richtig Ärger.«

»Ich wüsste schon, wo wir hinkönnen«, sagte Emily leise.

»Wohin denn?«, fragte Elliot und keuchte, als das Auto einen kleinen Hops machte, um einem Schneehasen auszuweichen.

»Es wird einen Grund gegeben haben, warum Dandelia nicht ins Devils Elbow gekommen ist. Vielleicht musste sie einen Trunk fertig brauen. Wir sollten nachsehen, ob sie vielleicht zu Hause ist.«

Elliot brummte zustimmend.

Crutch fragte leise: »Warum w-wart ihr denn im Devils Elbow?«

»Dandelia wollte uns dort treffen«, sagte Cedrik und zuckte mit den Achseln. »Sie hat uns einen Brief geschickt, aber ist dann nicht gekommen.«

Crutch sah ihn nachdenklich an. »Du willst m-m-mehr über Druiden erfahren, oder?«

Cedrik nickte erschöpft. »Es ist zum Wahnsinnigwerden. Keiner kann mir helfen, keiner kann mir wirklich sagen, was es heißt, ein Druide zu sein.«

»V-v-vielleicht kann ich dir helfen«, sagte Crutch leise.

»Du?«, fragte Cedrik erstaunt – und ärgerte sich sofort über den zweifelnden Unterton in seiner Stimme.

»Nein, nicht direkt«, beeilte sich Crutch zu erklären. »Aber wenn ihr M-M-Mister Elderling f-f-fragt, kann der euch sicher ...«

Elliot unterbrach ihn. »Bei dem Bücher-Tyrannen haben

wir Hausverbot. Der hilft uns die nächsten 100 Jahre nicht mehr.«

Crutch runzelte die Stirn, fragte aber nicht nach.

McKanaghan fuhr sie direkt zum Dreisprung. Von den Paladinen und den Gargouillen war keine Spur mehr zu sehen. »Weiter komme ich mit dem Auto nicht«, sagte er. Emily öffnete die Tür und wollte aussteigen, doch McKanaghan legte seine Hand auf ihren Unterarm. »Eine Sache noch. Ich wäre euch dankbar, wenn ihr es nicht an die große Glocke hängen würdet. Ich meine, dass ihr mich heute Abend dort getroffen habt. Ich selbst werde ebenfalls schweigen wie ein Grab.«

Die Freunde stimmten zu. Es war ihnen ganz recht, wenn niemand von ihrem Ausflug erfuhr. Sie stiegen aus dem Fahrzeug und McKanaghan verschwand.

Emily und Cedrik legten Elliots Arme über ihre Schultern und machten sich auf den Weg.

Crutch blieb zurück. Als er keine Anstalten machte, ihnen zu folgen, blieb auch Cedrik stehen. »Kommst du?«

»I-i-ich geh lieber heim. Ihr braucht mich ja nicht mehr.«

Emily hatte sich ebenfalls zu Crutch umgedreht. »Danke noch mal, dass du uns geholfen hast.«

Crutch zögerte für einen kurzen Moment, bevor er sagte: »Ich bin euch nachgeflogen. Ich wollte wissen, was ihr macht – und da b-b-bin ich euch nachgeflogen.« Seine Stimme klang belegt und er wandte sich verlegen ab. »Mit viel Abstand, sodass ihr mich nicht sehen konntet«, sagte er leise.

Cedrik war erstaunt und lächelte dann. »Das nächste Mal fliegen wir zusammen.«

Emily grinste Crutch an. Aber es schien Cedrik, als blieben ihre Augen kalt.

»Unbedingt«, sagte sie. »Aber was ich mich noch gefragt habe: Weißt du, warum uns die Dunkelelben geholfen haben? Sie hassen uns Schildhexen doch. Und die … die waren richtig nett.«

Crutchs Miene verfinsterte sich. Cedrik sah verwirrt zwischen den beiden hin und her.

»V-v-v-vielleicht haben sie gar nicht uns geholfen, sondern den C-C-C-Cluricannes.«

»Oh! Stimmt, so wird es gewesen sein.« Sie zwinkerte ihm zu, drehte sich um und ging mit Elliot am Arm über die Brücke.

»Was hat sie gegen dich?«, fragte Cedrik düster.

Crutch zuckte mit den Schultern. »Es gibt viele, die mich nicht mögen.«

»Das geht mir auch so«, sagte Cedrik.

Crutch schaute ihn mit weit aufgerissenen Augen an. »W-w-wie meinst du das?«

»Es gibt ein paar Leute, die mich hier nicht haben wollen. Alastair zum Beispiel. Aber lass gut sein. Das erzähl ich dir ein anderes Mal.« Er stutzte. Dann fragte Cedrik: »Wo ist eigentlich dein kleiner Begleiter?«

Crutch bekam einen süß-bitteren Glanz in den Augen. »Er ist mir a-a-abgehauen.«

»Was war es denn?«

»Ein k-kleiner Rabe.«

Wie aufs Stichwort flatterte ein großer, schwarzer Vogel so knapp über ihre Köpfe, dass sie zusammenzuckten. Augenblicklich waren die Bilder der letzten Tage wieder da. Der Angriff auf den Rat, die Prophezeiung. Cedrik schauderte. Er schüttelte sich.

»Ich hoffe, du findest ihn wieder. Bis bald, Crutch! Ich fands super, dass du aufgetaucht bist und uns geholfen hast!«

Crutch lächelte und hob die Hand zum Gruß.

Als sich Cedrik nach ein paar Schritten umdrehte, stand er noch immer an der gleichen Stelle. Im Gesicht einen wilden, entschlossenen Ausdruck.

Cedrik musste sich beeilen, um die Geschwister einzuholen. Sie hatten nicht auf ihn gewartet.

Kapitel 27

DANDELIA ROSE

Als Dandelia ihnen endlich die Tür öffnete, war ihr Haar zerzaust und sie trug einen altmodischen, mit Blumen bedruckten Gartenkittel. Ohne den augenscheinlich arg ramponierten Elliot weiter zu beachten, winkte sie die drei ungeduldig in ihr Haus und sagte: »Ihr seid spät dran.«

»Spät?«, sagte Cedrik verwundert. »Aber Sie haben uns doch im …«

»Oh ja, viel zu spät! In vielerlei Hinsicht«, bekräftigte sie verärgert. »Der Druide ist tot.«

»Tot?!«, entgegnete Cedrik entgeistert und starrte Dandelia verwirrt an.

Diese hatte sie wieder in ihre Kräuterküche geführt und zupfte Blätter von den zum Trocknen an der Decke aufgehängten Sträußen. »Meine Mutter hat mir immer wieder von ihm erzählt. Er lebte in einer Höhle im Wald, nicht weit von ihr. Hatte immer Tiere um sich. Meistens Hirsche. Und er hatte einen Falken, mit dem konnte er sprechen. Und ich sage euch, der kannte sich mit Pflanzen aus. Er war ein großer Heiler.«

»Wann war das? Und wo?«, fragte Cedrik aufgeregt.

Dandelia warf die Kräuter in eine Teekanne, in der das Wasser schon heftig brodelte. »Wie ich sagte, du bist zu spät! Der Druide ist schon lange tot. Ist nämlich eine Weile her, dass meine Mutter lebte.« Sie zog eine Schublade auf, kramte darin herum und entnahm einem tönernen Tiegel eine Prise gelbliches Pulver, das sie vorsichtig ins Wasser streute. »Meine Mutter wusste viel über Pflanzen, aber er ... er wusste alles. Er konnte nicht nur mit den Tieren sprechen, sondern auch mit den Pflanzen. Und der Erde! Das kannst du auch, oder?«, fragte sie Cedrik und funkelte ihn durch ihre Hornbrille an.

»Ich, äh, ich weiß nicht. Also ich ...«, stotterte Cedrik.

Dandelia strich sich ungeduldig die Haare aus der Stirn. »Natürlich. Du hast ja keine Ahnung.«

Cedrik verzog sein Gesicht zu einem schrägen Grinsen.

Sie nahm eine Tasse und füllte sie mit dem Sud aus der Teekanne. Sie wandte sich zu Elliot und betrachtete ihn mit einer hochgezogenen Augenbraue. »Mach doch mal bitte die Augen zu.«

»Was ... aber ...«

»Gehört zum Zauber«, sagte Dandelia ungeduldig. Widerwillig schloss Elliot die Augen. Sie öffnete eine Dose, zog einen weißlichen, sich windenden Wurm heraus und versenkte ihn in der Tasse. Sie blinzelte Cedrik und Emily vielsagend an. »So, fertig. Mach die Augen wieder auf und trink das.«

Elliot nahm die Tasse und trank vorsichtig von dem heißen Gebräu. Nach dem ersten Schluck breitete sich ein zufriedenes Grinsen auf seinem Gesicht aus.

Cedrik empfand Mitleids-Ekel mit ihm, der noch nicht wusste, was ihn am Grund des Bechers erwartete.

»Und nun zu dir, mein junger Freund. Wo waren wir stehen geblieben?« Sie packte Cedrik am Kinn und durchbohrte ihn förmlich mit ihrem Blick. »Neulich, die Wolfsbohne, hast du nicht verstanden, nicht wahr?«

»Nein, also, die hat nur …«

»Probiere es noch einmal. Hier, nimm. Das ist nur die Wurzel davon.«

Sie griff in einen Korb und hielt ihm mit spitzen Fingern eine kleine Wurzel unter die Nase. Das unheimliche Biest versuchte, sich aus ihrer Hand zu winden. Erschrocken wich er zurück.

»Keine Angst, die ist noch ganz klein.«

Schockiert stellte Cedrik fest, dass sich kleine Wurzelfäden um Dandelias Hand zu winden begannen.

»Nun nimm sie schon, keine Sorge, die beißt dich nicht.«

Langsam und vorsichtig nahm er Dandelia die Wurzel aus der Hand. Sofort tasteten die feinen Wurzelfäden ihn behutsam ab und wickelten sich zielstrebig um sein Handgelenk. Sie fühlte sich kalt an, wie die Fasern einer Karotte. Einer lebendigen Karotte.

»Und?«, fragte Dandelia neugierig.

Cedrik zog die Stirn in Falten. »Nichts.«

»Du bist doch ein Druide, oder?«, fuhr ihn Dandelia an.

»Was macht denn ein Druide, wenn nicht mit Pflanzen sprechen?«

Cedrik schloss die Augen und konzentrierte sich auf die Wurzel in seiner Hand. Er versuchte, alles um sich herum auszublenden und seine Gedanken ausschließlich auf die Wurzel zu konzentrieren ... Er prallte zurück und ließ sie fallen, als er von einer heftigen Emotion gepackt wurde. Erschrocken rieb er sich die Hände an seiner Hose ab.

Dandelia bückte sich und warf die Wurzel in einen Korb.

»Was ist?«, fragte Emily erschrocken.

»Hunger!«, rief Cedrik und keuchte. »Die Wurzel hat irrwitzigen Hunger! Und unbändige Wut!«

Dandelia strahlte. »Perfekt. Es hat funktioniert. Ich habe das Wölfische in der Wurzel verstärkt. Nur so kann der Trank die richtige Wirkung entfalten.«

Emily sah Cedrik mit großen Augen an. »Du musst die Pflanzen berühren, um mit ihnen Kontakt aufzunehmen.«

Cedrik nickte langsam. »Ja, vielleicht. Aber ich glaube, das ist es nicht allein. Ich muss bereit sein. Außerdem scheint es auch über die Erde zu funktionieren. Als Brücke zwischen mir und der Pflanze. Als Verbindung. Ich habe ja in die Erde gegriffen und mit dem Baum geredet, erinnert ihr euch?«

»Aber den Hirsch hast du berührt«, rief Emily.

»Welcher Hirsch?«, fragte Dandelia aufmerksam. »Hast du einen Hirsch gesehen? Hier im Dorf?« Sie packte Cedrik an beiden Schultern und zog ihn zu sich heran. Im Schein des prasselnden Feuers spiegelte sich Cedrik in den Brillengläsern seltsam verzerrt. Er nickte.

»Wo hast du den Hirsch gesehen?«

»Bei der Prüfung. Ich … er wollte, dass ich ihm helfe. Ich habe ihn geheilt.«

»Geheilt? Was hatte er denn und wie hast du ihn geheilt?«

»Er hatte eine Wunde auf der Stirn.«

»Ja, und?« Sie schüttelte ihn. »Sprich weiter!«

»Ich habe die Wunde mit der Kraft der Erde geschlossen und ihn geheilt«, sagte Cedrik hastig.

Dandelia lachte begeistert. »Potz Blitz, du bist ein begabtes Bürschchen, mein Junge! Man erzählt sich, deine Mutter sei eine Nymphe?«

Cedrik nickte noch einmal, etwas verblüfft. Neuigkeiten wanderten schnell in Mistle End.

»Nymphen sind Baumwesen und sie sind Kinder von Cernunnos, dem gehörnten Gott«, fuhr Dandelia fort. »Das passt perfekt.« Sie seufzte zufrieden.

»Dem gehörnten Gott?«, fragte Cedrik erstaunt. Er hatte noch nie von diesem Gott gehört.

»Ja, Cernunnos, Gott der Kelten. Man sagt, er erscheint oft in Gestalt eines Hirsches. Er ist der Gott des Waldes. Außerdem der Tiere und Pflanzen, und so weiter, blablabla. Du kennst ihn wirklich nicht?«

Cedrik schüttelte den Kopf und Dandelia holte tief Luft. Dann begann sie zu erzählen: »Es gab eine Zeit vor den Christen hier in England. Bevor die römischen Legionäre und bald nach ihnen die Missionare aus Rom kamen. Damals lebten hier, und überall sonst im Norden, mal mehr, mal weniger kriegerische Völker, die ihren Gottheiten huldigten. Bei uns waren das Kelten und einer ihrer Götter war Taranis, oberster Gott und König der Himmel. Lenker des Feuerrads. Weil er mit Blitz und Donner den Himmel beherrschte, hieß er bei manchen der Donnerer. Aber man kannte und kennt ihn auch unter dem Namen Thor.« Sie packte ihn wieder an der Schulter und sprach eindringlich weiter. »Dann gab es Cernunnos, den Herrn der Tiere und Pflanzen. Man nannte ihn auch den Hirschgott, weil er ein Geweih auf dem Kopf trägt. Von ihm stammen die Nymphen ab. In dieser Zeit waren die Druiden wie Hohepriester – Männer und Frauen, nebenbei gesagt – und sehr angesehen bei den Menschen. Sie waren Vermittler zwischen den Göttern, der Natur und den Menschen. Auch die Hexen waren damals Teil der Dorfgemeinschaften, als Hebammen, Heiler, Ratgeber, geistige Führer und Giftmischer – gefürchtet vielleicht, ja, aber ebenso akzeptiert.« Sie nahm ihre Brille ab und rieb sie an ihrem Kittel sauber. »Das änderte sich mit der Ankunft der christlichen Mönche auf der Insel. Die alten Kulte wurden als barbarisch bezeichnet, die Ausübung der überlieferten Rituale wurde verboten. Die Götter unserer Ahnen wurden verdrängt von diesem einfachen Zimmermann aus Judäa. Was seine Kirche damals der magischen Gesellschaft antat, hatte nichts mit Nächstenliebe zu tun. Druiden, Hohepriester und wir Hexen wurden verjagt und verstoßen. Wir passten nicht ins Weltbild der Kirchen und gerieten in Vergessenheit. Tja, und dann kam die Inquisition, aber den Teil kennst du wahrscheinlich.«

»Und die Druiden?«, fragte Cedrik.

»Verloren ihre Funktion als Mittler zwischen Mensch und

Natur. Das Gleichgewicht ging verloren und die Menschen machten sich daran, die Natur auszubeuten. Und ganz nebenbei zu zerstören. Kein Wunder also, dass sich deine Vorfahren im letzten Hexenkrieg auf die Seite der Dornhexen schlugen.«

Endlich begann Cedrik zu verstehen, welche Rolle die Druiden im Lauf der Geschichte gespielt hatten. »Wo sind sie hin, nachdem sie sich von den Menschen abgewendet haben?«

»Früher erzählte man sich, dass sich die letzten Druiden auf irgendeine der nordwestlichen Inseln zurückgezogen hatten. Aber seit der Druiden-Freund meiner Mutter gestorben ist, habe ich nichts mehr von ihnen gehört.«

»Und wann war das?«, fragte Emily.

Dandelia bekam einen seltsamen Glanz in den Augen. Sie lächelte. »Das muss um das Jahr 1750 gewesen sein.«

Cedrik rechnete im Kopf zusammen. Wenn Dandelias Mutter vor über 250 Jahren gestorben war, musste sie selbst …

Elliot räusperte sich. Seine Schwellungen waren fast vollständig zurückgegangen, er sah beinahe wieder gesund aus und gestikulierte wild mit seiner freien Hand. In der anderen hielt er noch immer die Tasse mit dem Heiltee. »Aber diese Druiden, was konnten die denn nun? Was waren das für Typen?«

Er nahm einen letzten tiefen Schluck und kaute aufgeregt – und ohne weiter darauf zu achten – auf etwas herum. Es schüttelte Cedrik, als er daran dachte, was Elliot in seinem

Mund hatte. Dann war seine Aufmerksamkeit wieder ganz bei Dandelia.

»Heute weiß kaum einer mehr, was ein Druide wirklich zu leisten vermag. An manches kann ich mich noch erinnern, aus den Erzählungen meiner Mutter, aber das ist sicher nicht alles. Und ich kann auch nicht garantieren, dass es wahr ist. Aber gut, hört mir zu: Druiden arbeiten mit der Erde selbst, das wisst ihr schon. Sie können mit Pflanzen sprechen, auch mit Tieren und wenn sie im Vollbesitz ihrer Kräfte sind, können sie mit der großen Erdmutter selbst kommunizieren. Es wurde erzählt, dass Druiden Felsen versetzen konnten, Flüsse zum Schäumen brachten und Bäume in die Schlacht führten.«

Elliot flüsterte: »Der Baum bei deiner Prüfung, der hat doch auch für dich gekämpft.«

Cedrik nickte atemlos.

»Aber Druiden sind natürlich nicht dauernd in den Krieg gezogen. Sie achteten auf den Zustand der Natur, auf den Lauf der Bäche, den Flug der Vögel und das Rauschen des Windes in den Bäumen. Sie warnten die Menschen vor steigenden Fluten, vor Erdstößen oder vor anderen Naturkatastrophen. Wenn zum Beispiel der Mensch mit seinen Schafen in die Reviere von Wölfen eindrang, konnte der Druide helfen – indem er die Menschen daran hinderte, die Wölfe zu jagen, oder er das Rudel bat, sich einen neuen Ort zu suchen.« Sie schwieg für einen Moment. »Sie handelten oft im Kleinen, aber ihre Gegenwart half, das große Gleichgewicht zu bewahren.«

»Und wie haben sie das alles erlernt? Gab es so etwas wie Druidenschulen?«

»Schulen?« Dandelia lachte. »Nein, das gab es nicht. Soweit ich weiß, überlieferte ein Meister sein Wissen an seine Schüler mündlich. Aber das war ...« Sie zögerte. »Das ist vielleicht nicht immer nötig. Druiden tragen einen Teil des göttlichen Funkens in sich. Und ihre Kraft wächst beständig. Du bist auch schon stärker geworden, habe ich recht?«

Er dachte nach. Er hatte falsch angefangen, aber als er sich auf die Wurzel konzentriert hatte, war die Verbindung sofort da gewesen. Es hatte ihn keine Mühen gekostet. »Vielleicht ein wenig?«

Dandelia lachte. »Natürlich bist du das. Druiden entspringen fast immer den Verbindungen eines Menschen mit einem der Ewigen.«

»Eine Nymphe ist eine ... Ewige? Was sind Ewige?«

»Nymphen, Naturgeister, Tierdämonen und so weiter. Keine Götter, aber trotzdem unsterblich. Es ist ihnen nicht erlaubt, aber manchmal zeugen sie Kinder mit Sterblichen. Aber so wie du ein Kind einer Nymphe und eines Menschen bist, gibt es auch Druiden, die aus der Verbindung mit Windgeistern oder auch Dämonen entstanden sind. Die Ewigen sind wie die Götter nicht Teil der menschlichen Welt. Und von ihnen haben die Druiden die Fähigkeit, die Grenzen zwischen den Welten zu durchschreiten. In die Welt der Tiere, der Pflanzen und so weiter.«

»Das heißt, ich kann das alles lernen? Mit Tieren sprechen und so?«

Sie kniff die Augen zusammen. »Wenn ich mich nicht täusche, kannst du es schon jetzt. Du musst nur lernen, dein Wissen richtig einzusetzen.«

»Wie mit der Wolfsbohne!«, stellte Elliot begeistert fest. Er war scheinbar wieder topfit.

»Wie mit der … Ach du meine Güte! Wie spät ist es?«, rief Dandelia.

Die Freunde schauten sich ratlos an.

Dandelia zog einen alten Wecker aus einem der Einmachgläser. »Verflixt, jetzt habe ich … wie ärgerlich! Ich wollte nur ein kleines Nickerchen machen, dann seid ihr gekommen und jetzt ist es fast zu spät. Wenn ich nicht vor Mitternacht die Silberdistel vorbereitet habe, wird der Trank für Alastairs Frau nie etwas.«

»Jetzt? Aber es ist doch schon spät?!«

»Natürlich jetzt! Heute Nacht ist Vollmond! Ich muss das Distelpulver Punkt Mitternacht einrühren, heute Nacht, sonst wirkt der Trank nicht. Glaubt mir, es ist nicht das erste Mal, dass ich diesen Trank zubereite. Also tut mir einen Gefallen und verschwindet. Ich will nicht erleben, dass Alastair morgen kommt und der Trank ist nicht fertig. Und ihr auch nicht. Besonders du, Cedrik! Wenn er erfährt, dass ich das Rezept versaut habe, weil wir gesprochen haben …« Sie schwieg und hob bedeutungsvoll ihre Augenbrauen. »Also bitte, den Weg nach draußen kennt ihr ja!«

Sie folgten Dandelias Aufforderung und brachen sofort auf.

In der Tür wandte sich Cedrik allerdings noch einmal um: »Eine letzte Frage, Dandelia: Warum waren Sie nicht im Devils Elbow?«

Dandelia, die bereits begonnen hatte, in einer alten Steinmühle Silberdisteln zu zerreiben, antwortete ungehalten: »Was, bitte, sollte ich dort? Gebrochene Nasen mit Kräuterumschlägen heilen?«

»Hast du uns denn nicht dorthin bestellt? Der Zettel …«, fragte Emily.

»Pusteblume! Zettel, nichts mit Zettel. Und jetzt raus hier, aber schnell!«

Sie huschten bedrückt durch die Gerätekammer nach draußen und gingen durch den tief verschneiten Kräutergarten zurück auf die Gasse. Obwohl keine Wolken am Himmel zu sehen waren, fielen einzelne Schneeflocken und zeichneten feine, schwarze Schatten gegen die helle Scheibe des Mondes.

»Das ist seltsam. Wenn sie uns nicht ins Devils Elbow bestellt hat, wer dann?«, fragte Elliot.

Emily zuckte müde mit den Schultern. »Wisst ihr, was? Das ist mir jetzt wirklich piepegal. Heim, und zwar schnell. Mom wird uns sowieso den Hals umdrehen, weil es so spät geworden ist.«

Der Weg durch die Gassen des Tollkirschenviertels war Cedrik unheimlich. Hinter den Fenstern brannte kaum ein Licht. Leer und düster wirkten die Häuser, das ganze Viertel schien tot und verlassen.

»Lebt hier überhaupt jemand?«, fragte Cedrik und spürte,

wie ihn die Unruhe wieder packte. Sie hatte ihn angesprungen, als sie das Haus von Dandelia verlassen hatten. Sein Puls wurde schneller.

»Ich dachte schon«, erwiderte Emily und gähnte.

»Sieht aber nicht so aus, was?«, flüsterte Elliot. »Nicht einmal mehr die Raben sind zu sehen.«

Emily blieb stehen und spähte in alle Richtungen. »Ich glaube, hier gehts zum Dreisprung. Mir nach!«

Wolken schoben sich wie aus dem Nichts vor den Mond und tiefste Dunkelheit legte sich wie ein Schleier über das Dorf. Sie konnten kaum noch etwas erkennen. Sie quetschten sich durch einen engen Durchlass und stiegen vereiste Stufen nach unten. Bald konnten sie nicht mehr sehen, wohin sie ihre Füße setzen sollten.

Als Cedrik zum gefühlt hundertsten Mal ausrutschte, fluchte er: »Warum gibt es hier eigentlich keine Laternen?!«

Elliot half ihm auf und sagte: »Ich weiß nicht einmal, ob wir überhaupt noch richtig sind.«

»Jetzt trödelt nicht. Ich will heim!«, rief Emily aus dem Dunkel vor ihnen.

Viele Stufen, Ecken und Stolpersteine später hatte das Labyrinth der Gassen die drei auf einen finsteren Platz geführt, der auf drei Seiten von stattlichen, aber größtenteils verfallenen Häusern eingefasst wurde. Auf der vierten Seite wurde er von einer niedrigen Steinmauer begrenzt. Hinter der Mauer erkannte Cedrik die Schatten von Grabsteinen.

»He, Leute, das ist jetzt aber schon ein bisschen unheimlich«, sagte Cedrik und zeigte Richtung Friedhof.

Elliot blies in seine Hände, um sie aufzuwärmen. »Das mit dem Gräberfeld hatte ich ganz vergessen.«

»Die sind tot, wovor fürchtet ihr euch?«, meinte Emily und stellte sich neben sie. Sie wirkte erschöpft.

»Zombies«, stellte Elliot nüchtern fest.

»Na klar. Und wann hast du hier das letzte Mal einen Zombie gesehen, Elliot?«

»Ist gar nicht so lange her!«

»Ach«, sagte Emily und zog spöttisch die Augenbrauen zusammen. »Wirklich? Die gute Nachricht, Jungs: Ich weiß jetzt wieder, wo wir sind. Wir sind in ein paar Minuten am Dreisprung.«

»Ach, hatten wir uns verlaufen?«, fragte Elliot entgeistert.

Kapitel 28

DER FLUG DER GARGOUILLEN

Sie waren tatsächlich nur wenig später an der Brücke, die sie über den Stummen Fluss zurück ins Distelviertel brachte. Ihr Weg nach Hause führte sie über den Marktplatz, doch als sie sich näherten, tanzten auf den Fassaden ringsum Schatten in flackerndem blauen Licht.

Vor dem Ratsgebäude standen zwei schwarze Limousinen und ein Polizeiwagen mit eingeschaltetem Blaulicht.

»Was machen die hier?«, fragte Elliot beunruhigt.

»Das ist der Orden«, sagte Emily und wirkte besorgt. »Kein gutes Zeichen.«

Im Scheinwerferlicht standen eine Handvoll Hexen, darunter Alastair und Esmeralda, und waren in eine Diskussion mit komplett schwarz gekleideten Beamten verwickelt. Schon ihre Haltung strahlte Arroganz und Macht aus. Der Polizist, der sich verzweifelt ans Lenkrad seines Wagens klammerte, sah dagegen aus, als wäre er am liebsten weit fort, an einem anderen Ort. Cedrik konnte nicht hören, um was es ging, aber er konnte sehen, dass eine heftige Diskussion geführt wurde.

Emily zog hörbar die Luft ein. »Sie reden über dich, Cedrik. Weg hier!«

Cedrik wurde von Elliot gerade zurück in den Schatten gezogen, als sie das schrille Kläffen eines Hundes zusammenzucken ließ.

»Da! Das ist er!« Eine Frau mit einem weiten, schwarzen Umhang eilte auf sie zu, auf dem Arm einen kleinen, schmutzig weißen Hund. Die Nonne aus dem Zug!

»Bleib stehen, Junge!«

Elliot und Emily packten Cedrik und rannten los.

»Was sind das für Typen? Ich kenne die Frau, sie war im Zug, als wir hierhergefahren sind«, keuchte Cedrik.

»Die sind vom Distelorden. Hexenpolizei. Die letzten Reste der Inquisition. Hier lang!« Elliot lief eine scharfe Kurve und flitzte durch einen schmalen Durchgang in eine düstere Gasse.

Hinter ihnen bellte der Hund und wütendes Geschrei brandete den Weg hinunter. Als sie am anderen Ende der vermeintlichen Abkürzung auf eine breitere Straße einbogen, erschienen die Verfolger nur ein kleines Stück über ihnen und der Abstand hatte sich eher verringert.

»Wieso läuft Alastair mit denen? Verdammt, er hetzt die Gargouillen auf uns!«

Tatsächlich! Cedrik konnte sehen, wie Alastair seinen Blick fest auf sie gerichtet hielt und vor sich hin murmelte.

»Das ist nicht fair! Er sollte uns helfen und nicht … Uaaah!«

Noch während Elliot sprach, hatte ihn eines der geflügelten Blechmonster mit seinen Krallen am Mantel gepackt und in die Luft gerissen.

»Elliot! Nein!«, schrie Emily und riss ihre Hände nach oben, doch auch über ihr erschien ein dunkler Schatten und streckte schwere, krallenbewehrte Füße nach ihr.

Mehr konnte Cedrik nicht sehen, denn auch er wurde in diesem Moment an seiner Jacke in die Höhe gezogen. Der blecherne Schrei der Gargouille klang schmerzhaft schrill in seinen Ohren, aber er wagte nicht, sich zu wehren. Der Wasserspeier hatte ihn mit flapsigen Flügelschlägen bereits mehrere Meter in die Luft gehoben, er war schon auf der Höhe der Dachrinnen. Wenn das Monster ihn jetzt losgelassen hätte, hätte er den Sturz keinesfalls unverletzt überstanden. Sein Herz schlug wie verrückt und er versuchte zu erkennen, was mit den anderen los war: Während Emily vor ihm ganz stillhielt, strampelte Elliot neben ihm wie wild in der Luft herum.

»Hör auf, Elliot, lass das! Wenn sie dich jetzt fallen lässt, ist das auch nicht besser«, brüllte Cedrik.

»Ist er still? Ist er artig?«, krächzte die Gargouille über ihm.

Sie waren jetzt so hoch, dass er im Licht des Mondes bis zur Dorfmauer sehen konnte.

Von den Verfolgern war keine Spur zu entdecken. Und der Marktplatz lag definitiv hinter ihnen.

»Wo bringen sie uns hin?«

»Da ist der Stumme Fluss«, rief Emily und zeigte vorsichtig auf ein silbernes Band unter ihnen.

»Und da der Dreisprung!«

Elliot keuchte. Die Jacke, an der er hing, schien ihm die Luft abzuschnüren. »Das Steineichenviertel.« Er röchelte. »Wir fliegen darauf zu!«

Vor ihnen erhoben sich nun hohe, dunkle Bäume, in deren Ästen Lichter schimmerten.

»Sind wir sie bald los? Nerven sie uns nicht länger?«

Die Gargouillen flogen eine Linkskurve und steuerten eine Plattform auf einem der Bäume an, auf der ein einzelner Mann stand und in ihre Richtung schaute.

Auf einmal hatte Cedrik eine Ahnung. »Passt auf, die Biester werden sicher gleich …«

Es knirschte, als sich die Blechkrallen öffneten und die Gargouillen Cedrik und seine Freunde direkt über dem Baum abwarfen.

Cedrik landete hart auf den vereisten Bohlen, konnte sich aber mehr schlecht als recht abrollen, während Emily auf ihrem Bruder weich zur Landung kam.

»Ah … au, au, au!«

Elliot schob seine Schwester von sich herunter, die atemlos aufsprang. Die Wasserspeier hatten sich mit ihrem seltsam anmutenden Flug schon wieder auf den Rückweg gemacht.

»Sie haben uns gerettet«, sagte sie erstaunt. »Sie haben uns vor dem Orden in Sicherheit gebracht.«

Der Mann, der ihren Anflug beobachtet hatte, trat näher. »Emily, Elliot und Cedrik. Irgendwie war mir das klar …« Er seufzte.

»Ao'Taeras«, rief Elliot erstaunt aus.

»Natürlich ich. Die Wächter haben euch schließlich auf meinem Haus abgesetzt. Könnt ihr mir sagen, was das soll? Was ist hier los?«

»Der Orden ist hier – und sie wollten Cedrik. Alastair hat die Gargouillen gerufen und uns hierhergebracht«, erwiderte Emily aufgeregt.

Ao'Taeras runzelte die Stirn. »Was will der Orden hier? Und wie hat er von Cedrik erfahren?«

Cedrik hörte Flügelschlag, ein leises Rauschen, und schon setzte eine Schneeeule zur Landung auf der Plattform an. Noch bevor sie den Boden berührte, gab es einen Wirbel, ein zischendes Geräusch und mit einem PLOPP stand die Paladin vom Dreisprung vor ihnen. Sie neigte vor Ao'Taeras respektvoll ihr Haupt und musterte die Kinder abschätzig.

»Alastair MacAhraw schickt mich. Er bittet dich, den Kindern heute Nacht Obhut zu gewähren. Der Orden ist hier und, wie hat Alastair es formuliert: Bestimmte Feinde erfordern ungewöhnliche Allianzen.« Sie lächelte süßlich.

Ao'Taeras nickte. »Ich verstehe, auch wenn ich wieder mal als Letzter informiert werde. Der Besuch muss doch angekündigt gewesen sein …«

»War er nicht«, unterbrach ihn die Paladin. Sie starrte Cedrik an. »Ist es nicht bemerkenswert? Seit Jahrzehnten, wenn nicht Jahrhunderten haben wir Ruhe mit dem Orden, und kaum taucht der Druide hier auf …«

»Genug!«, donnerte Ao'Taeras. »Ich werde mich um die drei kümmern. Du hast deine Arbeit erledigt, du kannst gehen.« Sein Ton war scharf und bestimmt.

Die Paladin drehte sich um und sprang von der Plattform in die Dunkelheit.

»Nicht!«, schrie Cedrik, aber noch bevor er richtig verstand, was gerade passiert war, hörten sie alle ein gut vernehmliches PLOPP, die Schneeeule drehte eine kurze Runde über der Plattform und verschwand Richtung Dreisprung.

»Angeberin«, sagte Emily.

Cedrik sah sich verwirrt um. Der Baum, in dessen oberen Zweigen die Plattform verankert war, war wie alle Bäume ringsum, blätterlos und von einer feinen Schneeschicht überzogen. Zwischen den Stämmen waren Seilbrücken gespannt, welche die stattlichen Baumhäuser miteinander verbanden. Die Wohnstätten selbst waren von umlaufenden Plattformen umgeben, aus dem Inneren der Konstruktionen fiel goldenes Licht auf glitzernde Äste.

»Kommt mit. Ich zeige euch, wo ihr schlafen könnt«, sagte Ao'Taeras mürrisch und öffnete eine versteckte Luke im Boden. Kaum hatte er ihnen den Rücken zugekehrt, um nach unten zu klettern, vollführten die Geschwister einen stummen Freudentanz.

»Was habt ihr denn?«, flüsterte Cedrik erstaunt.

»Das ist der Wahnsinn! Davon haben wir immer geträumt! Wir sind in Ao'Taeras Baumhaus«, sagte Elliot aufgedreht.

»Und was denken unsere Eltern, wenn wir heute Nacht nicht nach Hause kommen?«

»Unsere Mutter sagt deinem Dad bestimmt Bescheid, verlass dich drauf. Komm jetzt!«

Sie beeilten sich, Ao'Taeras nach unten zu folgen.

Kapitel 29

IM BAUMHAUS VON AO'TAERAS

Das Innere des Baumhauses war so magisch, wie es Cedrik in Mistle End bisher noch nicht gesehen hatte. Die ganze Wohnstatt wurde von einer mächtigen Eiche getragen, deren Äste sich durch die Zimmer zogen und mal Säulen, mal aus ineinandergewachsenen Ästen Liegen oder Sitzgelegenheiten bildeten. Das goldene Licht, das auch diese Räume erhellte, kam nicht etwa von Glühbirnen, sondern von winzigen, kichernden Elfen, die mal hierhin, mal dorthin flatterten. Ihr ganzer kleiner Körper schien zu leuchten, und wenn sie aufgeregt mit den Flügeln schlugen, regnete es goldene Funken.

»Flirrelfen! In den Sommernächten sind sie in den Hochmooren, aber im Winter haben sie es gern warm und kuschelig. Dafür spenden sie Ao'Taeras Licht«, erklärte Emily.

Cedrik riss die Augen auf. »Aus dem Moor? Sind das …«

»Ihr nennt sie Irrlichter«, sagte Emily. »Aber das gefällt ihnen gar nicht.«

»Und warum bringen sie die Leute dann vom Weg ab?«

»Tun sie gar nicht«, meinte Elliot und grinste. »Die spielen nur. Selbst schuld, wer da mitmacht.«

Der Boden war bedeckt mit Fellen, auf den Stühlen und Betten lagen reich mit Ornamenten bestickte Kissen. In einem leicht erhöhten, runden Raum brannte in einer aus schwerem Holz und Steinen gefassten Eisenschale ein behagliches Feuer. An den Decken, die aussahen, als hätten sich die Äste der Bäume ineinander verwoben, um ein schützendes Dach zu bilden, hatten die Flirrelfen ihre Nester und wisperten mit Stimmen, die sich wie klingende Glöckchen anhörten, wild durcheinander. Farn wuchs üppig grün in einer Astgabel und bildete mit seinen Blättern kleine Kelche, in die blau leuchtendes Wasser von der Decke tropfte.

»Können Elben auch zaubern?«, fragte Cedrik.

»Das ist ein bisschen das Problem mit den Elben. Elben kennen keine Zauber, sondern Lieder. Damit können sie eine bestimmte Art von Magie wirken, dazu müssen sie nur leise singen. Allerdings …« Emily zögerte.

»Allerdings sind die Dunkelelben viel, viel bessere Sänger als die Waldelben«, sagte Elliot.

»Verstehe«, erwiderte Cedrik. »Deswegen meintest du, wir sollten froh sein, dass die Band im Devils Elbow nicht aus Waldelben bestand.« Er lachte, stoppte aber sofort, als er den erschrockenen Ausdruck in Elliots Gesicht entdeckte. Er drehte sich um und stand Ao'Taeras gegenüber, der ein paar Decken und Kissen im Arm hatte.

Der Elb schloss genervt die Augen. »Ich bin mir nicht sicher, ob ihr den Ernst der Lage erfasst«, sagte er düster.

»Wenn der Orden hinter dir her ist, Cedrik, heißt das nichts Gutes. Es bestätigt unsere Vermutung, dass sie einen Spion im Ort haben. Das heißt aber auch, dass sie von den Spannungen zwischen den Schild- und den Dornhexen wissen.« Er warf die Decken auf ein gemütlich aussehendes Bett aus kräftigen Ästen. »Mistle End hat seit vielen Jahrhunderten eine Vereinbarung mit dem kirchlichen Orden. Wir leben hier in der Abgeschiedenheit der Berge und stören niemanden. Wir existieren nicht. Dabei hilft uns der Greif. Wir zaubern nicht vor Menschen. Wir mischen uns nicht ein, wir halten Frieden und dafür lässt uns der Orden in Ruhe. Wenn es aber zum Krieg zwischen den Hexen kommt, wird uns das nicht mehr gelingen. Dann wird es Opfer geben. Auch bei den nichtmagischen Wesen. Dann haben wir nicht nur Krieg innerhalb unserer Gemeinschaft, sondern auch mit dem Distelorden.«

Die drei Freunde schwiegen betreten.

Ao'Taeras wandte sich direkt an Cedrik, Bitterkeit in seinen Augen. »Und? Hast du schon irgendetwas dazugelernt oder hast du nichts Besseres zu tun gehabt, als deine Zeit im Devils Elbow totzuschlagen?« Seine Stimme klang hart.

Er schüttelte mit zusammengepressten Lippen den Kopf.

Ao'Taeras seufzte. »Cedrik, du musst lernen, mit deinen Kräften umzugehen. Viel Zeit bleibt dir nicht mehr.« Er reichte ihnen drei Wurzeln. »Das wird euren Hunger stillen. Geht jetzt schlafen. Eigentlich wollte ich euch ein Traumlied singen, aber das lass ich jetzt lieber.«

Die drei hatten sich auf das breite Lager gelegt und obwohl

das Baumhaus keine Fenster hatte, war ihnen unter den dicken Decken warm und behaglich. Die Geschwister waren sofort eingeschlafen. Weil ihnen Ao'Taeras kein Traumlied gesungen hatte, wie Elliot später versicherte. Cedrik dagegen war hellwach und kaute nachdenklich auf der Wurzel, die erstaunlich süß schmeckte. Was Ao'Taeras gesagt hatte, ging ihm nicht mehr aus dem Kopf. Er hatte recht. Was konnte er denn schon, als Druide. Er fühlte sich schwach und nutzlos.

Als er sich umsah, entdeckte er in einer Ecke eine kleine Wendeltreppe, die er bisher nicht wahrgenommen hatte. Ohne seine Freunde zu wecken, kletterte er aus dem Bett und stieg leise nach oben. Zwei neugierige Flirrelfen folgten ihm und tanzten Funken sprühend um ihn herum.

Das Zimmer, in das ihn die Treppe führte, war fast kreisrund und hatte große Fenster in alle Himmelsrichtungen. Der Stamm, auf dessen festen Zweigen dieser Teil des Hauses aufgehängt war, bildete den Mittelpunkt des Raumes. Cedrik ging darauf zu. Die Rinde war tief gefurcht und erinnerte ihn an alte Haut.

Er lehnte seinen Kopf gegen den Baum. Das Holz war hart und spröde und drückte sich in seine Stirn. Er roch Wald. Er roch Regen.

Er schloss die Augen und sog die Luft ein. Es war ein Geruch von Wildheit. Nach Heimat. Er kannte diesen Geruch, er war ihm schon oft begegnet. Er fühlte Kraft, die irgendwo in seinem Innern ein goldenes Licht entzün…

»Kuschelst du mit dem Baum?!«

Er wirbelte herum. Emily und Elliot hatten ihre Köpfe

durch die Bodenöffnung geschoben und beobachteten ihn belustigt.

Cedrik wischte sich peinlich berührt die Rinde von der Stirn.

»Echt jetzt? Hast du mit dem Baum gekuschelt?« Elliot lachte.

Cedrik verdrehte die Augen. »Natürlich nicht, Blödmann.«

Emily musterte ihn aufmerksam, dann leuchteten ihre Gesichtszüge auf. »Lass ihn, Elliot. Das ist gut! Das ist sogar sehr gut!« Sie nickte Cedrik begeistert zu und kletterte zu ihm. »Du hast versucht, mit dem Baum zu sprechen, oder?«

Cedrik nuschelte »muss-üben-und-jetzt-lasst-mich-in-Ruhe« und wollte an ihnen vorbei nach unten, aber Emily hielt ihn zurück. »Warte mal. Willst du es mal mit einem Tier probieren? Einer Katze vielleicht?«

Cedrik drehte sich um und musterte Emily überrascht.

»Ich verwandle mich und dann sehen wir einfach, was passiert.« Sie schloss die Augen, drehte sich um ihre Achse, immer schneller und – PLOPP! – stand vor Cedrik eine kleine, rot getigerte Katze, die auffordernd miaute.

»Nur zu, Cedrik! Ich verspreche dir auch, dass ich nicht lache, wenn etwas schiefgeht.« Elliot versuchte, ein ernstes Gesicht aufzusetzen, was ihm aber gründlich misslang.

Aufgeregt ging Cedrik in die Hocke und kraulte das Kätzchen unter dem Kinn. Emily schnurrte und er überlegte eben noch, ob er sich wirklich trauen sollte, mit Emily Kontakt aufzunehmen, als er eine sehr vertraute Stimme in seinem Kopf hörte.

Jetzt mach schon, Cedrik. Ich will wissen, was du spürst.

Verblüfft blickte er zu Elliot, aber dessen höflich-amüsierter Gesichtsausdruck signalisierte ihm, dass er nichts gehört hatte. Er wandte sich wieder der Katze zu und formte in seinem Kopf eine Frage: *Bist du das, Emily?*

Keine Antwort. Natürlich, er hatte vor lauter Erstaunen aufgehört, die Katze zu streicheln. Er legte seine Hand wieder auf das weiche Fell der Katze, was diese sogleich mit lautem Schnurren quittierte. Er versuchte es noch einmal. Und diesmal kam die Antwort sofort.

Cedrik, ich hör dich!

Er jubelte auf. »Ich kann mit ihr sprechen! Ich kann Emilys Gedanken hören!«

Elliot nickte anerkennend. »Und, was sagt sie? Hat sie Lust auf Mäuse?«

Sag ihm, er ist ein Idiot, fauchte Emily in seinem Kopf.

Cedrik lachte. »Das ist so irre!«

Wie bei dem Baum während der Prüfung spürte er Wärme und ein Prickeln am ganzen Körper. Ihm war, als verbinde ihn mit der Katze ein feines Band reinster Energie. Und wieder war da dieses Leuchten. Ganz fein und golden.

Emily rieb ihr Köpfchen an seinem Knie.

Er kraulte sie hinter den Ohren. »Nun sag schon«, nörgelte Elliot. »Über was redet ihr?«

Sags ihm nicht. Dann wird er wahnsinnig und denkt, wir reden über ihn.

Cedrik lächelte und Elliot musterte sie misstrauisch. »Ihr lästert über mich, stimmts?«

Cedrik fühlte sich eins mit dieser Kraft. Mit dem Licht und der Energie. Aber da war noch mehr. Er spürte Vertrauen.

Emily schnurrte lauter und er fühlte sich gut. Sehr gut.

Emily miaute, rieb sich noch einmal an Cedriks Knie und begann sich zu drehen, immer schneller, bis mit einem leisen PLOPP wieder Emily vor ihnen stand. In Menschengestalt. Als sich die Verbindung zwischen ihnen löste, erwischte es ihn wie ein Eimer kaltes Wasser. Der Moment der Vertrautheit mit Emily war völlig verschwunden. Ein Umstand, den er irgendwie bedauerte.

»So viel dazu. Jetzt wissen wir, dass du mit Tieren sprechen kannst. Das ist einzigartig«, stellte Emily ein wenig außer Atem, aber zufrieden fest.

Cedrik schloss kurz die Augen. Noch immer spürte er diese Kraft in sich, aber als sie nur noch ein feines Glimmen war, schüttelte er den Kopf. »Ich glaube nicht, dass das mit normalen Tieren so leicht geht. Du bist ein Mensch in Tiergestalt, da ist es bestimmt einfacher.« Er dachte an den Adler. Als er mit ihm Kontakt hatte, war es kein wirkliches Sprechen gewesen. Dennoch hatte er verstanden, was das Tier von ihm wollte.

Sie zuckte nachdenklich mit den Schultern. »Vielleicht, aber im Prinzip wird es dasselbe sein.« Sie betrachtete ihn ernst. »Du hattest gerade eben eine ganz schöne Power. Ich glaube, in diesem Moment hätte ich alles getan, worum du mich gebeten hättest.«

Kapitel 30

EIN DONNERWETTER ZUM FRÜHSTÜCK

Als sie aufwachten, stand Esmeralda vor ihrem Bett. Und funkelte sie wütend an. Von Ao'Taeras keine Spur.

Wenn Augen tatsächlich Blitze schleudern könnten, wären sie wahrscheinlich bereits zu kleinen Aschehäufchen verbrannt worden.

Esmeralda kam sofort zur Sache. »Was erlaubt ihr euch eigentlich?! Hatte ich euch nicht ausdrücklich verboten, das Dorf zu verlassen?«

»Wir dachten, Alastair hat dir gesagt, dass wir …«

»Musstet ihr ausgerechnet ins Devils Elbow!?« Ihre Stimme überschlug sich und Zornesröte schoss ihr ins Gesicht. Sie hielt kurz inne – und das Donnerwetter ging weiter. »Da hätte ich wirklich etwas mehr Weisheit von euch erwartet! Ihr seid Hexen, ihr seid meine Kinder! Was, bitte, ist da in euch gefahren!?«

Sie schoss vor, packte Emily und Elliot beide am Oberarm und schüttelte sie. »Wisst ihr eigentlich, was für ein

Abschaum sich im Devils Elbow trifft? Das ist kein Ort für euch!«

Sie wirbelte herum und fuhr Cedrik an. »Und auch nicht für dich, Cedrik! Nach dem, was im Rat passiert ist, würdest du gut daran tun, dich nicht mit zwielichtigen Gestalten abzugeben. Im Devils Elbow mischt sich die magische und die nichtmagische Welt auf die ekelerregendste Weise.«

Sie sog die Luft scharf ein. »Der Orden war gestern nicht nur wegen Cedrik hier. Gestern Abend gab es im Devils Elbow heftige Streitigkeiten. Es wurde gezaubert und es gab Anrufe bei der Polizei. Es wurden Kampfzauber gesprochen und es gab Verletzte. Wir konnten den Orden nur mit großen Schwierigkeiten davon überzeugen, dass der neue Druide im Dorf nichts mit den Vorfällen und den Spannungen zu tun hat.« Sie sprach jetzt ganz leise. »Wehe, ich erfahre, dass ihr in irgendeiner Weise an den Vorfällen beteiligt wart.« Ihre Augen wurden für einen Moment zu schmalen Schlitzen. »Nein, halt! Ich will es gar nicht wissen. Und wisst ihr auch warum? Weil ich euch sowieso bestrafen werde.« Sie seufzte und sah mit einem Mal furchtbar erschöpft aus.

Emily und Elliot waren wie versteinert und schauten entsetzt auf ihre Mutter. Cedrik hielt den Atem an.

»Ich habe mich heute Morgen mit Mr Elderling getroffen. Er war völlig außer sich. Jemand hat eine Seite aus seinem Lexikon gerissen.«

Sie packte ihren Sohn am Kinn. »Hüte dich, mir jetzt irgendeine Ausrede zu präsentieren, mein Sohn. Ich weiß, dass du es warst. Du hast die Seite in deinem Zimmer liegen gelassen!« Sie hielt ihm das zerknitterte Papier unter die Nase. »Ihr werdet sofort in die Bibliothek gehen. Ihr gebt ihm die Seite, entschuldigt euch und fragt, was ihr für ihn tun könnt. Er hat vor Kurzem eine Schenkung alter Bücher bekommen, er braucht bestimmt Hilfe.« Ohne eine Antwort abzuwarten, brüllte sie: »HABT IHR MICH VERSTANDEN?«

Emily, Elliot und Cedrik nickten eilig.

»Gut. Ich werde deinem Vater Bescheid sagen, Cedrik. So wie ich seine Liebe zu Büchern einschätze, wird er meine Strafe billigen. Wenn ich Mr Elderling das nächste Mal begegne und er ist nicht voll des höchsten Lobes über euch, werde ich euch eigenhändig in KEKSE verwandeln, in ein EIMMACHGLAS sperren und INS REGAL STELLEN! DA BIN ICH MIR WENIGSTENS SICHER, DASS IHR KEINEN BLÖDSINN ANSTELLT!« Sie schnappte sich ihren Besen, warf ihnen noch einen letzten, vernichtenden Blick zu, kletterte aus dem Fenster und schoss in den Himmel über Mistle End. Zwei Sekunden später war sie über den Baumwipfeln des Steineichenviertels verschwunden.

»Das würde sie tun? Im Ernst?«, fragte Cedrik schockiert.

Elliot stöhnte und rieb sich die Stirn. »Sagen wir mal so: Sie weiß auf jeden Fall, wie so was geht. Und sie hat es uns schon oft angedroht …«

»Aber sie hat noch nie so fies dabei gegrinst«, stellte Emily besorgt fest.

Elliot starrte düster auf einen unbestimmten Punkt in den Wolken. »Das habe ich total verbockt. Ich hätte die Seite nicht herausreißen sollen. Andererseits, wenn du dich nicht bei den Tieren eingemischt hättest …«

»Was solls«, rief Emily verärgert und klatschte ungeduldig in die Hände. »Du wolltest Cedrik einen Gefallen tun. Den Ärger im Devils Elbow hatten wir nur, weil die Blödmänner so gemein zu den Tieren waren. Und Mr Elderling waren wir schon vorher etwas schuldig. Also lasst uns aufbrechen. Je eher wir das hinter uns gebracht haben, desto besser.«

»Aber du …«

»Halt die Klappe, Elliot!«

Sie kletterte wütend die Leiter nach unten, Elliot fluchte leise und Cedrik machte, dass er hinterherkam.

Er fühlte sich schuldig und auf dem Weg zurück zum Dreisprung und zur Bibliothek versuchte er auf verschiedene Weise, die Geschwister aufzuheitern. Oder sie miteinander zu versöhnen. Aber es gelang ihm nicht wirklich, weil irgendwie jeder dem anderen die Schuld an ihrer Misere gab. Also schwiegen sie nach einer Weile alle drei und trotteten mit hängenden Köpfen hintereinanderher.

Ihre Begegnung mit Mr Elderling trug ebenfalls nicht gerade zur Entspannung bei, im Gegenteil. Auch der gekränkte Schmetterlingsmann zog es vor, sie mit Schweigen zu strafen. Sie konnten ohnehin sehen, wie sehr ihn die ausgerissene Seite mitnahm: Seine Flügel verloren ihre Farbe und seine kleinen Hände zitterten, als er das Papier glatt strich. Dann ließ er das Blatt mit einem zornigen Wink seiner Hand durch den Saal wirbeln und in einer Schublade verschwinden. Er drückte ihnen einen Zettel in die Hand, führte sie, nach wie vor schweigend, zu einem Leiterwagen im Hinterhof – und flatterte, ohne sich weiter um sie zu kümmern, wieder nach oben, zu seinen geliebten Büchern.

Elliot faltete den Zettel auseinander. »Was ist das denn«, murmelte er. »C.C. – letzter Turm, Wurzelgasse – 74 Bücher.«

Emily zog den hölzernen Leiterwagen bereits hinter sich her über die schneebedeckte Straße. »Die Wurzelgasse ist drüben im Tollkirschenviertel. Los jetzt, ich will hier nicht festfrieren.«

Ihre Stimme klang so eisig, dass es Cedrik fröstelte, und er beeilte sich, ihr nachzulaufen.

Der Schnee war von festem Harsch überzogen und der Leiterwagen ließ sich nur schwer bewegen.

»Dabei ist der noch nicht mal beladen«, stöhnte Elliot und befreite mit einem Ruck die schmalen Holzreifen aus einer Schneewehe. Sie erreichten den vereisten Dreisprung und die Paladine ließen sie wortlos passieren.

Cedrik erkannte die Wächterin von ihrer Begegnung bei Ao'Taeras an ihrem fiesen Grinsen.

Wie auch die letzten Male änderte sich die Atmosphäre der Umgebung schlagartig, als sie das Tollkirschenviertel betraten. Cedrik war sich sicher, dass er es sich nicht bloß einbildete. Hier war es eindeutig kälter und dunkler als drüben, im Distelviertel. Ihr Weg schlängelte sich durch viele enge Gassen bergan. Als sich der Wagen knirschend im eisigen Harsch festfuhr, verwandelte sich Emily wortlos in ein kräftiges Wildschaf und rammte den Leiterwagen mit ihren geschwungenen Hörnern aus dem Schnee. Cedrik widerstand der Versuchung, seine Hand auf das zottelige Fell des Tieres zu legen und sich damit zu verbinden

Emilys Zeit als Schaf endete mit einem leisen PLOPP, als sie einen kleinen, runden Platz auf einer Anhöhe erreichten. Sie zeigte auf einen engen Durchlass, hinter dem sich der Weg, vorbei an schiefen und bedrückend düsteren Häusern, wieder nach unten schlängelte.

Sie schniefte. »Die Wurzelgasse. Irgendwo da unten steht ein Turm. Das sollte es sein.«

Kapitel 31

CORVUS CRUTCHER

Es dauerte eine ganze Weile, bis sie sich mit dem Gefährt die steile Gasse hinuntergekämpft hatten. Sie rutschten und stolperten, der Leiterwagen verkeilte sich zwischen Eisklumpen und harten Schneewehen und Elliot verwendete eine so große Vielfalt an Flüchen und Schimpfwörtern, dass Cedrik nicht umhinkonnte, seinen Freund dafür zu bewundern.

Der Turm bildete den Abschluss der Wurzelgasse und war Teil der alten Ortsbefestigung. Er war nicht sehr hoch, hatte aber ein breites Fundament und eine Mauer aus dicken Quadern. Efeu wucherte um den Turm und über die Dorfmauer. Wie alles hier war er mit einer dicken Schicht Eis bedeckt. Drei kleine Stufen führten zu einer stabilen Holztür, an der ein schwerer Klopfer aus glänzendem Messing angebracht war. Dreimal ließ Emily die metallene Vogelkralle auf das Holz krachen, dann öffnete sich die Tür.

Vor ihnen stand Crutch und grinste sie an.

»C.C. – Corvus Crutcher! Da hätten wir ja echt früher draufkommen können«, stöhnte Emily.

»Hallo, Cedrik«, sagte Crutch erfreut.

»Hi, Crutch!«, begrüßte Cedrik ihn überrascht.

Elliot zog die Luft ein. »Und du wohnst hier?«, fragte er misstrauisch.

Crutch lächelte. »Natürlich. Seit wir hierhergezogen sind.«

»Wir?« Emily hob eine Augenbraue.

»Meine Mutter und ich. Aber Mum ist tot, schon lange. Wollt ihr reinkommen?«

Er zog die Tür auf und trat einen Schritt zur Seite. Hinter ihm öffnete sich ein Raum, der so gar nicht zu dem Bild eines armen Jungen, der angeblich unter dem Galgen gefunden wurde und in einem verfallenen Haus lebte, passen wollte. Elliots Mutmaßungen waren augenscheinlich alle falsch gewesen.

Der Raum war prachtvoll eingerichtet. Mit schweren Brokatvorhängen und Teppichen gegen die Kälte, einem dunkelroten Ohrensessel vor einem prasselnden Kaminfeuer und einer Steintreppe, die sich, schmal und ohne Geländer, an der gebogenen Innenseite des Turmzimmers nach oben schraubte. Am auffälligsten waren aber die Regale, voll mit Büchern, die bis unter die Decke reichten. Crutch musste sehr wohlhabend sein.

»Er ist wieder da.«

»Wer?«, fragte Cedrik freundlich.

Crutch lachte. »Craven.«

»Wer ist Craven?«, wollte Emily wissen.

»Sein Rabe. Habe ich recht?«, antwortete Cedrik.

Crutch nickte begeistert.

»Oho!«, sagte Elliot leise. Auf seinem Gesicht war der Spott überdeutlich zu erkennen.

»Hast du die alle gelesen?«, fragte Emily bemüht.

»Meine Mutter hat immer gesagt, Mistle End ist nicht nur ein Ort für Hexen, sondern auch für Bücher. Ich mag Bücher, du doch auch.«

»Ach, und deswegen willst du sie jetzt loswerden?«, erwiderte Elliot trocken.

»Ich schenke sie der Bibliothek. Bücher müssen reisen.«

Emily verzog das Gesicht. »Apropos reisen: Es war eine ganz schöne Schinderei, mit dem Leiterwagen hierherzukommen. Zurück wird sicher der Horror. Also her mit den Büchern und dann machen wir, dass wir weiterkommen.«

Crutchs Augenwinkel zuckten. »Natürlich. Ich habe schon alles zusammenpacken lassen, O'Xley wird euch beim Rückweg natürlich helfen.«

»O'Xley?«, fragte Elliot.

»O'Xley passt auf mich auf, seit meine Mutter tot ist.« Er rief. »O'Xley? Kommen Sie bitte herunter?«

Sie hörten Schritte aus dem Zimmer über ihnen und ein älterer Herr kam die Steintreppe herab. Er trug einen feinen, schwarzen Anzug, hatte die grauen Haare streng nach hinten gegelt und … spitze Ohren!

»Ein Dunkelelb«, flüsterte Emily entgeistert neben ihm.

»Mr Crutcher, was kann ich für Sie tun?«, fragte der Mann mit zischender Stimme und entblößte beim Sprechen eine Reihe spitz zugefeilter Zähne.

»Helfen Sie bitte den Geschwistern Golden, die verpackten Bücher in die Bibliothek zu bringen.«

»Golden? Wie Esmeralda Golden, Sir?« Der unergründliche Blick des Elben ruhte auf Emily.

»Natürlich. Danke sehr, Mr O'Xley.«

»Wenn Sie mir folgen würden.« O'Xley schob einen Teppich zur Seite und legte so einen verborgenen Durchgang frei. »Hier entlang, bitte.« Er neigte leicht den Kopf und trat einen Schritt zurück. Die drei Freunde schauten sich verunsichert an.

Crutch, der ihr Zögern bemerkt hatte, sagte hastig: »Du kannst natürlich noch bleiben ... Cedrik.«

Verblüfft drehte sich Cedrik zu Crutch, der ihn freundlich anlächelte.

Er hat Emily und Elliot gerade ausgeladen, dachte Cedrik. Kein Wunder, so unfreundlich, wie die immer zu ihm sind. Er mochte Crutch und seine Einladung freute ihn wirklich. Dennoch lehnte er ab. »Danke dir, das ist sehr nett, aber ich ...«

»Ach, bleib ruhig«, unterbrach ihn Emily leichthin. »Wir machen das mit den Büchern und Mr O'Xley hilft uns dabei. Richtig, Mr O'Xley?«

Der Dunkelelb, der noch immer den Teppich zurückhielt, verzog sein Gesicht zu einer säuerlichen Miene, sagte aber keinen Ton.

»Aber ihr habt die ganzen Probleme doch nur, weil ihr mir ...«, begann Cedrik.

Diesmal fiel ihm Elliot ins Wort. »Papperlapapp«, sagte er,

mit einem leicht giftigen Unterton in der Stimme. »Wir sind schließlich selbst für uns verantwortlich und werden unsere Suppe auch allein auslöffeln. Ich hätte Mr Elderling nicht verärgern müssen, aber dank der großzügigen Spende von Mr Crutcher …« – er verbeugte sich übertrieben tief vor Crutch – »können wir unsere Schuld ja abarbeiten. Los gehts!«

»Komm, Elliot!« Emily hakte sich bei ihm ein und ohne Cedriks Reaktion abzuwarten, gingen sie durch die verborgene Tür.

»Halt, wartet doch«, rief Cedrik, aber Emily warf ihm über ihre Schulter einen so zornigen Blick zu, dass er verstört innehielt. Mr O'Xley ließ den Teppich zurückgleiten und sprang, mit einer Behändigkeit, die er ihm in seinem Alter nicht zugetraut hätte, den Geschwistern im letzten Moment hinterher. Der Teppich pendelte aus und von Emily und Elliot war nichts mehr zu hören oder zu sehen.

Im Kamin knackte ein brennendes Holzscheit.

Crutch beobachtete ihn aufmerksam. »Möchtest du einen Tee?«

»Gern!«, sagte Cedrik.

Crutch stieß mit einem tiefen Seufzer die Luft aus und lächelte dankbar. Cedrik hörte ein leises Flattern und ein junger Rabe flog aus dem oberen Zimmer über die Steintreppe nach unten und ließ sich nach einem eleganten Halbkreis auf Crutchs Schulter nieder.

»Das ist also Craven!« Cedrik mochte den Raben sofort. Er passte zu Crutch.

»Da bist du ja«, sagte Crutch zärtlich. Und an Cedrik gewandt fügte er hinzu: »Er verschwindet gerne, wenn Besuch kommt. Aber dir scheint er zu vertrauen.« Er streichelte dem Vogel über die schwarzen Federn und schenkte aus einer silbernen Kanne Tee in zwei Tassen, die auf dem niedrigen Tischchen vor dem Kamin standen.

Cedrik ließ sich entspannt in einen der Sessel fallen. »Du stotterst ja so gut wie gar nicht mehr«, entfuhr es ihm plötzlich.

Crutch bleckte die Lippen und entblößte einen kleinen, schwarzen Kieselstein, den er mit seinen Zähnen festhielt. »Wenn ich diesen Stein in den Mund nehme, kann ich ganz normal sprechen.« Er setzte sich in den Sessel gegenüber von Cedrik, rührte in seiner Teetasse und sprach leise weiter: »Das hat mir der Vogel beigebracht.«

Cedrik zeigte mit einem leichten Kopfnicken auf den Raben auf Crutchs Schulter. »Der Rabe? Du meinst, dein Rabenjunges?«

»Er ist schon fast erwachsen«, korrigierte ihn Crutch stolz. »Ja, hat er mir gesagt.«

Cedrik kräuselte die Nase. »Du hast mit dem Raben gesprochen?«

Crutch nickte vorsichtig und beobachtete ihn gespannt.

In diesem Moment überschlugen sich die Gedanken in Cedriks Kopf. Er wollte etwas sagen, verschluckte sich aber.

Crutch wartete geduldig, bis sich Cedriks Atem wieder beruhigt hatte.

»Crutch, kannst du wirklich mit Tieren sprechen?«

Wieder nickte Crutch. Dann sagte er, langsam, als ob es ihm schwerfiel: »Ich werde dir jetzt ein Geheimnis verraten. Ein Geheimnis, verstehst du?«

Gespannt nickte Cedrik.

»Ich kann nicht nur mit dem Raben sprechen, ich kann mit allen Tieren reden. Und mit Pflanzen.« Er sah Cedrik direkt in die Augen. »Ich bin ein Druide, Cedrik. Genau wie du.«

Cedrik erstarrte.

Dann sprang er auf und packte Crutch mit beiden Händen an den Schultern. Der Rabe flatterte krächzend auf. »Sag das noch mal!«

»Ich bin ein Druide. Wie du!«

Cedrik zog ihn aus dem Sessel. Die Worte sprudelten nur so aus seinem Mund. »Das ist so irre! Mensch, Crutch, wie ich mich freue! Seit wann weißt du das? Du musst mir alles beibringen, was du kannst!« Er schlang seine Arme um Crutch und hob ihn hoch.

Crutch lachte und befreite sich aus der Umklammerung. »Du erdrückst mich ja!«

Cedriks Wangen glühten vor Begeisterung. »Wie sprichst du mit den Tieren? Musst du sie auch berühren?«

»Nicht mehr. Am Anfang musste ich das noch, aber mit der Zeit habe ich gelernt, über meine Gedanken mit den Tieren Kontakt aufzunehmen.«

»Aber …« Cedrik war verwirrt. »Aber du kannst doch auch zaubern! Wie geht das?«

»Zaubern konnte ich schon immer. Meine Mutter war

eine Hexe. Und mein Dad, sie hat nie von ihm erzählt … keine Ahnung. Aber von ihm muss die Druiden-Seite in mir stammen.«

»Was kannst du sonst, außer mit Tieren zu sprechen?«

»Ich lerne noch, wie du. Aber manches gelingt mir schon recht gut. Die Eisfiguren zum Beispiel, das ist keine Hexen-Magie. Ich kann das Wasser kontrollieren, also kann ich auch das Eis steuern.«

Mit einer Geste forderte Cedrik ihn ungeduldig auf, fortzufahren. »Und weiter?«

»Ich kann Pflanzen wachsen lassen, sie dazu bringen, Dinge zu tun. Wie du mit dem Baum in der Prüfung, richtig?«

Er nickte begeistert. »Und? Mehr!«

Crutch lachte ausgelassen. »Ich weiß es nicht. Vieles. Wie du auch, Cedrik! Das meiste habe ich noch gar nicht richtig verstanden, aber ich bin mir sicher, dass es eine Menge zu lernen gibt.« Er streichelte den Raben, der sich auf der samtenen Rückenlehne seines Sessels niedergelassen hatte, und lächelte Cedrik glücklich an.

»Aber wer hat dir das alles gezeigt? Hast du einen Meister oder so?«

Crutch verneinte. »Ich glaube, wir sind die einzigen noch lebenden Druiden, Cedrik. Aber von ihm hier weiß ich eine Menge.« Er kraulte den Raben unter dem Schnabel. »Seit Craven bei mir ist, beginne ich erst zu verstehen, was es heißt, Druide zu sein. Er weiß viel über die Menschen.«

»Darf ich es probieren? Mit deinem Raben zu sprechen?«

»Warum nicht.« Crutch streckte den Arm aus und schnalzte leise. Der Vogel stieß sich ab, flog mit schnellem Flügelschlag einmal um die beiden Freunde und landete dann auf seinem Arm. Stolz hielt Crutch den Vogel so, dass Cedrik ihn berühren konnte, und nickte ihm auffordernd zu. Obwohl er furchtbar aufgeregt war, streichelte Cedrik den Raben sehr behutsam. Dessen schwarz glänzende Federn waren lang und fest an den Flügeln und ganz weich an der Brust. Der Vogel legte den Kopf schief und sah ihn aus schwarzen, glänzenden Augen an. Der Schnabel des Tieres befand sich nun unmittelbar vor Cedriks Gesicht, doch er hatte keine Angst. Er holte tief Luft und fühlte mit seinem Geist nach dem Tier.

Aber da war nichts. Er spürte keine Kraft, kein Leben. Verunsichert schaute er zu Crutch. Der nickte ihm noch einmal ermutigend zu. Er konzentrierte sich erneut auf den Vogel. Zuerst war da nichts. Dann …

Irgendetwas hatte seinen Geist gestreift. Nur kurz hatte er es gespürt. Etwas Kaltes, Großes und unglaublich Machtvolles war an ihm vorbeigehuscht. Erschrocken zuckte er zurück. Das war so anders, als er es mit dem Baum und der Katze erlebt hatte. Beide hatten ihn mit offenen Armen, nein, besser: mit offenem Geist empfangen, aber das hier? Warum gelang ihm das Gleiche nicht bei Craven?

Der Vogel und Crutch beobachteten ihn aufmerksam. »Und?«, fragte sein Freund.

Cedrik schüttelte nur stumm den Kopf und versuchte ein drittes Mal, mit dem Vogel Kontakt aufzunehmen. Diesmal legte er vorsichtig die Hand auf den Rücken des Tieres und schloss die Augen.

Wieder war da zuerst nichts, außer tiefer, kalter Schwärze. Er tastete mit seinen Gedanken in die Dunkelheit und ihn überkam immer stärker das Gefühl, dass sich dort etwas vor ihm verbarg. Er fühlte die Gegenwart eines mächtigen Wesens. Viel größer und viel älter, als er es sich bei einem jungen Raben vorgestellt hatte. Er fühlte eisige Kälte und einen Sog, dem er sich schwer entziehen konnte. Das Ganze war ihm unheimlich. Was er spürte, war so anders als das, was er bisher erlebt hatte.

Er wollte sich eben wieder aus dem Geist des Raben zurückziehen, als es geschah: Rasend schnell kam etwas aus der Dunkelheit auf ihn zugeschossen und brach über ihn herein. Er stöhnte auf, konnte sich aber nicht von den Bildern lösen, die nun seinen Geist überfluteten. Er sah Menschen, verletzt, sich windend vor Schmerzen. Raben wirbelten um seinen Kopf; nicht nur einer, sondern unzählige. Flügel flatterten um sein Gesicht, von den glänzenden Federn tropfte Blut und auf einmal waren die harten Schnäbel überall und hackten auf ihn ein. Er schrie auf, riss seine Hände nach oben, um sich zu schützen – und unterbrach damit den Kontakt zu dem Tier.

Die Bilderflut ebbte schlagartig ab und er fand sich wieder in der Wirklichkeit von Crutchs Turmzimmer. Er taumelte ein paar Schritte rückwärts und stieß scheppernd gegen den Tisch mit dem Teeservice.

Der Rabe saß völlig ruhig auf dem Arm von Crutch, der ihn erstaunt ansah. »Alles in Ordnung?«

Cedrik griff sich an die Stirn. Die Bilder waren brutal

gewesen und machten ihm Angst. »Da waren riesige Raben. Sie haben mich angegriffen. Es war wie –«

»Was redest du da?!« Unwillkürlich streichelte Crutch seinem Vogel über den Rücken. Das Tier schmiegte sich in seinen Arm. »Das musst du dir eingebildet haben. Versuche es noch mal!«

Er hielt Cedrik den Vogel entgegen, doch Cedrik wich zurück und schüttelte den Kopf. »Nein … lieber nicht.« Er fühlte sich wie ausgelaugt. Der Kontakt mit der Schwärze im Inneren des Raben hatte ihn geschwächt. Erschöpft ließ er sich in den Sessel vor dem Kamin plumpsen. Auf seiner Stirn fühlte er Schweißperlen.

»Warum willst du eigentlich, dass niemand davon erfährt? Warum ist deine Gabe ein Geheimnis?«

Crutchs Miene verdüsterte sich. »Du siehst doch, wie sie reagieren: Alastair und die anderen im Rat. Meine Mutter hatte mich immer davor gewarnt, anderen meine Druiden-Kräfte zu zeigen. Das macht den Leuten Angst.«

»Aber der Greif …«

»Meine Kräfte haben sich ganz langsam entwickelt, da lebten wir schon lange im Dorf. Er hat es einfach nicht bemerkt.«

Der Rabe flatterte auf und verschwand mit rauschenden Flügeln im oberen Stockwerk. Überrascht schaute Crutch ihm nach. Dann sagte er: »Wir bekommen Besuch. Es sind drei Männer.«

Kapitel 32

UNERWÜNSCHTE BESUCHER

Als die bronzene Rabenkralle schwer auf das Holz der Tür fiel und damit Crutchs Ankündigung bestätigte, folgte Cedrik einem inneren Impuls, sich zu verstecken. Er sprang seitlich neben die Tür, wo er nicht gesehen werden konnte. Crutch warf ihm einen erstaunten Blick zu, wartete aber einen kurzen Moment, bevor er die Tür öffnete. Cedrik zuckte zusammen, als er die Stimme des Mannes vor der Tür erkannte. Alastair!

»Mr Crutcher, verzeihen Sie die Störung, aber Sie haben sicher von dem Vorfall im Rat gehört«, sagte das Ratsmitglied.

Was wollte der hier?! Und warum sprach er ausgerechnet jetzt von dem Überfall auf den Rat?!

»Natürlich habe ich das. Ganz Mistle End spricht darüber. Und über die Sperrung des Tollkirschenviertels. Wir Dornhexen haben nichts damit zu tun«, sagte Crutch.

»Eine Vorsichtsmaßnahme, keine Schuldzuweisung.« Cedrik konnte die Kälte in Alastairs Antwort förmlich spüren. Er sah, wie Crutch abweisend nickte.

»Was kann ich also für Sie tun, Mr MacAhraw?«

»Uns ist zu Ohren gekommen, dass Sie einen Raben besitzen, Mr Crutcher. Ein außergewöhnliches Tier, wie ich gehört habe. Dürften wir dieses Tier einmal sehen?«

Crutch verkrampfte sich sofort. »Was … was wollen Sie von meinem Raben?«

»Nichts, gar nichts, Mr Crutcher. Nur einmal ansehen.«

Crutch blinzelte nervös und schien fieberhaft zu überlegen.

»Haben Sie Besuch, Mr Crutcher? Da steht jemand hinter der Tür, habe ich recht?«

Crutch schien sich rechtzeitig genug wieder gefangen zu haben. Seine Stimme klang schneidend und kraftvoll. »Warten Sie einen Moment, Mr MacAhraw. Ich bringe Ihnen den Vogel. Dann werden Sie sehen, dass Ihre Vermutungen – wie abwegig sie auch immer sein mögen – haltlos sind.«

Er schloss die Tür und schaute Cedrik panisch an. Er hatte das lässige Selbstbewusstsein überzeugend gespielt. Nun war davon nicht mehr viel zu spüren.

»Es sind Alastair und zwei Paladine. Sie haben Gargouillen dabei«, flüsterte er aufgeregt.

»Was bedeutet das?«, fragte Cedrik atemlos.

»Ich habe keine Ahnung. Aber es kann nichts Gutes sein.« Er schien auf etwas zu lauschen und riss erschrocken die Augen auf. »Wir müssen abhauen. Jetzt!«

Er rannte zur Treppe, blieb aber am Sessel hängen und

stolperte gegen den Tisch mit dem Teeservice, das scheppernd zu Boden fiel. Von draußen hörten sie dumpf Alastair MacAhraws Stimme durch die geschlossene Tür. »Mr Crutcher, was ist los? Ist Ihnen etwas passiert?«

Crutch hastete die Steinstufen nach oben, Cedrik hinterher.

Das obere Zimmer war kreisrund und mit Möbeln und Büchern vollgestellt. Im Gegensatz zu unten herrschte hier Chaos. Ein schwerer Eichentisch stand quer im Raum, auf ihm stapelten sich Unterlagen und Papiere. Mit Büchern vollgestopfte Regale waren nicht nur an den Wänden aufgestellt, sondern ragten auch quer in den Raum hinein. In einer Ecke stand ein großer Vogelkäfig, schmutzig, scheinbar schon länger nicht mehr in Benutzung. Der Rabe saß auf einem Regal und krächzte aufgeregt. Von unten hörten sie schwere Schläge gegen die Tür.

Crutch sprang ans Fenster und nestelte am Griff.

»Was hast du vor?«

»Craven hat Angst. Die Männer haben es auf ihn abgesehen. Wir müssen ihn rauslassen.«

Cedrik fasste sich ein Herz. »Crutch, wir sollten ihnen den Vogel zeigen. Als ich ihn berührt habe, bin ich von …« Weiter kam er nicht.

Crutch hatte das Fenster aufgerissen und brüllte: »Flieg, Craven, flieg!« Der Rabe schoss nach draußen.

Sie konnten hören, wie vor dem Turm die Männer wütend aufschrien.

»Komm mit!« Crutch rannte zu einer Leiter, die, versteckt

hinter einem Regal, in ein weiteres Stockwerk nach oben führte.

Das Zimmer, in das sie durch die hölzerne Bodenluke kletterten, war leer, bis auf ein einfaches, ordentlich gemachtes Bett. Ringsum eröffneten in Nischen eingelassene Fenster die Sicht auf Mistle End auf der einen Seite und die Highlands auf der anderen. Eine schmale Tür führte auf den Wehrgang der Dorfmauer.

»Was ist hier los?« Cedrik keuchte. »Was ist Craven für ein Tier? Irgendetwas ist mit ihm nicht in Ordnung, Crutch! Vielleicht sollten wir Alastair anhören!«

Tief unter sich hörten sie das Splittern von Holz.

Kapitel 33

DER KAMPF AUF DER MAUER

»Warum werden wir von den Paladinen angegriffen?!«

»Ich weiß es nicht! Ich weiß nur, dass Craven auf keinen Fall mit Alastair zusammenkommen …«

Crutch erstarrte mitten in der Bewegung und schaute erschrocken aus einem der Fenster. »Nein!«, schrie er und stürzte nach draußen auf die Mauer. Cedrik folgte ihm. Das Bild, das sich ihnen bot, war furchterregend. Nur wenige Meter vom Turm entfernt war ein Kampf entbrannt, der ungleicher nicht sein konnte. Ein Paladin, auf einer Gargouille reitend, schoss eine ganze Salve an Kampfzaubern auf den Raben, der zwar ausweichen, aber nicht entkommen konnte. So geschickt er auch flog, das geflügelte Steinmonster war schnell genug, ihm jeden Fluchtweg abzuschneiden. Der zweite Paladin war nun ebenfalls auf den Rücken seiner Gargouille geklettert und stieg auf ihre Höhe. Cedrik musste sich an der Mauer festhalten, als ihn ein Windstoß unerwartet heftig von der Seite traf. Sein Blick fiel in die Tiefe und er zuckte schaudernd zurück. Von der Spitze der Mauer bis zum schneebedeckten Platz waren es mindestens 15 Meter. Der ganze Wehrgang war nur einen knappen Meter breit, mit Zinnen auf beiden Seiten.

»Hört auf«, rief Crutch. »Er hat euch nichts getan!«

Blaue Blitze zuckten durch die Luft, diesmal konnte Craven nicht rechtzeitig ausweichen und es roch nach verkohlten Federn. Der zweite Paladin mischte sich nun ebenfalls – Blitze schleudernd – in den Kampf ein. Es war unglaublich, dass sich der Rabe noch in der Luft halten konnte.

»Hört auf damit! Verdammt, lasst ihn in Ruhe!«

Crutch hatte sich weit über die Brüstung gelehnt und brüllte sich die Seele aus dem Leib, aber die Paladine beachteten ihn gar nicht. Cedrik sah, dass der zweite Paladin mit seiner Gargouille nun über die Kämpfenden gestiegen war und auf einen geeigneten Moment für seine Attacke wartete. Sobald er ein freies Schussfeld haben würde, wäre es um Craven geschehen. Das war nicht fair!

Unwillkürlich schrie er auf. »Crutch, da, er will ihn von oben angreifen!«

Crutch brüllte voller Zorn: »Tuagh!«

Ein Lichtblitz schoss aus seiner ausgestreckten Hand und traf die Gargouille auf der Brust. Es krachte scheppernd, der Wasserspeier heulte auf, geriet ins Trudeln und hätte beinahe seinen Reiter verloren, hätte dieser sich nicht in letzter Sekunde am Geschirr festgeklammert.

Cedrik schnappte nach Luft. Klar, die Paladine und ihre widerlichen Blechmonster griffen den Raben an, aber Crutch hätte den Paladin beinahe getötet. Die Heftigkeit der Auseinandersetzung schockierte ihn. Und er, mittendrin, hatte keine Ahnung, für wen er Partei ergreifen sollte.

Viel Zeit, darüber nachzudenken, blieb ihm nicht. Der andere Paladin hatte sein Flugmonster herumgerissen und raste nun auf sie zu. Er rief einen Zauber und Crutch warf Cedrik im letzten Moment zu Boden, damit sie nicht getroffen wurden. Der Blitz prallte auf die Mauerzinne und Steinsplitter prasselten auf sie nieder. Sofort sprang Crutch wieder aus der Deckung und schickte eine Feuerlanze auf den zweiten Reiter. Cedrik presste sich an die Zinne. Er konnte nicht sehen, wohl aber hören, dass der Hexer getroffen sein musste. Er hörte ihn im Fallen schreien, dann einen dumpfen Aufprall und Stille.

»Crutch! Crutch, was machst du? Hast du den Mann getötet?!«

»Was weiß ich?!«, rief Crutch. »SIE greifen UNS an, schon vergessen?«

Die Tür hinter ihnen sprang auf und Alastair stürmte auf den Wehrgang.

»Síoc!« Die blaue Lanze verpasste Crutch nur um Haaresbreite. Er wirbelte herum und schickte seinerseits einen Feuerstoß Richtung Alastair, den dieser jedoch mit einer schnellen Handbewegung abblockte.

»Corvus Crutcher, hör auf damit!«, schrie Alastair. »Wir wollen nur deinen Raben!«

»Niemals!«, brüllte Crutch und feuerte nun wieder auf den übrig gebliebenen Paladin, der noch immer versuchte,

Craven vom Himmel zu schießen. Beide Zauber trafen ins Leere.

Alastair entdeckte Cedrik im Schatten der Zinnen. Sein vernarbtes Gesicht verzerrte sich zu einer hässlichen Fratze. »DU! Ich hätte es wissen müssen.«

Er schleuderte einen Schockzauber Richtung Cedrik und wieder war es Crutch, der Cedrik rettete. Wie von einer unsichtbaren Faust gepackt, wurde er quer über den Wehrgang geschleudert und prallte unsanft gegen die Mauer. Er klammerte sich an eine Zinne, um nicht durch den Zwischenraum zu stürzen. Alastairs Frostzauber zischte wirkungslos an ihm vorbei. Crutch warf einen weiteren Blitz und traf die Gargouille am Flügel. Der Wasserspeier kreischte auf und stürzte mit seinem Reiter unkontrolliert vom Himmel. Der Rabe krächzte wie zum Dank und verschwand hinter der Turmspitze über den Dächern.

Triumphierend wandte sich Crutch an Alastair. »Niemand greift mich und die Meinen ungestraft …« Er schrie auf: »Aaargh!« Ein feiner, blauer Lichtblitz hatte Crutch am Oberkörper getroffen. Keuchend stolperte er nach hinten und fasste sich an die Brust.

Cedrik sprang vor, doch Alastair warf ihm einen Blick zu, der ihn starr vor Angst innehalten ließ. »Du rührst dich nicht vom Fleck, sonst verwandle ich dich in einen Eisklumpen«, drohte er. Er drehte sich wieder zu Crutch und ging langsam auf ihn zu. »Komm zur Vernunft, Corvus! Du hast schon genug Unheil angerichtet. Gib uns den Raben.«

Er war nur noch wenige Schritte von ihm entfernt. »Ich

möchte dir gerne zugutehalten, dass du wahrscheinlich nicht einmal weißt, welches Wesen in deinem Raben lebt.« Corvus richtete sich mühsam auf. Er hatte offensichtlich Schmerzen und atmete schwer. »W-w-was meinst du d-d-damit?«

Alastair presste wütend hervor: »Es tut weh, nicht wahr? Ein Teil deiner Lungen ist eingefroren, weshalb du schlecht Luft bekommst und jeder Atemzug schmerzt. Ich kann dich davon erlösen, wenn du uns hilfst.«

Corvus spuckte verächtlich auf den Boden. »W-w-wer soll in Craven leben?«

»Craven, so heißt er?« Alastair lachte heiser. »Man könnte fast meinen, er hätte sich den Namen selbst gegeben.« Dann wurde er wieder ernst. »Du hast unverschämtes Glück gehabt, Corvus. Noch ist niemand gestorben! Überlass uns den Druiden und den Raben, und wir werden über alles reden können.«

»Niemals«, keuchte Crutch und begann, beide Hände gespreizt nach vorne gestreckt, zu murmeln.

»Bitte, Crutch!«, flehte Cedrik. »Tu es nicht!«

Alastair schleuderte einen weiteren Blitz auf Corvus, dem dieser kaum ausweichen konnte. Der Kampfzauber streifte seinen Arm und hinterließ einen blutigen Riss.

Crutch presste seine Hand auf die Wunde und stolperte eine Treppe nach oben.

Alastair drehte sich zu Cedrik und musterte ihn verächtlich. »Geh nach unten, Cedrik. Warte dort auf mich. Der Rat wird herausfinden, welche Rolle du bei dem Angriff gespielt hast. Geh jetzt!«

»Aber ich …«

»N-n-nein«, brüllte Crutch. »Er bleibt bei mir!« Wieder wurde Cedrik von der unsichtbaren Faust gepackt, vom Boden aufgerissen und in hohem Bogen auf die Stufen neben Crutch katapultiert. Er prallte hart auf den Steinen auf und stöhnte. »Er hat damit genauso wenig zu tun wie ich! Oder mein Rabe«, rief Crutch. Er packte Cedrik und zerrte ihn über die vereisten Stufen.

»Crutch, lass mich los.« Cedrik war voller Angst. Die Dorfmauer folgte den hügeligen Erhebungen rund um Mistle End und Crutch hastete, Cedrik hinter sich herschleifend, die Mauerkrone entlang. »Dir wird nichts geschehen«, presste Crutch zwischen zusammengepressten Lippen hervor. »D-d-das werde ich nicht zulassen!«

Der Wind zerrte an Cedriks Mantel, ein weiterer Blitz, geschleudert von Alastair, explodierte dicht neben seinem Kopf an der Steinmauer und er spürte, wie ihn die Panik überfiel. Er schmeckte Blut. Bei seinem letzten unfreiwilligen Flug durch die Luft hatte er sich die Lippe aufgeschlagen. Er drehte sich um: Alastair eilte mit großen Schritten hinter ihnen her und er schien immer näher zu kommen.

»Crutch, bitte, wir müssen das friedlich klären. Wir haben gegen Alastair keine Chance!«

Crutch hörte ihn nicht. »Verdammt!« Er blieb so abrupt stehen, dass Cedrik in ihn hineinstolperte. Vor ihnen saß eine Gargouille auf dem Wehrgang und versperrte ihnen den Weg. Sie wirkte riesig, wie sie da auf der Zinne kauerte, mit ausgebreiteten Flügeln. Sie fauchte, und wässriger, grauer Schleim tropfte von ihren spitzen Zähnen. Ein Netz aus feinen Rissen markierte die Stelle am Flügel, an der Crutch den metallenen Wächter zuvor getroffen hatte. Die Gargouille sprang auf den Wehrgang und kam, auf den Hinterbeinen laufend, mit aufgespannten Schwingen und ausgestreckten Klauen auf sie zu. Hinter ihnen hörten sie Alastair triumphieren und die Angst schnürte Cedrik die Kehle zu.

»Crutch, bitte, lass uns aufgeben und mit ihnen reden! Es wird sich alles klären«, rief Cedrik, doch Crutch schüttelte den Kopf. Er war hoch konzentriert. »Warte. Gleich …«

Die Gargouille kam immer näher »Seid ihr festgenommen? Seid ihr artig? Seid ihr ohne Zauber?«

»Jetzt!«, brüllte Crutch und O'Xley zog sich, behände, wie nur ein Elb sein kann, hinter dem Wasserspeier auf den Wehrgang. Er musste den Efeu hochgeklettert sein und sprang nun der Gargouille auf den Rücken. Seine Arme umklammerten den Hals der Bestie und drückten ihren Kopf nach oben. Die Gargouille stieß ein gurgelndes Geräusch aus und versuchte, ihren Angreifer abzuschütteln.

»Fliehen Sie, Mr Crutcher! Ich halte sie auf.«

Der Wasserspeier ging rückwärts und begann, mit dem Rücken an den Zinnen entlangzuscheuern. Der Dunkelelb stemmte seine Beine gegen die Mauer, stieß sich ab und riss die Gargouille zur Seite. Die kam ins Straucheln, stolperte über eine Stufe – und fiel mitsamt O'Xley von der Mauer. Crutch und Cedrik stürzten vor, doch noch ehe sie die Zinnen erreicht hatten, stieg die Gargouille schon wieder flügelschlagend in die Luft, wütend brüllend, noch immer fest umklammert von Mr O'Xley, der sich mit dem Ratswächter einen Ringkampf in der Luft lieferte.

Cedrik sah sich um, sein Puls raste. Wenn Mr O'Xley hier war, konnte es doch auch sein, dass Emily und Elliot nicht weit waren. Mit ihrer Hilfe war er vielleicht in der Lage, dieses schreckliche Missverständnis zu lösen. Von hier oben reichte die Sicht zwar weit über die Dächer von Mistle End, aber die Sicht in die engen Gassen blieb ihm verwehrt. Er konnte den Dreisprung erahnen, doch auch dort war von seinen Freunden keine Spur zu entdecken. Dafür war Alastair beängstigend nahe gekommen.

Unter ihnen rauschte der sprudelnde Fluss, der nur wenige Meter entfernt unter der Mauer hindurchfloss.

Er wirbelte herum, packte Crutch am Ärmel und begann ihn hinter sich herzuziehen. »Schnell, Crutch, wir müssen über den Fluss!«

Crutch schaute ihn einen Moment verdutzt an, dann begannen seine Augen zu leuchten. »Cedrik, d-du bist genial!«

Sie liefen die letzten Stufen nach oben und standen nun auf einer Art Wassertor, durch das der Gletscherfluss nach draußen in die schneebedeckte Ebene strömte.

Hier würden sie endlich reden können, dachte Cedrik.

Alastair hastete keuchend hinter ihnen her. »Glaubt nicht, ihr könntet mir und dem Rat entkommen. Ich habe bereits nach mehr Wächtern geschickt. Es dauert nicht lange, dann werden sie hier sein. Gebt auf, solange noch niemand gestorben ist.« Cedrik konnte an seinem Gesicht ablesen, dass er nicht nur von den verletzten Paladinen sprach. Der Hexenmeister selbst würde von nun an keine Gnade mehr walten lassen.

Der nächste Zauber wird bestimmt kein Frostzauber mehr sein, dachte Cedrik entsetzt.

Crutch lachte. Er lachte frei und gelöst, wie nach dem guten Witz eines engen Freundes. Cedrik schnappte nach Luft. Alastair derart zu provozieren, war bestimmt keine gute Idee. Er versuchte zu vermitteln: »Mr MacAhraw, Crutch, hier ist ein guter Ort zum Sprechen! Bitte, lasst uns zur Ruhe kommen!«

Alastair kochte vor Wut. Er schien sich nur noch mühevoll beherrschen zu können. Sein Blick war so hasserfüllt, dass Cedrik anfing zu zittern. Alastair holte aus, brüllte einen Zauber und schleuderte den Arm nach vorne. Doch nichts geschah. Crutch lachte noch lauter. Alastair riss die Augen auf und versuchte es noch einmal, doch erneut hatte sein Zauber keinen Effekt. Er wurde bleich.

Crutch beruhigte sich und wischte sich kichernd die Lachtränen von den Wangen. »D-d-du kennst dein eigenes Dorf nicht, MacAhraw! Hast du vergessen, w-wo du stehst?«

Endlich erkannte Alastair die Lage, in der sie sich befanden. Er drehte sich um und wollte wegrennen, doch Crutch ließ sich auf die Knie fallen, riss seine Arme nach oben und im gleichen Moment, als wären sie Verlängerungen seiner Hände, schossen Efeuranken rechts und links durch die Zinnen und wickelten sich um Alastairs Füße, Arme und Beine. Er schrie, aber das Klettergewächs hatte ihn in Windeseile fest umschlungen.

»G-g-gib auf, MacAhraw! Hier ist dein Zauber w-w-wirkungslos! Wir sind über dem Stummen Fluss.« Die Wurzeln zogen sich immer enger um den Körper des Hexenmeisters, er begann vor Schmerzen zu stöhnen.

Cedrik packte Crutch am Arm und stieß heftig aus: »Crutch, das reicht!«

Doch der reagierte nicht, starrte stur auf Alastair, der nun von den Wurzeln langsam in die Höhe gezogen wurde. »Lass ihn los! Das ist nicht richtig!«

Crutch schüttelte den Kopf. »W-wir müssen uns wehren.«

»Cedrik?! Was machst du da?!«

Die Stimme, das war Elliot! Er drehte sich um und tatsächlich: Die Geschwister stürmten ihm auf der Dorfmauer entgegen. Endlich!

»Lass ihn runter, Cedrik, du bringst ihn um!« Emily schaute ihn entsetzt an.

»Das bin nicht ich, das ist Crutch. Er ist auch ein Druide! Alastair hat uns angegriffen und wir …«

»Ich mach den Typen fertig«, schrie Elliot. Sein Gesicht war wutverzerrt, er hielt seine Hände vor sich gestreckt, jederzeit bereit, mit einem Zauber loszuschlagen.

»Nein, Elliot, tu das nicht!«

»Mach Platz«, schrie Elliot. Er stieß Cedrik zur Seite und feuerte eine Frostlanze auf Crutch, die jedoch nach wenigen Metern kläglich in sich zusammenbrach und sich in harmloses Wasser auflöste. Der Zauber platschte wirkungslos vor Crutch auf den Boden.

Der sah erst ungläubig auf die Wasserpfütze, dann auf

Emily und Elliot. Cedrik spürte seine Enttäuschung … und Hass. Mit einem kleinen Wink von Crutchs Hand schossen weitere Ranken über die Mauerkrone und zischten auf Emily und Elliot zu. Elliot versuchte, die nach ihm greifenden Äste abzuwehren, hatte aber wie Alastair keine Chance. Allein Emily verwandelte sich mit einem leisen PLOPP in ein Schneehuhn und konnte so der Fesselung in letzter Sekunde entgehen. Der Efeu riss Elliot nach oben und peitschte mit gestreckten Zweigen nach dem Vogel.

»Nein, Crutch, hör auf!«

Cedrik kniete sich zu Crutch auf den Boden. »Lass sie los, das ist nicht richtig!«

In Crutchs Gesicht spiegelte sich eine furchtbare Mischung aus Verzweiflung und Zorn. Er wirkte wie im Wahn. »Sie w-wollen uns töten. Und sie wollen uns t-t-trennen. Aber das können sie nicht, das werde ich nicht zulassen!«

Das Schneehuhn flatterte verzweifelt zwischen den um sich schlagenden Zweigen hin und her und Elliot schrie auf, als sich die Wurzeln um seinen Hals wickelten.

Cedrik sah angsterfüllt zu seinen Freunden und zu Alastair. Der hing bereits schlaff in seinen hölzernen Fesseln; ob er noch atmete, konnte er auf die Entfernung nicht erkennen.

»Bitte, Crutch, bitte!«, flüsterte Cedrik.

Crutchs Blick blieb unvermittelt auf Elliot gerichtet, der nun leise stöhnte.

Cedrik schloss die Augen und versuchte, ruhig zu werden.

Er tastete mit seinem Geist nach dem Efeu. Zuerst war um ihn nichts als Dunkelheit, erfüllt von unzähligen Stimmen. Er verstand nicht, was die Stimmen sagten, spürte aber die Aufregung, die ihn umfing. Dann begann er schwach einen goldenen Schimmer wahrzunehmen. Er konzentrierte sich auf das Leuchten vor ihm und fast unmittelbar wurde er von reinem Licht und Wärme überflutet. Er sah die Welt um sich – und pure Energie. Der Efeu war golden, pulsierend und kraftvoll. Er entdeckte Elliot, ein sanftes, blaues Licht, voller Leben – noch. Er suchte nach Alastair und fand auch ihn: Ein silberblaues Licht, ganz schwach und unregelmäßig flackernd.

Dann stand er Crutch gegenüber. Es war eindeutig Crutch, obwohl die Gestalt vor ihm aus nichts als Licht bestand. Aus goldenen, hell lodernden Flammen. Dann begann er, sich selbst wahrzunehmen. Wie auch Crutch bestand er hier, in dieser Welt, aus reiner Energie.

»Lass sie los, Crutch. Du tötest sie.«

Cedrik schrie auf. Etwas hatte ihn am Kopf getroffen und zurück auf die Wirklichkeit der Mauer geholt. Die Wunde brannte wie Feuer, hektisch sah er sich um.

Der Rabe war wie aus dem Nichts aufgetaucht und attackierte ihn schon wieder. Panisch riss er die Arme nach oben. Das Tier flatterte um seinen Kopf und hackte auf ihn ein.

»Hau ab! Lass mich!« Cedrik ruderte wie wild mit den Armen und versuchte den Vogel auf Abstand zu halten, aber es gelang ihm nicht. Blut lief ihm über die Stirn. »Verschwinde!«

Er schloss die Augen und versuchte sich erneut mit Crutch zu verbinden, aber der Rabe nutzte die sich ihm bietende

Chance sofort und zog mit seinen Krallen brutal an Cedriks Haaren. Er stöhnte auf.

Dann, wie als Antwort, hörte er den Schrei. Erst dachte er, der Greif wäre gekommen, um ihn zu retten. Aber dann bemerkte er, dass der Schrei anders klang. Jünger irgendwie.

Am Himmel über ihnen war ein Goldadler erschienen. Groß und majestätisch stand er in der Luft und blickte auf ihn herunter.

Der Adler, den Cedrik aus dem Devils Elbow befreit hatte, legte seine Flügel an und ließ sich fallen. Immer schneller wurde er, schoss wie ein Pfeil vom Himmel, drehte im letzten Moment seinen Körper mit den ausgestreckten Krallen nach vorne und rammte den Raben mit solcher Wucht, dass der schwarze Vogel durch die Luft wirbelte, als hätte ihn ein Tornado aus der Bahn geschleudert.

Der Adler ließ erneut seinen kraftvollen Schrei ertönen.

Sofort schloss Cedrik wieder die Augen und konzentrierte sich auf die Welt in seinem Innern.

Die Flammen loderten noch immer gleichmäßig um den Körper von Crutch und der Efeu war ein goldenes, um sich peitschendes Abbild der Pflanze an der Mauer. Das blaue Licht von Elliot und Alastair konnte er nur noch erahnen.

»Crutch, bitte! Du musst sie loslassen.«

Crutch ließ sich Zeit mit der Antwort. Cedrik konzentrierte sich ganz auf sein Gegenüber. Lass sie los!

»Wir brauchen sie nicht«, sagte Crutch. Seine Stimme klang heiser und rauschend zugleich, wie brüllendes Feuer.

Cedrik schwieg verblüfft. »Was meinst du?«

»Wir zwei, du und ich, sind stärker als sie alle«, antwortete Crutch.

Cedrik versuchte zu verstehen. »Du hast recht. Wir sind stark. Wir sind vielleicht stärker als sie. Aber wir dürfen sie nicht töten!«

»Sie sind uns im Weg.«

»Aber sie sind meine Freunde. Du musst sie loslassen!« Er fluchte innerlich. Wie viel Zeit blieb ihnen noch? Er suchte nach Alastair und Elliot. Er fand Elliot, er leuchtete nur noch ganz schwach. Alastair fand er nicht.

»Sie sind so schwach. Sie lieben die Menschen.« Crutchs Stimme klang kalt. »Und sie kennen dich nicht. Ich! Ich weiß, wer du bist. Was du kannst!«

Cedrik hatte Angst. Angst um seine Freunde. Er brüllte: »LASS SIE LOS! SOFORT!«

Der Zorn explodierte förmlich in ihm und er spürte, wie er sich ausdehnte. Sein Körper flammte auf und sein eigenes Licht begann den Raum um ihn herum zu füllen. Er erschrak vor seiner eigenen Kraft. Sie schien gewaltig und er war sich nicht sicher, ob er das hier kontrollieren konnte. Sein Feuer schien die ganze Welt zu füllen.

Er spürte nach Crutch und fand Wut.

Enttäuschung.

Und Trauer.

Verblüfft wurde Cedrik klar, dass Crutch ruhig bleiben und ihn gewähren lassen würde. Schnell konzentrierte er sich auf den Efeu: »LASS SIE GEHEN! Gib sie frei. JETZT!«

Der Efeu wehrte sich gegen die fremde Einflussnahme,

aber Crutch selbst hielt sich noch immer zurück. Sein Licht schien zu flackern. Wurde schwächer.

»Sie haben dir nichts getan. Sie sind Freunde. Meine Freunde.« Er legte Nachdruck in seine Worte und füllte die Welt erneut mit seiner leuchtenden Kraft. Und – endlich! – spürte er, wie der Efeu nachgab. Die ursprüngliche Wildheit verebbte, die Pflanze wurde weich … und löste ihre Umklammerung. Er hatte es geschafft.

Erschöpft sank er in sich zusammen. Die Welt um ihn herum verblasste, Dunkelheit umhüllte ihn.

Cedrik fand sich kniend auf dem Wehrgang wieder. Ihm gegenüber saß Crutch, aschfahl im Gesicht, die Augen noch immer geschlossen. Die Äste, die eben noch Alastair und Elliot wie Würgepflanzen umschlungen hielten, senkten sich langsam ab, lockerten ihren Griff und ließen ihre Gefangenen frei. Alastair rutschte schlaff auf den Steinboden und rührte sich nicht. Elliot landete schwer auf allen vieren und rappelte sich zitternd auf. »Wo … ist … Emily?«

Erschrocken richtete sich Cedrik auf. Er hatte Emily vergessen! Was war mit ihr geschehen?! Er brauchte sie nicht lange zu suchen: Sie lag seitlich neben ihm, seltsam verkrümmt und rührte sich nicht. Quer über ihr Gesicht verlief ein roter Striemen, wie von einem heftigen Schlag mit einem Zweig.

Elliot taumelte auf seine Schwester zu und brach neben ihr auf die Knie. »Emily! Wach auf! Bitte, sag doch etwas!«

Er streichelte ihr übers Gesicht und versuchte sie wach zu rütteln, aber sie reagierte nicht. Angsterfüllt sah Cedrik auf Crutch, doch der blickte nur düster auf die beiden Geschwister und zuckte mit den Schultern. Vorsichtig legte Elliot ihren Kopf zurück auf den Stein, stützte sich mühsam auf und kam wankend auf die Beine. Er taumelte auf Crutch zu. »Wenn du sie getötet hast … ich werde dich …«

Crutch, noch immer auf dem Boden sitzend, funkelte Elliot wütend an. »W-w-was wirst du? Du bist nichts! Du bist ein Niemand!«

Cedrik rannte zu Emily und beugte sich panisch über sie.

»… dann werde ich dich töten«, brüllte Elliot und stürzte sich mit bloßen Händen auf Crutch.

Da öffnete Emily die Augen und schaute Cedrik verwirrt, aber sehr lebendig an. »Was ist los? Warum brüllt Elliot so?«, fragte sie leise.

Cedrik wirbelte herum, um Elliot aufzuhalten, aber er kam zu spät. Er wusste, was der Blick von Crutch bedeutete. Nur ein kleiner Wink mit der Hand und eine der Efeuranken, die sich eben zurückgezogen hatten, schnellte über die Mauer und raste wie ein Speer durch die Luft auf Elliot zu.

Cedrik brüllte und warf sich verzweifelt vor seinen Freund. Die Efeuranke traf ihn brutal auf den Oberkörper und schleuderte ihn über die Zinnen.

Er fiel … und die Zeit begann sich zu dehnen. So musste es sein, wenn man stirbt. Sein Geist war völlig klar und seine Sinne schienen mit einer fast schon übermenschlichen Präzision und Schnelligkeit zu arbeiten.

Er sah, wie der Zorn auf Crutchs Gesicht verschwand und Platz machte für Entsetzen.

Er sah, wie Crutch Elliot zur Seite stieß, nach vorne sprang und ihn zu halten versuchte, aber seine Hände ins Leere griffen.

Er sah, wie O'Xley hinter ihm auftauchte, Crutch packte und so in letzter Sekunde verhinderte, dass er, bei dem Versuch, Cedrik zu retten, selbst in den Tod fiel.

Er sah, wie Emily am Boden kauerte. Zu schwach, um zu helfen, die Augen voller Schreck zusammengekniffen. Er sah, wie Elliot brüllte. Aber er hörte nichts.

Alles war Stille, kein Geräusch drang an seine Ohren. Das heißt, doch: Sie waren erfüllt von einem tiefen Rauschen, wie von Meeresrauschen. Er begriff, dass es die Luft war, die an ihm vorüberströmte, während er von der Mauer stürzte und auf den gepflasterten Hof unter ihm zuraste. Aber er raste gar nicht.

Seine Bewegungen, der Sturz, alles schien unendlich langsam. Wie in Zeitlupe.

Er war völlig hilflos. Unfähig, an der Unvermeidlichkeit seines Todes irgendetwas zu ändern.

Er fiel und er wusste, dass es nun vorbei war.

Der Rabe ließ sich krächzend auf einer Zinne nieder und sah ihn an. Der Adler … sein Adler? … stieß vom Himmel herab und wurde immer größer.

Für einen kurzen Augenblick, glaubte er, etwas gleichermaßen Unerwartetes wie Vertrautes wahrzunehmen, dann flammte ein lodernder Schmerz in seiner Seite auf und ihn verschluckte das Schwarz.

Kapitel 34

DER WEG IN DIE ANDERSWELT

Das Erste, was er wahrnahm, war der Geruch von Farnen und Moos. Cedrik schlug die Augen auf. Er lag auf dem Boden, im Wald. Über ihm brach sich strahlendes Sonnenlicht in den Wipfeln uralter Bäume. Er hörte leise Schritte, das Knacksen feiner Zweige. Der Hirsch stand unweit von ihm zwischen zwei jungen Birken und sah ihn aus großen, dunkelbraunen Augen an.

»Da bist du ja wieder. Irgendwie hatte ich gehofft, dich zu sehen.«

Der Hirsch wandte sich um, ging ein paar Schritte in den Wald, blieb stehen und drehte sich wieder zu ihm.

Cedrik fühlte Freude in sich aufsteigen. »Du willst, dass ich mitkomme. Habe ich recht?«

Glücklich sprang er auf und folgte dem Hirsch.

Jemand packte ihn unsanft an der Schulter. »Wach auf, Mann! Cedrik!«

Elliot. Sein Freund. In seiner Stimme lag Verzweiflung.

Er schüttelte ihn immer heftiger, doch Cedrik konnte nicht reagieren, konnte seine Augen nicht öffnen. Er hörte ein Schluchzen und Emilys Stimme, ganz nah, die sagte: »Ich habe auch schon alles versucht, aber ...« Sie brach ab, und er spürte Tränen, die auf sein Gesicht fielen. »Wir müssen Mum holen.«

Cedrik verlor erneut das Bewusstsein.

Der Hirsch hatte ihn auf ein Art Pfad geführt, der zu beiden Seiten von grauen Bäumen mit hellgrünen Blättern gesäumt war. Anmutig neigten sie ihre Äste über den Weg und bildeten auf diese Weise eine Art Tunnel, durch dessen Blätterdach vereinzelt Sonnenstrahlen fielen und goldene Flecken auf den Boden zeichneten. Cedrik ging nun neben dem Hirsch, eine Hand auf dem Rücken des Tieres. Er wusste, es würde alles gut werden. Er würde bald zu Hause ankommen.

Hupen. Schmerz bei jedem Atemzug.

Er hörte, wie sich ein Auto mit heulendem Motor näherte und mit quietschenden Bremsen stehen blieb. »Cedrik!«

Dad!

Er wollte die Augen öffnen, wollte ihm sagen, dass alles gut war, dass er sich keine Sorgen machen musste … aber er war zu müde. Er war ….

»Cedrik! Cedrik, wach auf! Was ist passiert?!«

»Er ist von der Mauer gestürzt. Der Greif konnte ihn noch auffangen, aber hat ihn dabei verletzt«, sagte Elliot.

»Aber warum ist er gefallen?«, hörte Cedrik seinen Vater mit gepresster Stimme fragen.

»Er wurde von ...«

»Lasst mich zu ihm!«

»Wie kannst du es wagen ...« Elliot brüllte vor Wut.

»Er hat zu viel Blut verloren und ich habe kaum noch Zeit«, unterbrach ihn Crutch. Er sprach hastig. »Die Paladine sind jeden Moment hier, und mit ihnen sicher jede Menge Gargouillen. Aber für ihn wird es dann bereits zu spät sein. Lasst mich ihm helfen, ihr wisst, dass ich es kann. Bitte!« Seine Stimme wurde zu einem Flüstern. »Er stirbt.«

Cedrik war so müde. Dunkelheit.

Wie aus dem Nichts stand sie vor ihm. Die Frau von der Prüfung. Sie stand ganz reglos vor ihnen auf dem Pfad und sah ihn an. Das Licht schien durch sie hindurchzuleuchten. Sein Herz tat einen Sprung.

»Mutter?«

Der Greif schrie. Cedrik hatte Mühe, zu verstehen, was um ihn herum geschah. Emilys Stimme, die flehte: »Lass ihn durch. Er wird ihm nichts tun!«

Hastige Schritte im Schnee, der wütende Elliot. Er brüllte: »Verschwinde lieber, solange du noch kannst!«

»Halt!«, rief Aengus. »Hört auf damit!«

Cedrik hörte seinen Vater laut und schwer atmen.

»Du sagst, du kannst ihm helfen?«

»Aber er hat doch schuld an allem«, rief Elliot aufgebracht. »Er hat Cedrik von der Mauer gestoßen!«

Sie antwortete nicht, blieb ihm still zugewandt. Der Hirsch ging einfach durch sie hindurch.

Cedrik zögerte. »Warum hältst du mich auf?«

Er suchte den Hirsch. Der war ein paar Schritte weiter vorne stehen geblieben, bei einer alten steinernen Brücke, die sich in einem sanften Bogen über einen ruhigen Fluss spannte. Der Hirsch sah ihn an. Fordernd. Stolz und kraftvoll.

Alles um ihn herum war schwarz. Ihm war kalt. So kalt. Er war müde.

Sein Vater unterdrückte ein Schluchzen. »Aber er hat gesagt, du wärst sein Freund. Bist du das?«

Stille. Wind.

»Antworte mir! Bist du sein Freund?«

»Bitte lass mich gehen«, flehte Cedrik die Frau an.

Die Frau schob sich zwischen ihn und den Hirsch und schüttelte sanft den Kopf.

»Dann rette ihn. Bitte! Bring ihn zurück!«, sagte Aengus O'Connor rau.

Cedrik hörte das Scharren des Greifs wie aus weiter Ferne. Er sah nichts. Kälte. Schwarz.

»Lasst ihn durch, bitte!« Sein Vater.

Elliot, der laut schnaufte.

Dann Dad. Lauter. »Macht Platz!«

Er hörte die Verzweiflung in der Stimme seines Vaters.

Langsame, schwere Schritte im Schnee. Der Greif.

Dann schnelle, leichte Schritte, die im Schnee knirschten. Eine Hand, die sich auf seine Stirn legte.

Warm.

Crutch.

Er spürte ein Ziehen in seinem Herzen. Ein tiefer Schmerz in seinem Innern.

Der Hirsch wartete auf ihn.

Doch die Frau sah ihn an. Fragend. Fordernd. Flehend. Er zögerte einen Moment, dann nickte er. Alles um ihn herum verwandelte sich. In goldgleißendes Licht, in pure Energie. Der Hirsch verblasste. Und verschwand.

Ein Schauer lief durch seinen Körper. Er stöhnte, konnte aber die Augen nicht öffnen.

»Was ist? Wie geht es ihm?«, flüsterte Aengus mit Angst in der Stimme.

Cedrik hörte, wie Crutch aufstand. Er keuchte.

»Es wird wieder gut werden. Sagt ihm … sagt ihm, ich …«

»Was?«, fragte Aengus.

»Nichts.«

Cedrik öffnete mühsam die Augen. Langsam. Er war schwach. Sein Blick traf auf den von Crutch. Er nickte. Und lächelte traurig.

Dann legte Crutch seinen Kopf in den Nacken und breitete die Arme aus. Raben stießen vom Himmel herab. Nicht einer, sondern Dutzende, immer mehr, bis die ganze Luft um Crutch von schwarzen, flatternden, lärmenden Vögeln erfüllt war.

Emily schrie erschreckt auf und Elliot warf sich schützend über Cedrik, doch schon stoben die Raben wieder auseinander und schossen krächzend in alle Richtungen.

Crutch war verschwunden. Der Greif ließ noch einmal seinen Ruf erklingen und über den Dächern erschien ein Dutzend Paladine, auf ihren Gargouillen reitend. Sie kamen zu spät. Crutch und seine Raben waren fort.

»Elliot«, stöhnte Cedrik. »Weißt du eigentlich, wie schwer du bist?«

Kapitel 35

DER TAG DANACH

»Du bist selbst gefahren, Dad?«, fragte Cedrik erstaunt.

Aengus grinste verlegen. »Ich war auf dem Weg zur Bibliothek, als ich von dem Kampf auf der Mauer erfuhr. Tja, da stand irgendwie der Land Rover an einer Ecke, mit dem Schlüssel im Zündschloss. Also bin ich reingesprungen und hab Gas gegeben. Ich wusste ja, dass das Fahrzeug so verzaubert ist, dass ich niemanden über den Haufen fahren kann.«

Als er den unschuldigen Blick seines Vaters sah, musste Cedrik so sehr lachen, bis ihn die fast völlig verheilte Narbe an seiner Seite schmerzte.

Er hatte den ganzen Tag geschlafen, und als sein Vater ihn behutsam die Treppe nach unten in die große Küche geführt hatte, war sie mit Leben erfüllt. Kerzen brannten auf dem Tisch und der ganze Raum hing voller Mistelzweige und Stechpalmen. Nicht nur Emily und Elliot waren gekommen, sondern auch Esmeralda und Gregory Golden, der sich bereits eifrig darangemacht hatte, aus einem Korb das mitgebrachte Essen für den Nachmittagstee zu verteilen. Während Esmeralda die Teekanne Tee aufbrühen ließ, hatte Gregory sich eine Schürze umgebunden und versorgte sie mit frischen Butterstullen, Rosinenbrötchen, selbst gemachter Marmelade und vegetarischen Pasteten. Je länger er austeilte, desto ausgefeilter wurden seine Gerichte. Der Korb schien ein nicht enden wollender Quell kulinarischer Köstlichkeiten zu sein.

Cedrik, Emily und Elliot sprachen fast durchgehend mit vollem Mund, aber ausnahmsweise – wie Esmeralda betonte – störte sich niemand daran. Sie alle wollten hören, was Cedrik auf der Mauer erlebt hatte.

Er war ungemein erleichtert gewesen, als er erfuhr, dass Alastair den Angriff von Crutch tatsächlich überlebt hatte. Er hatte es beinahe nicht geschafft, aber nach ein paar Tagen Ruhe würde es ihm wieder gut gehen. Während Cedrik ohnmächtig am Fuß der Mauer gelegen hatte, war es auf dem Wehrgang zu scheußlichen Szenen gekommen. Dornhexen und Dunkelelfen hatten sich in Crutchs Kampf mit den Paladinen eingemischt und den dunklen Druiden, wie ihn jetzt alle nannten, freigekämpft.

So hatte es nach dem Erwachen von Cedrik und der Ankunft der Wächter eine Weile gedauert, bis sie die Paladine, die übrigen Ratsmitglieder, aber auch Duncan, Alastairs Sohn, davon überzeugt hatten, dass für den Angriff nicht Cedrik verantwortlich gewesen war – sondern Crutch, der mit seinen Raben und Dornhexen wie vom Erdboden verschluckt war.

Als Duncan endlich begriffen hatte, dass Cedrik genau

genommen sogar das Leben seines Vaters gerettet hatte, hatte er wenigstens für ein paar Sekunden sein ewiges Schimpfen und Lästern eingestellt und war nach einem genuschelten »Danke!« verschwunden.

Als Cedrik ihnen erzählte, dass Crutch auch ein Druide war, mit wohl größeren Fähigkeiten als er, schwiegen alle bestürzt. Niemand hatte bis zu diesem Tag von der Existenz eines zweiten Druiden im Dorf gewusst. Und selbst der Greif hatte – genau wie von Crutch vermutet – das Wachsen der Kräfte innerhalb der Mauern schlicht nicht bemerkt.

Er war es gewesen, der Cedrik in letzter Sekunde aufgefangen und damit vor dem tödlichen Aufprall bewahrt hatte. Wenn auch zum Preis einer schweren Bauchwunde, die er ihm mit seinen scharfen Krallen zugefügt hatte, als er ihn im Sturzflug gepackt hatte.

Vorsichtig tastete Cedrik an seine Seite. Von der Wunde war nichts mehr zu sehen oder zu spüren – dank Crutch und seinen Druidenkräften. Die Erinnerung an seine Verletzung und den Moment, als er auf dem Boden lag, unfähig sich zu rühren und viel zu schwach, um zu reagieren, lag wie ein dunkler Schatten auf seiner Seele.

Wenn Crutch nicht gewesen wäre …

»Aber warum war Alastair eigentlich hinter Crutch her?«, fragte er Esmeralda aufgewühlt.

»Nach dem Angriff der Raben musste der Rat schnell einsehen, dass es tatsächlich nicht die Dornhexen gewesen waren, die den Anschlag auf die Versammlung verübt hatten.

Und doch musste irgendjemand den Rabendämon geschickt haben. Und da es schon immer unheilvolle Verbindungen zwischen Naturgeistern und Druiden gab, fiel erneut der Verdacht auf dich, Cedrik«, sagte Esmeralda beschämt. »Druiden entstammen, wie du weißt, der Verbindung gewöhnlicher Sterblicher mit den Ewigen.« Ihr Blick fiel auf O'Connor, sie wurde rot und ergänzte hastig: »Nicht gewöhnlich, ich meine nur ...«

»Schon gut«, unterbrach sie Aengus O'Connor freundlich. »Erzählen Sie weiter!«

Sie fuhr erleichtert fort. »Corvus Crutcher hat seine Gaben jedoch nicht von seiner Mutter, das wissen wir.«

»Seine Mutter war eine Dornhexe, hat er mir erzählt«, bestätigte Cedrik.

»Er auch«, sagte Esmeralda ernst. »Man erzählt sich von heimlichen Zusammenkünften, im Wald, bei denen er dabei gewesen sein soll. Die Götter wissen, was sie da geplant haben. Er ist ein Dornhexer, deswegen kann er ja auch zaubern. Ziemlich gut, besonders Kampfzauber. Das hat er vor Kurzem erst eindrucksvoll unter Beweis gestellt. Nicht nur auf der Mauer, sondern auch im Devils Elbow, wie ich aus vertrauenswürdiger Quelle erfahren habe.« Sie bedachte die drei Freunde mit einem strengen Blick. Dann wurden ihre Züge wieder weich. »Aber das ist eine andere Geschichte. Wirklich spannend ist seine Herkunft väterlicherseits. Denn nach allem, was ihr uns heute erzählt habt, vermute ich, dass der Rabendämon selbst Crutchs Vater ist. Von ihm hat er den göttlichen Funken, der es ihm gestattet, die Natur zu kontrollieren. Cedriks Mutter ist ein Baumgeist, Crutchs Vater ein Tiergeist. Beides sind Naturgeister, beides sind Ewige.«

»Ein Rabendämon?«, fragte Emily ungläubig.

»Oh, er kann viele Gestalten annehmen. Mal erscheint er als Mensch, mal ist er ein Rabenjunges, dann wieder ein ganzer Schwarm Raben. Er ist ein Dämon und schlüpft in die Rolle, die ihm gerade passt. Ihr habt erzählt, dass sich Crutch in den Raben aufgelöst hat. Das würde passen. So wie deine Mutter bei der Prüfung für dich da war, hat er seinen Sohn in diesem Moment gerettet.« Sie schwieg.

Cedrik musste an den Adler denken, der ihn verteidigt hatte, als ihn der Rabe angegriffen hatte.

Esmeralda legte ihre Hand auf Cedriks Unterarm. »Was sagst du dazu?«

Cedrik ließ sich Zeit mit der Antwort. »Ich denke, dass Crutch nicht wusste, wer oder was in dem Raben steckte. Aber er hat ihn auf jeden Fall geliebt, mehr als alles andere. Der Rabe war ihm wichtig. Und irgendwie war der Rabe für ihn da.«

Esmeralda nickte.

»Aber das erklärt immer noch nicht, warum Alastair hinter dem Raben und Crutch her war. Ihr wusstet ja bis gestern Abend nicht einmal, dass Crutch ein Druide ist«, bemerkte Elliot trotzig.

Esmeralda nickte und zog ihre Hand zurück. »Das ist richtig. Wie ihr wisst, schätze ich Alastair nicht unbedingt, besonders wegen seiner Arroganz. Aber er hat immer einen guten Instinkt bewiesen, wenn es um die Sicherheit von Mistle

End ging. Nachdem die Raben den Rat angegriffen hatten, war er es, dem sofort einfiel, wo er in letzter Zeit ein ungewöhnlich kluges Tier gesehen hatte. Der Rabe von Corvus. Und es fällt mir schwer, es zuzugeben, aber selbst mit der Vermutung, dass ein Druide Unheil über uns bringen würde, hatte er recht«, sagte sie betroffen.

Emily brauste auf. »Wie kannst du das sagen, Mom! Cedrik hat uns vor Crutch gerettet, ohne ihn wären wir vielleicht gar nicht mehr hier.«

»Das weiß ich ebenso, wie du weißt, dass ich nicht von Cedrik, sondern von Corvus Crutcher rede. Seitdem er verschwunden ist, häufen sich merkwürdige Meldungen aus dem Tollkirschenviertel. Die Dornhexen verlassen Mistle End, das macht mir Sorgen. O'Xley, der Dunkelelb, der Corvus großgezogen hat, natürlich sowieso. Sowie die meisten seiner Elbengenossen.« Sie seufzte.

»Ao'Taeras befürchtet, dass die Hexen in den beiden Druiden ein Symbol sehen. Ein Zeichen für eine erneute Spaltung der Hexen. Die Dornhexen wenden der Gemeinschaft den Rücken zu, das bedeutet nichts Gutes.«

Elliots Blick verdüsterte sich. »Du hast einen bösen Zwilling.«

Cedrik verzog das Gesicht. »Crutch ist nicht böse. Du kennst ihn überhaupt nicht.«

Emily sah ihn bedrückt an. Der rote Striemen in ihrem Gesicht war zwar blasser geworden, aber noch immer gut zu sehen. »Er hätte Alastair fast getötet. Und Elliot auch, wenn du es nicht verhindert hättest.«

Cedrik nickte bedrückt. Er hatte den Zorn von Crutch gespürt. Aber auch dessen Einsamkeit. Und Trauer.

»Er wurde angegriffen, er hat sich verteidigt! Und ihr habt mir selbst gesagt, dass ich es bin, der entscheidet, welchen Weg ich einschlage. Warum soll das nicht für Crutch genauso gelten?!«

Der Moment der unangenehmen Stille wurde von leisem Flattern unterbrochen. Mr Elderling flog von der Küchenanrichte, von wo er bisher den Erzählungen still gelauscht hatte, über den Küchentisch und landete neben der Teekanne. Der gewölbte Bauch der silbernen Kanne ließ den kleinen Mann riesenhaft erscheinen.

»Mr Elderling«, rief Esmeralda erstaunt aus. »Was machen Sie denn hier?«

»Oh, ich war schon gestern Abend hier und heute Morgen. Aber Mr O'Connor hat immer geschlafen. Ich warte auf den richtigen Moment!«

»Den was?«, fragte Elliot entgeistert.

»Den richtigen Moment, um Ihnen, sehr geehrter Mr O'Connor, etwas zu geben, was für Sie vielleicht von größter Wichtigkeit sein könnte.«

Aengus O'Connor runzelte die Stirn. »Für mich?« Dann huschte ein strahlendes Lächeln über sein Gesicht. »Bücher?«

Mr Elderling wich verdutzt einen Schritt zurück. »Nein, nicht Sie, ich meine den jungen Mr O'Connor.«

Erstaunt sah Cedrik auf. »Sie meinen mich?«

»Natürlich. Oder sind Sie nicht Cedrik O'Connor?«, fragte Mr Elderling verwirrt.

Cedrik nickte hastig.

»Dann kann ich Ihnen ja vielleicht endlich erzählen, was mir in die Hände gefallen ist. Wie Sie ja alle wissen, habe ich, ähem, hat die Bibliothek am gestrigen Tag eine erkleckliche Anzahl Bücher geschenkt bekommen. In einem dieser Bücher fand ich einen Zettel. Herausgerissen aus einem Buch, eine Ecke mit nur Bruchstücken von Sätzen. Abscheulich. Aber es gehört zu keinem der Bücher, die geliefert wurden. Sehen Sie selbst.« Er griff in seine Weste und überreichte Cedrik eine kleine Papierrolle. Als er sie aufrollte, war es eine Seitenecke, mit eingerissenen Kanten und zerknittert. Die Halbsätze, die auf der Ecke vom Seitentext übrig geblieben waren, lauteten:

... Druiden in Callanish, ... nach wenigen Tagen ... niemals gedacht.

Und darunter, am unteren Rand des Fetzens, in sehr viel kleinerer Schrift, aber ebenfalls gedruckt:

... ers Bartholomäus Plonk. Seite 274.

Als er Mr Elderling ein wenig ratlos ansah, meinte dieser begeistert: »Fantastisch, nicht wahr?«

Aengus O'Connor nahm seinem Sohn den Zettel aus der Hand und musterte ihn stirnrunzelnd. »Aha.«

Mr Elderling klatschte voller Freude in die Hände. »*Die unglaublichen Reisen des Hexenmeisters Bartholomäus Plonk*. Ein verrückter Reiseroman und, wie ich nun vermute, unbedingt lesenswert. Beschreibt er doch seine Begegnung mit den Druiden auf Leoghas. In Callanish.«

Emily japste nach Luft. »Dandelia hat gesagt, dass niemand

wüsste, wohin sich die Druiden zurückgezogen hatten. Sie sind in Callanish!«

Der Steinkreis von Callanish.

Cedrik hatte davon in der Schule gehört. Er erinnerte sich an Bilder von gewaltigen Steinstelen, wie in Stonehenge, Tausende von Jahren alt, aufgestellt nach astronomischen Berechnungen. Ein magischer Ort von unbekannter ritueller Bedeutung, weit abgelegen auf den Inseln an der äußersten nordwestlichen Küste Schottlands. Dorthin also hatten sich die letzten Druiden zurückgezogen.

»Das ist richtig!«, sagte der Bücherelf. »Soweit ich weiß, hat Mr Plonk den Druiden auf der Insel ein ganzes Kapitel gewidmet. Gerade für Sie sicher von außerordentlicher Bedeutung, möchte man meinen.«

»Haben Sie das Buch in der Bibliothek?«, fragte Elliot. »Warum haben Sie es nicht gleich mitgebracht?«

Mr Elderling schüttelte den Kopf. »Leider nein. Aber da dieses Papier aus einem der Bücher des … ähem, anderen Druiden gefallen ist, hoffe ich, wir finden das dazugehörige Exemplar in der Bibliothek von Mr Crutcher.«

Esmeralda verzog ihr Gesicht zu einem säuerlichen Grinsen. »Als wir heute im Turm waren, waren nicht nur Corvus Crutcher und Mr O'Xley verschwunden, sondern mit ihnen auch alle Bücher. Es schien nicht so, als hätten sie irgendetwas von Wert zurückgelassen.«

Emily fiel ihr ins Wort. »Aber wenn wir jetzt noch einmal mit Dandelia sprechen, kann sie uns vielleicht …«

»Dandelia hat das Dorf verlassen«, unterbrach sie Esmeralda bekümmert. »Es war mir nicht klar, dass sie noch immer so an den alten Ritualen hängt.«

Sie schwiegen betroffen.

»Aber warum hat sie uns ins Devils Elbow bestellt?«, fragte Emily. »Was wollte sie uns sagen?«

Cedrik schüttelte den Kopf. »Das war nicht sie. Ich möchte wetten, der Wandelbrief kam von Crutch selbst. Habt ihr euch nicht gefragt, was er dort zu suchen hatte? Er wollte mich sehen. Er hatte das Treffen dort organisiert, auch wenn er wohl nicht mit euch beiden gerechnet hatte.«

»Und was ist mit Alastair? Er war ständig bei Dandelia, vielleicht steckt er ja doch mit den Dunkelhexen unter einer Decke.«

Esmeralda schüttelte den Kopf. »Er brauchte Dandelia, und dass sie nun fort ist, wird für die Familie von Alastair ein schwerer Schlag sein. Seine Frau ist eine Wulver. Und er hat mich gebeten, es geheim zu halten. Also erzählt es nicht weiter, verstanden?«

Cedrik riss die Augenbrauen nach oben. »Aber was ist eine Wulver!?«

»Eine Art Werwolf, nur … anders«, sagte Esmeralda.

Aengus O'Connor nickte und fuhr fort: »Während der klassische Werwolf sich in Vollmondnächten verwandelt und nach Blut dürstet, ist ein Wulver ein Mensch mit einem Wolfsgesicht. Er, oder sie, in diesem Fall, sind laut dem Lexikon der Fabelwesen äußerst sanftmütig und nur gefährlich, wenn ihnen oder ihren Liebsten Gefahr droht.«

Esmeralda lächelte anerkennend. »Das ist richtig!« Und

mit einem Seitenblick auf Elliot fügte sie hinzu: »Mrs MacAhraw ist in der Tat eine reizende Person. Früher gab es hier in Schottland eine Menge Wulver, aber die meisten wurden ausgerottet. Weil sie die Menschen für Werwölfe hielten. Heute gibt es offiziell keine mehr.«

Emily fragte erstaunt: »Aber wie kann eine Wulver im Verborgenen leben? Jedermann würde den Wolf in ihr doch sofort erkennen? Ich habe sie so oft getroffen, und mir ist nie etwas aufgefallen.«

Esmeralda zuckte traurig mit den Schultern. »Deswegen war Alastair eben auch ständig bei Dandelia. Sie hat seiner Frau regelmäßig einen Trank gebraut, der den Wolfanteil in ihr unterdrückte. Damit ist es dann wohl fürs Erste vorbei. Arme Mrs MacAhraw.«

»Armer Mr MacAhraw«, flüsterte Elliot Cedrik ins Ohr. »Ich wette, die Narbe auf seiner Wange hat sich Alastair bei einem Familienstreit zugezogen.«

Cedrik kicherte … und merkte mit einem Mal, wie furchtbar erschöpft er war. Das Chronometer in der Eingangshalle schlug neunmal. Er erschrak, als ihm klar wurde, dass der Tag wie im Flug vergangen war.

»Es ist spät geworden«, sagte O'Connor. »Lasst uns Schluss machen für heute. Wir gehören alle ins Bett. Ich weiß nicht, wie es euch geht, aber ich bin hundemüde.«

Niemand widersprach.

Esmeralda und Gregory hatten ihre Besen mitgebracht, und so schwangen sich ein paar Minuten später drei Besenreiter, ein ungeschickt flatterndes Schneehuhn und ein handtellergroßer Schmetterlingsmann in den abendlichen Himmel über Mistle End.

Als sich Cedrik aufmachte, um nach oben in sein Zimmer zu gehen, fiel sein Blick auf seinen Vater, der zurück in die Küche geeilt war, um die Reste des großen Mahls zu beseitigen.

Sein Vater bemerkte, wie er in der Tür stand, und wandte sich zu ihm um. »Gehts dir gut, Cedrik?«

»War ein verrückter Tag gestern, oder? Ich mein, puh …« Er stammelte verlegen.

Aengus O'Connor nickte, nun ein breites Grinsen im Gesicht.

»Du hast mir das Leben gerettet, Dad. Hättest du nicht dafür gesorgt, dass Crutch …«

Sein Vater unterbrach ihn. »Ich hab dich lieb, Cedrik.«

Cedrik nickte und lächelte leise. »Ich weiß, Dad. Ich dich auch.«

Kapitel 36

EIN LETZTER BESUCH

Erschöpft, aber glücklich schleppte sich Cedrik die Treppe nach oben. Die letzten Tage, der Kampf auf der Mauer und seine Verletzung forderten ihren Tribut.

Er hatte die Kraft der Erde auf verschiedenste Weise gespürt. Als erstaunlich machtvoller Druide, aber auch, als er selbst fast gestorben war und von Crutch und seinen Druidenkräften geheilt wurde. Er hatte sich danach so … ganz gefühlt.

Jetzt allerdings war er nur noch müde. Ob er noch einmal auf dem Teppich schlafen sollte? Beim Gedanken an das Wellenrauschen wurde ihm wohlig ums Herz. Doch als er den Fuß auf die Schwelle des Kapitänszimmers setzte, erschrak er. Der Teppich mit Willoughby Finneghan, dem ehemaligen Kapitän und gegenwärtigen Poseidon, war verschwunden.

Hellwach polterte er wieder nach unten. »Dad! Jemand hat unseren Teppich gestohlen.«

Sein Vater kam ihm auf der Treppe entgegen und blinzelte Cedrik verwirrt an. »Wovon sprichst du?«

»Der Teppich, oben, aus dem Kapitänszimmer. Er ist nicht mehr da!«

Aengus O'Connor nahm seine Brille ab und putzte sie. »Ich, ähem, das … das kann ich erklären.«

Er öffnete verlegen die Tür zu seinem Zimmer und forderte Cedrik auf, einzutreten.

Der Teppich lag in der Mitte des Raums auf dem Boden, gegenüber von einem gemütlichen Lehnstuhl, in dem O'Connor nun eilig Platz nahm.

»Ah, Vater und Sohn! Beim Klabautermann, das nenne ich eine richtige Diskussionsrunde.«

O'Connor bemerkte erleichtert: »Ich sehe, ihr kennt euch. Natürlich.«

Willoughby Finneghan lachte. »Klar doch!«

Sein dumpfes Lachen war so ansteckend, dass Cedrik ebenfalls albern loskicherte.

Sein Vater wirkte glücklich. »Als dich deine Freunde neulich auf dem Teppich entdeckt hatten, wurde ich neugierig und habe ihn mir später noch etwas genauer angesehen. Da habe ich dann den Kapitän kennengelernt.« Er kam in Fahrt. »Wir führen ausgezeichnete Gespräche. Über Götter, über Magie.« Er warf einen ehrfürchtigen Blick auf den Bewohner im Teppich. »Er weiß unheimlich viel. Und da dachten wir beide, es wäre vielleicht sinnvoller, wenn er hier, bei mir, in diesem Zimmer leben könnte. Ich bin ja auch viel zu Hause und deswegen …« Er brach ab. Gespannt betrachtete er Cedrik.

Der wischte sich eine Lachträne aus den Augen. »Das ist toll, Dad!« Er nickte dem Kapitän und seinem Vater freundlich zu. »Gute Nacht. Oder gute Unterhaltungen!«

O'Connor winkte fröhlich.

Cedrik drehte sich um und ging nach oben in sein Zimmer. Da er die Tür offen gelassen hatte, kam er nicht umhin, zu hören, wie sein Vater sofort wissbegierig nach dem Leben im Unterwasser-Teppich fragte. Er lächelte. Er würde das Wellenrauschen zwar vermissen, aber seinem Vater gönnte er den neuen Freund von ganzem Herzen.

In dieser Nacht bekam er wieder Besuch vom Greif. Er hatte es gehofft, und als er von schweren Schritten aus dem Tiefschlaf geholt wurde, sprang er auf und rannte nach oben ins Turmzimmer. Der Mond war nicht mehr so voll wie die letzten Nächte, aber sein Licht reichte aus, um das Dach vor seinem Fenster hell zu erleuchten. Der Greif saß, wie schon so oft, auf dem First ihres Hauses und hatte seinen Löwenschwanz elegant um seinen Körper gelegt. Und da war sie wieder, die Stimme in seinem Kopf.

»Ich grüße dich, mein Freund.«

»Ich bin froh, dass du gekommen bist«, sagte Cedrik. »Ich wollte dir danken. Du hast mir das Leben gerettet.«

Der Greif betrachtete ihn nachdenklich. »Ich habe dich in Gefahr gebracht. Ich habe mich so auf die Bedrohungen von außen konzentriert, dass ich den Feind in unserem Innern übersehen habe. Das beschämt mich.«

Cedrik stieg aus dem Fenster und ging über das schneebedeckte Dach auf ihn zu. Der Harsch knirschte unter seinen Füßen. »Nein, so war es nicht. Crutch ist nicht wirklich böse. Er wollte das alles nicht, da bin ich sicher.«

Die Stimme des Löwenadlers war sanft, als er sagte: »Im Dorf wurde gestern gekämpft und wir stehen kurz vor einem Krieg. Er hätte gestern beinahe getötet, Cedrik. Dich und andere.«

»Aber er wollte das nicht. Und er hat zugelassen, dass ich ihn aufhalte. Das hätte er nicht tun müssen.« Und dann fügte er leise hinzu: »Er hat viel mehr Macht als ich.«

Der Greif legte den Kopf schräg und schien zu nicken. »Er ist ein großer Hexer und Druide. Und dennoch warst du bei dem Kampf der Stärkere.«

»Ich? Aber warum?«, fragte Cedrik verblüfft.

»Die Erde tötet nicht grundlos. Dein Wunsch nach Friede war der reinere, der bessere. Deswegen hattest du die Erde auf deiner Seite. Er hätte keine Chance gegen dich gehabt.«

Cedrik schwieg. Ihm wurde fast übel bei der Vorstellung, wirklich gegen Crutch kämpfen zu müssen. Dass er selbst von der Mauer gestürzt war, hatte Crutch nicht beabsichtigt.

»Du hast Mitleid mit ihm und du fühlst dich schuldig«, hörte er die Stimme des Greifs in seinem Kopf.

Ja, Mitleid, das war es wohl. Er war sein Freund. Der Greif und Crutch, sie beide hatten ihm das Leben gerettet. Aber Schuld war es wohl auch. Er hatte das Gefühl, als Freund versagt zu haben. Er hätte das alles irgendwie verhindern müssen. Schlimmer noch, er hatte Crutch enttäuscht. Aber wäre er ihm nicht in den Arm gefallen und hätte ihn aufgehalten, wäre der gestrige Tag noch trauriger zu Ende gegangen.

Eine Sache hatte er jedoch noch immer nicht verstanden. »Warum hat Crutch den Rat angegriffen?«

Der Greif zögerte einen Moment mit der Antwort. »Ich denke nicht, das Crutch irgendetwas vom Angriff des Rabendämons auf den Rat wusste. Ein Rabendämon lebt von Hass und Gewalt. Er ist ein Dämon, sein Sinn und Wesen ist die Zerstörung. Sein Sohn ist für ihn nur Werkzeug. Ein Mittel, um noch mehr Macht zu erlangen. Als offensichtlich war, dass mit dir ein zweiter Druide nach Mistle End gekommen war, ein Druide, der seinem Sohn vielleicht gewachsen sein könnte, setzte er alles daran, Unfrieden zu stiften und den Verdacht auf dich zu lenken.« Der Greif neigte sein eindrucksvolles Adlerhaupt. »Was ihm leider gelungen ist.«

Cedrik schwieg nachdenklich. Wind kam auf und der Greif hielt seine Schwingen kurz in eine Böe, als prüfte er, wer stärker war – er oder der Wind. »Ich muss gehen, mein Freund. Aber ich tue das, trotz der vergangenen Ereignisse, mit Freude in meinem Herzen. Weißt du warum, junger Cedrik?«

Er schüttelte den Kopf.

»Weil du dich eines Druiden würdig erwiesen hast. Du hast weise, voller Umsicht und Demut gehandelt. Du hast Wut und Zorn mit Liebe beantwortet. Und du hast uns erinnert, welch positive Kraft die Erde für uns sein kann.«

Cedrik blickte fest in das Gesicht des Greifs. Er konnte nicht anders, als er flüsternd fragte: »Und Crutch? Was ist mit ihm?«

Der Greif sah eine ganze Weile mit seinen regungslosen Adleraugen auf ihn herab, ehe er endlich antwortete. »Vielleicht ist er noch nicht verloren. Er ist ein Druide und auch er ist ein Sohn der Erde. Nur die Götter wissen, welchen Weg er einschlagen wird.«

Laut und rau durchschnitt der Ruf des Greifs die Nacht. Dann stieß er sich mit seinen kräftigen Hinterbeinen in die Luft und schwang sich auf den Wind. Die Luft rauschte in seinen Federn und Cedrik blickte ihm nach, bis von dem weiß glitzernden Fabelwesen nur ein schwaches Leuchten zu sehen war. Als er über das Dach zurück in sein Zimmer und ins Bett kletterte, wusste Cedrik ganz genau, welchen Weg er einschlagen wollte.

Er musste lernen, was ein Druide wissen musste.

Er wollte verstehen und begreifen, was es hieß, ein Wächter der Erde zu werden.

Er war ein Druide, und er wollte helfen. Crutch ebenso wie den anderen. Er würde es schaffen. Mit der Hilfe seiner Freunde. Und mit der Kraft der Erde.

Kapitel 37

DER HIMMEL ÜBER MISTLE END

Heftiges Klopfen an seinem Fenster weckte ihn. Dann hörte er eine Stimme, die nach ihm rief.

»Hey, Erde an Cedrik! Wach auf, du Schlafmütze!«

Cedrik brauchte einen kleinen Moment, bis er richtig wach wurde, aber nachdem er sich den Schlaf aus den Augen gerieben hatte, sah er seine beiden Freunde Emily und Elliot auf einem Besen sitzend wilde Faxen machen. Hastig sprang er aus dem Bett und riss das Fenster auf.

»Cedrik, willst du den ganzen Tag verschlafen?«

»Ich, äh …«

»Spring auf, Kumpel! Mein Vater hat den Besen repariert! Du weißt schon, das Prachtstück meiner Sammlung.« Cedrik erkannte den Besen sofort. Modell Londoner Straßenkehrer, mit dem Kaugummischaber aus Messing.

Emily lächelte ihn unter ihrer grünen Wollmütze an. »Komm schon, Cedrik! Der Besen schafft uns locker alle drei!«

Er zog sich eine Hose und seinen Kapuzenpulli über, schnappte sich seine Schuhe und seinen Parka und kletterte aus dem Fenster. Kaum hatte er sich zwischen Emily und Elliot auf die hölzerne Stange gequetscht, als sich Elliot auch schon nach vorne lehnte und sie mit einem aberwitzigen Tempo in den Himmel jagten. Cedrik schrie vor Freude. Sie umkreisten ihr Haus, rasten über den Marktplatz, flogen eine weite Schleife und flitzten über die Häuser des Tollkirschenviertels. Wohin waren die Dornhexen nur alle gegangen? Niemand wusste es.

Sie stiegen höher, immer höher, über Mistle End. Das feine Geflecht der Straßen lag unter ihnen wie eine Landkarte und das flache Licht der aufgehenden Sonne zeichnete goldene Kanten auf die Dächer der Häuser und Hütten. Er entdeckte die Mauer und fand den Turm, der noch vorgestern das Zuhause für Crutch, den Druiden, gewesen war.

»Seht mal«, rief Elliot durch den Fahrtwind und zeigte nach rechts über seine Schulter. »Er folgt uns jetzt schon eine ganze Weile.«

Cedrik drehte sich um und zuckte zusammen. Hinter ihnen, etwas höher als sie selbst, flog im Licht der Sonne ein wunderschön schimmernder Goldadler. Sein Herz klopfte, als er das Tier vom Devils Elbow wiedererkannte. Und vom Kampf auf der Mauer. Der Adler war zurückgekehrt. Zu ihm.

Er schloss die Augen und suchte nach dem Geist des Adlers. Er fand sofort ihre Verbindung.

Klar, golden und strahlend.

Emily grinste und brüllte ihm ins Ohr: »Wurde auch

Zeit, dass du ein eigenes Tier bekommst. Du bist schließlich ein …«

»Druide, ich weiß!« Er drehte sich wieder zu dem Adler und formte stumm in seinem Kopf eine Frage: Warum bist du hier?

Der Adler sah ihn kurz an, und Cedrik bewunderte die Kraft, die von dem ebenmäßigen Schlag seiner Schwingen ausging. Mühelos hielt er sich hinter dem dahinbrausenden Besen. Aber Cedrik bekam keine Antwort. Er schloss seine Augen noch einmal, konzentrierte sich und schickte erneut seine Gedanken zu dem Adler.

Warum bist du hier?

Dann, ganz schwach und sehr leise, hörte er eine Stimme in seinem Kopf.

Ich bin hier, weil du hier bist.

Er lachte glücklich auf und trommelte Elliot begeistert auf den Rücken.

Der warf ihm über die Schulter einen belustigten Blick zu. »Wollen wir?«

»Unbedingt!«, schrie Cedrik.

Und Emily rief: »Los gehts!«

Elliot lehnte sich nach vorne, beschleunigte seinen Besen aus echter walisischer Eiche und zu viert schossen sie über den Himmel von Mistle End.

Ein angehender Hexenmeister, eine begabte Gestaltwandlerin und ein junger Druide mit seinem Adler.

ENDE

NIEMAND SCHREIBT EIN BUCH ALLEIN ...

Und deshalb gibt es ein paar Menschen, denen ich von ganzem Herzen danken möchte:

Ganz zu Anfang war da Philipp Sellier, der schon so oft mit mir in Mistle End war und mir geholfen hat, ganze (Hörspiel-)Welten entstehen zu lassen. Und das, noch bevor ich überhaupt darüber nachgedacht hatte, ein Buch zu schreiben. Auch aus dieser Zeit vor dem Roman, aber trotzdem unheimlich wichtig, sind außerdem: Max, Maresa und Malte (... oder waren es Cedrik, Emily und Elliot?), weil sie mit ihrem Witz und Gefühl meinen Figuren Gestalt gegeben haben. Jona Mues, mein Lieblings-Geschichtenerzähler und Ex-Leichenwagen-Fahrer mit der wunderbaren Stimme. Und mein (großer) Bruder Sebastian Mirow, Vorbild, Cedriks Vater und unser aller Greif.

Christian Berges, weil du mir den Anstoß gegeben hast, ohne es zu merken. Robert Arsenschek, weil du nicht lockergelassen hast. Okay, das wird vielleicht mal ein anderes Buch, aber wenn du nicht gewesen wärst, hätte ich nie gelernt, mich durch einen Stoff zu beißen. Hans-Werner Serwe, der mich vor vielen Jahren davor bewahrt hat, diese Geschichte selbst zu veröffentlichen.

Amadeus Gerlach, der mich von Anfang an gefördert und an mich geglaubt hat.

Roman Hocke, der sich hinter, vor und neben mich gestellt hat, obwohl er es ganz sicher nicht muss. Und seinem Team, die großartige Arbeit machen und immer für mich da sind, wenn ich sie brauche. In guten wie in schlechten Zeiten.

Bärbel Dorweiler und Katharina Ebinger, weil sie sich tatsächlich getraut haben, mit mir auf die verrückte Reise in die schottischen Highlands zu gehen.

Die wirklich tolle Sandra Rothmund, die – meine Güte, wie oft? – Geduld mit mir hatte und doch immer genau wusste, wenn es einfach noch nicht gut war. Und wann es einfach auch mal gut war.

All die wunderbaren Büchernarren vom Thienemann Verlag. Ihr seid der Grund, warum wir als Kinder schon so gute Bücher lesen durften. Ich bin unglaublich glücklich, bei euch zu sein!

Max Meinzold für diesen tollen Blick auf Mistle End und den Greif. Was für ein kraftvolles Cover!

All meine lieben Freunde, Philipp, Thomas, Mattes, Marei und wie sie alle heißen, meine ganze große Familie mit meinen Nichten und Neffen und meine Patenkinder, die mit viel Milde meine albernen Träumereien ertragen.

Dorothee, weil du lang genug an mich geglaubt hast und mich trotz allem immer ermutigt und unterstützt hast.

Und dir, liebe Emily, weil ich dir immer vorlesen durfte. Ohne dich hätte ich niemals die Idee zu den drei magischen Freunden gehabt und ohne dich hätte ich auch ganz bestimmt unterwegs den Spaß verloren. Du bist meine erste, meine strengste und meine liebste Leserin! Und nicht vergessen: Am zweiten Stern rechts und dann immer geradeaus bis morgen.

Mr Elderling, der mir versprochen hat, niemandem zu verraten, aus welchen Hexenbüchern ich die Zaubersprüche abgeschrieben habe, und der Greif, der mir ausnahmsweise erlaubt hat, über Mistle End zu berichten.

*Und zu guter Letzt euch, meinen lieben Leser*innen, weil ihr mir im tiefsten Winter bis in das verzauberte Dorf gefolgt seid. Aber verratet niemandem, wo es liegt. Sonst bekomme ich Ärger mit dem Löwenadler. Und das würde ich wirklich gern vermeiden …*

Ich danke euch allen!

März 2020, am Schreibtisch und auf großer Reise.
Benedict Mirow